KITTY RAY

Orchideenpfad

KITTY RAY

Orchideenpfad

Roman

Aus dem Englischen
von Claudia Feldmann

Marion von Schröder

2. Auflage 2006

Marion von Schröder ist ein Verlag der Ullstein Buchverlage GmbH

ISBN-13: 978-3-547-71088-5
ISBN-10: 3-547-71088-X

Gesetzt aus der StempelGaramond bei LVD GmbH, Berlin
Druck und Bindung: Bercker, Kevelaer
Printed in Germany

Kapitel 1

Im Herbst 1929, nachdem sie über zwei Jahre lang keinen Kontakt zu ihren Eltern gehabt hatte, nahm Flora Perl allen Mut zusammen und besuchte sie mit ihrem Mann und ihrem kleinen Sohn.

»Und wenn wir ein kleines bißchen lügen?« schlug sie vor, während sie durch Londons Außenbezirke fuhren. »Wir könnten ihnen doch sagen, er heißt Alex – nur am Anfang, verstehst du, bis Pa sich an den Gedanken gewöhnt hat –«

»Nein!« Oskar packte das Lenkrad fester und verzog wütend das Gesicht. »Er heißt *Axel.* Schämst du dich etwa des Namens, den wir beide für ihn ausgesucht haben?«

»Nein ...« Der Säugling bewegte sich in Floras Armen, und sie wiegte ihn sanft. »Nein, natürlich nicht. Ich glaube nur, es würde das Ganze etwas einfacher machen –«

»Wieso? Wieso sollte eine Lüge irgend etwas einfacher machen?«

Sie beugte sich über den Kleinen und küßte seine pralle Wange. »Du hast ja keine Ahnung, wie sehr Pa alles haßt, was mit Deutschland und den Deutschen zu tun hat. Und schließlich haben wir ihn ja nach Will und Alex genannt, oder nicht?« Axel Wilhelm Perl, nach William und Alexander, Floras Zwillingsbrüdern, die 1915 – Flora war damals erst acht Jahre alt – bei Ypres gefallen und dort Seite an Seite begraben waren.

»Den Namen Wilhelm haben wir auch wegen meines Vaters

genommen«, erinnerte Oskar sie. »Und wenn wir schon die Namen ändern, soll ich mir dann auch einen neuen zulegen? Soll ich Russe werden – Genosse Perlewitsch vielleicht? – oder Österreicher oder Schweizer?«

»Sei nicht böse. Ich wollte doch nur –«

»Ich war dreizehn, als deine Brüder gestorben sind.« Er berührte den winzigen, rosigen Fuß seines Sohns und lächelte, als der Kleine die Zehen bewegte. »Ich bin ebenso wenig schuld an ihrem Tod wie du oder unser Sohn, und ich werde mich nicht als etwas ausgeben, was ich nicht bin, nur um die Gefühle deines Vaters zu schonen. Ich habe auch Menschen in diesem schrecklichen Krieg verloren – einen Onkel, zwei Cousins und den Geschäftspartner meines Vaters, was dazu führte, daß das Unternehmen bankrott ging und mein Vater schwer krank wurde. Soll ich deshalb ganz England für seinen Tod verantwortlich machen?«

»Nein«, protestierte Flora, »ich versuche nur, eine Szene zu vermeiden –«

»Dann hättest du deine Mutter vielleicht warnen sollen, daß wir kommen, damit sie ihn darauf vorbereiten kann.«

»Nein«, entgegnete Flora. »Dies ist die einzige Möglichkeit. Wir müssen ihn überraschen, ihm keine andere Wahl lassen, als dir gegenüberzutreten und sich selbst davon zu überzeugen, daß du kein Feind bist.« Sie hatte an dem Tag, als Oskar um ihre Hand angehalten hatte, an ihre Eltern geschrieben, um ihnen die Neuigkeit mitzuteilen und ihren Vater um seinen Segen zu bitten, doch er hatte ihr postwendend in einem verletzenden, gehässigen Brief zurückgeschrieben, *wenn Du Dich mit diesem Mann einläßt, bist Du nicht länger meine Tochter,* als wäre Oskar ein Mörder oder etwas ähnlich Schlimmes.

»Arme Flora«, sagte Oskar, »du hättest lieber einen Engländer heiraten sollen.« Danach herrschte betretenes Schweigen.

Das Wetter wurde immer schlechter, je weiter sie nach Norden kamen, und obwohl es September war, fühlte es sich eher an wie Januar. Immer wieder beschlugen die Scheiben, so daß

Oskar von innen wischen mußte, um die Straße sehen zu können. Axel wurde unruhig und fing an zu wimmern.

»Halt bitte mal an«, sagte Flora. »Er ist hungrig.« Oskar fuhr auf den Grasstreifen, lehnte sich zurück und rieb sich über das Gesicht, als könne er seine Müdigkeit einfach wegwischen.

»Ich verstehe nicht, warum wir uns das antun müssen«, sagte er, während Flora ein Handtuch über ihre Knie breitete und begann, Axels Windel zu wechseln. »Warum geben wir deinem Vater, mit dem du seit über zwei Jahren kein Wort gesprochen hast, noch einmal Gelegenheit, mich zu beleidigen?«

»Weil ...« Flora knöpfte ihre Bluse auf und erschauerte, als die kalte Luft auf ihre nackte Haut traf. »Weil meine Eltern einen Enkel haben, den sie überhaupt nicht kennen. Und weil mir, seit ich selbst ein Kind habe, klargeworden ist, wie schwer es für sie gewesen sein muß, meine Brüder zu verlieren, und wie grausam es war, vor allem gegenüber meiner Mutter, einfach wegzulaufen, anstatt dazubleiben und ihnen zu helfen.«

Neun Jahre älter als sie, waren Will und Alex nicht wie Brüder, sondern eher wie entfernte Cousins gewesen, zumal sie den größten Teil von Floras Kindheit im Internat verbracht hatten. Sie war Papas Liebling gewesen, hatte es genossen, im Zentrum der Aufmerksamkeit zu stehen, während sie weg waren, und es gehaßt, wie ihr Vater (ein Mann, dem seine Söhne über alles gingen, wie sie mittlerweile begriffen hatte) die beiden Jungen bevorzugte, wenn sie zu Hause waren. Erst jetzt, da sie selbst Mutter war, konnte sie die Verzweiflung verstehen, die ihre Eltern bei ihrem Tod überwältigt hatte. Vor allem Wilfred war vor Schmerz fast wahnsinnig geworden, hatte das Gut vernachlässigt, mit seinen Nachbarn Streit angefangen und wie ein verwundetes Tier seine Familie attackiert, so daß Gertrude gezwungen war, ihre eigene Trauer beiseite zu schieben, um ihn zu besänftigen. Alles, was ihn an seine toten Söhne erinnerte – Fotografien, Bilder und Bastelarbeiten, der Spieltisch, an dem Alex seinen Bruder regelmäßig in Schach und Dame geschlagen hatte – war weggeräumt worden; er hatte die Pferde verkauft und die Kricketnetze hinter den Ställen abmontiert. Der Springbrunnen aus Bronze in der Einfahrt, in dem die Jungen an heißen Sommertagen so gerne geplanscht hatten, war abgestellt worden; die Bediensteten, die nicht sofort entlassen worden waren, hatten sich bald eine andere Stellung gesucht, da sie die Launen ihres Dienstherrn nicht länger ertragen konnten, und Gertrude hatte sich schweren Herzens dazu durchgerungen, das Klavierspiel aufzugeben, ihre liebste Beschäftigung, weil der Klang Erinnerungen an William wachrief, der als Junge ebenfalls gespielt hatte, und ihren verzweifelten Mann in hilflose Raserei versetzte.

Nur ein Erinnerungsstück hatte Wilfred behalten: Alexanders Revolver, der ihm nach dessen Tod zugesandt worden war. Er polierte ihn unablässig und pflegte ihn sorgfältig für den Fall, daß er eines Tages Gelegenheit bekäme, sich an denen zu rächen, die seiner Meinung nach am Tod seiner geliebten Söhne schuld waren. Als Flora, gerade achtzehn geworden und als Stenotypistin ausgebildet, eine Stelle in London angeboten worden war, hatte sie die Gelegenheit sofort genutzt, um der vergifteten Atmosphäre zu Hause zu entfliehen.

»Liebes, *bitte* sag das nicht«, hatte ihre Mutter traurig entgegnet, als Flora ihr vorwarf, sie sei ihr doch ganz egal. »Ich liebe dich von ganzem Herzen, aber ich muß mich in erster Linie um deinen Vater kümmern. Eines Tages, wenn du selbst verheiratet bist, wirst du das verstehen …«

»Es ist Zeit, das Kriegsbeil zu begraben«, sagte Flora jetzt, streichelte über Axels Haar, dicht und dunkel wie das seines Großvaters, und genoß das rhythmische Saugen seines Mundes an ihrer Brust. »Wir müssen einander vergeben, von beiden Seiten. Pa wird sich schon besinnen, wenn er seinen Enkel sieht«, fügte sie voller Zuversicht hinzu. »Ganz bestimmt.«

Beim Anblick der kleinen Hände, die sich öffneten und schlossen, während Axel seinen Hunger stillte, breitete sich wieder ein Lächeln auf Oskars Gesicht aus. »Hoffentlich hast du recht«, sagte er. »Aber ich warne dich, ich werde nicht dableiben, um mich beleidigen zu lassen. Wie weit ist es noch?«

»Nur ungefähr zwanzig Meilen.«

»Gut. Ich brauche etwas frische Luft.« Er öffnete den Wagenschlag, stieg aus und ging ein Stück über den Seitenstreifen, eine große, schlaksige Gestalt, die im hohen Gras strauchelte, den Kragen hochgeschlagen, das Haar vom kalten Wind zerzaust.

»Granny Gertrude wird begeistert von dir sein«, murmelte Flora in Axels Ohr. »Und Grandpa Wilfred auch. Und er wird auch deinen Daddy mögen, wenn er ihn erst mal kennenlernt, das verspreche ich dir.« Schließlich war es mittlerweile vierzehn Jahre her, seit Will und Alex gefallen waren – da hatte Pa doch bestimmt seinen Privatkrieg beendet.

Oskar kam wieder zum Wagen zurück, die Schultern gegen die Kälte hochgezogen, die Hände tief in den Jackentaschen vergraben, die Stirn gerunzelt. Auch damals, als sie ihn zum erstenmal erblickt hatte, bei der Weihnachtsfeier ihrer Firma vor einigen Jahren, hatte er die Stirn gerunzelt, doch als sie einander vorgestellt wurden, war aus dem Runzeln ein Lächeln geworden, und seine blauen Augen hatten aufgeleuchtet, als hätte jemand dahinter eine Lampe eingeschaltet. Er hatte ihr das Gefühl gegeben, schön zu sein, etwas Besonderes, ganz anders als ihr normales, alltägliches Ich, und sie hatte das Lächeln sofort erwidert.

Er war seit knapp einem Monat in London; seine Mutter hatte ihn dorthin geschickt, angeblich um sein (bereits flüssiges) Englisch zu verbessern, in Wirklichkeit jedoch, um ihn vom Tod seines Vaters abzulenken, der mit seinen neunundvierzig Jahren erschreckend früh gestorben war. Bereits eine Woche nachdem sie sich kennengelernt hatten, beschloß er, seinen Aufenthalt zu verlängern, ein Jahr später waren sie verheiratet, und bis zu dem Moment, als Flora diese Fahrt nach Suffolk vorgeschlagen hatte, war zwischen ihnen nie ein böses Wort gefallen. Jetzt stritten sie sich, und es war ihre Schuld.

»Du hast recht«, sagte sie, als er wieder in den Wagen stieg und einen Wirbel feuchtkalter Luft mit hereinbrachte, »es war eine dumme Idee – er heißt Axel, und dabei bleibt es auch, versprochen.«

Sie fuhren um Ipswich herum, die Hauptstadt der Grafschaft

Suffolk, und bogen dann Richtung Nordwesten von der Hauptstraße ab, über die Eisenbahnschienen und den Fluß, auf eine schmale Landstraße. Es begann zu regnen, ein sanfter, schräg herabfallender Nieselregen, der wie ein Schleier über die Felder trieb; die Reifen platschten durch die Pfützen, die Scheibenwischer quietschten und schnarrten, und Axel schlief endlich wieder ein.

»Wir sind fast da.« Flora wandte den Blick ab, als sie an der Kirche oben auf dem Beer Hill vorbeikamen, wo ihr Vater ein steinernes Denkmal zur Erinnerung an die heldenhaften Verdienste ihrer Brüder im Ersten Weltkrieg hatte errichten lassen. »Es ist gleich um die Ecke. Da, auf der rechten Seite – kannst du das Pförtnerhaus sehen?« Sie beugte sich vor und wischte mit ihrem Ärmel über die beschlagene Scheibe. »Oh!« stieß sie aus und lehnte sich schockiert wieder zurück.

»Was ist?« Oskar bremste so abrupt, daß sie sich mit einer Hand am Armaturenbrett abstützen mußte. »Was ist passiert?«

Es sah schlimm aus, viel schlimmer, als sie es in Erinnerung hatte. Das Gras überwucherte die unteren Streben des offenen Tores, Winde hatte sich um das Gitter geschlungen und verdeckte halb das Motto der Familie Seddon, *Resurgam* – Ich werde wiederauferstehen –, mit dem das Wappen geschmückt war, und am Fuß der hohen steinernen Pfosten drängten sich Brennesseln, Weidenröschen, Feuernelken und Giersch. An einer der eisernen Querstreben hing ein derbes Holzbrett, auf dem ein handgemaltes Schild befestigt war. PRIVATGRUNDSTÜCK, stand darauf, BETRETEN VERBOTEN.

Eines der hübschen Bogenfenster an der Vorderseite des Pförtnerhauses war mit Brettern vernagelt, bei dem anderen fehlten mehrere Scheiben, und die einst weiße Mauer war jetzt schmutzig grau und unter dem dichten Efeugestrüpp, das sich in jeden Winkel und jede Vertiefung geschlängelt hatte, kaum noch zu sehen. An der Eingangstür blätterte die Farbe ab, der Messinggriff war dunkel angelaufen und voller Dellen, und der Lattenzaun hinter dem Haus, der schon seit langem den Kampf gegen das dahinter liegende Unterholz aufgegeben hatte, lehnte schief gegen den halb verrotteten Schuppen, der einst zu einem zauberhaften Bauerngarten gehört hatte.

Immerhin, so hatte Flora ihr schlechtes Gewissen beruhigt, als sie von zu Hause weggegangen war, immerhin waren Mr. und Mrs. Futter noch da, der Obergärtner und die Haushälterin, die schon seit Urzeiten im Pförtnerhaus lebten und dort drei Kinder großgezogen hatten; sie würden sich weiterhin um das Anwesen kümmern. Wie lange waren sie wohl schon fort? fragte sie sich jetzt. Und wenn Pa es mit seinen Wutanfällen sogar geschafft hatte, die Futters zu vertreiben – die treuesten Bediensteten, die sie je gehabt hatten –, wie sollte Ma, die ihr ganzes Leben an Haushaltshilfen gewöhnt war, das riesige Haus allein versorgen?

»Mir scheint, dein Vater kümmert sich nicht sonderlich um seinen Besitz«, bemerkte Oskar, während er vorsichtig zwischen wuchernden, vernachlässigten Kirschlorbeersträuchern die Einfahrt entlangfuhr. »Oder vielleicht wollten sie nicht mehr in diesem Haus leben, wo sie so viel Unglück erlebt haben, und sind fortgezogen?«

»Nein.« Floras Stimme klang bestimmt. »Pa würde Seddons niemals verlassen. Das Anwesen ist seit vier Generationen im Besitz der Familie – fünf, wenn man Axel mitzählt.«

Zwanzig Meter weiter beschrieb die Einfahrt eine Kurve nach rechts, dann nach links und tauchte in ein dichtes Gehölz aus Birken und Mehlbeeren, Gabeleichen und Ebereschen, Buchen, Lärchen und Bergahorn. Nach etwa hundert Metern öffnete sich vor ihnen ein schmales, von steilen Hügeln umgebenes Tal, das ihnen einen ersten Blick auf Seddons, Floras früheres Zuhause, bot.

Das Anwesen lag am Ende einer prachtvollen Lindenallee auf einer Anhöhe, umgeben von Rasenflächen und Sträuchern, durch die darüber liegende, dicht mit Bäumen bewachsene Hügelkuppe vor dem schneidenden Ostwind geschützt. Mit seiner breiten, nach Süden gerichteten Fassade aus weichem Purbeck-Kalkstein, den Zinnen und Türmen und den großen, unterteilten Fenstern sah das Haus genau nach dem aus, was es war – die luxuriöse Spielerei eines reichen Mannes. Gebaut mit dem Vermögen, das Floras Urgroßvater, Alfred Seddon, im Laufe seines langen Lebens angehäuft hatte, beeinflußt sowohl von seinen Reisen in den Orient wie auch von seinen ländlichen, englischen Wurzeln und geplant als Aufbewahrungsort für die gewaltige Sammlung von Kunstgegenständen, die er von seinen zahlreichen Abenteuern mitgebracht hatte – Teppiche aus Persien und Marokko, kunstvoll geschnitzte Paravents aus Indien, französische Möbel, Gemälde aus Italien und Spanien, kostbares chinesisches Porzellan –, bestand das Gebäude aus einem wilden Stilgemisch, teils englisches Herrenhaus, teils orientalischer Palast, teils Fantasieschloß. Da er kein Interesse am Reiten, Jagen und Angeln hatte, den klassischen Beschäftigungen eines vermögenden Herrn auf dem Lande, hatte Alfred nur so viel Grund gekauft, wie nötig war, um seine Ruhe zu haben, und dann sein abgelegenes Plätzchen mit Bäumen und Sträuchern aus aller Welt bepflanzt: ein Kirschbaum von den Fidschiinseln und eine japanische Azalee, Wacholder aus der Mongolei und eine koreanische Magnolie, eine sibirische Klematis und eine spanische Quitte – alles Mitbringsel aus fünfzig Jahren Sammelleidenschaft. Als die Straße wieder zwischen Bäumen verschwand, stieß Flora einen Seufzer der Erleichterung aus – immerhin sah Seddons selbst noch genauso aus wie früher …

Aus der Nähe jedoch war die Verwahrlosung deutlicher zu erkennen. Aus den makellosen Rasenflächen vor dem Eingang war eine verwilderte Wiese voller Klee, Butterblumen und Gänseblümchen geworden; aus dem Kies der Einfahrt sprossen Löwenzahn und Ampfer, und der Springbrunnen in der Mitte mit seinen bronzenen Fischen und Nymphen (Alfreds aufwendigstes Projekt, per Schiff aus Griechenland importiert, und einst Wilfreds ganzer Stolz) war tot und still, das Becken drum herum mit smaragdgrünen Algen bedeckt. Die hohen Schiebefenster im Erdgeschoß waren gegen neugierige Blicke mit Holzläden verrammelt, und die steinernen Wasserspeier an der Dachtraufe hatten häßliche graubraune Flecken an den Mauern hinterlassen.

»Komm«, sagte Oskar und schaltete den Motor aus. »Wenn wir das schon tun müssen, sehen wir zu, daß wir es hinter uns bringen.« Er half seiner Frau, die den Kleinen auf dem Arm trug, aus dem Auto, lief dann die Stufen zu der schweren, eisenbeschlagenen Eichentür hinauf und zog kräftig an der Klingelschnur.

Ihr lautes Bimmeln verhallte ohne jede Reaktion, und er mußte sie noch zweimal betätigen, bevor innen endlich mühsame, schlurfende Schritte zu hören waren. Riegel wurden zurückgezogen, die Klinke wurde heruntergedrückt, und die Tür öffnete sich langsam und widerstrebend ein paar Zentimeter, gerade weit genug, um einen abgestandenen Geruch nach Hammelfleisch und Kohl herauszulassen.

»Wer sind Sie? Was wollen Sie?«

»Guten Tag, Sir –«, begann Oskar höflich.

»Sparen Sie sich die Mühe, ich kaufe nichts«, lautete die brüske Antwort. »Und jetzt verschwinden Sie.« Die Tür wurde wieder zugeschoben.

»Pa?« Flora rückte Axel in ihrem Arm zurecht und trat einen Schritt vor. »Pa, ich bin's, Flora.«

»Flora?« Die Tür öffnete sich vorsichtig ein Stück, und in dem Spalt zeichnete sich ein wäßrigblaues Auge unter einer buschigen grauen Braue ab. »Hab ich das richtig verstanden?«

»Wilfred«, ertönte Gertrudes vertraute, tiefe Raucherstimme von hinten, »ist das Michael?«

Also war zumindest Michael Allott noch da, dachte Flora. Damals, als er angefangen hatte, Seddons mit Lebensmitteln zu beliefern, ein pummeliger Zwölfjähriger mit Brille, teigigem Gesicht, einem Wust brauner Haare und riesigen, abstehenden Ohren, hatte sie zunächst Mitleid mit dem Jungen gehabt. Er hatte seine Mutter bei der Geburt verloren, sein Vater George, dem mehrere Geschäfte in Market Needing gehörten, schimpfte pausenlos mit ihm und putzte ihn herunter, und in der Schule hänselten ihn alle wegen seiner Häßlichkeit und seiner schlechten Augen. Doch dann hatte Wilfred den Jungen überraschend ins Herz geschlossen. Immer häufiger war Michael an seinen freien Tagen bei ihnen aufgetaucht, um irgendwelche Aufgaben im Haus zu übernehmen oder Botengänge zu erledigen, und Flora hatte sich geärgert, weil er so gut mit ihrem Vater zurechtkam und ihre Mutter die beiden in ihrer merkwürdigen Freundschaft noch unterstützte. Michael war dumm, langsam und ungeschickt, ganz anders als ihre gutaussehenden, intelligenten Brüder, aber wenn er da war, wurde Pa munter, aufmerksam, beinahe fröhlich. Daß er einen einfachen Lieferantenjungen – auch wenn dessen Vater das Geschäft gehörte – seiner eigenen Tochter vorzog, hatte Flora zutiefst gekränkt.

»Nein, es ist nicht Michael«, sagte Wilfred und zog die Tür ein Stück weiter auf. »Ich glaube, es ist Flora.«

»Flora?«

Wieder näherten sich Schritte, schneller und leichter als Wilfreds, die Tür wurde aufgerissen, und im Rahmen tauchte Gertrude Seddon auf, groß und hager, mit tiefliegenden braunen Augen und dichtem, zu einem unordentlichen Knoten geschlungenem Haar.

»Flora?« rief sie aus. »Bist du es wirklich?« Sie stürzte mit ausgebreiteten Armen auf den Treppenabsatz, blieb dann jedoch abrupt stehen. »Und ein *Baby*! Oh, meine süße Kleine!«

Hinter ihr spähte Wilfred mißtrauisch aus der dunklen Halle. Er trug eine mottenzerfressene Strickjacke über einem gestreiften Schlafanzugoberteil, seine braune Twillhose war schmutzig und geflickt, und seine Füße steckten in abgewetzten karierten Hausschuhen. Er war schon immer kleiner als seine Frau gewesen, doch jetzt schien er noch mehr geschrumpft zu sein. Er sieht aus wie ein alter Mann, dachte Flora, erschrocken darüber, wie sehr ihr einst so kraftvoller Vater sich in nicht einmal vier Jahren verändert hatte.

»Ist er das?« fragte er herrisch und starrte auf Oskars ausgestreckte Hand. »Ist das dein verdammter Deutscher?«

»Wilfred, *bitte*!« flehte Gertrude.

»Pa«, protestierte Flora. »Fang nicht wieder –«

Einen schrecklichen Moment lang dachte sie, Oskar würde ihn schlagen, doch er nickte nur kurz auf Gertrudes gestammelte Entschuldigung – »es tut mir so leid, bitte verzeihen Sie meinem Mann ...« –, drehte sich um und ging die Stufen hinunter.

»Flora, Liebes«, sagte Gertrude entschuldigend, »du weißt, dein Vater meint es nicht so –«

»Oh doch, und ob!«

»Es ist nur die Überraschung, weiter nichts. Wir hatten nicht damit gerechnet –«

»Ich will diesen verdammten Deutschen nicht in meinem Haus haben!«

»Wilfred, jetzt hör schon auf! Sieh doch nur, hier ist –«

»Dein Enkel«, sagte Flora und streckte ihrem Vater den Kleinen hin wie ein Kultopfer zur Versöhnung eines erzürnten Gottes. »Siehst du, Pa? Ich habe dir deinen Enkelsohn mitgebracht.«

»Ach ...« Zärtlich blickte Gertrude auf das schlafende Baby hinunter. »Er ist einfach *hinreißend*! Wilfred, komm und sieh ihn dir an.«

»Ein Junge?« Widerstrebend kam Wilfred herangeschlurft.

»Da, siehst du?« Gertrudes Stimme klang besänftigend. »Warum mußt du nur so ein Theater machen?«

»*Theater*?« Wilfred lief vor Wut rot an. »Wo unsere Tochter einen Deutschen – einen verdammten *Deutschen* – hier anschleppt, in unser Haus?!«

Nervös blickte Flora über ihre Schulter und begegnete dem eisigen Blick ihres Mannes. Er lehnte mit verschränkten Armen und finsterer Miene am Auto.

»Aber sag mal, Liebes«, sprang Gertrude hastig ein, um die angespannte Stille zu durchbrechen, »wie heißt denn mein süßer kleiner Enkel?«

»Axel«, Flora sprach laut und deutlich, damit Oskar es hören konnte. »Axel Wilhelm Perl.«

»*Axel*?« bellte Wilfred. »*Wilhelm*? Wie kannst du es wagen, die Namen deiner Brüder zu besudeln –«

»Wilfred, *bitte*!«

Oskar löste sich aus seiner Haltung, holte die Andrehkurbel

aus dem Fußraum und ging mit steifen Schritten zur Vorderseite des Wagens. Er drehte die Kurbel – einmal, zweimal, dreimal –, bis der Motor ansprang. Dann ging er zurück zur Fahrertür, öffnete sie und stieg ein.

Hin und her gerissen zwischen der Loyalität gegenüber ihrem Mann und dem Wunsch, den Riß zwischen ihr und ihren Eltern zu kitten, und sei es nur um Gertrudes willen, fuhr Flora ihren Vater an.

»Herrgott noch mal, Pa, es ist vierzehn Jahre her, daß Will und Alex gefallen sind. Begreifst du denn nicht, was dein Rachefeldzug uns allen antut? Wann hörst du endlich damit auf?«

»Niemals!« Wilfred war dunkelrot vor Zorn. »Solange du mit diesem – diesem *Kerl* verheiratet bist, wirst du keinen Fuß über meine Schwelle setzen!« Er schüttelte die Faust in Oskars Richtung, dann machte er kehrt und verschwand im Haus.

»Liebes ...« Gertrude war aufgelöst. »Bitte geht nicht, solange er so aufgebracht ist. Laß mich mit ihm reden ...«

»Wozu soll das gut sein?« fragte Flora. »Ich muß verrückt gewesen sein, mir einzubilden, er hätte sich vielleicht geändert.« Während sie zu Oskar hinübersah, der ungeduldig mit den Fingern auf das Lenkrad trommelte, mußte sie an all die anderen Male denken, als ihre Mutter sich auf Wilfreds Seite gestellt hatte. »Und warum verteidigst du ihn immer, selbst wenn er im Unrecht ist?«

Überraschend füllten sich Gertrudes Augen mit Tränen. »Liebes, ich weiß, wie ungerecht dir das vorkommen muß, aber wenn du nur versuchen könntest zu verstehen ...« Unruhig blickte sie über ihre Schulter. »Er ist bestimmt in seinem Arbeitszimmer. Da geht er immer hin, wenn er aufgebracht ist. Gib mir nur ein paar Minuten, um mit ihm zu reden –«

Wieder wallte er in ihr auf, stärker als je zuvor, der verzweifelte Zorn, der Flora so lange von Suffolk ferngehalten hatte und der sie, mehr noch als der Wunsch, ihrem Mann einen Gefallen zu tun, dazu bewegt hatte, ihrem Sohn einen deutschen Namen zu geben. »Warum stellst du dich immer auf *seine* Seite?« wiederholte sie. »Wann bin *ich* endlich mal dran?«

»Hab nur ein wenig Geduld, Liebes. Ich kann ihn zur Vernunft bringen, ich weiß, daß ich es kann – vielleicht, wenn nur du und das Kind …?«

»Wie kannst ausgerechnet *du* mich bitten, Pa vor meinen Mann zu stellen?«

Darauf blieb nichts mehr zu sagen. Widerstrebend ließ Flora sich von ihrer tränenüberströmten Mutter umarmen, dann schlang sie die Arme fester um ihren Sohn, ging langsam die Stufen hinunter und kletterte neben Oskar in den Wagen.

Als sie um den vermoderten Brunnen herumfuhren, um den langen Heimweg anzutreten, blickte sie sich noch einmal um und sah, wie ihr Vater zur Tür herausgerannt kam. Er fuchtelte wild mit Alex' Revolver herum, doch als er zielen wollte, trat Gertrude vor ihn und drückte seine Hand hinunter. Dann beugte sie den Kopf, küßte ihn sanft auf die Stirn – als wäre er ein Kind, das Trost brauchte, dachte Flora, die unwillkürlich Mitleid verspürte – und führte ihn zurück ins Haus.

Als sie an dem verlassenen Pförtnerhaus vorbeirollten, setzte der Nieselregen wieder ein. Axel regte sich und begann zu schreien.

»Du hattest recht«, sagte Flora traurig. »Ich hätte meine Mutter vorwarnen sollen. Sie hätte mir geraten, zu Hause zu bleiben.«

Kapitel 2

An Lila Watkins' siebzehntem Geburtstag, kurz bevor sie ihr Zuhause verließ, gab ihre Mutter ihr eine Warnung mit auf den Weg. »Die Liebe wird überschätzt. Hör auf meinen Rat und heirate einen Mann, der Geld hat – und vor allem mach auf keinen Fall den Fehler, dir ein Kind andrehen zu lassen.«

Doch Lila hörte nicht auf sie. Gelangweilt von den faden, kleinbürgerlichen jungen Männern ihres Bekanntenkreises, sehnte sie sich nach einem Ritter in schimmernder Rüstung, einem Helden, der sie auf Händen tragen würde. Als sie an einem Novembertag des Jahres 1929 in einem Café am Piccadilly Circus, in das sie vor dem Regen geflüchtet war, versehentlich mit Archie McAndrew zusammenstieß (und ihm dabei heißen Tee über das Tweedjackett schüttete), wußte sie sofort, daß sie ihn gefunden hatte.

Zu dem Zeitpunkt war sie seit knapp zwei Monaten in London, um an der Royal Academy of Music Klavier zu studieren, hatte jedoch immer noch Mühe, sich in der Hauptstadt zurechtzufinden. Als Archie, der mit einem großen, ziemlich schmuddeligen Taschentuch an seinem nassen Ärmel herumtupfte, darauf bestand, ihr einen neuen Tee zu bestellen, und sie fragte, ob er sich zu ihr gesellen dürfe, antwortete sie begeistert »oh ja, gerne!« und kam sich dabei ungeheuer verrucht vor.

Er sei nur für ein paar Wochen in England, erklärte er, während er ihr den Stuhl zurechtrückte, und hause in einer billigen Pension in der Nähe der Euston Station; seine Anwälte seien damit beschäftigt, den Grundbesitz seines verstorbenen Onkels zu veräußern, und er hoffe, daß genug Geld zusammenkomme, um die Hypothek auf Seggieden, seine Kaffeeplantage in Kenia, abzuzahlen.

»Ich hatte gerade angefangen, mir ein wenig leid zu tun«, vertraute er ihr an, während sie darauf warteten, daß die Kellnerin ihre Bestellung brachte. »Ich kenne kaum noch einen Menschen in England, und ich hatte ganz vergessen, wie *kalt* es hier zu dieser Jahreszeit ist, ganz zu schweigen von dem Lärm und dem Verkehr und den vielen Menschen – ich kann Ihnen gar nicht sagen, wie sehr ich mich freue, daß eine so charmante junge Dame mein Jackett mit Tee übergossen hat.«

Lila war noch nie jemandem wie ihm begegnet. Als er schließlich eine weitere Kanne Tee und Kuchen für zwei bestellte, kam es ihr vor, als hätte sie ihn schon immer gekannt, und erst als er fast zwei Stunden später aufstand, um die Rechnung zu begleichen, wurde ihr bewußt, daß sie einem völlig Fremden ihre Lebensgeschichte erzählt hatte – daß ihr Vater zwei Tage vor ihrem dritten Geburtstag in Gallipoli gefallen war, daß ihre Mutter Dorothy sich fast ein Jahr lang mühsam allein durchgeschlagen hatte, bis sie von Frank Heaver, der ein Herrenbekleidungsgeschäft an der beliebtesten Durchgangsstraße von Bournemouth und eine große, komfortable Villa im nahe gelegenen Gillisham besaß (und mit seinen dreiundvierzig Jahren nicht mehr Gefahr lief, zum Militärdienst einberufen zu werden), gerettet worden war. Sie erzählte ihm, was für ein wunderbarer Mann Onkel Frank war, »so nett, als wäre er mein richtiger Vater«, und wie sehr ihre Mutter angesichts der Tatsache, daß sie selbst mittellos und mit einem ungeplanten Kind – »ich war ein Unfall, wissen Sie« (hier errötete sie vor Scham) – zurückgeblieben war, darauf gedrängt hatte, daß sie, Lila, imstande war, sich selbst ihren Lebensunterhalt zu verdienen, falls ihr etwas Ähnliches zustieß. Sie gestand ihm sogar – es war das erste Mal, daß sie diesen rebellischen Gedanken laut äußerte –, sie sei gar nicht sicher, daß sie aus der Musik einen Beruf machen wolle, sie spiele viel lieber zu ihrem eigenen Vergnügen, als andere zu unterrichten.

Es war Frank gewesen, selbst kein guter Spieler, aber ein begeisterter Musikliebhaber, der Lilas Talent entdeckt hatte, als sie kaum sechs Jahre alt war. Er hatte Privatunterricht für sie organisiert und sie ermutigt weiterzumachen, obwohl Dorothy sich beschwerte, von den endlosen Tonleitern und Arpeggios bekäme sie Kopfschmerzen. Erst als Lilas Klavierlehrerin andeutete, ihre Schülerin hätte das Zeug dazu, ganz an die Spitze zu gelangen, hatte Dorothy ihre Einstellung geändert; sie hatte gegenüber ihren Bridge-Freundinnen mit dem vielversprechenden Talent ihrer zwölfjährigen Tochter geprahlt – »das hat sie natürlich von meiner Seite der Familie!« – und Frank befohlen, das alte Klavier seiner verstorbenen Mutter gegen ein neues auszutauschen, denn »für meine Lila ist nur das Beste gut genug!«. Wenige Tage später hatten sie einen Stutzflügel gekauft und einen pensionierten Herrn, der einst beim Royal Philharmonic Orchestra die Musiker ausgewählt hatte, engagiert, um Lilas Fähigkeiten bestmöglich zu fördern.

»Na also«, hatte Frank bei sich gemurmelt, als Dorothy sich anschickte, einen Plan für Lilas Übungsstunden aufzusetzen. »Das Spielen macht der Kleinen so viel Freude …«

Doch es war mehr als nur Freude. Zu dem Zeitpunkt hatte Lila entdeckt, daß die Musik ihr eine Fluchtmöglichkeit vor den Schwierigkeiten des Erwachsenwerdens bot. Sie tröstete sie, wenn sie traurig war, leistete ihr Gesellschaft, wenn sie einsam war, und gab ihr das Gefühl, mehr zu sein als nur eine hübsche Puppe (»zum Anbeißen«, wie Dorothy anerkennend bemerkte, als Lila sich mit fünfzehn plötzlich von einer linkischen Heranwachsenden in eine wohlgerundete junge Frau verwandelte), für die das Leben nichts anderes bereithielt als die Heirat mit einem passenden Ehemann und die entsetzlich langweiligen gesellschaftlichen Verpflichtungen, denen ihre Mutter und ihr Stiefvater folgten, eine endlose Reihe von Morgenkaffees, Mittagessen im Golfclub, Bridge-Abenden und Cocktailpartys. Als ihr ein Platz an der Royal Academy angeboten worden war, hatte sie die Gelegenheit sofort beim Schopf gepackt, ohne darüber nachzudenken, ob es überhaupt das war, was sie wollte.

Als Archie sich schließlich erbot, sie zu ihrer Pension zu begleiten, wußte sie auch schon einiges über ihn: daß er einundvierzig war (genauso alt wie ihre Mutter, was ihr im ersten Moment einen Schock versetzte); daß er, nachdem er seine Eltern bei der Grippeepidemie von 1918 verloren hatte, auf Weltreise gegangen war, bis er an seinem einunddreißigsten Geburtstag in Kenia gelandet war, sich in das Land verliebt und bis zum Hals verschuldet hatte, um Seggieden zu kaufen, die heruntergekommene Farm in den Ngongbergen, wo er immer noch allein lebte, »abgesehen von meinen Kikuyu-Jungs natürlich«. Als er sich mit einem kräftigen Handschlag und der Bitte, sie wiedersehen zu dürfen, von ihr verabschiedete, war Lila seinem Zauber rettungslos verfallen. Ein paar Wochen später fragte sie ihn bei einem Spaziergang durch den Regent's Park schüchtern: »Wie kommt es, daß Sie nicht verheiratet sind?« Er lächelte und erwiderte ohne den geringsten spöttischen Unterton: »Wahrscheinlich habe ich darauf gewartet, Ihnen zu begegnen.« Und als er nur zwei Tage darauf um ihre Hand anhielt, nahm sie seinen Antrag, ohne zu zögern, an, absolut sicher, daß sie den Mann ihres Lebens gefunden hatte.

Doch sie hatte nicht mit ihrer Mutter gerechnet.

Als sie mit Archie nach Gillisham fuhr, schien Dorothy zunächst recht angetan von dem neuen Verehrer ihrer Tochter, fragte ihn beim Aperitif nach dem gesellschaftlichen Leben in Nairobi aus und flirtete während des Abendessens wie ein junges Mädchen mit ihm. Doch als Frank ihn in der Rolle des fürsorglichen Stiefvaters nach seinen Aussichten fragte und Archie, der nicht ahnte, wie wichtig dieses Thema war, ehrlich Auskunft über seine prekäre Finanzlage gab, änderte sich ihr Verhalten abrupt.

»Kommt überhaupt nicht in Frage«, erklärte sie Lila, als sie unter sich waren. »Ich werde nicht zulassen, daß du deine Karriere für einen Mann aufgibst, der keinen Shilling besitzt – und der obendrein alt genug ist, um dein Vater zu sein!«

»Aber ich will diese Karriere überhaupt nicht!« protestierte

Lila. »Ich würde sofort mit dem Studium aufhören, wenn ich dafür mit Archie zusammensein könnte.«

»Wenn du wüßtest, wie furchtbar es ist, arm zu sein«, herrschte Dorothy sie an, »wärst du nicht so versessen darauf, es auszuprobieren.«

In der Hoffnung auf Unterstützung lief Lila zu Frank, der in seinem Arbeitszimmer saß, doch dieses Mal stellte sich ihr Stiefvater nicht auf ihre Seite. »Aber, aber, mein liebes Kind«, sagte er sanft. »Du weißt, wie deine Mutter ist, wenn sie einmal eine Entscheidung getroffen hat, und in diesem Fall muß ich ihr zustimmen.«

»Sie behauptet, Archie ist zu alt für mich«, schluchzte Lila voller Wut und Enttäuschung. »Dabei warst du sogar noch älter, als sie dich geheiratet hat!«

Frank rutschte unbehaglich auf seinem Stuhl herum. »Hmm, das ist in der Tat nicht sehr nett von ihr, mein Herz, aber ... nun ja, die Situation war etwas anders ...«

»Du meinst, weil sie mich durchfüttern mußte?« Das Ganze war so *ungerecht*, fand Lila, zumal sie beide wußten, daß Mummy ihn nur wegen seines Vermögens geheiratet hatte. »Sie ist so eine Heuchlerin – Onkel Frank, und wenn du Archie nun das Geld für seine Hypothek leihst?«

»Mein liebes Kind«, sagte Frank und stand auf, um sich einen großen Pink Gin einzuschenken, sein Allheilmittel in schwierigen Zeiten, »das würde deine Mutter niemals erlauben.« Und damit war das Thema erledigt.

So kam es, daß Lila am 14. Dezember, zwei Tage bevor sie für die Weihnachtsfeiertage nach Hause fahren sollte, einen Brief an ihre Mutter auf den Kaminsims ihrer Wirtin legte, ihren nagelneuen Reisepaß nahm (den sie mit Hilfe eines ehemaligen Schulfreundes von Archie, der im Home Office arbeitete, illegal erworben hatte, denn sie war noch nicht einundzwanzig) und mit dem Bus zur Waterloo Station fuhr, wo Archie auf sie wartete. Sie würden mit dem Zug nach Southampton fahren und von dort zu der langen Seereise nach Kenia aufbrechen.

Sechs Wochen später heirateten sie in der kleinen aus Lehm gebauten schottischen Mission, die eine Meile von Seggieden entfernt lag.

Zu dem Zeitpunkt hatte Lila sich ein zweites Mal verliebt – in Kenias dunkelrote Erde, in den dramatischen Ausblick von der Veranda ihres neuen Zuhauses, nach Süden zum Kilimandscharo und nach Norden zum Mount Kenia, in die rasanten, glühenden Sonnenuntergänge und in die Buschböcke und Ducker, die bei Tagesanbruch auf ihrem Rasen ästen. Nichts in ihrem bisherigen Leben hatte sie auf die heißen Tage und kalten Nächte vorbereitet, auf die Pflanzen, die wie exotisches Unkraut rund um den Bungalow wuchsen: Akazie, Bougainvillea, Oleander und Schmucklilien, die in der Dämmerung unheimlich leuchteten und die Luft mit ihrem schweren, drückenden Duft erfüllten. Selbst die schlichteren Gerüche – der getrocknete Dung, den Archies Kikuyu-Feldarbeiter in ihren Kochfeuern verbrannten, der scharfe, säuerliche Geruch ihres Schweißes, der kräftige, pfeffrige Duft der frisch geernteten Kaffeebohnen – erregten sie. Wenn sie nachts wach lag, während ihr frisch angetrauter Ehemann zufrieden schnarchte, und das Fauchen eines Leoparden oder das Bellen einer Hyäne hörte und der Duft der Mimosen vor ihrem Fenster hereinwehte, durchströmte sie die Freude über das wunderbare neue Leben, das sie durch ihre Rebellion erlangt hatte.

Aber das beste von allem war die Entdeckung, daß die körperliche Liebe keineswegs eine lästige Pflicht war, wie ihre Mutter stets angedeutet hatte, sondern – zumindest mit Archie – etwas ungeheuer Aufregendes und Lustvolles. Als genau neun Monate nach der Hochzeit Hope geboren wurde, »unsere Hoffnung für die Zukunft«, wie Archie sie nannte, und er Lila ein Klavier schenkte, das mit einem Ochsenkarren den ganzen Weg von Nairobi herübergeschleppt worden war, fand sie, sie sei die glücklichste Frau auf der ganzen Welt. Um so merkwürdiger war es, als sie keine Woche darauf in so tiefe Verzweiflung stürzte, daß sie kaum die Energie aufbrachte, aus dem Bett aufzustehen.

»Keine Sorge«, tröstete Archie sie, wenn sie wegen der geringsten Kleinigkeit in Tränen ausbrach. »Du bist einfach nur erschöpft.«

»Es braucht seine Zeit«, sagte er verständnisvoll, wenn sie, anstatt sich um ihre Tochter zu kümmern, den ganzen Tag im abgedunkelten Wohnzimmer döste oder die halbe Nacht am Klavier saß und Hopes hungriges Wimmern mit Mozart, Chopin, oder Brahms übertönte und sich in der Musik verlor, wie sie es in ihrer einsamen Kindheit getan hatte. Und anstatt begierig auf Archies amouröse Avancen einzugehen, wie sie es bisher getan hatte, stieß sie ihn von sich, rollte sich zusammen und wehrte jeden Annäherungsversuch ab. Was war denn nur los mit ihr? fragte sie sich. Sie hatte einen wunderbaren Mann und ein entzückendes Baby. Warum konnte sie sich nicht über ihre kleine Tochter freuen, wie Archie es so offensichtlich tat?

Dabei war Hope nicht mal ein schwieriges Kind, ganz im Gegenteil, wie Beatrice, die eingeborene Amme, die Archie aus lauter Verzweiflung eingestellt hatte, bemerkte, »die Kleine ist wie Sonne, *Memsahib*, strahlt ganzen Tag«. Und Archie legte eine grenzenlose Geduld an den Tag und schob Lilas Lustlosigkeit, ihre plötzlichen Wutanfälle und die Vernachlässigung ihrer Mutterpflichten auf ihre Jugend (schließlich war sie erst achtzehn) und Unerfahrenheit. Doch als die Wochen ins Land gingen, ohne daß sich irgendeine Besserung abzeichnete, wurde er zusehends unruhiger. War es seine Schuld? fragte er sich. Erwartete er zu viel von dem unschuldigen Mädchen, das er so überstürzt geheiratet hatte?

»Ach, da machen Sie sich mal keine Sorgen«, sagte Mrs. Anderson, die Frau des Pfarrers, als er sie um Rat fragte. »Geben Sie dem Mädchen ein bißchen Zeit, dann wird sich das schon finden.« Und tatsächlich begannen die düsteren Wolken sich ganz allmählich, fast unmerklich zu verziehen, so daß Lila, als Hopes erster Geburtstag nahte, zwar noch keine mütterlichen Gefühle hegte, aber immerhin in der Lage war, die alltäglichen Pflichten als Mutter zu erfüllen. Als Archie jedoch Andeutungen machte, daß er gerne ein zweites Kind hätte, »diesmal einen

Sohn, der später die Farm übernehmen kann«, wich sie ihm aus, zum einen in Erinnerung an die Warnung ihrer Mutter, zum anderen weil sie wenig Drang verspürte, eine Erfahrung zu wiederholen, die ihr bisher so wenig Freude gebracht hatte. Sie war selbstsüchtig, schalt sie sich, als sie die Tage zwischen ihrer Regel zählte und sich im stillen freute, wenn das Blut kam – schließlich konnte Beatrice sich ebensogut um zwei Kinder kümmern –, doch Hopes unübersehbare Vorliebe für ihre farbige *aya* führte ihr täglich ihren Mangel an mütterlichen Gefühlen vor Augen. Erst 1933, als Hope fast drei Jahre alt war, gab sie nach. »Nächstes Mal mache ich es besser«, versprach sie Archie. »Versprochen.«

Ihre Regel war bereits eine Woche überfällig, und sie wartete nur noch auf den passenden Augenblick, um ihrem Mann die freudige Nachricht mitzuteilen, nach der er sich so sehnte, als es passierte.

Er war vor Tagesanbruch aufgestanden, um die Löwin zu jagen, die seit einer Woche um die Siedlung der Eingeborenen herumschlich. Als er zum Frühstück nicht zurück war, machte Lila sich noch keine Sorgen; er blieb oft stundenlang fort, wenn die Jagd gut war, begleitet von Juma, seinem Fährtensucher, und Monty, seinem Rhodesian Ridgeback. Erst am Nachmittag, als der Hund schwer verwundet und blutend aus dem Busch gehumpelt kam, wurde Lila bewußt, wie lange Archie schon fort war. Als sie Njombo, seinen Aufseher schließlich überredet hatte, einen Suchtrupp loszuschicken, blieb ihnen nur noch eine knappe Stunde Tageslicht.

Es war ein Büffel – das gefährlichste Tier in Afrika, wie Archie sie bei ihrer Ankunft in Seggieden gewarnt hatte, weil es so unberechenbar war –, der all ihre Träume für die Zukunft zerstörte.

Nach Einbruch der Dunkelheit schleppte Juma sich in die Eingeborenensiedlung, und am nächsten Tag fanden sie auch Archie – beziehungsweise das, was von ihm übrig war: von Hörnern durchbohrt, niedergetrampelt und von nächtlichen Aasfressern angenagt. Die grausame Art seines Todes und das quälende Gefühl, sie hätte ihn retten können, wenn sie nur entschlossener reagiert hätte, stürzten Lila erneut in tiefste Verzweiflung, und die weiteren Schläge, die im Lauf der nächsten Wochen folgten, brachten sie beinahe um den Verstand.

Juma überlebte seinen Herrn nur um zwei Tage, und Montys Verletzungen waren so schlimm, daß sie beschlossen, ihn von seinem Leid zu erlösen. Hopes hysterische Reaktion, als sie unbemerkt auf der Veranda auftauchte und mit ansah, wie Njombo den gequälten Hund mit einem Kopfschuß tötete, bestärkte den Verdacht der abergläubischen Eingeborenen, daß Seggieden von bösen Geistern befallen war, und löste eine Massenflucht aus. Sämtliche Kikuyus verließen die Farm, und sogar Beatrice ließ sich von der allgemeinen Paranoia anstecken, nahm alles aus ihrer Hütte mit, was sie tragen konnte, und verschwand im Busch, so daß Lila mit ihrer verstörten Tochter allein zurückblieb.

Als ob das noch nicht ausreichte, kam ein Brief von Archies Bank in Nairobi mit der Mitteilung, er sei mit den Raten für Seggieden (das immer noch hochverschuldet war, trotz der Finanzspritze aus dem Nachlaß seines Onkels) zwei Monate im Rückstand, und wenn die Außenstände nicht innerhalb von dreißig Tagen beglichen würden, sehe die Bank sich gezwungen, die Zwangsvollstreckung einzuleiten. Obendrein bekam Lila am gleichen Tag verspätet ihre Regel.

Die Nachricht von Archies Tod sprach sich herum, und immer mehr Gläubiger meldeten ihre Forderungen an, nicht nur in Kenia, sondern auch in England, übermittelt von Topper & Batt, Archies Londoner Anwälten. Bald wurde Lila klar, daß selbst nach einem Verkauf der Farm kaum noch genug Geld übrigbleiben würde, um für sie und Hope die Rückfahrt nach England zu bezahlen.

»Nein, Kindchen«, widersprach die Frau des Pfarrers, als Lila erklärte, sie würde dableiben und um Seggieden kämpfen, »Sie müssen an die Kleine denken – das hier ist nicht der richtige Ort, um allein ein Kind großzuziehen.« Auch der Versuch, Archies Bank in Nairobi um Aufschub zu bitten, war vergeblich.

Als sie sich mit Hope, die sich an ihren Rock klammerte, und einem einzigen Koffer, in dem alles war, was sie besaß, auf den langen Heimweg nach England machte, brannte Lila vor Zorn über die Ungerechtigkeit des Lebens.

Das Schiff, mit dem sie in Mombasa auslief, war kleiner und schäbiger als das, mit dem sie vier Jahre zuvor in Kenia gelandet war, und erst kurz vor Ende der Reise erfuhr sie, daß es gar nicht nach Southampton fuhr, sondern nach Genua. Als das Schiff am 31. Mai 1934 in den Hafen einlief, beschloß Lila, an der noch immer der Schmerz über den Verlust von Seggieden nagte, den Zufall entscheiden zu lassen.

»Also gut, werfen wir eine Münze«, sagte sie zu Hope und fischte einen Penny aus ihrem Portemonnaie. »Kopf heißt, ich schicke Onkel Frank ein Telegramm und bitte ihn, uns Geld für die restliche Heimreise zu schicken. Wenn es Zahl wird, nehmen wir den ersten Zug von Genua und schauen, wo er uns hinbringt.«

Hope hörte ihr nicht zu. Zum erstenmal seit Wochen war ihre Neugier geweckt, und sie stand an der Reling, um das Gewimmel auf dem Kai, die leuchtendbunt bemalten Fischerboote mit ihren fremdartigen Namen – *Sant'Efisio, Emanuele II, Santa Giustina* – und die dunkelhäutigen Schauermänner zu beobachten, die auf das Schiff zuschwärmten, um es zu entladen.

Mit einem kribbelnden Gefühl von Verwegenheit warf Lila die Münze in die Luft. Sie flog hoch, funkelte in der grellen Mittelmeersonne auf und fiel trudelnd wieder hinunter. Lila fing sie auf und klatschte sie auf ihren Handrücken.

»Zahl«, rief sie mit einem Gemisch aus Angst und Freude. Kurz vor dem vierten Halt, als der Zug aus einem Tunnel rollte und den Blick auf üppige Bougainvillea-Sträucher (eine schmerzliche Erinnerung an Afrika) und hohe Wohnhäuser mit *trompe-l'œil*-Malereien, hölzernen Fensterläden und gußeisernen Balkonen freigab, die sich hartnäckig an den steilen Hügeln festklammerten, beschloß sie, hier würden sie bleiben.

CASA VEDOVI, verkündete das Schild auf dem Bahnsteig. Hope an der einen Hand, den schweren Koffer in der anderen, trat Lila aus dem Bahnhofsgebäude, atmete den Geruch nach frischgebackenem Brot und Fisch, Knoblauch und Jasmin, Algen und Abwasser ein und machte sich auf den Weg die steile Straße hinauf.

Jedes der Häuser, die in kräftigen, erdigen Schattierungen von Gelb, Terrakotta, Senf und Umbra gestrichen waren, sah anders aus; sämtliche Fassaden waren mit schwungvollen Schnörkeln, verschmitzten Putten, unechten Architraven, Holzläden und Fenstern bemalt; offene Türen boten verlockende Einblicke in kühle, schattige Innenräume, und überall führten steile Steintreppen nach oben und nach unten, verschwanden verführerisch um irgendwelche Ecken oder endeten an kleinen, weißgekalkten, mit Wäsche behängten Innenhöfen, hinter deren Eisengittern Geranien, Bleiwurz und verwilderte Kletterrosen wuchsen.

»Mummy, Mummy!« rief Hope und zupfte aufgeregt an ihrem Ärmel. »Das Meer!« Lila spähte zwischen zwei steil aufragenden Mauern hindurch, und als sie dahinter das glitzernde Wasser einer sanft geschwungenen Bucht erblickte, fühlte sie sich zum erstenmal seit Archies Tod wieder ein wenig aufgemuntert.

VIA GARIBALDI stand auf dem Schild an der Steinmauer, die die Promenade vom einige Meter tiefer liegenden Strand trennte. An der Wasserseite drängten sich wie auf Auslegern gebaute Hütten mit wackeligen Tischen und Stühlen, und auch auf der Landseite reihten sich Cafés, Restaurants und Geschäfte aneinander. Am Ende der Bucht ragten hoch oben von einem Felsvorsprung die Zinnen einer alten Burg in den Himmel, und hinter einem breiten Torbogen sah man ein Dutzend kleiner Boote im geschützten Hafen vor Anker liegen. Während Lila noch dastand und überlegte, was sie jetzt tun sollte, begann die Glocke der Burg zu läuten, und als hätten sie nur auf dieses Signal gewartet, strömten plötzlich von überall her Leute auf die Straße.

Schlanke, sonnengebräunte Mädchen kamen flüsternd und kichernd aus den Türen und Gassen und schlenderten an den dunkelhäutigen, schwarzäugigen Jungen vorüber, die sich an allen Ecken zusammenscharten. Dicke, schwarzgekleidete Matronen ließen sich zu einem Schwatz auf ihrer Türschwelle nieder oder stapften mit strenger Miene zwischen verlegenen jungen Männern und Frauen einher, um die Annäherungsversuche ihres Nachwuchses zu überwachen. Ehepaare spazierten durch den abendlichen Sonnenschein, während ihre Kinder kreischend und lachend um sie herumrannten, und alte Männer mit mahagonibrauner Haut setzten sich in die Straßencafés, um Schach oder Domino zu spielen.

Ihre Fröhlichkeit war ansteckend; überall erklangen Rufe – *»Ciao!« »Come stai?« »Buona sera!«* – und munteres Geplauder, begleitet von strahlendem Lächeln und schwungvollen Gesten. Oben über der Straße wurden Holzläden geöffnet und Fenster aufgerissen, um die frischere Abendluft hereinzulassen, und man hörte das Klappern von Töpfen und Pfannen; Markisen wurden eingerollt, um die letzten Sonnenstrahlen zu genießen, und livrierte Kellner notierten die Bestellungen ihrer Gäste, während sie gleichzeitig den Mädchen hinterherschauten.

Lila überquerte die Straße, steuerte auf das nächstliegende Restaurant zu, setzte Hope an einen der Tische und sank neben ihr auf den Stuhl. Dann überkam sie plötzlich Panik angesichts dessen, was sie getan hatte, und sie brach in Tränen aus.

»Scusi, signora, cosa c'è?«

Die Frau war dick und mindestens fünfzig, aber sie hatte das netteste, rosigste Gesicht und die verschmitztesten braunen Augen, die Lila je gesehen hatte.

»Entschuldigen Sie«, stammelte sie und tastete nach ihrem Taschentuch, während Hope die fremde Frau mit großen Augen anstarrte. »Was haben Sie gesagt?«

»*Parla italiano?*«

»Wie bitte?«

»Sie sprechen Italienisch?«

»Oh.« Lila schüttelte den Kopf. »Nein, kein Wort.«

»*Inglese?* Engländerin?«

»Ja.«

»Buono.« Die Frau legte eine Hand auf ihren üppigen Busen. »*Io sono Cecilia.* Ich – heiße – Cecilia«, sagte sie, so langsam und

deutlich, als spräche sie mit einem zurückgebliebenen Kind. Mit ihrem pummeligen Finger deutete sie auf das Schild über der Tür, auf dem in großen Lettern CAFFÈ CONTI stand. *»Signora Conti. Capisce?«* Sie berührte Lila sanft am Arm. »Und Sie? *Come si chiama?* Wie – heißen – Sie?«

»Lila«, antwortete Lila und schneuzte sich. »Lila McAndrew.«

»Avete fame? Sie haben Hunger?«

Plötzlich wurde Lila bewußt, daß sie und Hope seit dem Frühstück auf dem Schiff nichts mehr gegessen hatten. »Und wie«, rief sie aus.

Energisch winkte Signora Conti einen der Kellner herbei und befahl ihm in schnellem Italienisch: *»Gianni, due minestre e due bicchieri di vino e una* – die Kleine, mag sie Orange?«

Lila nickte stumm.

»Bene. E un'aranciata per la bambina. Grazie, caro.«

»Mio figlio«, erklärte sie und lächelte mit mütterlichem Stolz dem davoneilenden Kellner hinterher. »Mein Sohn. Und du, *cara?«* Sie wandte sich Hope zu. »Wie heißt du?«

Schüchtern schlang Hope die Beine umeinander und murmelte etwas.

»Scusi?«

»Hope.« Lila suchte nach einer Umschreibung. »Das bedeutet soviel wie Glaube, Vertrauen, etwas Schönes erwarten –«

»Ah – *speranza.«* Signora Conti strahlte. *»Che bel nome!«*

Als das Essen serviert wurde – große, dampfende Schalen mit einer Suppe aus Reis und Gemüse, dazu dick geschnittenes Brot und Käse –, kehrten Lilas Lebensgeister allmählich zurück, und ermuntert von Signora Conti, die es sich auf ihrem Stuhl bequem machte, als hätte sie nichts Besseres zu tun als sich die Leidensgeschichte jedes vorüberziehenden Fremden anzuhören, erzählte sie ihr alles, von Archies schrecklichem Ende über den erzwungenen Verkauf der Farm und den Verlust ihres kostbarsten Besitzes, des Klaviers, das er ihr geschenkt hatte, bis zu der langen Seereise mit ihrer Tochter, die sie ans falsche Ziel gebracht hatte.

Signora Conti lauschte schweigend, bis sie geendet hatte, dann klatschte sie in die Hände. *»Pero qui è perfetto!«*

»Wie bitte?«

»Che cosa fortunata«, wiederholte die Signora und entblößte ihre langen, gelblichen Zähne in einem strahlenden Lächeln – was für ein glücklicher Zufall, daß Lila und *»sua bella figlia«* ausgerechnet in Casa Vedovi gelandet waren (was, wie sie erklärte, »Haus der Witwen« bedeutete, nach den Frauen, die sich früher um den Hafen gekümmert hatten, während ihre Männer oft monatelang auf See gewesen waren), denn da ihre Tochter Maria eine Woche zuvor mit ihrem frischangetrauten Mann nach Santa Rocca gezogen war, hatte sie zuwenig Personal in ihrem Restaurant, und das, wo gerade die Sommersaison begonnen hatte.

Sie ließ Wein nachkommen, nippte gelegentlich daran und wartete, bis Lila und Hope fertig gegessen hatten, dann führte sie sie von der sonnigen Terrasse in den kühlen, schattigen Innenraum mit dem Steinfußboden, den tabakbraunen Wänden und dem Klavier (auf dem, wie sie bemerkte, seit Marias Auszug niemand mehr gespielt hatte), an der lauten, geschäftigen Küche vorbei und eine steile, schmale Treppe hinauf zu den Privaträumen im ersten Stock. Was für eine Verschwendung, sagte sie, daß Marias altes Zimmer jetzt leer stand. Was Lila davon hielte, ihr im Austausch gegen freie Kost und Logis für ein paar Wochen in der Küche auszuhelfen?

Lilas vorsichtige Nachfrage, ob *Mr.* Conti über dieses erstaunlich nette Angebot nicht vielleicht auch befragt werden wollte, erheiterte ihre Wohltäterin sehr. Papa Pietro, erklärte die Signora, kümmere sich um sein Boot, die *Sant'Andrea,* die die Küste zwischen Portofino und Casa Vedovi entlangfuhr und Passagiere und Waren zu den abgelegenen Dörfern brachte, und das Restaurant sei ihr Herrschaftsgebiet. »Papa Pietro tut, was ich ihm sage«, schloß sie mit einem Lachen.

Marias Zimmer, dessen Einrichtung lediglich aus einem alten eisernen Bettgestell, einem schweren Mahagonischrank, einer Kommode und einem zerfransten Korbsessel bestand, war dunkel und stickig. Doch als Signora Conti die Fensterläden aufstieß und dahinter ein schmaler, üppig mit Geranien bepflanzter Balkon und ein herrlicher Ausblick auf den weiten Himmel und das silbrig glitzernde Meer zum Vorschein kamen, sog Lila die würzige Luft ein und faßte einen Entschluß – wie könnte sie ein so großzügiges Angebot ausschlagen?

Die ersten Wochen im Caffè Conti markierten einen Neuanfang, doch Lilas Wunden heilten nur langsam, und es fiel ihr schwer, eine Beziehung zu ihrer Tochter aufzubauen. Während der langen Reise von Afrika hatte sie sich notgedrungen allein um Hope gekümmert, aber anstatt sich zu bemühen, die Kleine über den Verlust ihres Vaters und ihrer *aya* hinwegzutrösten, hatte sie im stillen Hope die Schuld an allem gegeben, von Archies Tod bis zu ihrer Unfähigkeit, Seggieden zu retten, und Hope hatte ihre Feindseligkeit gespürt und sich in sich selbst zurückgezogen, so daß die Kluft zwischen ihnen noch größer geworden war. Selbst jetzt gab es immer noch Tage, an denen Lila es kaum ertragen konnte, mit ihrer Tochter im gleichen Raum zu sein, und Nächte, in denen die Sehnsucht nach Archie sie wie ein körperlicher Schmerz quälte und sie Hope am liebsten aus dem gemeinsamen Bett gestoßen hätte.

Doch nach und nach, als aus den ursprünglich vereinbarten zwei Wochen sechs, dann acht und schließlich zehn wurden, als die Saison zu Ende ging und sie und Hope voller Herzlichkeit in die große, chaotische Familie Conti aufgenommen wurden, begann Lilas Verbitterung nachzulassen. Eines sonnigen Tages im August, als die ganze Stadt von schwatzenden italienischen Feriengästen wimmelte und im Caffè Conti jede Hand gebraucht wurde, machte Mamma Cecilia ihr ein Kompliment über Hopes hilfsbereites Wesen, und sie verspürte eine kleine Welle des Stolzes; und als sie eines Nachts Ende Oktober vom Rauschen der Wellen aufwachte, die unterhalb ihres Fensters über den Kiesstrand spülten, und dann auf den Atem ihrer Tochter lauschte, dachte sie nicht an Archies Abwesenheit, sondern an Hopes vierten Geburtstag, der in ein paar Tagen bevorstand.

Die Arbeit tat ihr gut; tagsüber, während Hope unter der Aufsicht von Gino, dem jüngsten Sohn der Contis, im Garten hinter der Küche spielte, half Lila Cecilia und deren zweitältester Tochter Clara in der Küche oder an der Bar; abends, wenn Hope im Bett lag, spielte sie Klavier, im Sommer für die Touristen, im Winter für die Einheimischen – wettergegerbte, schweigsame Männer, die ihren gestrengen Ehefrauen und Müttern entflohen waren und, den Stuhl gegen die Wand gekippelt, ein Glas Rotwein in der Hand, mit einem Ohr zuhörten. Hier spielte sie nicht das klassische Repertoire, das sie gewohnt war, sondern die munteren, modernen Stücke, die die Contis und ihre Gäste gerne hörten: amerikanische Musicalsongs, Ragtime und Boogie. Nachts schlief sie tief und traumlos, zu erschöpft, um wach zu liegen und sich nach dem zu verzehren, was sie verloren hatte, oder sich den Kopf darüber zu zerbrechen, was hätte sein können, wenn Archie noch am Leben wäre.

Als der November kam, sagte Hope statt »bitte« und »danke« *»per favore«* und *»grazie«*, und am Ende des Jahres wechselte sie mühelos zwischen Englisch und Italienisch und beherrschte die neue Sprache beinahe ebenso fließend wie die, mit der sie aufgewachsen war. Wenn wenig los war, öffnete Papa Pietro (der ebenso hager und mundfaul war wie seine Frau rundlich und gesprächig) oft eine Flasche vom Cinqueterre, dem duftigen Weißwein Liguriens, legte eine Jazz-Schallplatte auf das handbetriebene Grammophon – Louis Armstrong, Clarence Smith oder die Dorsey Brothers – und ermunterte Lila, dazu auf dem Klavier zu improvisieren, während Gino, Gianni und Agostino, die drei Söhne, unter lauten Anfeuerungsrufen und übermütigem Gelächter mit Hope zwischen den Tischen umhertanzten.

Die Monate zogen vorüber, aus einem Jahr wurden zwei, dann drei, Hope wurde sechs und kam in die Schule, und irgendwann verebbte Lilas Schmerz. Es kam der Tag, an dem sie das Foto von Archie ansehen konnte, ohne gegen die Tränen ankämpfen zu müssen; eines Morgens, als sie zum Kai hinunterging, um Fisch zu kaufen, fiel ihr auf, daß sie eine ganze Woche lang nicht an ihn gedacht hatte; und als sie in einer Sommernacht aufwachte und ihr Gesicht der sanften Brise zuwandte, die zum Fenster hereinwehte, wurde sie nicht länger von den Schuldgefühlen geplagt, die solche harmlosen Genüsse bis dahin begleitet hatten. Als Hope, mittlerweile acht Jahre alt und eine perfekte italienische *bambina,* sich eines lauen Morgens im April 1939 an sie kuschelte und bettelte: »Mamma, können wir für immer hierbleiben?«, strich Lila ihr über das sonnengebleichte Haar und sagte: »Ja, *cara mia,* ich glaube, das können wir …«

Hope erblickte sie als erste. Es war Mitte Juni, und die Feriensaison hatte gerade begonnen, als sie das Grüppchen bemerkte, das vom Hafen heraufkam und die Via Garibaldi entlangschlenderte – es waren Engländer, die sich eindeutig von der Masse der lauten, gestikulierenden Italiener abhoben.

»Wahrscheinlich mit dem Boot aus Portofino gekommen«, vermutete Lila, als Hope sie zu sich auf den Balkon rief. »Tagesausflügler, die sich die Küste ansehen.«

Sie waren zu sechst: ein großer, bereits ziemlich gebeugter grauhaariger Herr in einem zerknitterten Leinenanzug und einem alten Panamahut, eine schlanke, elegante Frau undefinierbaren Alters in einem hellblauen Kostüm und einem breitkrempigen Strohhut, drei grazile junge Mädchen in pastellfarbenen Kleidern und ein braungebrannter, blonder junger Mann in einem Hemd mit offenem Kragen und einer Krickethose, der, die Hände in den Taschen und offensichtlich gelangweilt, hinter den anderen herschlurfte.

»Wie wär's mit dem hier?« schlug eines der Mädchen mit manieriertem, näselndem Akzent vor, als sie sich dem Caffè Conti näherten. »Was meinst du, Mama?«

Ihre Mutter musterte die gußeisernen Stühle mit den ausgeblichenen Kissen und die einfachen, karierten Decken auf den Holztischen und machte keine Anstalten stehenzubleiben.

»Komm schon, Mama, ich lechze nach einem Bier.«

Die Stimme des jungen Mannes war einnehmender und wesentlich natürlicher als die seiner Schwester, und mit einer huldvollen Kopfneigung gestattete die Mutter ihrem Sohn, ihren

Arm zu nehmen und sie über die Straße zu geleiten. Das Grüppchen verschwand unter der Markise, und Lila und Hope konnten von ihrem Balkon aus hören, wie die Mädchen sich darüber stritten, welcher Tisch der beste war. Ihre Mutter wies sie sanft zurecht, während ihr Bruder sie anherrschte, sie sollten aufhören, sich wie kleine Kinder zu benehmen.

Eine von ihnen las die Speisekarte vor.

»Mama, was ist *agnello*?«

»Lammfleisch, Liebes.«

»Und *acciughe*?«

»Sardellen.«

»Igitt! Und was ist *guanciale*?«

»Schweinebacke«, lautete die leicht amüsierte Antwort. »Ich glaube nicht, daß dir das schmeckt. Geh lieber auf Nummer Sicher und nimm etwas wie *pollo alla romana* – das ist Hähnchenfleisch mit Tomaten und Paprika – oder *prosciutto e melone*. Der Schinken soll hier sehr lecker sein.«

»Können wir runtergehen und mit ihnen reden?« bettelte Hope und zupfte Lila am Ärmel. »Vielleicht kennen sie ja meine Granny.«

Nach ihrer Ankunft in Italien hatte sie eine Zeitlang ständig nach ihrer Großmutter gefragt, wo sie lebte, wie sie aussah, ob sie so war wie Mamma Conti. »Alle anderen Mädchen sehen ihre *nonna* jeden Tag«, hatte sie gequengelt, nachdem sie in die Schule gekommen war, »und ich habe meine noch nie gesehen!«

»Das glaube ich kaum«, sagte Lila jetzt. »England ist ein riesengroßes Land, und die Leute kommen bestimmt aus London.«

»Woher weißt du das?«

»Nun ja, ihre Kleider, ihr Akzent ...«

Alles an ihnen sah nach Geld aus. Dorothy wäre sofort begeistert gewesen, dachte Lila spöttisch, als Hope nach unten lief, um sie sich aus der Nähe anzusehen.

Als sie sich beim Hinausgehen in dem fleckigen Wandspiegel erblickte – gerade Nase, große, braune Augen mit dichten, geschwungenen Wimpern, volle Lippen, üppiges, kastanienbraunes Haar, das zu einem unordentlichen Knoten geschlungen war, und braungebrannte Haut, was keineswegs der gängigen Mode entsprach –, dachte sie bei sich, wie derb ihre Züge im Vergleich zu denen der zarten englischen Schönheiten unten auf der Terrasse geworden waren. Außerdem war sie rundlicher geworden, das Ergebnis von Mamma Cecilias guter Küche und ihrer eigenen wachsenden Zufriedenheit. Eilig strich sie sich die Haarsträhnen aus dem Gesicht und folgte Hope nach unten.

Mamma Cecilia schälte Tomaten, während Clara Teig knetete. »*Perchè* Hope ist so aufgeregt?« fragte sie, als Lila in die Küche kam.

»Englische Touristen.« Lila hängte sich ihre Schürze um und wickelte die Bänder zweimal um die Taille, bevor sie sie verknotete. »Sind gerade mit dem Boot aus Portofino gekommen. Sie glaubt, sie kennen vielleicht ihre Großmutter.«

»Ah – *turisti* ...« Mamma nickte. »*La mia piccola,* sie mag großen Auftritt, *eh*?«

Seit sie in Italien waren, hatte Hope ein erstaunliches Selbstbewußtsein entwickelt, und sie liebte es, die Touristen zu beeindrucken. Manchmal verdiente sie sich sogar ein kleines Taschengeld, indem sie den Damen in ihrem perfekten Italienisch Komplimente machte und die Herren mit kokettem Augenaufschlag bezirzte wie eine echte *latina*. Es war noch früh, und der Mittagsandrang hatte noch nicht eingesetzt; Mamma zwinkerte Clara zu, wischte sich die Hände an der Schürze ab und ging mit Lila zur Terrassentür, um sich das Schauspiel anzusehen.

Hope war bereits beim Tisch der Engländer, hüpfte neben Gianni auf und ab und krähte mit weithin hörbarer Stimme: »Ja, die *fettucini* sind gut, aber der *gambero* – das ist Krebs, wissen Sie – ist besser. Und Sie müssen unbedingt die *focaccia* probieren – Mamma Cecilia macht die beste *focaccia* in ganz Italien, nicht wahr, Gianni?«

»Si«, stimmte Gianni ihr grinsend zu. »*Molto bene*.«

Lila, die das Ganze verfolgte, mußte sich das Lachen verkneifen. Die beiden paßten gut zusammen: Gianni, ganz der typische Italiener, in seiner Kellneruniform, bestehend aus weißem

Hemd, blauer Weste und schwarzer Hose, und Hope, mit ihren haselnußbraunen Augen, dem dichten, störrischen Haar und den Sommersprossen ihrem verstorbenen Vater wie aus dem Gesicht geschnitten, in zerrissenen roten Shorts, einem alten grünen Hemd, das früher Agostino gehört hatte, und rosafarbenen Bastsandalen, die mit einer Schnur zusammengebunden waren.

»Gut, dann nehmen wir den Krebs«, beschloß der Herr amüsiert. »Und wie könnten wir der besten *focaccia* in ganz Italien widerstehen? Ginny, meine Liebe, was möchtest du trinken?«

Seine Frau sah auf die Speisekarte. »Zitronentee, glaube ich«, sagte sie und wechselte mühelos zu Italienisch. »*Tè al limone*. Ihr auch, Mädchen? Ja? Gut, dann also Tee für vier – *per quattro, per favore*. Charles, Ed, Bier?«

Der junge Mann blickte hinaus auf das Meer und trommelte ungeduldig mit den Fingern auf die Armlehnen seines Stuhls. Sein glattes, weiches Haar, das von der Sonne fast weiß geblichen war, fiel ihm in die Stirn, und als er es mit schlanken, sehnigen Fingern zurückstrich, dachte Lila bei sich, daß sie noch nie in ihrem Leben einen so unglaublich schönen jungen Mann gesehen hatte. Alles an ihm – sein klassisches griechisches Profil, seine glatte, goldbraune Haut, die langen Beine, sogar die kleinen Wirbel im Nacken – war vollkommen.

»*E due birre, mille grazie*.« Die Dame schenkte Gianni ein gnädiges Lächeln, dann lehnte sie sich zurück, fächelte sich mit der Speisekarte Luft zu und lenkte ihren kühlen Blick auf Hope. »Nun sag mal, meine Kleine, was macht denn ein englisches Mädchen – du bist doch Engländerin, oder? – in Casa Vedovi?«

Hope zappelte vor Begeisterung, als sie merkte, daß sie im Zentrum der Aufmerksamkeit stand. »Ich wohne da oben«, sagte sie und zeigte auf den Punkt oberhalb der Markise, wo ihr Zimmer lag. »Mamma arbeitet in der Küche, und abends spielt sie an der Bar Klavier.« Sie balancierte auf einem Bein und wikkelte sich eine Haarsträhne um den Finger. »Kennen Sie meine Granny?«

Eines der Mädchen prustete los, verstummte jedoch, als seine

Mutter ihm einen warnenden Blick zuwarf. »Ich weiß nicht. Wie heißt sie denn?«

»Granny Watkins-Heaver.«

Erneutes Gekicher, das mit einem scharfen »Lydia!« und einem Stirnrunzeln erstickt wurde. »Und wo wohnt Granny Watkins-Heaver?«

»In Gillisham. Das ist bei Bournemouth, sagt Mamma.«

»Ah«, sagte die Dame und schüttelte bedauernd den Kopf. »Das liegt in Dorset, wenn ich mich nicht täusche. Dann ist es leider unwahrscheinlich, daß wir sie kennen. Wir leben nämlich in London, das – wie du sicher weißt – ziemlich weit von Dorset entfernt ist. Aber wie kommt es, daß du in Italien lebst? Ist dein Papa Italiener?«

Lila, die das Ganze noch immer verfolgte, zuckte zusammen, als Hope ganz sachlich erwiderte: »Nein, er war Schotte. Nach seinem Tod wollten wir eigentlich nach England zurückfahren, aber wir haben das falsche Schiff aus Afrika erwischt –«

Nun wurde sogar der schöne junge Mann aufmerksam. »Er ist tot?«

»Hat sie Schiff gesagt?«

»Afrika?« fragte Lydia. »Was hast du denn in *Afrika* gemacht?«

»Ich bin da geboren. Daddy hatte eine Kaffeeplantage.«

»Und was ist mit deiner Mutter?«

»Eigentlich hat sie studiert, um eine berühmte Pianistin zu werden, aber dann ist Daddy aufgetaucht, und sie hat sich in ihn verliebt und ist mit ihm weggelaufen, um zu heiraten –«

»Du liebe Güte!« rief die Dame aus. »Deine Mutter muß aber eine mutige Frau sein!«

»Möchten Sie sie kennenlernen?« fragte Hope höflich. »Ich kann sie holen, wenn Sie wollen.«

»Das wäre wirklich sehr nett von dir. Ich möchte ihr gerne zu ihrer charmanten, talentierten Tochter gratulieren – es kommt nicht oft vor, daß man ein kleines Mädchen trifft, das sich fließend in zwei Sprachen unterhalten kann. Vielleicht mag sie ja einen Tee mit uns trinken?«

Mamma Cecilia schüttelte sich vor Lachen. *»Oh, mio piccolo* *tesoro«*, japste sie, »mein kleiner Schatz. Du mußt zu ihr gehen, *immediatamente*.« Sie warf Lila einen vielsagenden Seitenblick zu und lachte erneut, diesmal ein wenig anzüglich. »*E che bello, questo giovane, eh*? Was für eine schöne Junge. Gefällt er dir, *cara mia*?«

Wie Mamma häufig verlauten ließ, war es ihr innigster Wunsch, Lila wieder glücklich verheiratet zu sehen, am besten in Casa Vedovi, mit einem halben Dutzend *bambini,* die um sie herumkrabbelten. Sie hatte Lila bereits eine Auswahl der Junggesellen des Ortes vorgeführt: Luigi vom *Lo Schiaccianoci,* Matteo Ghiberti, dessen Vater das *Ristorante Medici* an der Via Umberto gehörte – »ist einzige Sohn, *cara – bene, eh*? – oder noch besser, wir finden netten englischen *turista* für dich und überreden ihn hierzubleiben, *eh*?« Dieses Exemplar sah ausgesprochen vielversprechend aus, und Mamma schob Lila mit einem energischen Klaps ihrer kräftigen Hand hinaus auf die sonnige Terrasse.

Sofort erhoben sich die beiden Männer unter lautem Stuhlgescharre, der ältere Herr zog seinen Panamahut und übernahm die Vorstellung. »Dr. Charles Kennett, zu Ihren Diensten, Ma'am. Das ist meine Frau Virginia, unsere älteste Tochter Philippa, die Zwillinge Lydia und Imogen, und Edward, der jüngste Sproß in unserer Familie.«

Offensichtlich verärgert über diese herablassende Bezeichnung, bot der junge Mann Lila mit einer angedeuteten Verbeugung seinen Platz an und stellte sich hinter den Stuhl seiner Mutter. Während Lila befangen Virginia Kennetts Fragen beantwortete, ertappte sie sich immer wieder dabei, wie sie zu Edward herüberschaute, der lässig an die Hauswand gelehnt dastand und sie unverhohlen betrachtete. Was war nur mit ihr los, fragte sie sich, überrascht von der Beschleunigung ihres Herzschlags, dem Kribbeln in ihren Handflächen und der plötzlichen Wärme zwischen ihren Schenkeln (ein Gefühl, das sie seit Archies Tod fast vergessen hatte) – schließlich war es bei weitem nicht das erste Mal seit ihrer Ankunft in Casa Vedovi, daß sie angestarrt wurde. Italienische Männer musterten *alle* Frauen, ob jung oder alt, schlank oder dick, hübsch oder häßlich, obwohl es ihnen im Höchstfall lediglich ein amüsiertes Schmunzeln eintrug. Was also war an diesem jungen Engländer anders?

Als Gianni mit den Getränken kam, ergriff sie dankbar die Gelegenheit zu Flucht, irritiert von ihrer heftigen Reaktion auf etwas an sich längst Gewohntes. Seit Archies Tod hatte sie keinen ihrer Verehrer auch nur im entferntesten in Betracht gezogen. Andererseits hatte sie auch noch nie zuvor – nicht einmal bei Archie, wie sie sich eingestehen mußte – vom ersten Moment an eine so starke körperliche Anziehungskraft gegenüber einem völlig Fremden verspürt.

Was war denn an ihm so besonders, fragte sie sich, während sie zur Küche zurückging – es konnte doch nicht nur sein hübsches Gesicht sein, das sie so in Aufruhr versetzt hatte, oder? Nein, sagte sie sich, als sie die Schürze wieder zuband und sich an die Arbeit machte, es war der kurze Moment, als sie aufgestanden war und Edward Kennett ihr die Hand gegeben hatte. Da hatte er sie an Archie erinnert. Natürlich nicht äußerlich – Archie war derb und wettergegerbt und bereits über vierzig gewesen, als sie sich kennenlernten, während Edward glatt und zart und vermutlich einige Jahre jünger war als sie – nein, er ähnelte dem jungen Archie, wie er damals möglicherweise gewesen war, voll mühsam gebändigter Energie, voller Ungeduld, seine Flügel auszubreiten und seinen eigenen Weg zu finden ... Es dauerte fast eine Stunde, bis sie sich wieder beruhigt hatte.

Als Hope ihre Mutter in der Küche verschwinden sah, verspürte sie eine ungute Vorahnung. »*Che bambina fortunata*«, sagte Mamma Cecilia oft zu ihr – was für ein Glück sie hatte, so eine schöne *madre* zu haben –, und schließlich war der gutaussehende Engländer nicht der erste, der Lila mit diesen großen Augen angestarrt hatte, wie ein Welpe, der gestreichelt werden will. Nein, was sie nervös machte, waren die verstohlenen Blikke, die ihre Mutter *ihm* zugeworfen hatte, als ob es ihr gefiele, so angestarrt zu werden.

Lange nachdem die Familie ihre Mahlzeit beendet und sich wieder auf den Weg gemacht hatte, sah sie ihn auf der gegenüberliegenden Straßenseite herumlungern, und ihr war sofort klar, daß er nicht auf Mamma Cecilia wartete.

Ab vier Uhr nachmittags, wenn die *siesta* vorbei war, erwachten die Restaurants und Cafés entlang der Via Garibaldi zum Leben. Tische wurden eingedeckt, Stühle zurechtgerückt und Markisen hochgekurbelt, denn jetzt begann die *passeggiata.* Hope stand gerade auf dem Balkon, als Lila das Caffè Conti verließ, um eine Besorgung für Mamma Cecilia zu erledigen, und so sah sie, wie Edward Kennett sich aufrichtete, seine halbgerauchte Zigarette über die Kaimauer schnippte und zielstrebig die Straße überquerte. Ihre Mutter zögerte, als sie ihn auf sich zukommen sah, dann schloß sie sich ihm an, und die beiden gingen die Straße hinunter. Hope stellte sich auf die Zehenspitzen, um sie nicht aus den Augen zu verlieren, und biß sich unruhig auf die Lippen.

»*Ciao* Lila«, hörte sie Rubio, den Oberkellner vom *La Taverna* rufen, als sie auf die Piazza Leopardi kamen.

»*Ciao* Rubio«, erwiderte ihre Mutter. »*Come stai*?«

Dann verschwanden Lila und ihr Begleiter im Schatten des *castello* und damit aus ihrer Sichtweite. Wohin gingen sie? fragte sich Hope. Und was wollte dieser mürrische junge Mann von ihrer Mutter?

Sie wartete, bis es fast dunkel war, aber sie sah sie nicht zurückkommen, und als Lila kurz vor elf neben ihr ins Bett schlüpfte und sie sie fragte, wo sie gewesen sei, erwiderte ihre Mutter mit jener strengen Stimme, die sie als kleines Kind immer gefürchtet hatte: »Das geht dich nichts an.« Dann drehte sie sich um und schlief sofort ein.

In der Nacht kehrte der alte Alptraum zurück. Hope war wieder in Seggieden und sah von der Veranda aus, wie Njombo sein Gewehr an Montys Kopf hielt, der große Hund zu Boden sackte und sein dunkles Blut über die rote Erde floß. Als sie am nächsten Morgen aufwachte, spürte sie wieder die Angst aus dieser schrecklichen Zeit, die Angst, daß ihr alles, was sie liebte, weggenommen wurde. Sie lag ihr wie ein Stein im Magen.

Während der nächsten zwei Wochen kam Edward Kennett jeden Morgen mit dem Boot aus Portofino herüber und wartete vor dem Caffè Conti, bis Lila auftauchte. Mamma Cecilia, die diese Treffen nach Kräften unterstützte, ließ sich immer neue Ausreden einfallen, warum sie ihren Schützling gerade nicht in der Küche brauchte – im Restaurant sei es ruhig, es gebe nichts zu tun; sie wolle mit Clara ein bestimmtes Rezept ausprobieren, und dazu brauche sie den ganzen Platz; Lila sehe ein wenig *pallida* aus, etwas frische Luft täte ihr sicher gut. Sie änderte sogar eines von Marias alten Kleidern, zartgelb und sehr schmeichelhaft zu Lilas sonnengebräunter Haut, damit die junge Frau sich für ihren Verehrer schönmachen konnte. Niemand ließ sich von ihren Manövern überzeugen, am wenigsten Hope, die sich in den vergangenen Jahren so sehr bemüht hatte, die Zuneigung ihrer Mutter zu gewinnen, und jetzt hilflos zusehen mußte, wie Lila Edward Kennett gegenüber immer liebenswürdiger und ihr gegenüber immer abweisender wurde.

Anfangs redete Lila sich ein, sie fühle sich lediglich geschmeichelt von Edwards Entschlossenheit, seinen ganzen Urlaub auf die Werbung um sie zu verwenden, doch Tag um Tag wurde es schwerer, die wachsende Zuneigung zu ihrem jungen Verehrer zu ignorieren. Was machte es schon, daß er jünger war? Nachdem sie fünf Jahre lang quasi wie eine Nonne gelebt hatte, stand ihr doch wohl ein bißchen Romantik zu, oder? Ach, und *wie* romantisch es war – am Fenster zu stehen wie eine liebeskranke Jungfer; der freudige Blitz, der sie jedesmal traf, wenn sie ihn vom Hafen heraufkommen sah; das Kribbeln, das sie bei jedem Lächeln, jeder zufälligen Berührung ihrer Hände verspürte. Nur in der Nacht, wenn sie neben ihrer schlafenden Tochter lag, mußte sie der Tatsache ins Gesicht sehen, daß ein Mann wie Edward – der mit Sicherheit jede Frau haben konnte, die er wollte – niemals bereit sein würde, sich ernsthaft an eine Frau mit einem achtjährigen Kind zu binden. Die Erkenntnis, daß es wiederum Hope war, die ihrem Glück im Weg stand, erfüllte sie mit tiefster Verbitterung.

Er war gerade mal zwanzig, noch jünger, als Lila angenommen hatte, und genoß die kurze Ruhepause zwischen Eton und Cambridge, wo er im Herbst sein Medizinstudium beginnen würde; danach würde er in die Praxis seines Vaters in der Harley Street eintreten.

»Obwohl Papa mir immer wieder sagt, ich soll mir erst mal die Hörner abstoßen«, vertraute er Lila an, als er mit ihr auf der Mauer unterhalb des *castello* saß und ein paar Kindern zusah, die im seichten Wasser nach Krebsen fischten. »Denn wie kann ich sicher sein, daß es wirklich das ist, was ich möchte, wenn ich nie etwas anderes ausprobiert habe?«

»Und ist es das?« fragte Lila, abgelenkt von seinem nackten Unterarm, der ihren streifte. »Ich meine, ist es das, was du möchtest?«

Offenbar ohne sich der Wirkung bewußt zu sein, die er auf sie hatte, schnippte Edward die Asche seiner Zigarette in den Wind, der vom Wasser herüberwehte, und zuckte die Achseln. »Ich weiß nicht«, sagte er. »Früher war ich mir ziemlich sicher, was ich wollte, aber in der letzten Zeit habe ich Zweifel bekommen. Wir fahren seit Jahren nach Italien; Mama kann gut malen, weißt du, sie hat früher in Florenz Kunst studiert, das dann aber abgebrochen, um Papa zu heiraten und ihm mit der Praxis zu helfen. Diese alljährliche Pilgerfahrt ist die Belohnung für die Opfer, die sie gebracht hat, und abgesehen vom Ziel – vor Portofino waren wir schon in Florenz, Amalfi, Rom, Sorrento, am Gardasee und weiß der Himmel wo sonst noch –, ist es jedesmal das gleiche. Mama schleift uns durch die Kunstgalerien, und dann spielen wir alle die glückliche Familie, während sie ein paar Aquarelle malt und ihr Italienisch aufpoliert. Ich hab's wirklich satt, dauernd mit Mama und Papa und meinen nervtötenden Schwestern herumzuziehen wie ein kleines Kind. Und die Vorstellung, noch jahrelang zu Hause zu wohnen, während ich studiere, und dann direkt bei meinem Vater in der Praxis anzufangen und mir für den Rest meines Lebens sagen zu lassen, was ich tun soll, macht mich ganz krank.« Er zog ein letztes Mal an seiner Zigarette, warf den glühenden Stummel in den Sand unter ihnen und starrte mißmutig aufs Meer hinaus. »Aber was könnte ich sonst tun? Vielleicht sollte ich einfach abhauen, wie du es getan hast, bevor es endgültig zu spät ist.«

Er nahm sein Etui aus der Tasche, zündete sich eine neue Zigarette an und verkündete dann übergangslos: »Donnerstag fahren wir nach Hause. Was hältst du davon, wenn wir uns am Mittwoch ein Boot nehmen, irgendwohin fahren, wo wir ungestört sind, und den ganzen Tag zusammen verbringen?«

Während der vergangenen zwei Wochen hatte er Lila wie eine Prinzessin behandelt, sie in Casa Vedovis feinste Restaurants ausgeführt, eine Ponykutsche gemietet, um mit ihr den steilen Hügel zum Parco Goldoni hinaufzufahren, und beim Blumenhändler auf dem Campo dei Fiori einen riesigen Strauß roter Rosen gekauft und ihn ihr mit einer Verbeugung und einem Handkuß überreicht. Kurz gesagt, zu Lilas wachsender Enttäuschung hatte er sich wie ein perfekter Gentleman verhalten. Als er jetzt absichtlich sein Bein gegen ihres drückte, ihr tief in die Augen sah und verführerisch murmelte: »*Bitte*, Lila!«, wie hätte sie da nein sagen können?

Er mietete ein Boot und fuhr mit ihr nach San Marco, eine kleine Bucht ein paar Meilen von Casa Vedovi entfernt, mit einem malerischen Strand und einer mittelalterlichen Abtei auf einem der Hügel dahinter, und von dem Augenblick an, als er kam, um sie abzuholen, benahm er sich anders als sonst. Immer wieder berührte er sie, legte die Hand an ihre Taille, als sie zum Hafen hinuntergingen, strich mit dem Daumen über die Innenseite ihres Handgelenks, als er ihr an Bord half, und hielt sie ein wenig enger und länger als unbedingt notwendig, als er sie bei ihrer Ankunft auf den Steg hob. Außerdem mied er den Weg zum Strand, wo eine Gruppe Italiener geräuschvoll ein Picknick abhielt, und wählte statt dessen den steilen Steinpfad, der in den Pinienwald hinter der Abtei führte.

Je höher sie kamen, desto mehr legte sich der Wind, und unter den Bäumen wurde es so heiß, daß Lila vor Anstrengung anfing zu keuchen und zu schwitzen. Gerade als sie vorschlagen wollte, wieder umzukehren, nahm Edward sie bei der Hand und führte sie seitwärts zu einer Lichtung, wo ein funkelnder Wasserfall vom Hang herunter in ein flaches Becken sprudelte. Er zog das Hemd aus und entblößte seinen schlanken, leicht gebräunten Oberkörper, schlüpfte aus Schuhen und Socken, krempelte seine Hosenbeine hoch und watete ins Wasser, um Gesicht und Arme zu erfrischen. Dann strich er sich das Haar aus der Stirn, beugte sich vornüber und bespritzte Lila unvermittelt mit eiskaltem Wasser, so daß sie vor Schreck nach Luft schnappte. Als er sie mit seinem großen weißen Taschentuch trockentupfte und dabei den Rinnsalen folgte, die tief in das Tal zwischen ihren Brüsten gelaufen waren, packte sie so heftige Erregung, daß sie außerstande war, ihm zu widerstehen, als er schließlich den Kopf neigte, um ihre nassen Lippen zu küssen.

Aus dem Küssen wurde Streicheln, doch zu Lilas grenzenloser Enttäuschung murmelte er nach einer Weile: »Meine Liebste, wenn ich jetzt nicht aufhöre, kann ich gar nicht mehr aufhören« und schob sie grob von sich. Er sprang auf und zog sie mit sich; sie taumelte, schwindlig vor Hitze und Lust.

Edwards Erregung war unübersehbar. »Laß uns etwas essen«, schlug er vor, drehte sich um und entfernte sich mit steifen Schritten von ihr, »bevor ich *dich* verschlinge!«

»Du kannst nicht hierbleiben«, sagte er, als sie auf der Terrasse eines kleinen Gasthauses oberhalb der Bucht saßen und *zuppe di pesce* aßen. »Ich meine, in Italien.«

»Was?« Das Kleid klebte feucht an Lilas Beinen, und ihr Herz pochte noch immer vor Erregung. »Wieso nicht?«

»Hör zu –« Er beugte sich über den Tisch, plötzlich todernst. »Vor ein paar Wochen hat Rom ein Bündnis mit Berlin unterzeichnet. Es wird bald Krieg geben, und wenn du hierbleibst, bist du in großer Gefahr.«

»Sei nicht albern.« Lila starrte auf seine Lippen und sehnte sich danach, noch einmal geküßt zu werden. »Die Menschen hier sind meine Freunde!«

Natürlich waren diese Dinge nicht völlig an ihr vorbeigegangen – seit Wochen redeten alle im Caffè Conti nur noch über den Einmarsch des *Duce* in Albanien und die Kriegsgerüchte, und erst am Abend zuvor hatte sie mitbekommen, wie Mamma und Papa Conti hitzig über die Unruhe debattiert hatten, die sich in Europa breitmachte. Ein- oder zweimal hatte sie sogar bemerkt, wie Nachbarn, die früher stets nett zu ihr gewesen waren, ihr merkwürdige Blicke zugeworfen hatten. Sie hatte diese ungewohnte Frostigkeit als Einbildung abgetan – schließlich bedrohten sie und Hope doch niemanden –, aber was, wenn Edward tatsächlich recht hatte?

»Außerdem«, fügte er hinzu, »wie sollen wir uns weiterhin sehen, wenn ich in England bin und du in Italien?« Und dieses Argument, dachte Lila, als er über den Tisch griff, um ihre Hand zu umfassen, war doch *viel* überzeugender.

Vielleicht sollte sie wirklich darüber nachdenken, sagte sie sich, als Edward ihr wieder ins Boot half; vielleicht wäre es wirklich besser, nach Hause zurückzukehren – natürlich nicht ihretwegen, sondern um Hopes willen. Doch selbst wenn sie sich zu diesem Entschluß durchrang; ihr fehlte das Geld für die Rückfahrt. Mamma Cecilia gab ihr zwar Lohn, doch das bißchen, was übrigblieb, nachdem sie für Kost und Logis bezahlt hatte, war nicht mehr als ein Taschengeld und würde auf keinen Fall reichen, um eine Fahrkarte nach England für sie und Hope zu kaufen.

»Machst du dir Sorgen wegen der Kosten?« fragte Edward, als hätte er ihre Gedanken gelesen, während das Boot die Landzunge umrundete. »Und wenn ich dir das Geld für die Rückfahrt leihe? Versprich mir, daß du wenigstens darüber nachdenkst, meine liebe, süße Lila, ja?«

Er legte den Arm um ihre Taille und küßte sie vor den Augen des Bootsführers mitten auf den Mund. »Ja …«, murmelte sie, schloß die Augen und erwiderte den Kuß voller Leidenschaft.

Als das Boot wieder abfuhr und ihn zum letztenmal von ihr fortbrachte, hätte sie am liebsten hinter ihm hergerufen und ihn angefleht, sie mitzunehmen.

»Was würdest du tun?« fragte sie später am Abend Mamma Cecilia.

»*Cara*«, erwiderte Cecilia, genau wie damals die Frau des Pfarrers nach Archies Tod, »ich würde tun, was ist am besten für la *bambina* …«

»Das verstehe ich nicht«, protestierte Hope. »Warum müssen wir nach England?«

»Es wird dir gefallen, wenn wir dort sind«, versuchte Lila sie zu besänftigen. »Denk nur, dann wirst du endlich deine Granny kennenlernen und Onkel Frank. Sie wohnen in einem richtig großen Haus, da bekommst du ein Zimmer ganz für dich allein, und der Strand ist viel schöner als hier – weicher, goldener Sand und nicht solche schrecklichen Kieselsteine wie hier in Casa Vedovi. Und in der Nähe ist Bournemouth, da gibt es eine Landungsbrücke und lauter schöne Geschäfte, und dann sind da noch Swanage, Poole, Corfe Castle – wir könnten mit der Fähre einen Tagesausflug nach Sandbanks machen –«

»Aber ich *brauche* keine Granny«, maulte Hope, auf wundersame Weise von der Sehnsucht nach ihrer *nonna* geheilt, »und die Fähre hier gefällt mir viel besser. Außerdem sagt Mamma Cecilia, in England regnet es immer. Das war dieser Junge, nicht? Er hat dich dazu gebracht.«

Lila legte einen Stapel frisch gebügelte Blusen in ihren Koffer. »Welcher Junge?«

»Du weißt schon …« Mürrisch trat Hope mit dem Fuß gegen den zweiten Koffer, der bereits fertig gepackt war und darauf wartete, nach unten getragen zu werden. »*Er.*«

»Wenn du damit Edward Kennett meinst –«

Keine Antwort, aber das Treten wurde heftiger.

»– er ist kein Junge«, sagte Lila streng, »sondern ein Mann, und er hat mich nicht dazu *gebracht,* er hat mir lediglich das Geld für die Fahrkarten geliehen, was sehr nett von ihm war und wofür wir ihm dankbar sein sollten.«

Am Morgen nach ihrem Ausflug nach San Marco war Edward unerwartet in der Küche des Restaurants aufgetaucht, hatte Lila ein dickes Bündel Lire in die Hand gedrückt und sie noch einmal inständig gebeten, auf seinen Rat zu hören, denn »ich würde es mir niemals verzeihen, wenn dir etwas zustieße«.

Überrumpelt hatte Lila eingewilligt, und erst als er – mit einem enttäuschend zurückhaltenden Kuß auf die Wange und einem leise gemurmelten »Liebste, du *mußt* kommen!« – gegangen war, hatte sie sich erneut gefragt, ob sie Edward wirklich liebte. Oder war es nur die Erinnerung an Archie gewesen, die ihr heiße Tränen in die Augen getrieben hatte, als sie ihn die Straße hinunter zum Hafen und damit auch vermutlich für immer aus ihrem Leben gehen sah?

»Ich habe es dir doch schon erklärt«, fuhr sie Hope wütend an. »Ich habe dir ein dutzendmal erklärt, warum wir weggehen müssen!«

»Wegen irgend so einem blöden Krieg, der noch nicht mal angefangen hat!« Mit dem Hintern stieß Hope die mittlere Kommodenschublade zu, die noch nicht ausgeräumt war. »Das ist gemein!« Ihre Augen füllten sich mit Tränen. »Du hast gesagt, wir können für immer hierbleiben. Du hast es versprochen!«

Lila knirschte mit den Zähnen. »Glaub mir, ich will genauso wenig hier weg wie du. Ich versuche nur, das zu tun, was am besten ist.«

»Aber –«

»Stell dir mal vor, ich würde die Warnungen ignorieren und dir stieße etwas zu – das würde ich mir nie verzeihen.«

»Aber –«

»Der Krieg wird kommen, ob es dir gefällt oder nicht. Das sagt sogar Papa Pietro –«

»Aber –«

»– und dann ist niemand in Europa mehr sicher.«

»Warum sollen wir dann –«

»Außer in England«, fügte Lila hastig hinzu. »Wir sind ja von der Nordsee geschützt, und wenn dieser Hitler meint, er kann einfach so nach England marschieren, wie er nach Österreich und in die Tschechoslowakei marschiert ist, dann hat er sich geschnitten. Edward sagt –«

»*Edward sagt*«, äffte Hope sie nach. »Siehst du? Es ist alles seine Schuld!«

»Edward sagt«, fuhr Lila fort, ohne die Ungezogenheit zur Kenntnis zu nehmen, »falls der *Duce* sich tatsächlich mit Hitler zusammentut, werden wir als feindliche Ausländer interniert –«

»Was heißt interniert?«

»Eingesperrt. Und Mamma und Papa Conti bekommen Ärger, weil sie uns bei sich aufgenommen haben. Vielleicht kommen sie sogar auch ins Gefängnis. Das willst du doch nicht, oder?« Selbst in ihren eigenen Ohren klang diese Vorstellung grotesk angesichts des strahlenden Sonnenuntergangs, der die ganze Bucht in Gold tauchte, und des heiteren Gewimmels unten auf der Straße. »Wir haben die Reise schon einen Monat hinausgeschoben. Wenn wir noch länger warten, kommen wir vielleicht nicht mehr weg.«

Hope schwieg einen Moment und grübelte über diese neue Schwierigkeit nach. »Dann müssen wir eben alle fahren«, verkündete sie schließlich. »Clara und Gino und Gianni und Agostino und Papa Pietro und Mamma Cecilia und Maria und ihre *bambini*« (in den fünf Jahren seit ihrer Heirat hatte Maria ihrer Mutter vier Enkelkinder geschenkt, in die Cecilia vollkommen vernarrt war, alles Mädchen) »und Luigi und –«

»Aber die Contis sind hier zu Hause«, wandte Lila ein.

Hope klammerte sich sofort an diesen Strohhalm. »Ich bin auch hier zu Hause! Und wenn wir hier nicht sicher sind, sind sie es auch nicht!«

»Das ist etwas anderes«, sagte Lila. »Die Contis sind in Casa Vedovi geboren. Ihre ganze Familie lebt hier oder in Santa Rocca –«

»Stimmt nicht!« rief Hope triumphierend. »Mamma Cecilia ist in Portofino geboren!« Herausfordernd stemmte sie die Hände in die Hüften. »Und ich bin in Afrika geboren, aber trotzdem sind wir hierher gekommen.«

Ihre Starrköpfigkeit trieb Lila zur Weißglut. »Du weißt, warum wir Seggieden verlassen mußten – glaubst du vielleicht, ich wäre nicht gerne dageblieben?« Auch damals hatte Hope ihr im Weg gestanden. »Meine liebe Mrs. McAndrew«, hatte Archies Bankverwalter gesagt, als sie sich nach der Möglichkeit eines weiteren Kredits erkundigt hatte, »es wäre vollkommen unverantwortlich von mir, einer Frau in Ihrer Situation, mit einem kleinen Kind, Geld zu leihen ...«

»Alles nur wegen diesem blöden Edward Kennett!« wiederholte Hope und stapfte zur Tür. »Das ist gemein!«

Lila stand einen Moment da und lauschte auf die Schritte ihrer Tochter, die über die Steintreppe nach unten lief, dann wandte sie sich wieder dem Packen zu. In einer Hinsicht hatte Hope recht – ohne Edwards Drängen wäre sie nie auf die Idee gekommen, nach Hause zurückzukehren. Seit seiner Abreise hatte ihre Vernarrtheit in ihn nicht etwa nachgelassen, sondern war noch stärker geworden. Jeden Tag dachte sie an ihn, nachts träumte sie von ihm, und obwohl es ihr in erster Linie um die Sicherheit ihrer Tochter ging, mußte sie sich eingestehen, daß hinter ihrem Entschluß, nach England zurückzukehren, durchaus ein weiteres Motiv stand.

Sie beugte sich über den Koffer und nahm ein verblichenes Foto in einem Silberrahmen heraus, das einzige, was ihr von ihrem verstorbenen Mann geblieben war, und trat damit ans Fenster.

Da stand er und blinzelte in die grelle afrikanische Sonne, den Hund an seiner Seite, das Gewehr lässig über die Schulter gehängt und einen Fuß auf dem Rumpf einer erlegten Elenantilope: Archie McAndrew. Groß, imposant, ohne ein Gramm Fett an seinem muskulösen Körper, mit tiefliegenden, wachen Augen und glänzendem Schnurrbart. Selbst auf dem blassen, sepiabraunen Bild strahlte er jenen Hauch von Gefahr und Abenteuerlust aus, in den sie sich damals verliebt hatte. Und jetzt eilte sie zurück nach England, zu Franks nutzlosem Mitgefühl und Dorothys triumphierendem Hab-ich's-dir-nicht-gesagt, nur weil ein anderer, viel jüngerer Mann ihr bewußtgemacht hatte, was sie verloren hatte.

»Oh Archie«, murmelte sie, als sie das Foto wieder in den Koffer legte und sich daranmachte, die letzten Sachen einzupacken, »wenn du doch nur noch am Leben wärst ...«

Der gesamte Conti-Clan, Mamma Cecilia und Papa Pietro, Gianni, Clara, Gino und Agostino – sogar Maria und Luigi waren mit ihren *bambini* den steilen Weg von Santa Rocca heruntergekommen –, stellte sich vor dem Caffè Conti auf, um zum Abschied zu winken. Lila tastete in ihrer Tasche nach dem Stück Papier, auf dem Edward ihr seine Adresse notiert hatte (»Versprich mir, daß du mir schreibst, sobald du in Sicherheit bist«, hatte er sie angefleht, als er ihr den Zettel in die Hand gedrückt hatte), und dachte an den Tag vor über fünf Jahren zurück, als sie und Hope wie menschliches Treibgut in Casa Vedovi angespült worden waren. Wieder überkamen sie Schuldgefühle, weil sie Hope bereits zum zweitenmal in ihrem kurzen Leben aus allem Vertrauten herausriß, aber sie tröstete sich damit, daß sie diesmal das Richtige tat, wenn auch nur zum Teil aus den richtigen Gründen ...

Signor Bellini, der sich erboten hatte, sie mit seinem Taxi zum Bahnhof zu fahren, ließ den Wagen anrollen; Mamma Cecilia rief ihnen nach: *»Tanti auguri, cara!«*; Gianni und Gino liefen neben ihnen her und warfen ihnen Luftküsse zu, und Hope drückte die Nase an die Heckscheibe. Als sie um die Ecke fuhren und das Caffè Conti außer Sichtweite verschwand, lehnte Lila sich zurück und ging noch einmal ihre Pläne durch. Sobald sie zu Hause ankam, würde sie an die Adresse in der Harley Street schreiben, die Edward ihr gegeben hatte, und ihm ein Treffen vorschlagen, damit sie ihm angemessen für seine Großzügigkeit danken konnte. Selbstverständlich würde sie ihm das Geld sofort zurückzahlen – der liebe, gute Frank würde ihr sicher mit Freuden aushelfen –, und dann würden sie dort weitermachen, wo sie aufgehört hatten. Sie malte sich aus, wie sie ihn übers Wochenende nach Gillisham einladen würde, und freute sich bereits auf die Begeisterung ihrer Mutter, wenn sie ihr eröffnen würde, daß ihr neuer Verehrer nicht nur gutaussehend, sondern auch reich war. Beim Gedanken an das Wiedersehen mit ihm verspürte sie ein wunderbares Kribbeln der Vorfreude ...

Mit all den Verspätungen, Umwegen und Paßkontrollen an jeder Grenze zog sich die Reise durch halb Europa schier endlos hin. Als die Fähre nach sechs Tagen, während deren sie in ihren Kleidern geschlafen hatte, gezwungen gewesen war, stinkende Toiletten zu benutzen, und in den Bahnhöfen aus dem Fenster gehangen und mit den Verkäufern um angeschlagene Früchte, trockenes Brot und schimmeligen Käse gefeilscht hatte, endlich in Southampton anlegte, war Lila ebenso schmutzig und erschöpft wie ihre Tochter. Außerstande, eine weitere Zugfahrt zu ertragen, ging sie zum nächsten Taxistand und bat den Fahrer, sie nach Gillisham zu bringen.

Es war nach elf, als der Wagen in Beech Close einbog, und die meisten Häuser lagen bereits im Dunkeln; nur die Straßenlaternen warfen in regelmäßigen Abständen warme Lichtkegel auf den Gehsteig. Erleichtert sah Lila, daß einige Fenster von Nummer 19 noch erleuchtet waren, doch als sie Hope wach rüttelte, starrte diese sie nur orientierungslos an, und der Fahrer murrte, weil sie nur mit Mühe den Fahrpreis zusammenbekam, obwohl sie ihm jeden Penny gab, den sie besaß. Er stellte die Koffer unsanft an der Einfahrt ab und verschwand mit laut aufheulendem Motor Richtung Hauptstraße. Lila sah seinen Rückleuchten nach, dann packte sie die schweren Koffer und ging die Einfahrt hinauf.

Franks ungetrübte Freude, als er die Tür öffnete, machte ihr Mut, doch als Dorothy aus dem Wohnzimmer kam und verärgert fragte: »Wer ist denn das, um diese nachtschlafende Zeit?«, schrumpfte Lilas Optimismus.

Ihre Mutter war bereits für die Nacht vorbereitet; sie trug ein rosafarbenes Satinnachthemd und ein gehäkeltes Bettjäckchen, ihr Haar war auf Lockenpapier gedreht, ihr Gesicht glänzte von Coldcream, und in der Hand trug sie ein Glas – Gin und Tonic, vermutete Lila, ihr üblicher Schlummertrunk.

»Hallo, Mummy«, sagte sie und trat ins Licht. »Wie geht es dir?«

»Du lieber Himmel!« Einen Moment wirkte Dorothy erfreut, ihre verlorene Tochter wiederzusehen. Doch dann erblickte sie

Hope, die sich schüchtern an Lilas Ärmel klammerte, und ihr Gesichtsausdruck veränderte sich.

Mit hochgezogener Augenbraue beugte sie sich vor, um ihre Enkelin zu mustern.

»So, so«, murmelte sie schließlich. »Sieh mal einer an, was die Katze da hereingeschleppt hat …«

Kapitel 3

Im Herbst 1940 lehnte Flora Perl, obwohl sie wußte, daß sie bald sterben würde, das Angebot ab, ihre Kinder evakuieren zu lassen, und in Erinnerung an ihren letzten katastrophalen Besuch in Seddons – »Ich könnte deinen Vater zur Vernunft bringen«, hatte ihre Mutter sie angefleht, »wenn du allein mit dem Kind wärst ...« – nahm sie Axel, der erst elf Jahre alt, aber erschreckend reif für sein Alter war, ein Versprechen ab.

»Versprich mir, daß du tust, was ich dir sage. Was auch passiert, du darfst auf keinen Fall zulassen, daß jemand dir deine Schwester wegnimmt.«

»*Ja,* ich versprech's dir – kann ich jetzt den Arzt holen?«

Flora schloß die Augen und ließ sich erschöpft wieder auf das Kissen sinken. »Wenn es unbedingt sein muß.«

Axel blieb im Türrahmen stehen, zupfte an einem eingerissenen Fingernagel herum und betrachtete die eingesunkenen Wangen seiner Mutter, die hektisch pulsierende Ader an ihrem Hals. In der vergangenen Nacht hatte sie solche Schmerzen gehabt, daß er Ella die Flasche geben mußte, weil seine Mutter zu krank war, um sie zu füttern.

»Hast du das Geld gut versteckt?« rief sie ihm nach, und er blieb auf dem Treppenabsatz stehen, verärgert, daß sie ihm trotz allem, was er während der vergangenen Monate getan hatte, um ihr zu helfen, noch immer nicht ganz vertraute.

»Ich hab's dir doch schon hundertmal gesagt, es ist in der Teedose –«

»Und zu welchem Bahnhof gehst du?«

»Liverpool Street. In Ipswich umsteigen nach Market Needing, dann mit dem Taxi« – er packte das Geländer und holte tief Luft, um sich zu beruhigen – »nach Seddons.«

»Wie heißt du?«

»*Alex*!« brüllte Axel wütend. »Ich heiße *Alex*!«

»Und was machst du, wenn dein Großvater die Tür öffnet?«

»Ich sage ihm, ich hätte einen Brief für Mrs. Seddon, den ich ihr persönlich übergeben muß. Kann ich jetzt gehen?«

»Meinetwegen ...«

Lärmend polterte er hinunter zur Küche, schob sich an seiner Schwester vorbei, die er in ihrem Kinderwagen schlafen gelegt hatte, damit Mum ein wenig Ruhe bekam, und lief dann durch die Hintertür nach draußen, über den Hof und zur Straße.

Dad hatte bereits seit dem letzten Jahr gewußt, daß sich etwas Schlimmes zusammenbraute. Seine Mutter hatte ihm einen Brief aus Berlin geschickt – sie habe beschlossen, ihren Mädchennamen, Speer, wieder anzunehmen, schrieb sie, und er dürfe auf keinen Fall nach Deutschland kommen, weil er mit seinem jüdischen Namen möglicherweise dieselben Schwierigkeiten bekommen würde wie sein Onkel. »Wenn mir irgend etwas zustößt«, hatte er, kurz bevor sie ihn abholten, zu Axel gesagt, »mußt du der Mann im Haus sein«, und seit Wochen mühte Axel sich jetzt ab, lief zum Laden, um Lebensmittel zu kaufen, während Mum Ella fütterte, schob, wenn sie beide schliefen, mit dem Kinderwagen zum Kohlenhändler, um ihre magere Wochenration zu besorgen, kletterte durch die Trümmer, die die ständigen Luftangriffe hinterließen, zur Apotheke, um das Morphium abzuholen, das der Arzt Mum wegen ihrer Schmerzen verschrieben hatte, und bettelte auf dem Rückweg noch beim Obst- und Gemüsehändler um ein wenig frisches Obst – das mittlerweile schwerer zu bekommen war als karierte Maiglöckchen –, in der vergeblichen Hoffnung, Mum dazu zu bringen, wenigstens *irgend etwas* zu essen.

Sie waren morgens gekommen, um Dad abzuholen, zwei Polizisten in Zivil, mit abgewetzten Regenmänteln und speckigen Filzhüten. Um kurz nach sieben hatten sie an die Tür gepocht, ihn als feindlichen Ausländer bezeichnet und seine Proteste, er lebe schon seit Jahren in England, ignoriert.

»Ist nicht unser Problem, Meister«, hatte einer von ihnen erwidert. »An Ihrer Stelle wäre ich froh, daß wir Ihre Frau nicht auch mitnehmen. Jetzt halten Sie den Mund, und kommen Sie mit.« Sie hatten ihm nicht mal fünf Minuten gelassen, um seine Sachen zu packen – ein paar Kleider zum Wechseln, ein Handtuch, eine Zahnbürste –, und ihn aus dem Haus geschoben, während Mum, im achten Monat schwanger mit Ella, gebettelt und gefleht und geweint hatte. Axel hatte sich oben hinter das Treppengeländer gekauert, voller Angst, sie könnten ihn ebenfalls mitnehmen.

Sie brachten Dad nach Kempton Park, in ein Internierungslager, das die Regierung auf der ehemaligen Rennbahn aufgebaut hatte, doch als Mum am darauffolgenden Tag bei der Polizeiwache nachfragte, ob sie ihn besuchen dürfe, sagte man ihr, er sei an einen Ort in der Nähe von Liverpool verlegt worden, wo er bleiben würde, bis die höheren Stellen beschlossen hatten, was mit ihm und den tausend anderen geschehen sollte, die sie zusammengetrieben hatten.

An dem Tag beschloß Ella, auf die Welt zu kommen, und als Mum wieder auf den Beinen war, hatten sie Dad bereits mit dem Schiff nach Kanada deportiert, ohne ihm die Möglichkeit zu geben, sich zu verabschieden oder von der Geburt seiner Tochter zu erfahren.

Der Brief, abgestempelt an dem Tag, als sein Schiff in Liverpool ausgelaufen war, tröstete Mum, zumindest für ein paar Tage. *Ich werde versuchen, nach Amerika zu kommen,* hatte er geschrieben, *denn das ist das Land der unbegrenzten Möglichkeiten, und sobald ich Arbeit gefunden habe, lasse ich Dich nachkommen. Wir werden wieder eine Familie sein, weit weg von Krieg und Tod und Haß*. Doch kaum eine Woche später kam ein Telegramm mit der Nachricht, daß sein Schiff mitten auf dem Atlantik torpediert und versenkt worden war; es gab keine Überlebenden. Danach hatte Axel wochenlang Alpträume vom Ertrinken, und er gab Ella die Schuld am Tod seines Vaters, denn wenn sie nicht drei Wochen zu früh gekommen wäre, hätte Mum verhindern können, daß Dad weggebracht wurde.

In der darauffolgenden Woche schleuderte jemand einen Ziegelstein mit einem Hakenkreuz durch ihr Fenster, so daß Ellas Kinderbett voller Scherben war, Axel wurde in der Schule als dreckiger Deutscher beschimpft und auf dem Heimweg verprügelt, und Mum verkündete, daß sie aus dem Haus in Maida Vale, wo sie seit Axels Geburt gewohnt hatten, in ein winziges Reihenhaus im East End mit Außenklo umziehen würden. Mehr konnten sie sich nicht leisten, seit Dad fort war. Von jetzt an, hatte seine Mutter ihm eingeschärft, sollte er seinen Nachnamen auf die englische Weise schreiben – Pearl –, und sie hatte ihn ihren neuen Nachbarn als Alex vorgestellt, als ob sein Vorname etwas wäre, dessen man sich schämen müßte.

Und jetzt lag Mum im Sterben, und er – Alex, Axel, wen interessierte schon sein dämlicher Name? – würde sich ganz allein um Ella kümmern müssen, die an allem schuld war.

»Wie lange bleibt mir noch?« hatte seine Mutter den Arzt gefragt, als sie Axel außer Hörweite glaubte, und der Arzt hatte darauf geantwortet: »Es gibt leider keine schonende Art, Ihnen das zu sagen, Mrs. Perl, aber wenn Sie nicht innerhalb der nächsten Wochen jemanden finden, der sich um Ihre Kinder kümmert, werden sie in ein Heim kommen.«

Als Axel sie fragte, was ein Heim war, zuckte sie zusammen, als hätte er sie mit einer Nadel gestochen. Dann schickte sie ihn nach unten, um ihre Schreibsachen zu holen, und verfaßte einen Brief, den er samt seiner Schwester Mrs. Wilfred Seddon übergeben sollte – Gertrude, seiner Großmutter, die er noch nie gesehen hatte.

»Sie wird euch aufnehmen, wenn sie den Brief gelesen hat«, versicherte sie ihm, »aber du mußt ihn ihr unbedingt persönlich geben, weil dein Großvater ...«

»Weil mein Großvater was?« fragte Axel, und da erzählte sie ihm, wie sehr sein Großvater alles haßte, was mit den Deutschen zu tun hatte, und wie wichtig es war, von Anfang an den richtigen Eindruck zu hinterlassen, damit er sie nicht abwies. Sie stellte ihm für die Fahrt nach Suffolk eine detaillierte Liste zusammen: alles, was er mitnehmen mußte, um Ella wickeln, waschen und füttern zu können, wieviel das Taxi von Market Needing zum Haus seiner Großeltern in etwa kosten und wie lange die Fahrt dauern würde. Aus Sorge darüber, daß Ella noch nicht getauft war, fügte sie sogar noch ein Postskriptum an, in dem sie seine Großmutter bat, dies so bald wie möglich nachzuholen.

Unruhig machte sie auch die Vorstellung, daß jemand im Zug mißtrauisch werden könnte, weil ein elfjähriger Junge – »und obendrein bist du klein für dein Alter« – allein mit einem Säugling unterwegs war. »Dann sagst du einfach, deine Mutter wäre im Speisewagen.«

»Und bist du's?« fragte er.

»Bin ich was?«

»Im Speisewagen«, sagte er, doch sie lehnte sich nur wortlos zurück und schloß die Augen.

Sie schrieb an die Bank und bat den Geschäftsführer, ihr Konto aufzulösen und Axel das Geld in kleinen Scheinen auszuhändigen – »das ist einfacher, wenn du die Fahrkarten kaufst« –, doch als sie vorschlug, er solle Ella und die Lebensmittelkarte der Familie nehmen und sofort nach Suffolk fahren, weigerte er sich stur. »Ich fahre nirgendwohin«, sagte er wütend. »Ohne mich kommst du nicht zurecht.«

»Wie du meinst«, gab sie nach, zu schwach, um zu streiten, »aber versprich mir, daß du sofort aufbrichst, wenn die Zeit gekommen ist.«

»Welche Zeit?« fragte er verwirrt. »Woher soll ich wissen, wann es so weit ist?«

»Wenn du sicher bist, daß ich verschieden bin.«

»Verschieden?« Er verstand überhaupt nichts mehr. »Verschieden wovon?«

»Mein lieber Junge«, erwiderte sie leise, »ich meine, wenn ich tot bin.«

Da rannte er aus dem Zimmer und knallte voller Zorn die Tür

hinter sich zu. Wie konnte sie so *sicher* sein, daß sie sterben würde? Was, wenn der Arzt sich geirrt hatte? Dann hätten ihm alle umsonst Angst eingejagt.

»Axel!« rief sie hinter ihm her, doch er lief einfach weiter, ohne Ella zu beachten, die gerade in ihrem Bett auf dem Treppenabsatz aufgewacht war und nach ihrem nächsten Fläschchen verlangte, die Treppe hinunter, zur Küche hinaus und durch den Hof zur Straße. Er rannte den ganzen Weg bis nach Spitalfields, dann verlangsamte er seinen Schritt und trottete ziellos durch die Gegend, wobei er sich die ganze Zeit fragte, woran er erkennen sollte, daß Mum »verschieden« war oder nicht, wo er doch noch nie einen toten Menschen gesehen hatte. Was, wenn er sich nun irrte? Wenn er nach Suffolk fuhr, weil er dachte, sie sei tot, und dann war sie es gar nicht? Sie hätte nicht einmal ihre Lebensmittelkarte, um etwas zu essen zu kaufen. Bei dem Gedanken packte ihn das blanke Entsetzen, und er rannte voller Panik zurück nach Hause.

Als er zur Hintertür hereingestolpert kam, hatte er das Gefühl, ihm würde gleich das Herz zerspringen, aber immerhin war Mum noch am Leben – sie lag im Türrahmen des Schlafzimmers, wo sie bei dem Versuch, zu Ella zu kommen, die wie immer aus Leibeskräften schrie, zusammengeklappt war.

»Ich tue alles, was du sagst«, schluchzte er, als er ihr zurück ins Bett half, »aber du darfst nicht sterben!« Doch er spürte ihre Rippen durch das Baumwollnachthemd, und bei jedem Atemzug blubberte es in ihrer Brust, wie ein Topf Porridge auf dem Herd.

»Und was ist mit der B-Beerdigung?« stieß er aus und verschluckte sich vor lauter Tränen, während er sie zurechtsetzte und die Bettdecke glattstrich. »Wer soll dafür sorgen, daß es ordentlich gemacht wird, wenn ich nicht da bin?«

Da hatte sie ihn an sich gedrückt und die Arme um ihn geschlungen, und sein Schluchzen war noch schlimmer geworden, bis er schließlich sein eigenes Heulen nicht mehr ertragen konnte und das Geschrei seiner kleinen Schwester ihnen fast das Trommelfell zerfetzte.

Nie im Leben würde er Ella verzeihen, daß sie soviel Kummer in ihr Leben gebracht hatte.

Draußen auf der Straße begann er zu laufen. Während der vergangenen zwei Tage hatten die Schmerzmittel überhaupt nicht mehr geholfen, und letzte Nacht hatte Mum zum erstenmal geschrien – nicht das leise Wimmern, das er manchmal spätnachts hörte, wenn sie dachte, er schlief, sondern grelle, gequälte Schreie, und sie hatte vor Schmerz nach Luft gerungen und so stark geschwitzt, daß er das Bett neu beziehen mußte. Heute morgen hatte er ihr mit mühsam unterdrücktem Ekel den Nachttopf halten und ihr, als sie fertig war, den Hintern abwischen müssen, und sie hatte vor lauter Scham den Kopf abgewandt und ihn nicht einmal angesehen.

Das Wartezimmer war voll und die Sprechstundenhilfe unfreundlich. »Deine Mum ist nicht die einzige, die krank ist«, herrschte sie Axel an, als er versuchte, ihr die Dringlichkeit der Lage zu schildern. »Du mußt warten, bis du dran bist, wie alle anderen auch.« Und so mußte er fast eine Stunde tatenlos herumstehen, während die Leute um ihn herum husteten und schnieften und über ihre albernen, läppischen Beschwerden klagten. Als er endlich ins Sprechzimmer geführt wurde, sagte der Arzt in forschem Tonfall: »Ich weiß kaum, wo mir der Kopf steht, Junge – ich versuche, heute nachmittag mal vorbeizuschauen, aber sag deiner Mutter lieber gleich, daß es wahrscheinlich doch erst morgen klappt«, und Axel begriff, daß dem Arzt das Schicksal seiner Mutter egal war.

Ella lag wie immer schreiend in ihrem Bettchen, als er zurückkam, und er mußte die Hände hinter dem Rücken zu Fäusten ballen, um sie nicht zu schütteln und zu schlagen, damit sie endlich aufhörte. Er wechselte ihre Windel, gab ihr ein halbes Fläschchen mit verdünnter Milch und wiegte sie dann mit mühsam gebändigtem Zorn, bis sie endlich die Augen schloß. Dann kochte er eine Tasse Tee und brachte sie nach oben, um zu sehen, ob er Mum überreden konnte, ein wenig zu trinken.

Im Verlauf des Tages wurde das Rasseln in ihrer Brust immer lauter, so daß Axel sich schließlich besorgt fragte, ob der Arzt womöglich schon dagewesen war und er es überhört hatte. Als Ella wieder anfing zu schreien, schleppte er sich nach unten, um sie zu füttern, und schlief dann, erschöpft von seinen Pflichten, am Küchentisch ein. Er schrak hoch, als eine wütende Stimme durch den Briefschlitz rief: »Macht das verdammte Licht aus!«, und ihm fiel ein, daß er vergessen hatte, die Verdunkelungsvorhänge anzubringen. Immerhin war Mum endlich eingeschlafen, dachte er, als er im Flur stand und die Ohren spitzte.

Er blieb noch fast eine Stunde in der Küche sitzen und lauschte auf die nächtlichen Geräusche – eine Sirene in der Ferne; ein Rettungswagen, der unter lautem Gebimmel durch eine der Nebenstraßen raste; das dumpfe Knallen und Krachen der Bomben, die irgendwo in der verdunkelten Stadt explodierten (Gott sei Dank war heute nacht jemand anders dran). Als Ella erneut aufwachte, war er beinahe erfreut, weil es ihm zumindest etwas zu tun gab. Er gab ihr eine Brotkruste, an der sie saugen konnte, wechselte ihre Windel und legte sie wieder in ihr Bettchen. Mittlerweile war es zehn Uhr durch, und er beschloß, noch einmal nach Mum zu sehen, bevor er zu Bett ging – bestimmt war sie inzwischen wieder wach. Er setzte Wasser auf, machte ihr eine Tasse Brühe und trottete müde die Treppe hinauf.

Als er versuchte, sie zu wecken, war sie kalt und reglos, und er brauchte keinen Arzt, um zu begreifen, daß sie tot war.

Die Teedose stand auf dem obersten Regal in der Vorratskammer, und er mußte auf einen Stuhl klettern, um daran zu kommen. Er schüttete den Inhalt – zwei Fünfer, dreizehn Pfundnoten, einen Zehnshillingschein und drei Halfcrowns – auf den Küchentisch und packte das Geld dann zu den kleineren Münzen in Mums Portemonnaie.

Ellas Windeln, die er gestern, als Mum noch dagewesen war, um ihm zu sagen, was er tun sollte, gewaschen hatte, hingen auf dem Trockengitter über dem Herd, und Dads lederne Reisetasche mit den Initialen drauf – O. S. P. für Oskar Stefan Perl – lag in der Abseite unter der Treppe, aber die Milch, die er nach Ellas letztem Fläschchen neben dem Herd stehen lassen hatte, war kurz vorm Umkippen; er würde morgen neue besorgen müssen.

Er wickelte die Reste vom Brot und ein Stück Hartkäse in ein Geschirrtuch, spülte Ellas Fläschchen aus und suchte in der Schublade nach einem sauberen Gummisauger. Dann holte er die Dose mit Babypuder, Hemdchen, eine Mütze und das rosafarbene Angorajäckchen, das Mum während der Schwangerschaft gestrickt hatte, lange bevor alles schiefgegangen war, außerdem einen warmen Pullover für sich selbst, zwei kurze und eine lange Hose, Socken und ein paar Hemden und stopfte alles in die Reisetasche. Er holte seinen Schulanorak – den würde er anziehen, eine Sache weniger, die er tragen mußte – und schob das Portemonnaie und den Brief an seine Großmutter in die Hosentasche. Schließlich nahm er die Lebensmittelkarte aus der Schublade, legte sie jedoch wieder zurück, als ihm mit einem kalten Schauder die Endgültigkeit dieser Geste bewußt wurde. Dann ging er ein letztes Mal die Treppe hinauf, um sich von ihr zu verabschieden.

Sie sah so friedvoll aus, wie sie mit geschlossenen Augen und einem verhaltenen Lächeln auf den Lippen dalag, daß er einen kurzen, euphorischen Moment glaubte, er habe sich geirrt. Doch als er ihr Gesicht berührte, war es eisig kalt. Hastig zog er die Hand zurück und floh aus dem Zimmer. Nicht weinen, herrschte er sich an, als er mit zitternden Knien die Treppe hinunterlief, wag es ja nicht zu weinen, doch als er sich an den Herd in der Küche setzte, um auf den Morgen zu warten, mußte er sich immer wieder über die Augen wischen, weil er sonst vor lauter Tränen nichts mehr gesehen hätte.

Als er Ella aus ihrem Bettchen nahm, krallte sie ihre Fingernägel so fest in seine Unterlippe, daß es anfing zu bluten. »Wenn ich es Mum nicht versprochen hätte«, fauchte er und wischte sich den Mund am Ärmel ab, »würde ich dich hierlassen, du kleines Miststück!« Doch sie gluckste nur, als hätte er etwas Witziges gesagt, was ihn nur um so wütender machte. Als er die Verdunkelungsvorhänge abnahm, sah er erschrocken, daß die Sonne schon hoch stand – was, wenn der Arzt auftauchte, bevor er verschwinden konnte? Würde er ihn und Ella direkt in ein Heim bringen?

Er wechselte ihre Windel und legte sie wieder hin. Dann kritzelte er die Worte *Bitte sofort nach oben gehen* auf einen Zettel, befestigte ihn außen am Türklopfer, damit der Arzt ihn nicht übersehen konnte, wenn er kam, und ging zurück in die Küche.

Wie lange würde es wohl dauern, bis er Mum fand? überlegte Axel, während er den Kinderwagen durch die Hintertür manövrierte. Und was würde er dann tun? Würde er sich neben sie setzen und nach ihrem Puls tasten, wie er es die ganzen letzten Wochen getan hatte, obwohl es überhaupt nichts nützte? Nicht weinen, befahl er sich, reiß dich zusammen! Er schluckte den Kloß in seinem Hals hinunter und machte sich auf den Weg zur Liverpool Station.

Ein Herr mit einer Melone auf dem Kopf eilte ihm zu Hilfe, als er ratlos an der Bahnhofstreppe stand.

»Wo ist denn deine Mutter, junger Mann?« fragte er streng und ergriff das vordere Ende des Kinderwagens.

»Äh ...« Axel überlegte hastig, während er ihm nach unten folgte. »Sie bezahlt gerade das Taxi – danke, jetzt komme ich allein zurecht.«

Der Mann tippte sich an den Hut und verschwand mit eiligen Schritten, doch Axels Erleichterung währte nicht lange – die Schlange vor dem Fahrkartenschalter erstreckte sich durch die halbe Halle. Als er eine dicke Frau mittleren Alters erblickte, die auf einer Bank saß und döste, parkte er Ella neben ihr, so daß es so aussah, als gehörten sie zusammen, dann stellte er sich an.

»Na, ganz allein, mein Junge?« fragte der Fahrkartenverkäufer.

»Nein, meine Mum ist da drüben mit dem Baby – sehen Sie?«

Der Verkäufer beugte sich über den Tresen. »Hat sich's ja

ziemlich gemütlich gemacht«, sagte er grinsend. »Wär schade, sie zu wecken.«

»Sie hatte nicht viel Schlaf, wegen der ganzen Luftangriffe und so.« Axel gratulierte sich im stillen; er wurde immer besser.

»Ah«, der Verkäufer nickte mitfühlend. »Habt ganz schön was mitgekriegt, was? Wo soll's denn hingehen?«

Die Frau auf der Bank öffnete die Augen, gähnte und ließ den Kopf wieder sinken.

»Zweimal einfache Fahrt nach Market Needing«, sagte Axel, um die Tarnung aufrechtzuerhalten. »Meine Schwester braucht doch keine Fahrkarte, oder?«

Der Verkäufer schüttelte den Kopf. »Aber vergiß nicht, deiner Mum zu sagen, daß ihr in Ipswich zwanzig Minuten Aufenthalt habt – der Zugschaffner hilft euch mit dem Kinderwagen.« Dann gab er ihm die Fahrkarten, und Axel konnte endlich verschwinden.

Ella war wach und versuchte, die Decke wegzustrampeln. Mit einem nervösen Blick über die Schulter machte Axel sich auf den Weg zum Bahnsteig, während die dicke Frau sich müde aufrappelte und ihre Sachen zusammensuchte.

»Meine Mum kommt gleich«, sagte er zum Fahrkartenkontrolleur, als er durch die Absperrung ging. Dasselbe wiederholte er gegenüber dem Schaffner und zeigte auf eine blasse, unglücklich aussehende Frau in einem dicken Tweedmantel und mit einem Koffer und einem sperrigen braunen Paket im Arm, die nach ihm auf den Bahnsteig gekommen war. »Sie meinte, Sie wüßten, was wir mit dem Kinderwagen machen sollen.«

»Ist das nicht ein bißchen schwer für dich?« fragte der Mann zweifelnd, als Axel Ella auf den Arm nahm und ächzend nach der Reisetasche griff. »Warte, bis ich den Kinderwagen reingetragen habe, dann helfe ich dir.«

Die Frau ging auf die Tür am anderen Ende des Waggons zu, bereit zum Einsteigen. »Nein!« stieß Axel hervor und rannte los. »Ich komme schon zurecht, danke.« Die Tasche schlug gegen sein Bein, und Ella, die an seiner Brust auf und ab geworfen wurde, fing an zu schreien.

Die Frau stand in der Tür und beobachtete ihn. »Du siehst ja völlig erschöpft aus«, bemerkte sie, als Axel keuchend an der untersten Stufe ankam. »Soll ich dir das Baby abnehmen, während du einsteigst?«

Axel zögerte. »Was auch passiert«, hatte seine Mutter ihn gewarnt, »laß auf keinen Fall zu, daß jemand dir deine Schwester wegnimmt.«

»Keine Angst, mein Junge«, lächelte die Frau. »Ich verspreche dir, ich werde ihn nicht fallen lassen.«

»Sie«, korrigierte Axel. Wenn sie lächelte, sieht sie netter aus, dachte er mit einem Blick auf die Grübchen in ihren Wangen und die kleinen Fältchen, die sich um ihre braunen Augen bildeten.

»Ein kleines Mädchen?« fragte sie, stellte ihren Koffer und das Paket ab und streckte die Hände aus. »Ahh ...«

Der Schaffner, der offenbar den Kinderwagen verstaut hatte, kam auf sie zu. »Also gut«, stimmte Axel zu. »Hier!« Er schob der Frau Ella hin, sprang in den Waggon und knallte die Tür hinter sich zu.

Fast augenblicklich hörte Ella auf zu schreien, und an der Art, wie die Frau sie hielt, konnte er sehen, daß sie Erfahrung mit kleinen Kindern hatte.

»So«, sagte sie und stützte sich ab, als der Zug mit einem Rukkeln anfuhr und langsam aus dem Bahnhof rollte. »Wo ist denn deine Mutter?«

»Vielen Dank«, sagte Axel und tat so, als hätte er die Frage nicht gehört. »Ich komme jetzt allein zurecht.«

»Gern geschehen«, erwiderte sie und wischte Ella mit einem geblümten Taschentuch den Speichel vom Mund. »Na, du bist ja selbst noch ein kleiner Junge! Keine Sorge, ich halte dein Schwesterchen noch, bis wir sie gefunden haben. In welche Richtung sollen wir gehen – nach links oder nach rechts?«

Axel versuchte es noch einmal. »Wirklich, machen Sie sich keine Mühe. Sie ist nur ein paar Wagen –« Der Zug ruckelte erneut, er verlor das Gleichgewicht, taumelte nach hinten und fiel über das Paket.

»Hoppla!« rief die Frau aus. »Ein Glück, daß du die Kleine nicht auf dem Arm hattest, was? Am besten nimmst du mein Paket, und ich kümmere mich um den Rest. Wie heißt sie denn?«

Axel nahm seine Reisetasche, griff nach dem Paket, das weich und leichter war, als es aussah, und wandte sich nach links, weg vom Abteil des Zugschaffners. »Ella.«

»Ella. Was für ein hübscher Name. Und wie alt ist Ella?«

»Fünf Monate.«

»Ah«, sagte sie und nickte. »Also ein Maikind. Und du, mein Kleiner? Wie heißt du?«

»Ax – Alex«, korrigierte er sich in Erinnerung an Mums Warnung.

»Und weiter?«

»Perl.«

»Pearl?« wiederholte sie lachend (sie war viel fröhlicher geworden, seit er sie das erste Mal gesehen hatte, dachte Axel bei sich). »Was für ein Zufall! Ich heiße nämlich Mrs. Diamond – da sind wir zwei ja ein richtig kostbares Paar!«

Die meisten Abteile waren voll, und in den Gängen drängten sich uniformierte Soldaten. Während sie sich durch die Waggons schoben, zermarterte Axel sich verzweifelt das Hirn, wie er seine unerwünschte Begleiterin loswerden sollte.

»Ich nehme Ella lieber wieder«, sagte er. »Mum wird bestimmt böse, wenn sie sieht, daß jemand Fremdes sie hält.«

»Da hast du vollkommen recht«, erwiderte Mrs. Diamond verständnisvoll, »das ginge mir genauso, wenn sie mein Kind wäre.« Aber sie gab sie trotzdem nicht her.

»Sehen Sie mal«, rief er, als sie an einem Abteil vorüberkamen, in dem nur ein älterer Herr mit seiner Zeitung saß. »Da ist noch ganz viel Platz. Wollen Sie sich nicht setzen, solange noch was frei ist?«

»Gute Idee«, stimmte sie zu. »Kannst du mir mal die Tür aufmachen?«

Schwindelig vor Erleichterung, riß Axel die Tür auf und stellte ihr Paket auf einem der Sitze ab, doch als er die Arme nach Ella ausstreckte, ging Mrs. Diamond nicht darauf ein, sondern marschierte entschlossen an ihm vorbei.

»Verzeihung, Madam«, sagte der Herr mit einem mißbilligenden Blick auf Ella, »aber diese Plätze sind leider alle belegt. Soldaten von der Air Force, verstehen Sie, sind nur gerade rausgegangen, um eine Zigarette zu rauchen –«

»Nun, dann haben sie gewiß nichts dagegen, wenn wir uns hier hinsetzen, bis sie zurückkommen«, entgegnete Mrs. Diamond, ließ sich ihm gegenüber nieder und ließ Ella auf ihrem Schoß hüpfen, bis das ganze Abteil nach schmutziger Windel roch und er angewidert die Nase rümpfte. »Na, Alex, wo hast du denn die sauberen Windeln hingepackt?«

Axel zog sich der Magen zusammen. Was hatte sie vor? Wollte sie so tun, als gehörten sie zusammen? Und hatte sie ihm etwa zugezwinkert?

»Komm schon, mein Lieber«, forderte sie ihn auf, »mach dich nützlich.« Diesmal war das Zwinkern unübersehbar. »Es stört Sie doch nicht, wenn ich die Kleine hier drinnen wickle, oder?« fragte sie den älteren Herrn. »Die Toiletten sind nämlich furchtbar schmutzig, wegen der vielen Soldaten und so ...«

Das wirkte sofort. »Nein, nein«, murmelte er, »äh ... ganz und gar nicht – ich mache Ihnen nur eben Platz, ja?« Hastig faltete er seine Zeitung zusammen, griff nach seinen Sachen und verschwand.

»Wunderbar«, sagte die Frau und stand auf, um die Rollos herunterzuziehen. »Jetzt sind wir unter uns.«

Stumm vor Entsetzen starrte Axel sie an.

»Was ist?« fragte sie. »Hat es dir die Sprache verschlagen?«

»Nein ... ich meine, ja ... äh, ich –«

»Wo hast du denn jetzt die Windeln? Du hast doch bestimmt welche eingepackt, wenn du bis nach Ipswich willst.«

»Woher wissen Sie, daß ich –«

»Ich habe am Fahrkartenschalter direkt hinter dir gestanden.« Sie nahm ihm die Tasche ab und kramte darin herum. »Und da habe ich zufällig mitgehört – eine kräftige Frau, deine Mum. Schwer zu übersehen, oder?«

Axel schluckte.

»Und auf dem Weg zum Bahnsteig sah ich, daß sie zu dem Zug nach *Cambridge* ging, während du mit deiner Schwester auf den Zug nach *Norwich* zusteuertest, der zwei Gleise weiter abfuhr.« Sie nahm ein Baumwollhemdchen heraus und hielt es hoch. »Jetzt sei ein guter Junge, und mach mir das hier naß, damit ich das arme Würmchen saubermachen kann – gleich am Ende des Gangs ist eine Toilette.«

»Haben Sie auch Kinder?« fragte Axel, als er den Ehering an ihrem Finger bemerkte.

Sie stand über die Tasche gebeugt und suchte nach sauberen Windeln. »Nein«, sagte sie, ohne aufzusehen, »ich habe keine Kinder. Jetzt beeil dich, und wenn du zurückkommst, unterhalten wir uns mal darüber, wieso du allein mit einem fünf Monate alten Baby durchs Land reist.«

In der Toilette krümmte Axel sich über das Waschbecken. Ihm war übel vor Angst. Wie sollte er ihr entkommen? Was, wenn sie den Schaffner rief? Würden sie ihn und Ella in ein Heim bringen, bevor er überhaupt eine Gelegenheit bekam, das Ganze zu erklären?

Wenn Mum doch nur hier wäre; sie wüßte, was zu tun war. Er stellte sich vor, sie wäre noch am Leben, säße im Bett und würde zu dem Arzt sagen: »Machen Sie sich keine Sorgen wegen der Kinder; ich habe sie aufs Land zu ihrer Großmutter geschickt, und sobald ich wieder auf den Beinen bin, fahre ich hinterher.« Wenn es doch nur so wäre! Mum würde in ein paar Wochen nach Suffolk kommen, so stark und gesund, wie sie gewesen war, bevor sie Dad weggebracht hatten, bevor Ella gekommen war und alles kaputtgemacht hatte. Auch wenn Dad nicht zurückkommen würde, wären sie doch zumindest wieder eine Familie. Dem Himmel sei Dank, daß er die Lebensmittelkarte dagelassen hatte – er würde fast alles ertragen, sogar daß er sich um seine Schwester kümmern mußte, wenn Mum nur wieder gesund würde …

Als er zum Abteil zurückkehrte, saß Mrs. Diamond am Fenster. Sie hatte ihren Mantel und ihre Bluse aufgeknöpft, und Ella saugte zufrieden an einer blassen, von blauen Adern durchzogenen Brust.

»Da bist du ja endlich!« begrüßte sie ihn. »Ich dachte schon, du hättest uns im Stich gelassen! Jetzt setz dich hierher und erzähl mir, warum du von zu Hause weggelaufen bist.«

»Ich bin nicht von zu Hause weggelaufen«, protestierte Axel. »Mum geht es nicht gut, das ist alles, und deshalb fahre ich mit Ella zu meiner Großmutter, bis sie wieder kräftig genug ist, sich selbst um das Baby zu kümmern.«

»Und ich nehme an, dein Vater ist bei der Armee?«

Axel nickte – schließlich mußte er ihr ja nicht alles erzählen, und außerdem wäre es Mum nicht recht, wenn er mit einer Fremden über Dads Tod sprach.

»Warum dann all die Lügen?«

»Sie hatte Angst, mich alleine reisen zu lassen –«

»– und da hat sie dir gesagt, du sollst so tun, als wäre sie bei dir«, beendete Mrs. Diamond den Satz für ihn. »Warum hast du das denn nicht gleich gesagt, du dummer Junge?«

»Sie – Sie werden uns nicht in ein Heim schicken, oder?«

Sie wirkte schockiert. »Sehe ich etwa so aus, als würde ich zwei unschuldige Kinder in ein Waisenhaus schicken?«

Waisenhaus? Axel zog sich erneut der Magen zusammen – davon hatte Mum nie etwas gesagt. »Das können Sie auch gar nicht!« rief er herausfordernd. »Selbst wenn Sie es wollten, weil wir nämlich gar keine Waisenkinder sind. Ich habe Ihnen doch gesagt, Mum geht es nur im Moment nicht so gut –«

»Es geht mich natürlich überhaupt nichts an«, entgegnete Mrs. Diamond in diesem Tonfall, den Erwachsene immer wählen, wenn sie meinten, daß es sie sehr wohl etwas anging, »aber wenn du mein Sohn wärst, würde ich dich nicht ganz allein auf diese weite Reise schicken, egal wie schlecht es mir ginge. Ich finde dich sehr mutig.«

Nun, da er sicher war, daß er Mum wiedersehen würde, fühlte Axel sich in der Tat ziemlich mutig, als würde er, indem er Ella zu ihrer Großmutter brachte, seiner Mutter tatsächlich helfen, wieder gesund zu werden, anstatt einfach nur wegzulaufen, weil sie … nun ja, darüber wollte er jetzt lieber nicht nachdenken …

»– sterben für eine Tasse Tee.«

»Was?«

Mrs. Diamond lachte. »Wo warst du denn gerade mit deinen Gedanken? Ich habe gesagt, ich weiß ja nicht, wie es dir geht, aber ich könnte sterben für eine Tasse Tee.« Sie griff in ihre Tasche und holte einen Shilling heraus. »Lauf doch mal eben zum Speisewagen und bestell eine Kanne Tee für zwei, ja? Ich komme nach, sobald ich hier fertig bin. Mach dir keine Sorgen wegen Ella – ich kümmere mich um sie, als wäre sie mein eigenes Kind.«

Wenn er so darüber nachdachte, war er wirklich ziemlich durstig. »Ich weiß nicht«, sagte er zögernd. »Ich mußte Mum versprechen –«

»– deine Schwester nicht aus den Augen zu lassen, ich weiß. Aber es ist ja nicht so, als könnte ihr irgendwas zustoßen, oder?« Der Zug wurde langsamer, da sie sich dem nächsten Bahnhof näherten, und draußen vor ihrem Abteil beschwerten sich ein paar Soldaten über den Mangel an freien Plätzen. »Außerdem, wohin sollte ich denn gehen?«

Während Axel sich zwischen spitzen Ellbogen und sperrigen Seesäcken den Gang entlangschob, wurde ihm fast schwindlig vor Erleichterung, als hätte jemand ein riesiges Gewicht von seinen Schultern genommen.

Er fand einen freien Platz, bestellte Tee für zwei und lehnte sich dann zurück, um diesen kurzen Moment der Freiheit zu genießen. Mum würde doch bestimmt nicht böse sein, daß er seine Schwester bei Mrs. Diamond gelassen hatte, wenn er ihr das Ganze erklärte, oder? Ihm tat alles weh, die Arme von Ellas Gewicht, die Beine, die Brust – war das der Herzschmerz, von dem er gehört hatte? Der Zug ratterte über die Gleise, Axels Lider wurden schwer, und er schloß die Augen, ohne sich darum zu scheren, daß der Tee kalt wurde, ohne einen Gedanken an Ella oder Mum, zu müde, um überhaupt an irgend etwas zu denken.

Eine Stimme vor seinem Fenster riß ihn aus dem Schlaf. »Brakeford! Brakeford! Umsteigen nach Lowesfield! Brakeford!« Typisch Ella, dachte er schläfrig, sie brauchte mal wieder Stunden, bis sie satt war, ausgerechnet, wenn es schnell gehen sollte.

»Die Fahrkarten bitte!«

Axel hatte den Kontrolleur vorher noch nicht gesehen. »Wie lange dauert es noch bis Ipswich?« fragte er.

Der Mann beäugte ihn mißtrauisch. »Nächster Halt. Bist du allein?«

»Nein«, entgegnete Axel unwirsch. Allmählich hatte er genug davon, von jedem Erwachsenen dieselbe Frage zu hören. »Meine Mum und meine kleine Schwester sitzen ein paar Abteile weiter.«

»Die Frau mit dem Tweedmantel und dem Baby?« fragte der Mann. »Warum hat sie mir dann nicht deine Fahrkarte gezeigt?«

»Weil ich sie hier habe.« Axel griff in seine Tasche und holte sie hervor. »Ihr Tee ist kalt geworden. Hat sie gesagt, wann sie kommt?«

Der Kontrolleur stanzte ein Loch in Axels Fahrkarte und gab sie ihm zurück. »Nein, sie war damit beschäftigt, ihre Sachen zusammenzupacken. Warte mal, ich könnte schwören, daß ihre Fahrkarte nur bis Brakeford ausgestellt war – aber ich habe heute schon so viele Fahrkarten kontrolliert, da kann ich mich auch irren. Trotzdem solltest du besser rüberflitzen, wir sind in zehn Minuten in Ipswich.«

Das Abteil hatte sich während seiner Abwesenheit gefüllt, und er blieb in der Tür stehen, um die neuen Mitreisenden zu mustern: eine alte Dame mit einem Korb, zwei Rotkreuzhelferinnen und eine Frau mit drei kleinen Mädchen. Von Ella und Mrs. Diamond war nichts zu sehen.

»Suchst du jemanden, mein Kleiner?« fragte die alte Dame.

»Ja«, antwortete Axel. Dann sah er, daß Mrs. Diamonds Koffer ebenfalls verschwunden war, und Dads Reisetasche auch. »Nein.« Er mußte sich geirrt haben, das war bestimmt das falsche Abteil. Obwohl das Hemdchen, das er vorhin naß gemacht hatte, im Fahrtwind gegen die Scheibe schlug; Mrs. Diamond hatte es zum Trocknen zwischen die Scheibe und den Fensterrahmen geklemmt.

»War die Frau mit dem Baby deine Mum?« fragte eine der beiden Rotkreuzhelferinnen. »Sie hat ihr Paket liegenlassen.«

Er mußte im Gang an ihr vorbeigelaufen sein, dachte Axel, aber wie hatte er sie übersehen können?

»Hättest du nicht in Brakeford aussteigen müssen?« fragte die zweite Rotkreuzhelferin. »Die arme Frau ist bestimmt außer sich vor Sorge.«

Brakeford? Wovon redete sie? »Nein«, sagte Axel, »sie ist nicht ausgestiegen, sie wollte zu mir in den Speisewagen kommen. Wie lange ist es her, daß sie gegangen ist?«

»Hm, warte mal«, sagte die Rotkreuzhelferin. »Sie kam gerade aus dem Abteil, als wir hineingegangen sind. Hat sich furchtbar abgemüht mit all dem Gepäck und dem Baby. Ich habe noch hinter ihr her gerufen, wegen des Pakets – nicht wahr, Maureen? –, aber sie war so in Eile, daß sie es nicht gehört hat. Soll ich es für dich herunterholen?«

»Ja, bitte.«

Wieder überkam Axel dieses enge Gefühl in der Brust, und sein Mund wurde ganz trocken. Die junge Frau stellte sich auf die Zehenspitzen und reichte ihm das Paket. Er drückte es fest an sich – solange er Mrs. Diamonds Paket hatte, konnten sie und Ella ja nicht weit weg sein, oder? –, schob sich rücklings hinaus in den Gang und ging mühsam den Weg zurück, den er gekommen war.

»Ipswich! Ipswich! Umsteigen nach Market Needing, Stowmarket, Bury St. Edmunds …«

Überall um ihn herum drängten Leute auf die Ausgänge zu. Hin und her geschubst von Uniformen, angestoßen von Einkaufskörben, Taschen und Koffern und benommen von der Geschwindigkeit, mit der alles so entsetzlich schiefgegangen war, kämpfte Axel sich vorwärts.

»Mach dir keine Sorgen«, hatte Mrs. Diamond zu ihm gesagt, »ich kümmere mich um sie, als wäre sie mein eigenes Kind.« Und sie wußte, daß er in Ipswich aussteigen mußte, oder? Natürlich! Sie hatte Ella, und er hatte ihr Paket – sie wartete bestimmt schon auf dem Bahnsteig.

Der Bahnsteig war genauso überfüllt wie der Zug, und er war zu klein, um mehr als ein paar Meter weit sehen zu können. »Ganz allein, mein Junge?« fragte der Mann an der Sperre.

»Ja – nein«, stammelte Axel, zu durcheinander, um klar denken zu können. »Ist hier eine Frau durchgekommen?«

»Dutzende.« Der Mann konzentrierte sich darauf, die Fahrkarten einzusammeln, und hörte nur mit einem Ohr zu. »Was hat sie denn an?«

»Einen Tweedmantel. Und sie hat ein Baby bei sich.«

»Ein Baby, sagst du?« Der Mann blickte kurz auf. »In einem Kinderwagen?«

»Ja!« Die Erleichterung war überwältigend.

»Hier ist kein Kinderwagen durchgekommen. Bestimmt ist sie beim Schaffner, um den Wagen abzuholen.«

Der Schaffner wartete bereits mit dem leeren Kinderwagen. »Ah«, begrüßte er Axel. »Hab mich schon gefragt, wo du steckst. Deine Mum ist sicher auch schon unterwegs, oder?«

»Ja.« Axel war außer Atem, und seine Beine zitterten. »Ja, sie ... Haben Sie sie nicht gesehen?«

»Nein. Ich dachte schon, du hättest den Wagen vergessen – du glaubst ja nicht, was die Leute so alles liegenlassen. Ist es in Ordnung, wenn ich jetzt gehe? Meine Frau macht mir nämlich die Hölle heiß, wenn ich zu spät zum Tee komme.«

»Ja, Sir. Danke, Sir.« Sie mußte ja Ella tragen, sagte Axel sich, und das ganze Gepäck, da brauchte sie bestimmt etwas länger ...

Er stand da, bis der Bahnsteig vollkommen verlassen war, kaute an seinen Nägeln und hielt verzweifelt nach einer Frau mit einem Tweedmantel und einem Baby Ausschau. Schließlich hatte er doch ihr Paket, und sie hatte Ella. Sie *mußte* hier sein.

Doch sie war nicht hier.

Was hatte der Kontrolleur gesagt? »Sie war damit beschäftigt, ihre Sachen zusammenzupacken ...« Und die Rotkreuzhelferin: »Hättest du nicht in (wie hieß der verdammte Ort? Becksford?

Braketree?) aussteigen sollen?« Mrs. Diamond war am falschen Bahnhof ausgestiegen, und sie hatte Ella mitgenommen.

Axel ließ den Kinderwagen stehen, umfaßte das Paket noch fester und stieg in den Zug nach Market Needing. Er würde nach Seddons fahren und die Erwachsenen um Hilfe bitten.

In Market Needing schleppte er sich aus dem Bahnhof und steuerte auf den Taxistand zu.

»Ganz allein, mein Junge?« fragte der Fahrer.

»Ja«, erwiderte Axel, der ewiggleichen Frage überdrüssig. »Können Sie mich nach Seddons bringen?«

»Da setz ich keinen Fuß hin«, sagte der Mann. »Völlig übergeschnappt, der alte Seddon.«

»Ich gebe Ihnen fünf Shilling«, bot Axel ihm an und kramte in seiner Hosentasche.

»Nee ...«

»Und wenn ich Ihnen ein Pfund gebe?«

»Ich bring dich bis zum Pförtnerhaus«, grummelte der Mann mürrisch, obwohl Axel ihm das Zehnfache des Preises zahlte, den seine Mutter ihm genannt hatte. »Von da kannst du zu Fuß gehen.«

»Wie weit ist es denn von dort?«

»Anderthalb Meilen oder so um den Dreh, wenn du die Zufahrt nimmst. Es gibt aber auch 'ne Abkürzung ...«

»Eine Abkürzung?«

»Führt direkt übers Land zum großen Haus. Ich zeig's dir, wenn wir da sind.«

Im Taxi war es warm, und nach kurzer Zeit schlief Axel ein. Es schien kaum eine Minute vergangen zu sein, als der Fahrer ihn anstupste. »Siehst du?« sagte er und deutete mit seinem Stummelfinger geradeaus. »Da ist das Pförtnerhaus. Die Abkürzung fängt direkt dahinter an.«

Unschlüssig starrte Axel auf das heruntergekommene Häuschen und den dichten Wald dahinter.

»Und vergiß nicht, nimm dich vor dem alten Seddon in acht – im Frühjahr haben 'n paar Kerle von der Armee bei ihm geklingelt, und der alte Spinner ist mit dem Revolver auf sie los, weil er dachte, es wär die Invasion.«

»Und, war sie's?«

»Nee, das warn bloß 'n paar Jungs, die 'n nettes Quartier suchten.« Er lachte leise. »Einer von ihnen hat sich 'nen Streifschuß am Hintern eingefangen. Dabei hätte ihnen jeder sagen können, daß der Alte seit Jahren durchgeknallt ist.«

»Hat er ihn noch?« fragte Axel.

»Den Revolver? Keine Ahnung. Aber unterm Strich haben die Kerle 'n gutes Geschäft gemacht – haben damit gedroht, den Alten einsperren zu lassen, bis Mrs. Seddon ihnen das Pförtnerhaus umsonst überlassen hat, unter der Bedingung, daß sie vom Herrenhaus wegbleiben und die Klappe halten. Kurz danach hatte der alte Junge 'nen Schlaganfall ...«

»Sind sie noch da?« fragte Axel und spähte nervös zu den kahlen, dunklen Fenstern des Gebäudes.

»Nee. Das Haus hat fünfzehn Jahre leer gestanden, bevor sie da eingezogen sind, und sie hatten's kaum auf Vordermann gebracht, da wurden sie wieder versetzt. So, was ist jetzt mit meinem Pfund?«

»Ich geb dir 'nen guten Rat, Junge«, fügte er hinzu, als Axel ihm das Geld in die Hand drückte. »Wenn du 'nen weißhaarigen alten Spinner siehst, der mit 'nem Revolver rumfuchtelt, nimm die Beine in die Hand!« Dann wendete er den Wagen und verschwand hinter einer bläulichen Abgaswolke.

Die Vorstellung, seinem verrückten Großvater mit der Waffe zu begegnen, war so abschreckend, daß ihm das Pförtnerhaus mit dem zugewucherten Garten und den kahlen Fenstern geradezu einladend erschien, und die Eingangstür war nicht verschlossen. Drinnen jedoch roch es muffig und verlassen. Auf dem Kaminrost im Wohnzimmer lag ein Haufen Ruß mit einem Vogelnest darauf, die Küchenregale waren zugestaubt, und in dem kleineren der beiden Schlafzimmer, in dem ein eisernes Bettgestell und ein mit Schnitzereien verzierter Schrank standen, war die Abdeckklappe des Fenstersitzes gegen die Scheibe gelehnt, als hätten die vorigen Bewohner das Haus so eilig verlassen, daß sie keine Zeit mehr gehabt hatten, sie zu schließen.

Er könnte ja eine Weile hierbleiben, dachte Axel, und sich überlegen, wie er Ella zurückbekam, bevor er sich dem Zorn seines Großvaters aussetzte; es war alles da, was er brauchte – ein Bett zum Schlafen, fließendes Wasser, sogar Strom, wie er erstaunt feststellte, als er den Schalter betätigte, und das Geld, das er hatte, würde jahrelang reichen. Aber als erstes mußte er herausfinden, wo Mrs. Diamond wohnte.

Er hievte das Paket auf den Küchentisch und inspizierte es von allen Seiten, doch auf dem festen braunen Papier war nirgends eine Anschrift vermerkt. Im Innern lagen, sorgfältig mit Seidenpapier und kleinen, duftenden Lavendelbeuteln verpackt, lauter Babykleider – Mützen und Schühchen, Strickjäckchen, Fäustlinge, Hemdchen und kleine Söckchen mit Satinbändern; außerdem ein rosafarbener Mantel mit sternförmigen Perlmuttknöpfen und ein gesmoktes, elfenbeinfarbenes Taufkleid. »Nein«, hatte Mrs. Diamond gesagt, als er sie gefragt hatte, ob sie auch Kinder habe. Was wollte sie dann mit den ganzen Babysachen?

Er untersuchte jedes einzelne Teil, doch es gab keine Schilder, keinen Hinweis darauf, wo Mrs. Diamond geblieben sein mochte. Als es draußen anfing zu dämmern, saß er immer noch am Küchentisch, kaute an einem eingerissenen Fingernagel und überlegte verzweifelt, wie er seiner Großmutter beibringen sollte, daß er seine kleine Schwester verloren hatte.

Nicht weinen, befahl er sich streng, fang ja nicht an zu weinen! Aber er war so müde, und er hatte es so satt, allein zu sein und nicht zu wissen, was er tun sollte, und er hatte auch keine Lust mehr, Mrs. Diamonds dämliches Paket mit sich herumzuschleppen … Nach langem Zaudern packte er das Paket wieder zusammen und ging in das kleinere Schlafzimmer. Er stopfte es in den Hohlraum unter dem Fenstersitz, legte den Deckel darauf, klopfte das Kissen zurecht und begab sich auf den letzten Weg seiner langen Reise.

Das Licht wurde immer schwächer, der Weg war rutschig

vom nassen Laub, und über ihm ragten bedrohlich hohe Bäume auf. Das Rascheln im Unterholz, das warnende Keckern einer Amsel und die merkwürdigen Schatten, die plötzlich aus dem Dämmerlicht hervortraten, jagten ihm Angst ein, und er war erleichtert, als der Wald von dichtem, üppig mit reifen Früchten besetztem Brombeergestrüpp abgelöst wurde. Völlig ausgehungert, pflückte er die Beeren im Vorbeigehen und stopfte sie sich in den Mund, ohne sich darum zu scheren, daß der Saft ihm über Gesicht und Hemd lief. Dann schob er sich zwischen hohen Azaleenbüschen hindurch zu einer Steinbrücke, unter der ein kleiner, steil abfallender Bach in einen von Algen überwucherten und von Trauerweiden umringten Teich plätscherte. Über ihm tauchten die ersten Sterne am Himmel auf, und der Pfad vor ihm war nur noch ein blasses, silbriges Band, das sich in die Dunkelheit schlängelte. Bald würde er nicht mehr zu sehen sein, dachte er voller Angst, und dann wäre er ganz allein in der Wildnis. Eilig umrundete er den Teich bis zum anderen Ende, wo das Wasser wieder hinauslief, und folgte dem Abhang.

Nach einer Weile bog der Pfad vom Bach ab und stieg wieder an. Axel kämpfte sich durch Gestrüpp und watete durch kniehohes Gras, bis er auf einen von Unkraut überwucherten Kiesweg stieß, dann ging es wieder in einen dunklen Tunnel, wo unsichtbare hölzerne Finger sein Gesicht streiften, so daß er vor Schreck aufschrie und losrannte. Er hielt erst an, als er zu einer halbgeöffneten Tür in einer hohen Steinmauer kam.

Da war es endlich, am anderen Ende eines gepflasterten Innenhofs, hinter einem hohen Torweg, der von einem weißgestrichenen Taubenschlag gekrönt war: Seddons. Riesig und einschüchternd, mit zahllosen Erkern und Türmen, die in den dunkelblauen Himmel ragten, die abweisenden Mauern nur aufgelockert durch das schwache Funkeln Dutzender nicht erleuchteter Fenster. Als er ein Eisengeländer und ein paar Stufen entdeckte, die in den Keller führten – die Dienstbotenräume? –, schlich Axel näher. Hier würde er anfangen, beschloß er.

Alles war stockdunkel, bis auf einen schmalen Streifen an

einem der Fenster, wo die Verdunkelungsvorhänge unachtsam befestigt waren. Das schmale goldene Band, das Wärme und Gesellschaft versprach, war trotz seiner Winzigkeit unendlich tröstlich. Axel raffte allen Mut zusammen, der ihm noch geblieben war, und klopfte an die Tür.

»Wer ist da?«

Die Stimme klang tief und bedrohlich – Grandpa Wilfred? »Ich«, flüsterte Axel.

»Michael?«

Michael? Wer war Michael?

»Einen Moment, mein Lieber.«

Mein Lieber? Und wenn es nun eine Falle war? dachte Axel voller Angst. Die Warnung des Taxifahrers klang ihm noch in den Ohren. Was, wenn es sein verrückter Großvater Wilfred war, der ihn in falscher Sicherheit wiegte, während er seinen Revolver lud? Er sollte lieber weglaufen, solange es noch ging. Andererseits war er so erschöpft, daß er kaum noch stehen konnte, geschweige denn laufen. Gerade als er sich gegen die Kugel wappnete und sich fragte, ob es wohl weh tun würde, strömte plötzlich Licht nach draußen, und im Türrahmen erschien eine große, hagere Frau mit tiefliegenden Augen und dichtem braunen Haar, das in Strähnen aus einem unordentlichen Knoten hing.

In der Hand hielt sie einen Durchschlag mit dampfenden Karotten – der Duft war einfach köstlich –, aber vor allem fielen Axel ihre Kleider auf: eine schimmernde blaue Satinhose, darüber ein wadenlanges schwarzes Kleid, auf dessen Vorderseite rote und goldene Drachen tanzten, und violette, mit bunten Perlen bestickte Pantoffeln – ein äußerst merkwürdiger Aufzug für eine Haushälterin.

»Du bist nicht Michael«, konstatierte sie.

»Wer ist Michael?« fragte Axel.

»Der Sohn vom Krämer.« Sie musterte ihn genauer und runzelte die Stirn. »Was hast du mit deinem Gesicht gemacht?«

»Nichts.« Axel reckte den Hals und versuchte, an ihr vorbei in die Küche zu schauen. »Ist er hier?«

»Du blutest«, sagte sie. »Hattest du einen Unfall?«

Blut? Wovon redete sie? »Ich habe nur –«

»Wie bist du überhaupt hierher gekommen?«

»Zu Fuß«, sagte Axel. »Vom Pförtnerhaus.«

Sie bewegte die Hände, so daß ihm der Karottendampf aus dem Durchschlag entgegenwehte. »Unten an der Einfahrt hängt doch ein Schild, daß das hier Privateigentum ist – kannst du nicht lesen?«

»Natürlich kann ich lesen«, erwiderte Axel empört. »Aber ich habe die Abkürzung genommen.«

»Die Abkürzung?«

»Durch den Wald, über die Brücke –«

»Den Orchideenpfad? Woher wußtest du davon?«

»Orchideen?« sagte Axel. »Ich habe keine Orchideen gesehen.«

»Natürlich nicht, es ist September. Aber im Juni sind sie prachtvoll.«

Allmählich verlor Axel den Faden. »Ist er hier?« fragte er noch einmal.

»Wer?«

»Mein verrückter Großvater.«

»Dein verrückter Großvater? Warum sollte dein verrückter – warum sollte dein Großvater hier sein?«

»Er wohnt hier«, erklärte Axel ungeduldig. »Das ist doch Seddons, oder?« Er richtete sich auf und sagte mit seiner erwachsensten Stimme: »Würden Sie Mrs. Seddon freundlicherweise Bescheid sagen, daß ich hier bin?«

»Wem?«

»Mrs. Seddon«, wiederholte Axel. »Ich bin ihr Enkel.«

»Das kann nicht sein!«

»Doch.«

Sie beugte sich zu ihm herunter. »Aber dann müßtest du ja ... Großer Gott! Bist du – bist du etwa *Floras* Sohn?«

Endlich. »Ja«, sagte Axel. »Könnten Sie jetzt bitte meine Großmutter holen?«

»Wo ist sie?« Der Durchschlag fiel ihr aus der Hand, und

die Karotten kullerten über den Boden. »Wo ist meine Tochter?«

»Ihre Tochter?« Axel blinzelte überrascht. »Wollen Sie damit sagen, *Sie* sind Mrs. Seddon?«

»Natürlich«, entgegnete sie barsch. »Wer sollte ich denn wohl sonst sein? Und jetzt sag mir, was mit Flora ist!«

Jetzt war es so weit, erkannte Axel. Jetzt mußte er sein Geständnis ablegen. Aber wie konnte er das? Wie konnte er dieser seltsamen alten Frau sagen, daß er nicht nur unfähig gewesen war, Mum und Dad zu retten, sondern obendrein noch seine Schwester verloren hatte, sie einer Fremden überlassen und dann vergessen hatte, wie einen alten Regenschirm? Was, wenn sie ihn fortschickte?

Er öffnete den Mund, schloß ihn jedoch wieder. Dann warf er sich dankbar in die Arme seiner Großmutter und gestattete sich endlich zu weinen; nicht um seine armen, toten Eltern, auch nicht um Ella, sondern um sich selbst und alles, was er verloren hatte.

Es war das letzte Mal, daß er weinte. In der Nacht, als er schlaflos in einem riesigen, mit lauter seltsamen, exotischen Möbeln vollgestellten Schlafzimmer lag, sich fragte, wo Ella sein mochte, und sich den schrecklichen Zorn ausmalte, den seine Großmutter an ihm auslassen würde, wenn sie erfuhr, was er getan hatte, wußte er vor Kummer nicht wohin. Doch am nächsten Morgen, als sie ihn die große Eichentreppe hinaufführte, damit er seinen Großvater kennenlernte, ihm Wilfreds Frühstückstablett in die Hand drückte, um die Tür zu öffnen, und ihm zuflüsterte: »Am besten sagst du ihm noch nicht, wer du bist, mein Junge, nur aus Vorsicht«, packte ihn wieder der Zorn, der ihn schon so lange begleitete, stärker als je zuvor.

Der alte Mann saß zusammengesunken in einem zerfransten Korbliegestuhl am Fenster; er trug einen gestreiften Pyjama, dessen Oberteil offenstand und seinen fleckigen, aufgeblähten Bauch entblößte. Er sah gebannt hinunter auf die Einfahrt, doch als Axel hereinkam, starrte er ihn unter struppigen weißen Augenbrauen finster an und bellte: »Ah, Alex! Das wurde aber auch Zeit!«, als wäre es etwas vollkommen Normales, daß wildfremde Jungen ihm sein Frühstück brachten. »Komm schon, komm schon!« fügte er verärgert hinzu, als Axel beim Näherkommen den Revolver in seiner Hand erblickte und erschrokken auf dem verschlissenen Teppich stehenblieb. »Das ist jetzt schon das dritte Mal hintereinander, daß du mit dem Frühstück zu spät kommst! Und schick mir William rauf, ich will mit ihm über die Pferde reden.«

Zum Glück war Gertrude da (»Nenn mich, wie du willst«, hatte sie gestern abend zu ihm gesagt, »nur bitte nicht Granny – das klingt so vorsintflutlich!«), um ihm zu helfen. Sanft entwand sie ihrem Mann den Revolver, holte das Tablett und stellte es ihm auf den Schoß, wobei sie sich für ihre Verspätung entschuldigte. Axel beobachtete das Ganze aus sicherem Abstand, voll hilflosem Zorn über die Verdrehung seines Namens, und versuchte sich an das zu erinnern, was Mum ihm über William und Alexander, seine beiden längst verstorbenen Onkel, erzählt hatte. Während er seiner Großmutter half, das Zimmer aufzuräumen und das feuchte, stinkende Bett abzuziehen, hörte er, wie sein Großvater am Fenster leise in sich hinein murmelte: »... mich vernachlässigt, wie üblich ... weiß gar nicht, warum ich mir das gefallen lasse ... interessiert ja keinen, wie es *mir* geht ... hocke den ganzen Tag auf diesem verdammten Stuhl ...« Schließlich bemerkte seine Großmutter, daß er fast vor Wut platzte, und schickte ihn hinaus in den Flur, um dort auf sie zu warten.

»Warum läßt du dir gefallen, daß er so mit dir redet?« fragte er aufgebracht, als sie schließlich mit einem vollen Nachttopf aus dem Zimmer kam.

Ihre Antwort war so ruhig, so voller Wärme und Nachsicht, daß er sich sofort schämte. »Das mußt du verstehen, mein Junge«, sagte sie, »deinem Großvater geht es nicht gut.« Und dann erzählte sie ihm von dem Schlaganfall, den der alte Mann im Frühjahr gehabt und der nicht nur seinen Körper, sondern auch seinen Verstand beeinträchtigt hatte. »Aber zumindest müssen wir uns nicht überlegen, wie wir dich nennen sollen«, fügte sie hinzu, als wäre sie erleichtert, nicht seinen richtigen Namen benutzen zu müssen. »Er denkt, du wärst Alexander. Manchmal verwechselt er auch Michael – den Sohn des Krämers – mit William ...«

»Es macht dir doch nichts aus, wenn ich dich auch Alex nenne, oder?« fragte sie besorgt, als er ihr zu einem riesigen, eiskalten Badezimmer folgte, wo sie den Inhalt des Nachttopfs leerte. »Es ist nur, weil ich mir lieber nicht ausmalen möchte, was passiert, wenn ich dich mal aus Versehen in seiner Gegenwart Axel nenne.« Die Art, wie sie es sagte, genau wie Mum (war es wirklich erst gestern gewesen, daß er von zu Hause weggegangen war?), weckte in ihm den Drang, sie die Treppe hinunterzustoßen, und er mußte sich am Geländer festhalten, um dem nicht nachzugeben.

Gerade als er den Mund aufmachte, um sich darüber zu beschweren, daß er *Axel* hieß und keine Lust hatte, *Alex* zu sein, füllten sich ihre Augen plötzlich mit Tränen, und sie fing an, von Mum zu reden, wollte wissen, wie es kam, daß sie krank geworden war, ob sie gelitten hatte, beklagte, daß sie nicht dagewesen war, »als meine arme, liebe Flora mich brauchte«, fragte nach Einzelheiten – was mit Dad geschehen war, wie der Arzt hieß, wo sie gewohnt hatten. Während sie durch den Flur gingen, sagte sie traurig: »Wie *wütend* sie immer noch gewesen sein muß, wenn sie dich ohne einen Brief, ohne ein Wort des Trostes und der Vergebung für ihre Mutter nach Suffolk geschickt hat – ach Gott, was ist denn überhaupt mit der Beerdigung?«

Die Frage traf ihn unvorbereitet, und er mußte zugeben, daß er keine Ahnung hatte, was der Arzt nach seiner Abreise möglicherweise in die Wege geleitet hatte. Daraufhin bekam die alte Dame genau wie er Zweifel, ob Mum tatsächlich tot war, und marschierte wieder los – durch die Eingangshalle und weiter durch ein Labyrinth von Gängen, bis zum Arbeitszimmer ihres Mannes, wo das Telefon stand –, fest entschlossen herauszufinden, was nun genau passiert war.

Da wurde Axel klar, daß er ihr endlich sagen mußte, was mit

Ella passiert war. Er schämte sich, weil er erst jetzt, wo die ganze Sache ans Licht kommen würde, den Mut dazu aufbrachte, aber es war immer noch besser, als feige den Mund zu halten. Stotternd begann er: »Ich muß dir was sagen –«, doch sie ließ ihn nicht ausreden. »Gleich, mein Junge, laß mich erst mal telefonieren.« Damit verschwand sie im Arbeitszimmer, und er blieb im zugigen Flur zurück, das Ohr an die Holzvertäfelung gedrückt, und fragte sich, mit wem sie sprach und wie sie reagieren würde, wenn sie erfuhr, was er Schreckliches getan hatte. Das Telefonat dauerte ewig, und als er endlich ihre Schritte auf die Tür zukommen hörte, hatte er sich auf das Unausweichliche eingestellt. Jetzt würde er wirklich in ein Heim kommen, denn wie konnte sie seine Gegenwart ertragen, wenn sie wußte, daß er schuld am Verschwinden ihrer Enkelin war? Und selbst wenn es ihm gelang zu fliehen, wie lange würde er sich durchschlagen können, bevor sie ihn fanden?

Als sie aus dem Arbeitszimmer kam, sah er, daß sie geweint hatte, und ehe er etwas sagen konnte, streckte sie die Arme aus und sagte: »Mein armer Junge, es ist alles wahr. Es tut mir ja *so* leid – der Sergeant hat gesagt, euer Haus ist völlig zerstört ...« Sie hatte es geschafft, mit der Polizeiwache in ihrem Londoner Viertel zu sprechen. »Sieben Tote in der Straße, darunter offenbar auch der Arzt, der arme Kerl, der nur da war, weil er auf den Leichenbestatter gewartet hat.«

Axels Reaktion auf diese Neuigkeit war beschämend – als ihm aufging, daß der einzige Zeuge seines Verbrechens ihn nicht mehr verraten konnte, verspürte er eine so unermeßliche Erleichterung, daß er auf ihre Frage: »Was wolltest du mir vorhin sagen?« nur den Kopf schüttelte und murmelte: »Nichts, ist nicht weiter wichtig«, als wäre die Tatsache, daß er seine kleine Schwester verloren hatte, vollkommen belanglos, solange niemand dahinterkam. Er hätte ihr die Sache mit Ella gleich gestern abend sagen sollen – seine Großmutter würde ihn für einen Volltrottel halten, wenn er jetzt damit herausrückte, als wäre ihm eben erst aufgefallen, daß seine Schwester nicht da war.

Von da an wurde das Ganze immer verzwickter, je mehr Zeit verging. Morgen würde er es ihr sagen, nahm er sich vor, als er abends wiederum schlaflos im Bett lag, doch irgendwie schien der richtige Moment sich nie einzustellen. Ein weiterer Tag ging vorüber, dann eine Woche, und bevor er sich's versah, war bereits ein Monat verstrichen, und wie sollte er nach so langer Zeit noch davon anfangen?

Die Verwandlung von Axel Perl zu Alex Seddon – fantasierter Sohn, nicht anerkannter Enkel, Niemandsjunge – war nur eine gerechte Strafe für das, was er getan hatte, doch der Zorn darüber ließ ihn nicht los. Während der ersten Wochen in Seddons verstärkten die sinnlosen, herrischen Forderungen seines Großvaters Axels Abneigung so sehr, daß er ihn am liebsten geschlagen hätte. Wenn Wilfred ihn beschimpfte, weil sein Frühstück zu spät kam oder Axel sich ungeschickt anstellte, wenn er ihm auf den Nachtstuhl half, konnte er ja noch so tun, als hätte er nichts gehört, aber wenn der alte Mann seine Grausamkeiten an der hilfsbereiten, geduldigen Gertrude ausließ, hielt nur die Erinnerung an das schreckliche Verbrechen, das er begangen hatte, seine Zunge im Zaum.

Dennoch war jede Ablenkung willkommen, ob es nun Wilfreds ständige Forderungen nach Aufmerksamkeit waren oder die Besuche von Michael, dem Sohn des Krämers – der gar kein Junge mehr war, wie Axel gedacht hatte, sondern ein Bär von einem Mann, genauso alt wie Dad; er kam jeden Dienstag und gewann schon bei ihrer ersten Begegnung Axels Respekt, weil er sofort begriff, wie sehr Axel der Verlust seines Namens zu schaffen machte, und ihm versprach: »Solange Wilfred uns nicht hören kann, werde ich dich Axel nennen, wir wollen ja schließlich nicht, daß du deinen Namen vergißt, was?« –, oder die zahllosen Handgriffe, die notwendig waren, damit das große Haus nicht völlig auseinanderfiel. Jede Ablenkung war ihm willkommen – außer der Schule …

Es war schon schlimm genug, als Gertrude verkündete, sie habe es durchgesetzt, daß die Schule im Ort ihn noch aufnahm, obwohl das Schuljahr bereits angefangen hatte, »denn das hätte deine Mutter sicher so gewollt, mein Junge«, aber der eigentliche Alltag – der anstrengende Weg über den Orchideenpfad, um den Schulbus zu erreichen (die Zufahrt vermied er, weil er den giftigen Blick seines Großvaters fürchtete); die quälende Erinnerung an Mrs. Diamond und Ella, sobald er das Pförtnerhaus erblickte; das enge, überfüllte Klassenzimmer und die überforderten Lehrer – war noch viel schlimmer. Von seiner Großmutter unter dem Namen Alex Seddon angemeldet (»Das ist doch viel sicherer, als deinen deutschen Namen zu nehmen, meinst du nicht auch?«) und mit evakuierten Kindern aus allen Ecken Londons zusammengepfercht, wurde er jeden Tag aufs neue daran erinnert, daß er jetzt ein Waisenjunge war. Und so sehr er sich auch einzureden versuchte, daß alles nur Ellas Schuld war, daß Dad und vielleicht sogar Mum noch leben würden, wenn sie nicht zum falschen Zeitpunkt beschlossen hätte, auf die Welt zu kommen, verstärkte das Wissen, daß sie irgendwo da draußen war und bei fremden Leuten lebte, nur die Schuldgefühle, die unablässig an ihm nagten.

Die Erleichterung, als endlich die Ferien kamen und er in Seddons bleiben konnte, dem einzigen Ort, an dem er sich sicher fühlte, hielt nur bis Weihnachten an.

Da Wilfred überraschend verlangt hatte, nach unten gebracht zu werden, um mit der Familie zu feiern, erbot sich Michael Allott, der über Weihnachten ohnehin allein war, weil seine frischangetraute Frau beschlossen hatte, die Feiertage bei ihrer Schwester in Portsmouth zu verbringen, ihnen zu helfen, und Gertrude nahm das Angebot mit Freuden an. Als er nach oben ging, um Wilfred zu holen, wurde er sofort in den Keller geschickt, um eine Flasche Armagnac heraufzuholen. »Die habe ich 1914 eingelagert«, verkündete Wilfred, »extra für diese Gelegenheit.« Es schien, als hätte der alte Mann einen seiner besseren Tage, doch während des Hauptgangs zeigte sich, daß dem nicht so war.

»Wie kannst du es wagen!« fauchte er, als Gertrude fragte, ob sie einen Fingerhut voll davon für den Weihnachtspudding haben könne. »Glaubst du vielleicht, ich habe das Zeug all die Jahre aufbewahrt, damit du es verschwenden kannst?« Während der restlichen Mahlzeit stieg die Anspannung im Raum immer weiter an, bis Axel kaum noch zu atmen wagte.

Schließlich kam der Ausbruch, und er war schlimmer als alles, was er sich hätte ausmalen können. Als Gertrude aufstand, um den Tisch abzuräumen, griff Wilfred nach der Flasche, schenkte sich eine großzügige Portion ein und erhob das Glas, um einen Toast auszubringen: »Auf meine mutigen Jungs, William und Alexander, die endlich wieder unversehrt zu Hause sind.« Dann blickte er sich mit gerunzelter Stirn um und fragte: »Wo ist denn meine Flora hin?«

In der schockierten Stille, die darauf folgte, erkannte der alte Mann in einem kurzen lichten Moment, was er verloren hatte, und begann voller Verzweiflung zu weinen. Sein unverhüllter Schmerz erinnerte Axel an die anderen, die fehlten – nicht nur Mum und Dad, sondern auch Ella.

Als der alte Mann sich plötzlich an den Kopf packte, aufzustehen versuchte und dann mit dem Gesicht vornüber in die Brandy-Butter fiel, saß Axel vor Entsetzen wie versteinert da, unfähig, sich zu rühren.

Mit vereinten Kräften schafften sie es, ihn wieder nach oben und in sein Bett zu bringen. Während Michael zum Telefon lief, um den Arzt zu rufen, und Gertrude Wilfred die beschmierten Sachen auszog, rannte Axel hinunter in die Küche, um heißes Wasser und Handtücher zu holen, und er schwor sich, von jetzt an netter zu dem alten Mann zu sein, wenn er nur am Leben blieb.

»Ein zweiter Schlaganfall, fürchte ich«, sagte der Arzt, als er seine Untersuchung beendet hatte. »Und schlimmer als der erste. Es läßt sich noch nicht sagen, wie weit Ihr Mann sich wieder erholen wird, aber fürs erste braucht er rund um die Uhr Betreuung. Mrs. Seddon« – er hob die Hand, als Gertrude zum Protest ansetzte –, »ich weiß, wir haben bereits über dieses Thema gesprochen, und ich weiß, er mag keine Fremden im Haus, aber diesmal *muß* ich darauf bestehen, daß Sie meinem

Rat folgen. Wenn Sie nur die ersten paar Tage übernehmen könnten, ich höre mich dann sofort nach einer Krankenschwester um, die bereit ist, hier im Haus zu wohnen.«

Der Gesichtsausdruck seiner Großmutter war mehr, als Axel ertragen konnte. Er trat vor, schob seine Hand in ihre und verkündete mit Nachdruck: »Das mache ich! *Ich* helfe ihr, sich um ihn zu kümmern!«

Im Verlauf der folgenden Wochen fragte er sich hundertmal am Tag, ob er das Richtige getan hatte. Es gab Zeiten, da haßte er den alten Mann aus tiefstem Herzen, wegen der Gemeinheiten, die er Gertrude an den Kopf warf, als wäre sie schuld an seinem Zustand, wegen des Speichels, der ständig aus seinem schlaffen Mund lief, und wegen der hysterischen Wutanfälle, bei denen er mit dem einen noch funktionierenden Arm auf jeden einschlug, der sich ihm näherte, kreischte wie ein störrisches Kind – »laß mich! will nicht!« – und das Essenstablett zu Boden schleuderte. Oft war er so müde, daß er sich am liebsten in irgendeiner Ecke verkrochen hätte, und das einzige, was ihn bei der Stange hielt, war die ruhige, stoische Art, mit der Gertrude der Situation und den unablässigen Forderungen ihres Mannes begegnete.

Es war eigenartig – obwohl das Gesicht seiner Schwester nach wie vor das erste und letzte war, was er beim Aufwachen und Einschlafen vor sich sah, hatte die ständig wiederkehrende, anstrengende Alltagsroutine die Last seines gewaltigen, schrecklichen Geheimnisses doch ein wenig erleichtert. Nachdem er den ganzen Tag damit zugebracht hatte, den alten Mann zu waschen, zu füttern und umzubetten, die nassen, stinkenden Laken zu wechseln, ihn gemeinsam mit seiner Großmutter aufzusetzen, damit er sich beim Essen nicht verschluckte, und pausenlos irgend etwas zu holen oder wegzubringen, hatte er abends, wenn er ins Bett fiel, keine Energie mehr übrig, stundenlang wach zu liegen und sich zu quälen, und Gertrude war so dankbar und so voll des Lobes über seine Hilfsbereitschaft und Geduld, daß er begann, sich ein wenig besser zu fühlen.

Das neue Jahr begann mit eisigem Wind und dichtem Schneefall, doch es war nicht mehr die Rede davon, daß er zur Schule gehen sollte. Schluß mit dem anstrengenden Marsch den Hügel hinauf, dem miefigen, schaukelnden Schulbus, den überfüllten Klassenzimmern, in denen Lehrer darum rangen, ihre widerborstigen Schüler zur Ruhe zu bringen, und vor allem Schluß mit der ständigen Erinnerung an sein quälendes Geheimnis, die ihn jedesmal packte, wenn er das Pförtnerhaus sah. Als der Frühling kam und sein Großvater, gestärkt durch das bessere Wetter, mit jedem Tag mehr Aufmerksamkeit forderte, wurden Axels Ausflüge in die Welt jenseits des Anwesens, die er ohnehin nur widerstrebend unternommen hatte, immer seltener, bis sie schließlich zum Frühsommer hin, als entlang des Orchideenpfads die ersten purpurroten Spitzen aus dem Gras lugten, ganz aufhörten. In der Zwischenzeit hatte er die Verantwortung für den Gemüsegarten und den Boiler übernommen, der Seddons mit heißem Wasser versorgte. Er hatte gelernt, wie er den launischen Herd in der Küche rund um die Uhr am Laufen halten konnte und wie er die Dochte der Petroleumlampen zurechtstutzen mußte, damit sie bei den immer häufiger auftretenden Stromausfällen einsatzbereit waren.

Zum erstenmal seit Mums Tod hatte er das Gefühl, nützlich zu sein, gebraucht zu werden. Natürlich hatte er Ella nicht vergessen; bald, so nahm er sich fast täglich vor – sobald es Wilfred besserging und er ihn allein lassen konnte –, würde er sie suchen und endlich nach Hause holen. Gertrude würde es doch bestimmt verstehen, wenn er es ihr erklärte, oder? Doch tief in seinem Innern spürte er, wie der Wille dazu immer mehr schrumpfte, denn wie konnte er das Risiko eingehen, nach Mum und Dad womöglich auch noch seine Großmutter zu verlieren?

Während der Krieg wie ferner Donner an Seddons vorüberzog und nur die immer stärkere Verknappung von Brennstoff und Lebensmitteln Axels beinahe traumartige Abgeschiedenheit bedrohte, verwandelte sich die Welt jenseits des rostigen Eisentors für ihn nach und nach in ein fremdes, feindliches Land, das er auf keinen Fall betreten durfte, denn nur hier, im Schutz der Mauern, war er in Sicherheit.

Kapitel 4

Als Anfang des Jahres 1946 der Brief von Topper & Batt eintraf, dachte Lila, es müsse ein Irrtum sein – seit Archies Tod waren fast dreizehn Jahre vergangen, was konnten seine Anwälte nach so langer Zeit noch von ihr wollen? *Eine Angelegenheit von einiger Wichtigkeit,* hieß es geheimnisvoll, doch als Frank scherzhaft meinte, sie hätten vielleicht ein geheimes Bankkonto entdeckt, das sie zu einer reichen Frau machen würde, winkte sie sofort ab; schon ihr Entschluß, Casa Vedovi zu verlassen – den sie, das war ihr mittlerweile klargeworden, nicht in erster Linie aus Sorge um die Sicherheit ihrer Tochter gefaßt hatte, sondern aus dem selbstsüchtigen Verlangen, ihre Beziehung zu Edward Kennett fortzuführen –, hatte ihr gezeigt, wie leicht Optimismus mit Erniedrigung bestraft wurde. Wenn sie geahnt hätte, wie die Dinge sich entwickeln würden, wäre sie wahrscheinlich in Italien geblieben, vor allem da Hope diejenige war, die am meisten unter ihrer Fehlentscheidung gelitten hatte.

Während ihr selbst die Rückkehr nach England dank des vergleichsweise komfortablen Daseins in ihrem Zuhause leichter gefallen war – ein großes, luftiges Zimmer für sie allein, die großzügige finanzielle Unterstützung ihres Stiefvaters und der Luxus, nach Belieben kommen und gehen zu können, ohne sich ihren Lebensunterhalt verdienen zu müssen –, hatte Hope von Anfang an Schwierigkeiten gehabt, sich an die Regeln eines Haushalts zu gewöhnen, der vollkommen anders war als alles, was sie kannte.

Und Dorothy machte das Ganze noch schlimmer, indem sie keine Gelegenheit ausließ, ihre Enkelin zu kritisieren, ob es nun die nachlässigen Tischmanieren waren, ihre mangelhaften gesellschaftlichen Umgangsformen oder ihr Aussehen – »wie ein schmuddeliges Zigeunerkind«.

Da sie jedesmal, wenn sie den Mund aufmachte, von ihrer Großmutter gedemütigt wurde, zog Hope sich immer mehr in sich selbst zurück, hockte auf der Treppe, drückte sich draußen vor der Tür herum oder blieb stundenlang auf ihrem Zimmer, und als Dorothy ihr den Spitznamen »die Schweigsame« gab, was eindeutig nicht als Kompliment zu verstehen war, verstärkte sie das Problem nur. Lila war zu ihrer eigenen Scham zu feige, für ihre Tochter einzustehen, und wich allen Auseinandersetzungen aus, indem sie ihre Tage mit Aktivitäten füllte. Sie war der Home Guard beigetreten, ließ sich für die Feueralarmbereitschaft einteilen, spielte jede Woche bei Konzerten mit, um Spenden für die Truppen zu sammeln, und hatte sogar den Führerschein gemacht.

Sie versuchte zwar, ihre Feigheit vor sich selbst zu rechtfertigen – wenn sie sich beschwerte, würden sie womöglich vor die Tür gesetzt, Frank war viel besser geeignet, Hope vor den Sticheleien ihrer Großmutter zu beschützen, und so weiter –, doch das Wissen, daß sie, wenn auch nur indirekt, für das spürbare Unglück ihrer Tochter verantwortlich war, führte ihr wieder einmal auf unangenehme Weise ihr Versagen als Mutter vor Augen.

»Kommt gar nicht in Frage, meine Liebe«, hatte Frank gesagt, als sie vorschlug, sich eine Stelle zu suchen, um für ihren Unterhalt aufzukommen. »Das wäre ja noch schöner, wenn ich nicht imstande wäre, meine eigene Familie zu versorgen!« Und als sie ihm von ihren Schulden bei Edward Kennett erzählt hatte, war er sofort bereit gewesen, ihr einen Scheck über die gesamte Summe auszustellen. »Aber sag deiner Mutter lieber nichts davon«, hatte er sie ermahnt und ihre Dankesbekundungen beiseite gefegt. »Ich glaube kaum, daß sie damit einverstanden wäre, oder was meinst du?«

Selbst jetzt, fast sieben Jahre später, wand sie sich innerlich noch immer vor Scham, wenn sie daran dachte, wie lächerlich sie sich mit diesem Scheck gemacht hatte.

Sie hatte die gesamte Heimreise damit zugebracht, sich das Wiedersehen mit Edward auszumalen. Während der Zug durch Italien und Frankreich ratterte, legte sie sich den Brief zurecht, den sie schreiben würde, überlegte, wann und wo sie ein Treffen vorschlagen würde; während der langen Schiffsüberfahrt saß sie auf dem verlassenen Deck und sehnte sich voll pochender Lust nach seinen Küssen, und in der ersten Nacht zu Hause träumte sie davon, wie sie sich liebten, und erlebte im Schlaf einen Höhepunkt.

Sie brauchte zwei Tage, um den Brief zu verfassen, der Franks Scheck begleiten sollte, änderte den Text immer wieder, bis sie überzeugt war, daß sie den richtigen Ton getroffen hatte – herzlich, aber nicht überschwenglich, interessiert, aber nicht drängend, dankbar, aber nicht zu schmeichlerisch –, und die ganze Mühe, die sie darauf verwendet hatte, machte die Enttäuschung, als sie die ersehnte Antwort in der Zurückgezogenheit ihres Zimmers öffnete, nur um so schmerzlicher.

Der Brief war von Edwards Mutter.

Sehr geehrte Mrs. McAndrew, schrieb sie, *ich hoffe, Sie verzeihen mir, daß ich Ihnen anstelle meines Sohnes schreibe, um die Ankunft des Schecks zu bestätigen, der heute eingetroffen ist. Edward ist derzeit in Übersee als Soldat im Einsatz, und während seiner Abwesenheit kümmere ich mich um seine Korrespondenz.*

Gewiß sehnen Sie sich, wie wir alle, nach einem baldigen Ende dieses Krieges, und da Sie ja selbst Mutter sind, werden Sie sicher verstehen, wie sehr mein Mann und ich uns in diesen gefährlichen Zeiten um unseren Sohn sorgen (er ist ja so mutig und noch so unglaublich jung!). Wir beten für seine unversehrte Rückkehr. Mit freundlichen Grüßen …

Doch trotz des kühlen Tons, der deutlichen Betonung von Edwards Jugend und der unverhohlenen Anspielung auf die Bürde, die sie trug – *da Sie ja selbst Mutter sind* –, dämpfte der

Brief Lilas Optimismus nicht allzu lange. Sie schrieb erneut und bat kühn um die Adresse von Edwards Regiment, *damit ich ihm direkt schreiben kann,* wartete fast zwei Wochen ungeduldig auf die Antwort, kam dann zu dem Schluß, daß ihr zweiter Brief verlorengegangen sein mußte, und schrieb ein drittes Mal. Diesmal kam die Antwort umgehend, eine kurze, förmliche Nachricht, in der Mrs. Kennett Lila für ihr Interesse dankte und ihr Bedauern darüber äußerte, *daß ich diese Information ohne die Zustimmung meines Sohnes nicht weitergeben kann.*

Die Formulierung, die Erkenntnis, daß Edward selbst Anweisung gegeben hatte, ihr seine Adresse vorzuenthalten, war schon erniedrigend genug, aber noch schlimmer war der nagende Verdacht, daß er tatsächlich Interesse an ihr gehabt hatte, aber vor dem Gedanken zurückgeschreckt war, das Kind eines anderen Mannes anzunehmen, und obwohl mittlerweile fast sieben Jahre vergangen waren, hatte Lila die Angelegenheit noch immer nicht abgehakt, fragte sich nach wie vor, was hätte sein können, wenn sie nur frei gewesen wäre ...

Und jetzt war der Krieg endlich vorbei. Sie mußten die Fenster nicht mehr verdunkeln, die Flaggen, mit denen Gillisham am Tag des Sieges geschmückt worden war, und die Banner, die wenige Monate später, als auch Japan von den Alliierten besiegt worden war, über der High Street geflattert hatten, waren abgenommen, und die Festlichkeiten und Paraden waren nur noch eine schwache Erinnerung. Jetzt klagten die Zeitungen über die Tausende von ehemaligen Soldaten, die auf der Suche nach einer Bleibe und Arbeit waren, über die immer schlimmer werdende Knappheit und Rationierung von allem Lebensnotwendigen und über die stagnierenden Wiederaufbaumaßnahmen der Regierung.

Schon seit einiger Zeit löcherte Hope sie mit Fragen. »Können wir jetzt zurück nach Hause?« »Hast du Mamma Cecilia schon geschrieben?« »Meinst du, Onkel Frank leiht uns das Geld für die Fahrkarten, wenn wir ihn ganz lieb bitten?«

»Hab Geduld«, sagte Lila ihr immer wieder. »Wir können nicht einfach packen und losfahren – was, wenn die Contis uns gar nicht mehr wollen?«

Nach ihrer Rückkehr nach England hatten sie und Cecilia sich noch eine Zeitlang geschrieben, doch angesichts der politischen Lage war es immer schwieriger geworden, die Tatsache zu ignorieren, daß ihre beiden Länder sich in einem brutalen Konflikt als Feinde gegenüberstanden, und ihre angestrengte Korrespondenz war bald eingeschlafen. Davon abgesehen, wäre es ein Zeichen großer Undankbarkeit, wenn sie Frank darum bitten würde, ein zweites Mal ihre Reisekosten zu bezahlen (vorausgesetzt, die Contis wären überhaupt bereit, sie wieder aufzunehmen), zumal ihr Stiefvater sie beide während der ganzen Kriegszeit so großzügig und klaglos unterstützt und Hope sogar in der Privatschule angemeldet hatte, zu der Lila früher gegangen war, trotz der hohen Kosten und Hopes nicht gerade vielversprechender Leistungen. Genaugenommen war sich Lila nicht einmal sicher, ob sie überhaupt nach Casa Vedovi zurückwollte. Seit einiger Zeit keimte ein anderer, ehrgeizigerer Plan in ihr, eine bessere Möglichkeit, Frank für seine uneingeschränkte Hilfsbereitschaft zu danken. Anfang November würde Hope sechzehn, und das gab Lila die Gelegenheit, ihr Musikstudium wiederaufzunehmen. Sie konnte ihren Abschluß machen, sich eine Stelle als Berufsmusikerin suchen und Frank jeden Penny zurückzahlen, den er für sie ausgegeben hatte. Und dann konnte sie endlich anfangen, ein eigenes Leben für sich und Hope aufzubauen.

Mit diesem Plan im Hinterkopf mußte sie, als sie in den Zug nach London stieg, um die Kanzlei von Topper & Batt aufzusuchen, wieder an die scherzhafte Vermutung ihres Stiefvaters denken, und sie hoffte im stillen, daß sie sich bestätigen würde, denn damit könnte sie sich ihrem Studium zuwenden, ohne erneut auf seine Großzügigkeit angewiesen zu sein.

Von der Waterloo Station nahm sie sich ein Taxi. Sie war schockiert über die Ausmaße der Zerstörung und die grauen, teigigen Gesichter der Menschen, die über die von Trümmern gesäumten Gehsteige eilten. Nachdem Mr. Topper, ein dünner, ältlicher Mann mit schlaffem Händedruck, sie in sein düsteres, eichenvertäfeltes Büro geführt hatte, stürzte er sich sofort in eine unterwürfige Flut von Entschuldigungen.

»Ein Verwaltungsfehler, meine liebe Mrs. McAndrew, eine von den Verwechslungen, die, wie Sie sicher verstehen werden, selbst in den ... *ähem* ... besten Kanzleien gelegentlich vorkommen können.«

Er und Mr. Batt hatten bereits seit einem halben Jahr versucht, sie zu erreichen, erklärte er, doch erst als Mr. Batt auf die Idee gekommen war, in der schottischen Mission nachzufragen, in der sie und Archie 1930 geheiratet hatten, war es ihnen gelungen, die Verbindung zu Mrs. Frank Watkins-Heaver, 19 Beech Close, Gillisham, Dorset herzustellen.

»Ihre Mutter, nehme ich an?«

Es war ein seltsames Gefühl, fast dreizehn Jahre nach Archies Tod im muffigen Büro seiner Londoner Rechtsanwälte zu sitzen. »Mr. Topper«, setzte Lila an, »falls ein neuer Gläubiger aufgetaucht ist, der Ansprüche auf den Besitz meines verstorbenen Mannes geltend macht, möchte ich Sie lieber gleich warnen, daß er bitter enttäuscht sein wird. Nachdem ich damals Archies Schulden beglichen hatte, war kaum ein Penny übrig, und nach sieben Jahren ohne Anstellung verfüge ich nach wie vor über keinerlei finanzielle Rücklagen –«

»Ganz im Gegenteil, Mrs. McAndrew, das, was ich Ihnen mitzuteilen habe, dürfte eher zu Ihrem ... *ähem* ... Vorteil gereichen.« Er spähte über den Rand seiner Brille auf die Unterlagen vor ihm und fuhr fort: »Wie Ihnen zweifelsohne bekannt ist, war Ihr verstorbener Mann im Dezember 1929 bei uns, weil ihm daran lag, den von seinem Onkel ererbten Besitz so schnell wie möglich zu verkaufen, um Kapital für sein afrikanisches ... *ähem* ... Abenteuer zusammenzubekommen.«

»Ja«, sagte Lila, »und wie *Ihnen* zweifelsohne bekannt ist, war die Summe, die er dafür bekam, nicht ausreichend, denn sonst hätte ich die Farm nach Archies Tod nicht verkaufen müssen. Daß die Bank die Rückzahlung der Hypothek verlangte, verdanke ich zumindest teilweise den Gläubigern, deren Namen *Sie* ihr zugeschickt haben.«

»In der Tat, in der Tat.« Mr. Topper rieb sich die Hände, bis sie knisterten wie Seidenpapier. »Ganz recht. Genau aus diesem

Grund ist das, was ich Ihnen jetzt mitteilen muß, ein wenig ... *ähem* ... unangenehm.«

»Unangenehm?« Lila rutschte unruhig auf ihrem Stuhl hin und her. »Inwiefern?«

»Nun ja ... *ähem* ... wie es scheint, wurde damals, als die Papiere für die Testamentseröffnung zusammengestellt wurden, aus bisher ungeklärten Gründen ein Teil von Mr. John McAndrews Vermögen ... *ähem* ... übersehen.«

Das ständige Räuspern des Mannes ging ihr allmählich auf die Nerven. »Übersehen? Wollen Sie damit sagen, da war noch Geld, von dem Archie nichts wußte?«

»Nein ... *ähem* ... nicht direkt Geld.«

»Was denn dann?« fragte Lila mühsam beherrscht.

»Es gibt da ein ... *ähem* ... Haus. In einem außerordentlich gefragten Stadtteil – am Harald Square, Nummer 47, um genau zu sein –, das sofort verkäuflich wäre, falls Sie dies erwägen. Eine ausgezeichnete Neuigkeit, finden Sie nicht?«

Es dauerte einen Moment, bis ihr die Bedeutung dieser Information klar wurde.

»Augenblick mal«, sagte Lila schließlich. »Habe ich das richtig verstanden? Sie sitzen seit sechzehn Jahren auf einem Haus, das, wenn es zum richtigen Zeitpunkt verkauft worden wäre, genug Geld eingebracht hätte, um Archies gesamte Schulden in einem Rutsch zu bezahlen? Ist Ihnen eigentlich klar, Mr. Topper, daß ich, wenn diese Schulden nicht gewesen wären, in Afrika hätte bleiben können?« Sie beugte sich vor und schlug mit der flachen Hand auf den Tisch. »Ich hätte das Projekt, das mein Mann begonnen hatte, weiterführen und aus der Farm ein profitables Unternehmen machen können! Statt dessen war ich gezwungen, nach England zurückzukehren und von den Almosen meines Stiefvaters zu leben, was nicht nur mir, sondern auch meiner Tochter größte Einschränkungen auferlegt hat!«

»*Ähem* ... verzeihen Sie, meine liebe Mrs. McAndrew, aber selbst wenn wir das Dokument damals gefunden hätten – was, wie ich zugebe, bedauerlicherweise nicht der Fall war –, wären Mr. Batt und ich dennoch der Überzeugung gewesen, daß es für eine Frau in Ihrer ... *ähem* ... Situation, als Witwe mit einem kleinen Kind, äußerst gewagt gewesen wäre, ein so riskantes Unterfangen weiterzuführen. Und da Sie Afrika ohne Angabe einer Postanschrift verlassen haben, wären wir überhaupt nicht in der Lage gewesen –«

»Wann kann ich es mir ansehen?«

»Wie bitte?«

»Mein Haus – wann kann ich es mir ansehen?« Plötzlich schossen Lila zahllose Fragen durch den Kopf. »In welchem Zustand ist es?« Sie könnte darin wohnen und Zimmer vermieten, um ihr Studium an der Royal Academy zu finanzieren. »Und wenn ich es verkaufe? Wieviel würde es einbringen?« Sie könnte davon ein kleineres Haus oder eine Wohnung kaufen und den Rest anlegen, so daß sie und Hope davon leben konnten, bis sie ihren Abschluß hatte. »Steht es leer? Wie schnell kann ich es verkaufen?« Mit dem Geld könnten sie nach Italien zurückkehren, wie Hope es sich so sehnlich wünschte. Sie könnten sich endgültig in Casa Vedovi niederlassen, einen Anteil am Caffè Conti erwerben oder vielleicht sogar ein eigenes Restaurant eröffnen ...

»Bedauerlicherweise ... *ähem* ... bin ich nicht in der Lage, Ihnen Auskünfte über den Zustand des Hauses zu geben.«

»Soll das heißen, Sie wissen es nicht?« entgegnete Lila ungläubig. »*Wieso* wissen Sie es nicht?«

»Mrs. McAndrew«, sagte Mr. Topper, nun doch ein wenig pikiert, »ich glaube, Ihnen ist nicht klar, wie ... *ähem* ... schwierig diese letzten Jahre für Topper & Batt gewesen sind. 1941 wurden unsere Geschäftsräume zweimal ausgebombt, und zwischen 1940 und 1944 haben wir nicht weniger als drei unserer ... *ähem* ... wertvollsten Kunden verloren. Bis vor kurzem war es nahezu unmöglich, gute Sekretärinnen zu bekommen, da so viele junge Frauen freiwillige Kriegshilfe geleistet haben. Und obendrein stand vor wenigen Monaten unser Keller, in dem wir sämtliche Papiere archiviert haben, wegen eines Rohrbruchs unter Wasser. Zwei Tage lang war ich höchstpersönlich damit beschäftigt, die Akten unserer Kunden zu retten, und ohne diesen geradezu *übermenschlichen* Einsatz wären die Unterlagen über den Besitz Ihres Mannes möglicherweise nie ans Tageslicht gekommen. Und ehrlich gesagt, hatte ich Wichtigeres zu tun, als mich über den Zustand des Hauses zu informieren. Allerdings nehme ich an, daß es nur leicht beschädigt ist, da es am Ende des Harald Square liegt, und der wurde, wie man mir sagte, bei den Angriffen 1940 nicht allzusehr in Mitleidenschaft gezogen. In diesem Fall können Sie, Mrs. McAndrew, sich wesentlich glücklicher schätzen als Mr. Batt und ich!«

»Wann kann ich es mir ansehen?« fragte Lila erneut.

Obgleich sie mit flottem Schritt voranging, angetrieben von den Hoffnungen, die dieser unerwartete Glücksfall in ihr geweckt hatte, brauchte sie fast eine Stunde, um mit Hilfe der Karte, die Mr. Topper ihr gegeben hatte, zu ihrem Ziel zu gelangen. Auf den Straßen häuften sich Berge von Trümmern, die Häuser waren von Bomben zerstört, von Flammen ausgehöhlt und bereits von Unkraut überwuchert.

Als sie um die letzte Ecke bog, hob sich ihre Stimmung wieder – im nahen Park blühten die Narzissen, und die großen georgianischen Häuser zu ihrer Rechten, von denen nach Mr. Toppers Aussage eines ihr gehörte, waren praktisch unversehrt; nur hier und da wiesen ein abgebrochenes Stuckelement, eine heruntergefallene Dachschindel, ein fehlendes Geländer, das herausgerissen worden war, um daraus Munition zu gießen, oder ein Riß im Pflaster auf den Sturm hin, der über London hinweggefegt war.

Auf der gegenüberliegenden Straßenseite war der Schaden größer – mit Brettern vernagelte Türen und Fenster, ein armbreiter Riß, der von oben bis unten durch einen Giebel lief, eine gußeiserne Straßenlaterne, verbogen wie ein Pfeifenreiniger, und eine ganze Hauswand, die weggerissen war und ein ehemals elegantes Schlafzimmer mit gestreifter Tapete und Himmelbett den Elementen preisgab. Lila wandte sich nach rechts, zu der Seite, die am wenigsten Schäden davongetragen hatte, und machte sich auf die Suche nach ihrem Haus.

Lange bevor sie dort ankam, wußte sie, was sie vorfinden würde. Nummer 47 war ausgelöscht, zu Staub zerfallen, genau wie ihre hochfliegenden Pläne. Es würde keine Wohnung in London geben, kein Studium an der Royal Academy, keine Rückkehr nach Italien.

Angesichts dieser niederschmetternden Enttäuschung war ihr erster Gedanke, so schnell wie möglich von hier fortzukommen, und sie machte sich sofort auf den Weg zur Waterloo Station, um den nächsten Zug nach Hause zu nehmen. Als sie dem Ort ihrer zerstörten Träume den Rücken zukehrte, wurde ihr jedoch bewußt, daß sie gar nicht nach Hause wollte, und so beschloß sie, erst einmal zum Regent's Park zu gehen und sich eine Weile an den See zu setzen, ihrem Lieblingsplatz zu Studienzeiten, bis sie sich besser fühlte.

Als sie sich dem York Gate näherte, fiel ihr ein, daß gleich um die Ecke, nur ein kleines Stück von der Royal Academy entfernt (die nun für immer unerreichbar war, es sei denn, sie ging als Bittstellerin zu Onkel Frank), die Harley Street lag. Voll bittersüßer Sehnsucht nach dem, was hätte sein können, wenn ihrer Romanze mit Edward Kennett eine Fortsetzung gewährt worden wäre, ging sie weiter, an der Academy vorbei und nach rechts in die Harley Street.

War es nur Neugier oder das nagende Gefühl einer noch nicht abgeschlossenen Angelegenheit, was sie vorantrieb? Wie dem auch sei, sagte Lila sich im Gehen, was konnte ein kurzer Blick schon schaden?

Die Straße war breit, die großen, eleganten Gebäude größtenteils unbeschädigt, und sie fand das makellos gepflegte Haus der Kennetts mit der blaugestrichenen Tür, dem polierten Türklopfer und dem diskreten Messingschild, auf dem Dr. Kennetts Beschäftigung vermerkt war, mit Leichtigkeit. Schwieriger jedoch war die Entscheidung, wie es nun weitergehen sollte – sie hatte die Demütigung durch Virginia Kennetts Briefe nicht vergessen.

Warum war sie hergekommen? fragte sie sich, als sie langsam an dem Haus vorbeiging. Was nützte es, sich damit zu quälen, was hätte sein können? Sie hatte bereits kehrtgemacht, um zum Park zu gehen, als ein paar Soldaten – Offiziere, wie sie aufgrund des selbstbewußten, großspurigen Benehmens und den mit Sternen geschmückten Epauletten annahm – auf die Straße gestürmt kamen, lachend und schubsend wie Schuljungen. Der Übermut der jungen Männer hob ihre gedrückte Stimmung ein wenig.

Als der Anführer sie auf sich zukommen sah, tippte er sich an die Mütze. »Einen wunderschönen guten Tag, Ma'am, wie geht es Ihnen?«

Die anderen folgten seinem Beispiel und grüßten fröhlich, als sie an ihr vorbeigingen.

»Ist es nicht ein Prachtwetter?«

»Guten Morgen, Miss.«

»Hallo, schöne Frau!« Der eine warf ihr einen Kuß zu. »Sie sehen wirklich zum Anbeißen aus, wenn ich das so sagen darf.«

»Allerdings«, sagte ein anderer grinsend und zwinkerte ihr zu. »Eine wahre Freude für ein armes Männerherz!«

Es war unmöglich, sich von ihrem munteren Geplänkel beleidigt zu fühlen, und Lila konnte sich ein Lächeln nicht verkneifen.

Der letzte von ihnen war oben an der Haustür stehengeblieben, um sich eine Zigarette anzuzünden, schloß aber jetzt zu den anderen auf. »Beachten Sie diese ungehobelten Kerle gar nicht«, sagte er zu ihr. »Sie haben leider überhaupt keine Manieren.«

Sein blondes Haar war kürzer geschnitten und fast von der Mütze verdeckt, seine Schultern waren breiter als in ihrer Erinnerung, und er hatte den Schimmer der Jugend verloren, doch Lila erkannte ihn sofort.

»Oh ...«, rief sie überrascht. »Edward!«

Die anderen fuhren herum und redeten alle gleichzeitig drauflos.

»Mensch, Ed, du bist mir ja vielleicht einer –«

»Komm schon, alter Junge, wie wär's mit 'ner Vorstellungsrunde?«

Edward blies ihnen seinen Rauch ins Gesicht und lachte. »Kommt gar nicht in Frage. Keiner von euch ist gut genug, um dieser Lady auch nur die Schuhe zu putzen. Und jetzt verschwindet, alle zusammen.«

Nachdem sie ihm das Versprechen abgerungen hatten, später in der Offiziersmesse wieder zu ihnen zu stoßen – »Vergiß nicht, Kumpel, heute ist großes Abendmahl!« –, schlenderten seine Freunde widerstrebend davon, wobei sie sich alle paar Schritte umdrehten, um ihm gutmütige Derbheiten hinterherzurufen. An der Ecke grüßten sie noch einmal gespielt zackig, dann verschwanden sie. Edwards Lächeln erstarb.

»Wie lange bist du schon in England?« fragte er. »Warum hast du dich nicht gemeldet?«

»Wie bitte?« gab Lila indigniert zurück.

»Du könntest dich wenigstens entschuldigen!« fauchte er sie an. »So etwas hätte ich von dir nicht erwartet!« Er ließ die Zigarette fallen und trat sie voller Zorn aus. »Es geht mir ja nicht um das Geld – was sind schon ein paar Pfund –, aber daß du dich nicht mal aufraffen konntest, mir zu schreiben –«

»Aber ich *habe* dir doch geschrieben!« protestierte Lila. »Dreimal! Und ich habe dir auch einen Scheck über den Betrag geschickt, den du mir geliehen hattest. Deine Mutter hat mir den Empfang bestätigt.«

»Was?« Edward sah sie überrascht an. »Davon hat sie mir nichts gesagt.«

»Du warst damals im Ausland, und als ich dann noch mal geschrieben habe, weil ich dachte ...«

»Ja?« fragte er und neigte sich zu ihr. »Weil du was dachtest?«

»Na ja, ich dachte, es wäre dir vielleicht lieber ...«

»Was? Was wäre mir lieber?«

»Daß ich dir direkt schreibe.«

»Meine liebe Lila, ich wäre entzückt gewesen. Warum hast du es nicht getan?«

Wie sollte sie es formulieren, ohne nachtragend zu klingen? »Deine Mutter dachte – ich meine, *ich* dachte –, es wäre dir zuviel Mühe, mir zu schreiben ...«

»Mama! Es war Mama, stimmt's? Ich wette, sie hat dir irgendeine Lügengeschichte erzählt, daß ich kein Interesse mehr an dir hätte!«

»Nicht ganz«, sagte Lila, »aber sie hat noch einmal den Altersunterschied zwischen uns hervorgehoben –« Ihr ging auf, daß er erst sechsundzwanzig war, nicht einmal im gleichen Jahrzehnt wie sie, wodurch ihr der Abstand von sieben Jahren zwischen ihnen noch größer erschien.

»Ich hätte es wundervoll gefunden, wenn du mir geschrieben hättest.« Er ergriff ihre Hand, und Lila verspürte ein vertrautes Kribbeln. »Du kannst dir gar nicht vorstellen, was für ein Heimweh ich hatte, als ich da draußen in Indien hockte –«

»Indien?«

Wenn er so lächelte, sah er genauso aus wie in ihrer Erinnerung. »Wir haben wohl beide eine Menge erlebt«, sagte er. »Aber was macht das schon, jetzt, wo wir uns wiedergefunden haben.«

War es seine Aura von Selbstvertrauen? fragte sich Lila. War es diese direkte, zielstrebige Art, ebenso entwaffnend wie damals bei Archie, die sie seit ihrer Rückkehr aus Italien immun gegen alle anderen potentiellen Verehrer gemacht hatte? Oder war es nur sein unwiderstehliches Äußeres, das ihr so den Kopf verdrehte? Was es auch sein mochte – die neuen Linien in seinem gebräunten Gesicht, die männliche Energie, die er ausstrahlte, oder die natürliche Autorität, die er sich angeeignet hatte –, er war seit ihrer letzten Begegnung sogar noch attraktiver geworden.

Er kam näher, blickte ihr tief in die Augen. »Ich habe nie aufgehört, an dich zu denken«, sagte er. »Vom ersten Moment an, als wir uns begegnet sind, wußte ich, daß uns etwas Besonderes verbindet.«

»Ich ...« Eine heiße Woge der Freude verschlug Lila für einen Moment die Sprache.

»Komm, ich lade dich zum Essen ein.« Er ergriff ihre Hand fester und zog sie mit sich. »Ich will alles wissen, was du seit unserer letzten Begegnung erlebt hast. Wohnst du jetzt in London? Wie geht es deiner Tochter? Was sind deine Pläne für die Zukunft?« Er strich mit dem Daumen über den Ring, den Archie ihr an ihrem Hochzeitstag gegeben hatte und den sie nicht nur in Erinnerung an ihre verlorene Liebe trug, sondern mittlerweile auch als Schutz gegen ungewollte männliche Annäherungsversuche. »Ist das der Ring, den du in Italien getragen hast? Der von deinem verstorbenen Mann?« Er setzte eine übertriebene Leidensmiene auf. »Oder hast du etwa wieder geheiratet?«

Seine Sorge war schmeichelhaft und der Schauer, der sie bei jeder Begegnung ihrer Blicke überlief, köstlich. »Nein. Nein, ich habe nicht wieder geheiratet.«

»Das ist doch ein Grund zum Feiern«, entgegnete er fröhlich. »Ich führe dich richtig schick zum Essen aus – na ja, so schick, wie es die Umstände zulassen –«

»Was ist mit deinen Freunden?« wandte Lila ein. »Warten sie nicht auf dich?«

»Ach, die sind egal.« Er lächelte – dieses wunderbar sorglose Lächeln, mit dem er in Italien so erfolgreich ihr Herz erobert hatte. »Wir wollten uns bloß ein paar Drinks in der Messe genehmigen – nächste Woche wird unsere Einheit aufgelöst, und da wollten wir uns nach Kräften amüsieren, solange es noch geht. Aber wegen ein paar Bier mit den Kumpels lasse ich doch nicht zu, daß ich dich noch mal verliere. Taxi! Was ist? Kommst du?«

Wie um den Glanz des freudigen Wiedersehens noch zu verstärken, fuhr er mit ihr zu einem Restaurant am Piccadilly Circus, nur zwei Häuser neben dem Café, in dem sie Archie kennengelernt hatte, und sie redeten – beziehungsweise Edward redete, und zwar über den Krieg.

Direkt nach seiner Rückkehr aus Italien hatte er sich freiwillig gemeldet, erzählte er ihr. Er hatte die Militärakademie in Sandhurst als Second Lieutenant abgeschlossen, und als er schließlich zur Panzertruppenschule in Ahmednagar entsandt wurde, hatte man ihn zum Captain befördert und ihm eine mit Flammenwerfern ausgerüstete Panzereinheit unterstellt.

»... endlose Phasen tödlicher Langeweile«, erklärte er zwischen Bissen von Corned-beef-Hackbraten und Dosenerbsen, »ab und zu unterbrochen von kurzen Momenten der Spannung.«

»War es nicht schrecklich gefährlich?« fragte Lila, die sich vorstellte, wie er durch die staubigen Ebenen Indiens rollte und nach allen Seiten Feuerbälle verschoß. »Mußtest du viele Menschen töten?«

Er lachte. »Nein, eigentlich nicht – diese Flammenwerfer sind ziemlich zerstörerisch, und als sich das herumgesprochen hatte, ergaben sich die meisten, sobald sie uns kommen sahen. Wir haben einen Haufen Gefangene gemacht.« Er gab der Kellnerin ein Zeichen, ihnen noch einen Kaffee zu bringen, und stützte dann die Ellbogen auf den Tisch. »Alles in allem bin ich ganz gut durch den Krieg gekommen. Aber genug von mir – jetzt will ich alles über dich wissen. Wie viele Verehrer hattest du, seit du aus Italien zurückgekommen bist? Wie viele Heiratsanträge hast du abgelehnt? Hast du einen Freund, jemanden, der dich so verwöhnt, wie ich es täte, wenn du mir die Chance dazu gäbest?«

»Nein«, sagtc Lila. »Im Augenblick nicht.«

»Warum nicht?«

»Weil ...«

Ja, warum nicht? Die Frage hatte Lila sich seit ihrer Rückkehr nach England selbst schon hundertmal gestellt. Natürlich hatte es Verehrer gegeben, aber zum einen klangen ihr die Warnungen ihrer Mutter hinsichtlich der Gefahren einer Liebesheirat noch im Ohr (außerdem, welcher Mann konnte es schon mit Archie aufnehmen?), und zum anderen waren die raren Exemplare, die gut aussahen *und* Geld besaßen, entweder entsetzlich selbstbezogen gewesen oder unwillig, den Vater für ihre heranwachsende Tochter zu spielen – oder beides. Nur einer ihrer Verehrer aus den Kriegszeiten, gutaussehend, wohlhabend und mehr als willig, die Vaterrolle für Hope zu übernehmen, war in die nähere Auswahl gekommen.

Er hieß Ralph und war Teilhaber einer Anwaltskanzlei, vom

Kriegsdienst befreit wegen einer verkrüppelten Hand, die auf einen Unfall in Kinderzeiten zurückging. Er war liebenswürdig, großzügig und trotz seiner Behinderung überaus attraktiv, und als er Lila einen Heiratsantrag machte, war sie ernsthaft versucht, ihn anzunehmen. Doch dann erwähnte er beiläufig, als »einsamer Einzelkämpfer« sei er fest entschlossen, eine große Familie zu gründen – »mindestens sechs Kinder«, hatte er ihr strahlend gestanden, »drei Jungs und drei Mädchen, und falls die ersten vier Mädchen werden, noch mehr«.

Bereits die Vorstellung jagte ihr Angst ein, doch es war ihre Mutter, die die Angelegenheit endgültig erledigte. »Du mußt verrückt sein, wenn du auch nur darüber nachdenkst, dich an einen Mann zu binden, der so viele Kinder haben will«, ermahnte Dorothy sie. »Hast du denn nichts dazugelernt?« Und dann hatte sie Lila in allen unappetitlichen Einzelheiten von einer schrecklichen Erfahrung in ihrer eigenen Vergangenheit berichtet …

»Ich muß an Hope denken«, sagte Lila jetzt und beobachtete verstohlen Edwards Reaktion. »Für sie ist es schon schwer genug, mit ihrer Großmutter zusammenzuleben –«

»Warum? Behandelt deine Mutter sie schlecht?«

»Nein, das kann man nicht sagen. Sie hat einfach nichts für Kinder übrig. Und nach der Zeit in Italien, wo alle Kinder lieben, fällt es Hope natürlich schwer, sich an die ganzen Regeln und Vorschriften meiner Mutter zu halten.«

»Was hat das damit zu tun, ob du einen Freund hast?«

Lila begann sich ein wenig unbehaglich zu fühlen, weil sie Hope die ganze Schuld an ihrem mannlosen Dasein gab. »Ich dachte nur, sie hat schon genug Schwierigkeiten, ohne daß ich ihr auch noch einen Freund zumute.«

»Und was wird sie zu uns beiden sagen?« fragte Edward.

»Uns beiden?«

»Na ja, du wirst es ihr früher oder später sagen müssen.«

»Was?«

»Behaupte nicht, du hast alles vergessen«, sagte er, und ehe sie sich rühren konnte, beugte er sich über den Tisch, daß die Erbsen von seiner Gabel kullerten, und küßte sie lange und innig auf den Mund. »Du glaubst doch nicht allen Ernstes, daß ich dich gehen lasse, jetzt, wo ich dich endlich wiedergefunden habe?«

Seine unbekümmerte Dreistigkeit erinnerte Lila an den Altersunterschied zwischen ihnen. »Aber ich bin doch soviel älter als du –«

»Nicht.« Er legte ihr den Zeigefinger auf die Lippen. »Was hat das Alter damit zu tun? Das einzige, was zählt, ist, ob wir uns lieben.«

»Lieben?« wiederholte Lila, der es fast den Atem verschlug.

»Ja. Ich bin erwachsen geworden, seit wir uns das letzte Mal gesehen haben. Ich weiß jetzt, was ich will, und es ist nicht das, was meine Mutter für mich geplant hat.«

»Nicht?« Lilas Stimme klang schwach.

»Ich muß hier weg. Ich habe die Nase voll von London, von dem Dreck, dem Krach, dem Chaos, den ständigen Erinnerungen an den Krieg. Weißt du, es stimmt, was die Leute sagen, England ist wirklich ein schönes, grünes Land, aber das habe ich erst schätzengelernt, als ich bei der Armee war.« Er schob seinen Teller beiseite und nahm ein goldenes Zigarettenetui heraus. »Möchtest du auch?«

Lila schüttelte den Kopf.

»Während der Offiziersausbildung war ich in Suffolk stationiert.« Er zündete sich eine Zigarette an, kippelte mit dem Stuhl zurück und blies eine Rauchwolke zur Decke. »Anfangs fand ich es gräßlich – es war wie früher im Internat, lauter Regeln und Verbote, gemeinsame Schlafsäle, ein Waschraum für zwanzig Mann, Offiziere und niedere Ränge gemischt. Aber dann gab der kommandierende Offizier denjenigen von uns, die es sich leisten konnten, die Erlaubnis, sich in der Nähe eine Privatunterkunft zu suchen. Jennings und ich durchkämmten die Gegend nach einem netten Plätzchen und entdeckten ein absolutes Schmuckstück. Wir waren nicht lange dort, nur knapp drei Monate, aber es war das erste Mal, daß ich so etwas wie Freiheit gekostet habe. Die zwei Wochen mit dir in Italien hatten mich schon ins Grübeln gebracht, aber seit dieser Zeit in Suffolk im

Frühjahr 1940 steht mein Entschluß fest.« Er warf einen Blick auf die Speisekarte. »Wie wäre es mit Apfelkuchen zum Nachtisch, meine Liebste? Ja? Wunderbar!« Er schnippte mit den Fingern nach der Kellnerin. »Wo war ich?«

»Bei deinem Entschluß.«

»Ach ja. Ich habe beschlossen, nicht Medizin zu studieren. Mama ist natürlich stocksauer, redet ständig von meinen Verpflichtungen und hält mir vor, ich würde Papa enttäuschen.«

»Aber warum mußt du deshalb das ganze Studium aufgeben?« fragte Lila. »Ich verstehe ja, daß du nicht in die Praxis deines Vaters einsteigen willst, aber du könntest doch trotzdem Arzt werden.«

»Nein«, sagte Edward. »Ich weiß genau, was ich tun werde. Ich werde Fotograf.«

»Fotograf?«

Er lachte über ihre Verblüffung. »Genaugenommen war es sogar Mama, die mich auf die Idee gebracht hat. Natürlich nicht mit Absicht, sie hatte mir nur eine Kamera geschenkt, damit ich ihr nach meiner Rückkehr aus Indien zeigen konnte, wo ich gewesen war – du weißt schon: das sind ein paar von meinen Kameraden, das ist mein neues Quartier, das ist eine Aufnahme vom Exerzierplatz –, aber dann habe ich angefangen, die Jungs aus meiner Einheit abzulichten, und im Handumdrehen stand das halbe Regiment bei mir Schlange, um sich fotografieren zu lassen. Der Kommandant wollte mir sogar Geld dafür geben, aber ich habe es natürlich umsonst gemacht.« Wieder beugte er sich über den Tisch und sah ihr tief in die Augen. »Ich würde dich *so* gerne mal fotografieren, wenn du mich läßt.«

»Oh ...« Plötzlich wurde Lila sich der Haarsträhnen bewußt, die sich unordentlich um ihr Gesicht ringelten, und des langweiligen braunen Kostüms, vor zwei Jahren gebraucht gekauft, das sie für den Termin bei Mr. Topper angezogen hatte. »Ich weiß nicht ...«

Doch Edward war schon wieder anderswo. »Das ist jedenfalls mein Plan: Irgendwo auf dem Land ein nettes Plätzchen finden – die Londoner Mieten sind doch vollkommen überteuert! – und mich als professioneller Fotograf niederlassen. Was hältst du davon?«

»Ich weiß nicht«, sagte Lila zweifelnd. »Kannst du dir mit diesen Bildern wirklich deinen Lebensunterhalt verdienen?«

Sein Selbstvertrauen war unerschütterlich. »Aber natürlich! Ich habe mir schon alles zurechtgelegt. Ich werde mich auf Familienporträts spezialisieren – Hochzeiten, Taufen, Geburtstage und so weiter. Die Leute sind ganz versessen darauf, solche wichtigen Ereignisse festzuhalten.«

»Aber warum auf dem Land?« fragte Lila. »Wäre es nicht besser, dich in London niederzulassen? Oder zumindest in einer größeren Stadt, wo es genügend Kundschaft gibt?«

»Nein, auf keinen Fall. Allein die Ausrüstung kostet schon ein Vermögen, da müßte ich zehnmal soviel verdienen, um nur die Unkosten wieder hereinzubekommen.« Er lachte. »Meine Mutter hat übrigens genau dasselbe gesagt, als ich ihr davon erzählt habe. Wahrscheinlich hofft sie, wenn sie mich in London halten kann, ändere ich meine Meinung und fange doch noch mit dem Medizinstudium an. Und obendrein versucht sie, mich mit der Tochter einer ihrer Freundinnen zu verkuppeln, als ob ich unfähig wäre, mir selbst eine Frau zu suchen.«

»Ich bin sicher, sie will nur dein Bestes«, sagte Lila. »Schließlich kennt sie dich doch besser als irgend jemand –«

»Unsinn! Früher vielleicht, als ich noch jünger war, aber inzwischen gehe ich seit Jahren meiner eigenen Wege.« Die Kellnerin kam mit dem Nachtisch, und er drückte seine Zigarette aus und stürzte sich mit großem Appetit auf seinen Apfelkuchen. »Wenn es nach ihr ginge, würde ich bloß eine Kopie von Papa, ein Harley-Street-Arzt, der seine Fähigkeiten an die eingebildeten Krankheiten wohlsituierter, aristokratischer Damen *d'un certain age* verschwendet, samt einer standesgemäßen Ehefrau – was aus Mamas Sicht bedeutet, daß sie imstande ist, einen guten Dry Martini zu mixen, bei Cocktailpartys gepflegten Small talk zu halten und mir ein paar schreiende Blagen zu gebären, selbstverständlich mit einem Stammhalter, den ich dann abgöttisch liebe. Harriet, das ist das Mädchen, das Mama für mich ausgesucht hat, ist durchaus hübsch – natürlich nicht annähernd so eine Schönheit wie du, meine liebe Lila –, aber sie ist so unterwürfig, so langweilig –«

»Wahrscheinlich möchte deine Mutter nur, daß du etwas Vernünftiges und Sicheres tust«, wandte Lila ein. »Was ist mit deinem Vater? Was sagt er dazu?«

Edward kaute geistesabwesend. »Er hält sich da heraus, obwohl er nicht vorhat, mich finanziell zu unterstützen. Er glaubt, es wäre nur wieder eine von meinen verrückten Ideen, und sobald die Begeisterung verflogen ist, käme ich wieder nach Hause gekrochen. Nur in einer Beziehung sind wir uns absolut einig.«

»Nämlich?«

»Daß ich mir meine Frau verdammt noch mal selbst aussuchen soll.« Er legte den Löffel weg und schob seinen Teller beiseite. »Anfangs wird es nicht leicht, aber ich verspreche dir, du wirst es nicht bereuen. Was meinst du, meine Liebe? Willst du mich heiraten?«

Sogar er schien überrascht über die Schnelligkeit und Entschiedenheit ihrer Antwort.

»Ja«, sagte Lila ohne das geringste Zögern, »oh *ja* …«

Später, als sie mit dem Zug nach Hause fuhr, dachte sie, sie müsse verrückt gewesen sein. Es gab so viele Gründe, nein zu sagen – der Altersunterschied, die kurze Zeit, die sie sich erst kannten, der unterschiedliche familiäre Hintergrund; und natürlich mußte sie auch an Hope denken. War ihr gesunder Menschenverstand vernebelt von Edwards (ohnehin nur diffuser) Ähnlichkeit mit Archie? Liebte sie ihn wirklich, oder ließ sie sich nur von Edwards Begeisterung mitreißen, weil sie wußte, daß er, im Gegensatz zu Archie, niemals arm sein würde?

Und selbst wenn, was machte das schon? Zum erstenmal seit Jahren fühlte sie sich auf erregende, kribbelnde Weise lebendig, und das verdankte sie Edward Kennett. Des romantischen Wunschtraums beraubt, der sie dazu veranlaßt hatte, ihrem jungen Verehrer quer durch Europa nachzureisen, hatte sie sich viel zu lange treiben lassen, war widerstandslos in ihr altes Leben zurückgeglitten, ohne sich zu fragen, ob es vielleicht eine Alternative gab. Und nun, da ihr auf wundersame Weise eine zweite Chance geboten wurde, war sie fest entschlossen, sie mit beiden Händen zu ergreifen.

Nur die ewigen, nagenden Schuldgefühle Hope gegenüber hatten sie im letzten Augenblick davon abgehalten, sich unwiderruflich festzulegen. »Falls Hope dagegen ist«, hatte sie Edward gewarnt, als sie sich an der Waterloo Station voneinander verabschiedeten, »sage ich das Ganze ab – das bin ich ihr schuldig.«

»Erinnerst du dich noch an das kleine Haus in Suffolk, von dem ich dir erzählt habe? Das, wo ich 1940 gewohnt habe?« hatte Edward gesagt, in einem letzten Versuch, sie zu ködern. »Es liegt ein wenig abseits, aber es ist mit allem modernen Schnickschnack ausgestattet, Strom, fließendes warmes und kaltes Wasser und dazu eine fantastische Einrichtung! Der alte Knabe, dem es gehört, ist ein wenig exzentrisch, um es mal vorsichtig auszudrücken – Jennings hätte fast eine Kugel in den Hintern gekriegt, als wir mal zu nahe an das Herrenhaus herankamen –, und das Anwesen ist ziemlich heruntergekommen. Aber seine Frau ist in Ordnung, und mit ein bißchen Einsatz könnte das Pförtnerhaus absolut tipptopp sein. Wie heißt sie noch – Hope – wird begeistert sein, das verspreche ich dir, jede Menge frische Luft und Platz. Was meinst du? Kannst du sie dazu überreden, mit uns aufs Land zu flüchten?«

»Ich tue mein Bestes«, hatte Lila unbeirrt erwidert, »aber versprechen kann ich nichts.« Und als sie sich aus dem Zugfenster lehnte, um ihm einen letzten Kuß zuzuwerfen, hatte sie einen stillen Schwur abgelegt: Die Entscheidung lag bei Hope, und wie immer sie ausfiel, sie würde sich daran halten.

Frank und Dorothy waren ausgegangen, als sie zurückkam, aber Hope war in ihrem Zimmer und machte ihre Hausaufgaben. Sie empfing Lilas Neuigkeiten mit einem enttäuschenden Mangel an Enthusiasmus.

»Willst du denn gar nichts weiter wissen?« Lila war irritiert von ihrem Schweigen.

Hope malte mit ihrer Schuhspitze ein Muster auf den Teppich. »Wenn du mit Edward nach Suffolk ziehst«, sagte sie schließlich, »muß ich dann bei Granny Dorothy bleiben?«

»Aber nein, natürlich nicht!« Lila war schockiert, daß sie überhaupt auf den Gedanken gekommen war. »Edward freut sich darauf, daß wir alle zusammen sind. Stell dir nur mal vor – wir werden in unserem eigenen Landhaus wohnen, und Edward sagt, es ist es wunderschön. Wir können unser eigenes Gemüse anbauen und sogar Hühner halten, wenn wir wollen. Das würde dir doch gefallen, oder?«

»Kann sein«, sagte Hope widerstrebend. »Aber lieber würde ich nach Italien zurückgehen.«

Lila verbiß sich eine patzige Antwort. Sie hatte einen Schwur abgelegt, und sie würde sich daran halten: Die Entscheidung lag bei Hope. Nur hatte sie nicht damit gerechnet, daß ihre Tochter sich so anstellen würde ...

Zwanzig Minuten später, als sie immer noch nicht weiter waren, riß ihr der Geduldsfaden. »Also gut!« Energisch fischte sie einen Penny aus ihrer Rocktasche. »Da wir uns nicht einig werden, werfen wir eben eine Münze.«

»Was soll das heißen?«

»Du hast die Wahl«, sagte Lila. »Italien oder Suffolk?«

Endlich ein Hauch von Begeisterung. »Meinst du das ernst? Wenn ich gewinne, fahren wir nach Hause?«

»Wenn du mit nach Hause Casa Vedovi meinst, ja. Also, was nimmst du, Kopf oder Zahl?«

Hope biß sich auf die Unterlippe und überlegte mit gerunzelter Stirn. »Kopf«, entschied sie schließlich.

Lila warf die Münze in die Luft, fing sie auf und schlug sie verdeckt auf ihren Handrücken.

»Ganz sicher?«

»Ja.«

Lila hob die Hand an und blickte hinunter auf das vertraute Profil von König George. »Tut mir leid, Liebes«, sagte sie und steckte die Münze wieder in ihre Tasche, »aber es ist Zahl.«

Hopes Gesicht verzog sich vor Enttäuschung.

»Komm schon«, schmeichelte Lila, »ist es denn wirklich so schlimm? Wie wär's, wenn ich dir einen Hund schenke? Du wolltest doch immer einen haben, seit Monty gestorben ist.« Dorothy konnte Hunde nicht leiden und Katzen ebensowenig.

Hopes Miene heiterte sich ein wenig auf. »Was ist mit der Schule? Muß ich da weiter hin?«

Das einzige Fach, in dem sie bisher Talent bewiesen hatte, war Handarbeit – *Hopes Stickereien sind eine Augenweide,* hatte in ihrem letzten Zeugnis gestanden, *die besten der ganzen Klasse* –, und Lila hatte bereits ein schlechtes Gewissen wegen des Betrugs, mit dem sie ihren Willen durchgesetzt hatte. »Nein, ich glaube nicht.«

»Versprochen?«

»Es wird dir noch viel besser gefallen als Casa Vedovi«, sagte Lila und ging zur Tür. »Wart's nur ab!«

»Und?« fragte Edward, als sie die Nummer wählte, die er ihr gegeben hatte. »Was meint sie?«

»Ich glaube, sie war ganz angetan«, sagte Lila vorsichtig, noch ein wenig erschrocken über ihre Skrupellosigkeit.

»Nur ganz angetan?« beschwerte er sich. »Nicht entzückt, hingerissen, aus dem Häuschen vor Freude?«

»Reicht angetan nicht?«

»Hör mal«, sagte er, »ich finde, wir sollten unseren Eltern erst Bescheid sagen, wenn alles unter Dach und Fach ist, ja? Mama würde nur versuchen, uns davon abzubringen, und außerdem macht es doch viel mehr Spaß, sie zu überraschen.«

Lila stimmte ihm bereitwillig zu; seit sie aus Italien zurückgekehrt waren, hatte ihre Mutter keine Gelegenheit ausgelassen, die Wahl zu kritisieren, die Lila als naive Siebzehnjährige getroffen hatte, und Archie als Taugenichts, verantwortungslosen Abenteurer und sogar als Betrüger beschimpft. Die Vorstellung von Dorothys Gesicht, wenn sie ihr ihren gutaussehenden neuen Ehemann vorstellte – einen Mann, der nicht nur reich war, sondern auch keinerlei Verlangen verspürte, ein halbes Dutzend Blagen, wie er sie nannte, in die Welt zu setzen –, war zu verlockend, um ihr zu widerstehen. Sie würde Hope anbieten, Brautjungfer zu sein, als Belohnung dafür, daß sie das Geheimnis für sich behielt.

Das Ohr an die Tür des Arbeitszimmers gedrückt, stand Hope im Flur und belauschte das einseitige Gespräch. Sie dachte daran zurück, wie sie Edward Kennett zum erstenmal gesehen hatte, in der Via Garibaldi, die Hände in den Hosentaschen und die Lippen zu einem Schmollmund verzogen wie ein Schuljunge, und sie verspürte eine ungute Vorahnung.

Kapitel 5

Sobald Edward seine Entlassungspapiere hatte, machte er sich daran, die Hochzeit zu organisieren, stellte einen Antrag auf Sondergenehmigung, um das Aufgebot zu umgehen, buchte einen Termin beim Standesamt und verschwand sogar für vier Tage. »Ich habe etwas vor«, sagte er geheimnisvoll, als er endlich ans Telefon ging, nachdem Lila zahllose Male versucht hatte, ihn zu erreichen. »Erzähle ich dir später.«

»Wir werden nach der Hochzeit vielleicht noch ein paar Wochen in London bleiben müssen«, warnte er sie, »aber ich habe im obersten Stock eine eigene Wohnung, und für Hope ist auch genug Platz. Meinst du, du erträgst es, eine Weile in der Großstadt zu leben?«

»Oh«, murmelte Lila, die bereits vorhatte, ihn dazu zu überreden, seine Pläne zu ändern und sich mit seinem Geschäft in London niederzulassen. »Ich denke, das läßt sich einrichten …«

Hope hatte ihre Niederlage insgesamt recht gut verkraftet, da ihre Enttäuschung wegen Italien gemildert wurde durch die Aussicht auf eine Reise in die Hauptstadt und ein neues Kleid sowie die Aufregung darüber, daß ihre Großmutter nichts von Lilas bevorstehender Hochzeit erfahren durfte. Die Tatsache, daß sie sich so widerstandslos in ihr Schicksal fügte, verstärkte noch Lilas Schuldgefühle – eine bessere Mutter, schalt sie sich, hätte ihre eigenen Wünsche hintangestellt und die Hochzeit abgesagt. Doch mit jedem Tag wurde die Vorstellung, ihren jungen Geliebten aufzugeben, weniger verlockend. Es war doch viel besser, beruhigte sie ihr schlechtes Gewissen, dafür zu sorgen, daß Hopes neues Leben genauso glücklich würde wie ihr früheres in Casa Vedovi; dann würde sie sich keine Vorwürfe machen müssen.

Als sie Edward von ihrer Idee erzählte, Hope die Rolle der Brautjungfer zu geben, mußte er seine gesamten – und beträchtlichen – Überredungskünste zum Einsatz bringen, um sie davon abzubringen.

»Ist es denn so schlimm von mir, daß ich dich ein paar Tage ganz für mich haben möchte, meine Liebste?« bettelte er. »Hope und ich werden noch alle Zeit der Welt haben, uns kennenzulernen, wenn wir beide verheiratet sind. Außerdem, was sollten wir nach der Zeremonie mit ihr machen – sie wieder in den Zug nach Gillisham setzen, damit deine Mutter sie ausfragen kann?«

Angesichts solch unwiderlegbarer Logik war Lila gezwungen nachzugeben (wenn auch nicht kampflos, wie sie sich hinterher tröstete), doch später, als sie Hopes Enttäuschung sah, fiel es ihr schwerer, diese Entscheidung zu rechtfertigen.

»Du mußt verstehen«, versuchte sie sie zu besänftigen, »wie schwer es für Edward ist, das Kind eines anderen Mannes anzunehmen. Es gibt nicht viele, die das tun würden, weißt du. Außerdem verpaßt du gar nichts Aufregendes – es ist bloß eine standesamtliche Trauung, nur Edward und ich und die Trauzeugen. Wir geben noch nicht mal einen Empfang.« Aber sie wußte, daß sie sich ungeschickt verhalten hatte, und nahm Edward das Versprechen ab, daß er Hope, sobald sie verheiratet waren, lieben würde, als wäre sie sein eigenes Kind.

»Sie ist deine Tochter«, sagte er feierlich. »Wie könnte ich sie *nicht* lieben? Aber jetzt mußt du mich gehen lassen, ich habe noch eine Hochzeitsreise zu organisieren!«

Lila dachte sich für Frank und Dorothy eine halbwegs plausible Geschichte aus – ein ehemaliger Bekannter aus der Zeit an der Royal Academy hatte sie angeblich eingeladen, das Wochenende in London zu verbringen, weil er an ihrem Grundstück interessiert war –, und sie bat Frank, sich während der

Zeit »besonders« um Hope zu kümmern, was nach ihrer stillschweigenden Übereinkunft bedeutete, sie von Dorothy fernzuhalten. Doch die offenkundige Freude ihrer Tochter angesichts ihres überschwenglichen Lobes – »... wie *lieb* von dir, daß du gar nicht nachtragend bist ...« – nagte an ihrem Gewissen.

Die Hochzeit fand am Freitag, dem 23. Mai statt. Der Bräutigam trug einen gutgeschnittenen blauen Anzug (eindeutig *nicht* aus der üblichen Entlassungsausstattung, wie Lila bemerkte, als sie seine breiten Schultern, seine langen Beine und die blaue Krawatte bewunderte, die die Farbe seiner Augen betonte), und die Braut betörte alle Anwesenden in einem cremeweißen Leinenkostüm, zu dessen Erwerb ihre Tochter einige ihrer Kleidermarken beigesteuert hatte, und einem ziemlich kecken Pillboxhut, den sie knapp eine Stunde vor der Zeremonie bei Derry & Tom's erstanden hatte. Der Standesbeamte vollzog die Trauung mit halsbrecherischer Geschwindigkeit, danach verschwanden die Trauzeugen – Freunde von Edward aus seinem früheren Regiment – sofort, um zu ihren neuen Arbeitsstellen zurückzukehren, und das glückliche Paar zog sich in ein kleines, aber luxuriös ausgestattetes Hotel an der Bayswater Road zurück, wo sie den Nachmittag damit verbrachten, sich zu lieben, untermalt vom Motorengeräusch der vorbeifahrenden Autos und dem Hufgeklapper der Reiter auf der Rotten Row.

Was machte es schon, sagte Lila sich, während sie zusah, wie der Rauch von Edwards Zigarette zur Decke hinaufschwebte, daß sie einen kräftigen blauen Fleck auf dem Oberschenkel und eine schmerzhafte Bißspur auf der linken Brust hatte, wo Edward in seiner Gier, sich mit ihr zu vereinigen, seine Zähne in ihr Fleisch gegraben hatte? Er war jung und ganz offensichtlich unerfahren; es war ungerecht, ihn mit Archie zu vergleichen, und es ihm übelzunehmen, daß er nicht genauso geschickt war. Als sie den Blick über Edwards nackten Körper gleiten ließ, verspürte sie ein vertrautes lustvolles Kribbeln. Wie vollkommen er war; wie froh sie sein konnte, daß sie ihn ergattert hatte, bevor diese Harriet Soundso oder irgendeine andere »standesgemäße« junge Frau ihn ihr wegschnappen konnte; was für einen wunderbaren Ehemann er abgeben würde, sobald er ein wenig geübter war. Sie mußte geduldig sein, verständnisvoll; sie mußte ihm beibringen, langsamer, subtiler vorzugehen …

Zwei Tage lang bewegten sie sich nicht weiter als bis ins Bad, ließen sich das Essen aufs Zimmer kommen und schliefen, wenn sie – oder zumindest Edward – gesättigt waren. Das Nachthemd, das Lila eingepackt hatte, wurde nie benutzt, auf Edwards Kinn sprossen goldblonde Bartstoppeln, und sein Appetit auf seine Frischangetraute wuchs mit jeder Stunde.

»Ich ertrage es nicht, dich gehen zu lassen«, verkündete er am Sonntag, als sie am offenen Fenster frühstückten. »Ich komme mit dir nach Dorset.«

»Aber ich dachte, wir sagen es unseren Eltern jeweils allein?« wandte Lila ein. »Damit sie sich an den Gedanken gewöhnen können, bevor wir ihnen gemeinsam gegenübertreten?«

Doch Edward ließ sich nicht davon abbringen. »Ich bin jetzt dein Mann«, sagte er grinsend. »Du hast geschworen, mich zu lieben, zu ehren und mir zu gehorchen, oder etwa nicht? Und falls du dir wegen deiner Mutter Sorgen machst, das ist vollkommen überflüssig – die frißt mir in Null Komma nichts aus der Hand.«

Als sie in seinem Jaguar aus der Stadt fuhren – ein Entlassungsgeschenk von seinem Vater –, ließ er noch eine Überraschung vom Stapel. »Du erinnerst dich doch noch an das Haus in Suffolk, von dem ich dir erzählt habe, oder? Nun, wir ziehen morgen ein. Du wirst begeistert sein!«

»Was?« Lila fühlte sich überrumpelt. »Aber du hast doch gesagt, wir bleiben eine Weile in der Stadt!«

»Zünde mir doch mal eine Zigarette an, Schatz«, sagte Edward, fischte sein Etui aus der Manteltasche und warf es ihr auf den Schoß. »Und hör auf, mich so anzustarren. Die Gelegenheit war einfach zu günstig, um sie sich entgehen zu lassen.«

»Du hättest mich wenigstens vorher fragen können«, protestierte Lila. »Hope hatte sich so darauf gefreut, zum erstenmal nach London zu kommen.«

»Die Miete ist etwas höher, als ich geplant hatte« – Edward nahm die Zigarette, die sie ihm reichte, und zog kräftig daran –, »aber immer noch spottbillig im Vergleich zu London, und das ist das wichtigste, bis der Laden läuft. Die alte Ma Seddon – das ist die Vermieterin – hat versprochen, daß alles tipptopp ist, wenn wir ankommen. Na? Willst du mir nicht gratulieren?«

Er war so stolz auf sich, daß Lila es nicht über sich brachte, ihm zu sagen, wie unklug sie es fand, sein neues Geschäft in einem Provinznest zu eröffnen. Aber was machte das schon, dachte sie bei sich. Selbst wenn es ganz schlimm kam und er mit seinem Projekt scheiterte, wäre es ja schließlich kein Weltuntergang, oder? Mit der finanziellen Unterstützung seines Vaters konnte er immer noch zu seinem Medizinstudium zurückkehren, und bis dahin war ein romantisches Zwischenspiel auf dem Land doch genau das richtige, um seine Fähigkeiten im Schlafzimmer zu verbessern.

»Ja, Schatz«, sagte sie pflichtbewußt, »das sind ganz wunderbare Neuigkeiten. Solange wir einen Weg finden, Hope für ihre Enttäuschung zu entschädigen ...«

Er hatte recht, was Dorothy betraf – zu dem Zeitpunkt, als er beiläufig seine Herkunft erwähnte, fraß sie ihm bereits aus der Hand.

»Ich nehme an, Sie werden sich in London niederlassen?« bemerkte sie, als sie nach dem hastig zusammengewürfelten Abendessen aus zähen Koteletts und faden dicken Bohnen bei Kaffee und Brandy im Wohnzimmer saßen. »Oder besitzt Ihre Familie ein Anwesen auf dem Land?«

»Eigentlich nicht«, sagte Edward verschämt, als wäre der Reichtum seiner Familie etwas Anstößiges. »Nur das Cottage in Brixham, das Papa Mama als Hochzeitsgeschenk gekauft hat. Sie malt nämlich, wissen Sie. Genaugenommen waren wir auf unserem alljährlichen Malurlaub in Italien, als Lila und ich uns kennengelernt haben.«

»Und was sind Ihre Pläne für die Zukunft?«

»Wir ziehen nach Suffolk, in ein Haus auf dem Land.«

Dorothy war enttäuscht. »Ist das nicht ziemlich weit von London entfernt?«

»Genau das hat Mama auch gesagt«, gab Edward mit einem Lächeln zu. »Aber anders geht es nun mal nicht – die Umstände, wissen Sie ...«

»Aber warum ausgerechnet Suffolk? Das ist so abgelegen und *furchtbar* langweilig, wie ich gehört habe.«

»Ich war während des Krieges eine Weile dort stationiert«, erwiderte Edward, »und ich habe mich regelrecht in die Gegend verliebt – die im übrigen ganz und gar nicht langweilig ist, wenn man sie besser kennenlernt. Und wir müssen auch an Hope denken – alle Kinder sollten die Möglichkeit haben, mit frischer Landluft aufzuwachsen, finden Sie nicht, Mrs. Heaver?«

»Ach, nennen Sie mich doch bitte Dorothy. Ich muß gestehen, ich bewundere Ihren Mut, das Kind eines anderen Mannes anzunehmen – obwohl Hope ja eigentlich kein Kind mehr ist, so groß und schlaksig, wie sie mittlerweile aussieht ... Hundertmal habe ich Lila gesagt, wenn sie doch nur so vernünftig gewesen wäre, ihre Ausbildung abzuschließen – hat sie Ihnen überhaupt erzählt, was für eine talentierte Pianistin sie früher war? –, anstatt sich aus einer Laune heraus am anderen Ende der Welt herumzutreiben, dann säße sie jetzt nicht mit einem unerwünschten Kind da –«

»Mummy!« protestierte Lila und lief vor Scham rot an. »Du weißt, daß das nicht stimmt!«

Zum Glück war Hope außer Hörweite; sie hatten sie direkt nach dem Abendessen auf ihr Zimmer geschickt, damit Dorothy ihren neuen Schwiegersohn ungestört ausfragen konnte, aber Edward hatte sich vorher rührend um sie gekümmert.

»Mir ist klar, daß ich nie ein Ersatz für deinen richtigen Vater sein kann«, hatte er zu ihr gesagt, »aber ich kann dein Freund sein, wenn du mich läßt. Was meinst du, Hope, könntest du es ertragen, mich als Freund zu haben?«

»Ich ... natürlich«, erwiderte sie stotternd.

»Weißt du, was deine Mutter gesagt hat, als ich sie gefragt habe, ob sie mich heiratet?«

»Nein.« Hope sah ihn aus großen Augen an. »Was denn?«

»Sie hat gesagt: ›Ich heirate dich nur, wenn Hope einverstanden ist.‹«

»Oh«, stieß Hope überrascht aus. »Wirklich?« Und Lila hatte sich abgewendet, weil sie ihrer Tochter nicht in die Augen sehen konnte.

Später, nachdem sie die Annäherungsversuche ihres frischgebackenen Ehemannes abgewehrt hatte – das Schlafzimmer von Frank und Dorothy und Hopes Zimmer lagen direkt nebenan, und Edwards Liebesbekundungen waren nicht nur derb, sondern auch ziemlich geräuschvoll –, lag Lila schlaflos in der Dunkelheit, verglich Edwards schillerndes Debüt mit Archies katastrophaler Offenheit vor all den Jahren, und fragte sich, weshalb ihr Triumph sich so schal anfühlte.

Lag es an Dorothys vulgärer Freude, als ihr klar wurde, daß die Familie ihres neuen Schwiegersohns ausgesprochen wohlhabend war? Oder hatte ihr Hopes Zurückhaltung die Freude verdorben? Morgen, beschloß sie, würde sie ihre Tochter zur Seite nehmen und sie von Edwards guten Absichten überzeugen.

Sie streckte die Hand aus, um seinen Nacken zu streicheln, und er drehte sich um und tastete nach ihrer Brust. »Bitte, Liebster«, murmelte sie, »nicht hier.« Er grunzte verärgert und rollte sich wieder auf die Seite.

Sie war dreiunddreißig. Diese Ehe war vielleicht ihre letzte Chance, glücklich zu werden, und sie durfte sie sich nicht entgehen lassen ...

»Ich muß sagen, Mr. und Mrs. Heaver«, meinte Edward am nächsten Morgen beim Frühstück beiläufig, »Sie sind wirklich ausgesprochen anständig in Anbetracht der Lage.«

»Welcher Lage?« fragte Dorothy.

»Nun, ich kenne nicht viele Mütter, die so locker darüber hinwegsehen, daß ihre Tochter einen mittellosen Abenteurer heiratet.«

»Mittellos?« wiederholten Frank und Dorothy wie aus einem Munde.

Ohne die plötzliche Frostigkeit zu bemerken, plapperte Edward weiter. »Na ja, mehr oder weniger – ich habe ein kleines Treuhandvermögen von meiner Großmutter, das uns über Wasser halten wird, bis das Geschäft läuft, aber bis ich in die schwarzen Zahlen komme, werden wir wohl ziemlich knapp bei Kasse sein.«

»Aber ich nehme doch an, Ihr Vater wird Ihnen aushelfen, wenn es nötig wird, oder?« hakte Dorothy nach.

»Nein, leider nicht. Wenn ich Medizin studieren würde, bekäme ich natürlich so viel Geld, wie ich wollte, aber da ich darauf beharre, bei meinem, wie er es nennt, ›verrückten Fotografie-Projekt‹ zu bleiben, hat er mir den Hahn zugedreht.«

»Dann müssen Sie ihn davon überzeugen, daß er seine Meinung ändert!« entgegnete Dorothy scharf. »Schließlich sind Sie jetzt ein verheirateter Mann – Sie haben Verantwortung!«

»Nein, daraus wird nichts«, sagte Edward fröhlich. »Ich bin fest entschlossen, auf meinen eigenen Füßen zu stehen.«

»Er meint es nicht so«, stieß Lila aus, als er verschwand, um das Gepäck im Wagen zu verstauen, »ganz bestimmt nicht …« Doch Dorothy war nicht überzeugt.

»Glaub ja nicht«, zischte sie mit drohend erhobenem Zeigefinger, »daß du wieder hier angekrochen kommen kannst, wenn das Ganze schiefgeht, meine Liebe. Du hast dir die Suppe eingebrockt, und diesmal löffelst du sie auch aus!«

Wie hatte sie nur so dumm sein können? fragte sich Lila, als sie wieder Richtung London fuhren. Warum hatte sie den Andeutungen, die Edward fallengelassen hatte – *spottbillig … Londoner Preise … unglaublich teuer … anfangs nicht ganz einfach …* –, so wenig Beachtung geschenkt? Und warum machte es ihr soviel aus, wenn sie eine Zeitlang knapp bei Kasse waren? Archie wäre sie bis ans Ende der Welt gefolgt, sie hätte die größte Armut ertragen, solange sie nur bei ihm sein konnte, und sie hatte Edward doch auch aus Liebe geheiratet, oder? Warum erfüllte sie dann die Aussicht, wieder jeden Penny umdrehen zu müssen, mit solcher Trostlosigkeit?

Nach dem kurzen Besuch in der Harley Street, um Edwards Eltern die Neuigkeit mitzuteilen, fühlte sie sich noch unruhiger.

Die Privaträume neben der Praxis von Dr. Kennett, elegant und geschmackvoll eingerichtet und mit Mrs. Kennetts kühl durchkomponierten Bildern dekoriert, machten sie bereits nervös, aber Lila hatte vergessen, wie einschüchternd die Kennetts sein konnten. Imogen, die einzige von Edwards Schwestern, die noch zu Hause wohnte, rümpfte unverhohlen die Nase über das Leinenkostüm, auf das Lila so stolz gewesen war, und Virginia Kennett hatte ganz eindeutig den Verdacht – obwohl sie viel zu gut erzogen war, um etwas zu sagen –, daß Lila ihren Sohn nur des Geldes wegen geheiratet hatte. Dr. Kennett selbst verhielt sich durchaus höflich, gab sich jedoch keine Mühe, seine Enttäuschung darüber zu verhehlen, daß Edward das Medizinstudium an den Nagel gehängt hatte, und Hope sagte während des gesamten einstündigen Besuchs kein Wort, vollkommen erschlagen von der opulenten Umgebung. Der einzige, der sich wohl zu fühlen schien, war Edward, der sich an der Enttäuschung seiner Mutter weidete und noch einmal klarmachte, daß er nicht die Absicht hatte, von seinem rebellischen Weg abzuweichen.

»Puh«, ächzte er scherzhaft, als sie sich schließlich auf den Weg nach Suffolk machten, Hope auf dem Rücksitz eingezwängt zwischen einem Berg von Koffern und einem Whiskyfaß, das Edward im letzten Moment noch heimlich aus Dr. Kennetts Keller stibitzt hatte. »Gott sei Dank, daß wir das hinter uns haben!«

Doch mit jeder Meile, die sie zurücklegten, hob sich Lilas Stimmung. Trotz all seiner Armutsbekundungen hatte Edward, im Gegensatz zu dem armen Archie, ja schließlich noch sein Treuhandvermögen, und außerdem konnte er jederzeit doch noch die lukrative Arztlaufbahn einschlagen, falls es nötig war.

Und während sie durch Ipswich fuhren, versuchte sie im stillen zu erraten, wie das Haus wohl aussah, das er für sie gefunden hatte. War es eine solide Villa im neugotischen Stil wie die von Onkel Frank? Oder ein malerisches Cottage mit Strohdach und genügend Land, um ein Pony darauf zu halten (Hope wäre *begeistert*)? Oder ein Herrenhaus im elisabethanischen Stil – natürlich nicht allzu herrschaftlich – mit großzügigen, hohen Räumen und Holzdecken? Im Grunde war es ihr ja ganz gleich, Hauptsache, es war hübsch eingerichtet und sie hatten nette Nachbarn …

PRIVATGRUNDSTÜCK stand auf dem handgeschriebenen Schild, das an dem rostigen Eisentor hing. BETRETEN VERBOTEN. Weit und breit war kein anderes Gebäude in Sicht, und das winzige Pförtnerhaus mit seinen Rundbogenfenstern und den efeuüberwucherten Mauern sah aus wie ein heruntergekommenes Puppenhaus.

»Schnuckelig, nicht?« sagte Edward strahlend, als er Lilas enttäuschtes Gesicht sah. »Der Garten muß natürlich in Ordnung gebracht werden, und die Fenster und Türen könnten einen neuen Anstrich vertragen, aber das ist ja kein Problem.« Er griff nach seinen Zigaretten, sprang aus dem Wagen und öffnete ihr die Tür.

Lila starrte ihn fassungslos an. »Willst du damit sagen, das ist es?«

»Warte nur, bis du es von innen siehst«, sagte Edward. »Du wirst hingerissen sein!« Er warf Hope noch ein »Na los, Schlafmütze, setz dich in Bewegung!« zu und ging den Pfad hinauf.

»Wohlgemerkt«, rief er über die Schulter, während Lila widerstrebend aus dem Wagen stieg, »es war gar nicht so einfach, Mrs. Seddon dazu zu überreden, daß sie uns das Haus überläßt.«

»Wieso?« fragte Lila und musterte den baufälligen Kasten mit Abscheu.

Edward marschierte weiter, begierig darauf, ins Innere zu gelangen. »Um ehrlich zu sein, haben wir damals ein ziemliches

Chaos hinterlassen – du weißt ja, wie das ist, junge Kerle, die zum erstenmal die Freiheit genießen, kommen und gehen, wie es ihnen paßt, ohne daß irgendwelche Frauen ihnen Vorschriften machen. Letzten Endes mußte ich jemanden, den ich kenne – Allott heißt er, dem Vater gehört der Lebensmittelladen in Market Needing, der beliefert Seddons schon seit Urzeiten –, bitten, ein gutes Wort für mich einzulegen.«

»Gibt es auch einen Mr. Seddon?« fragte Lila und half Hope, vom Rücksitz zu klettern.

»Im Prinzip schon.« Mit einem einzigen Satz sprang Edward die Stufen hinauf, drückte die Klinke hinunter und stieß die Tür weit auf. »Ein paar Tage nachdem der alte Trottel versucht hat, Jennings abzuknallen, hatte er einen Schlaganfall, und seither ist er mehr oder weniger bettlägerig – wahrscheinlich ganz gut so, verrückt, wie der Kerl ist. Ich schätze, sie brauchen das Geld; Mrs. Seddon ist ganz allein in dem großen Haus, abgesehen von einem griesgrämigen Jungen – ihr Enkel, glaube ich, ungefähr so alt wie Hope.«

»Dann hätte sie dich doch eigentlich auf Knien anflehen müssen, das Haus zu nehmen«, sagte Lila, die ihm mittlerweile gefolgt war.

Edward grinste. »Weißt du, was sie dazu gebracht hat, ihre Meinung zu ändern? Wir zwei.«

»Was meinst du damit?«

»Ich habe Allott überredet, ihr unsere Geschichte zu erzählen – du weißt schon, wie wir uns in Italien kennengelernt haben, vom Krieg auseinandergerissen wurden und uns dann wiedergefunden und ein zweites Mal ineinander verliebt haben –, und sie konnte einfach nicht widerstehen. Liegt wahrscheinlich am Alter – sie muß mindestens in den Sechzigern sein, der Mann ist nur noch ein Krüppel, ihre Uhr läuft langsam ab, und sie versucht, noch einmal die Romantik ihrer Jugend einzufangen. So, bist du bereit, dein neues Zuhause zu inspizieren?«

Als Lila an ihm vorbeigehen wollte, hob er sie plötzlich hoch, trug sie, ein wenig unter ihrem Gewicht schwankend, über die Schwelle, setzte sie wieder ab und küßte sie voller Inbrunst.

»Donnerwetter!« sagte er, als er sie losließ und sich umsah. »Das ist ja noch besser, als ich erwartet hatte!«

Die gewölbte indigoblaue Decke war mit goldenen und silbernen Sternen bemalt, an den eichengetäfelten Wänden hingen seidene Wandbehänge – ein Elefant mit einer Schabracke in allen Regenbogenfarben, eine Gruppe kholäugiger indischer Tänzerinnen in schimmernden Saris und drei leuchtendbunte Kolibris, die ihre Schnäbel in scharlachrote Hibiskusblüten tauchten –, und die kunstvoll gemusterten Bodenfliesen waren teilweise von einem Perserteppich verdeckt. Während Lila nur fassungslos dastand und staunte, stieß Hope hinter ihr begeistert aus: »Das sieht ja aus wie aus Tausendundeiner Nacht!«

Sofort stürzte Edward sich auf ihr positives Urteil. »Siehst du, ich wußte, daß es dir gefallen würde! Und was ist mit dir, meine süße Lila? Was meinst du?«

»Es ist wirklich schön«, gab Lila zu. »Sah es damals auch schon so aus?«

»Nicht annähernd so prächtig. Gertie hat sich diesmal wirklich selbst übertroffen.« Er wandte sich nach links und stieß mit einer schwungvollen Gebärde die nächstliegende Tür auf. »Das Schlafzimmer!«

Der Raum, in den er sie führte, war klein und so mit Möbeln vollgestellt – ein Himmelbett mit Jacquardvorhängen, zwei hohe, bemalte Kommoden, ein abgestoßener Frisiertisch und ein mit kunstvollen Schnitzereien verzierter Standspiegel –, daß man sich kaum bewegen konnte. Als Lila eine der Schubladen öffnete, wehte ihr ein muffiger, abgestandener Geruch entgegen, und ihr Optimismus schrumpfte wieder.

»Es ist viel zu eng«, sagte sie zweifelnd, »und die Kommode riecht modrig. Meinst du, wir kommen hier zurecht?«

»Aber natürlich«, erwiderte Edward, offensichtlich erstaunt über ihre verhaltene Reaktion.

»Und alles ist so *schäbig*.« Sie trat ans Fenster und fuhr mit der Hand über den grünen Seidenvorhang. »Siehst du? Der fällt fast auseinander, und die Daunendecke hat lauter Mottenlöcher.«

»Tatsächlich?« Mittlerweile klang Edward etwas verschnupft.

»Ist mir gar nicht aufgefallen. Ich finde, du könntest wenigstens versuchen, ein bißchen mehr Enthusiasmus zu zeigen, nach der ganzen Mühe, die ich mir gemacht habe ...«

Das Wohnzimmer war ebenso überfüllt wie das Schlafzimmer, zugestellt mit Damastsesseln, Beistelltischen, einem riesigen, durchgesessenen Samtsofa, das in eine dunkle Ecke gezwängt war, und einem Klavier mit zwei angelaufenen Messingkerzenhaltern samt hohen Talgkerzen.

»Oh!« Angesichts eines so unerwarteten Luxus hob sich Lilas Stimmung wieder ein wenig. »Woher wußtest du, daß ich mir ein Klavier gewünscht habe?«

»Zufallstreffer«, sagte Edward und lächelte erleichtert, doch seine Freude hielt nicht lange an; Lila schlug versuchsweise ein paar Tasten an, verkündete: »Völlig verstimmt!« und schloß den Deckel mit einem Knall. Wie zickig sie klingen mußte, schalt sie sich, als sie wieder in den Flur hinaustraten, an allem hatte sie etwas auszusetzen.

Die Freude ihrer Tochter über das Zimmer, das ihr zugedacht war – »Wie in einem Schmuckkästchen, einfach himmlisch!« –, verstärkte noch die Scham über ihre Miesepetrigkeit.

»Das Zimmer hat in der Tat einen gewissen Charme«, gab sie widerstrebend zu, als Hope hin und her lief und begeistert alles inspizierte: die zahllosen bunten Halsketten auf der Frisierkommode, die Bücher, die neben dem Bett auf dem Sitz eines sechzig Zentimeter hohen Holzelefanten lagen – *Black Beauty, Mary Poppins, Der geheime Garten* –, der rote Morgenmantel aus Satin, der an der Rückseite der Tür hing. »Es sieht aus, als wäre es extra für Hope eingerichtet worden.«

Doch die Küche mit der gesprungenen Steingutspüle, den verzogenen Holzborden und dem uralten Herd nahm ihr wieder jeglichen Optimismus, und das düstere, kalte Badezimmer mit dem eingerissenen Linoleum und der braun verfärbten Toilette gab ihr den Rest. Hope machte sich auf die Suche nach Putzgeräten, um ihre Mutter ein wenig aufzumuntern, fand jedoch lediglich einen nahezu kahlen Besen, einen Zinkeimer ohne Griff und eine Scheuerbürste, deren Borsten nur noch Stoppeln waren.

»Sobald ich das Gepäck ausgeladen habe, fahre ich in die Stadt und besorge uns etwas für das Abendessen, einverstanden?« schlug Edward vor, um die Lage zu entspannen, doch nachdem Lila ihm eine ausführliche Einkaufsliste zusammengestellt hatte – Waschpulver, Seife, Stahlwolle, Scheuerpulver, eine Mausefalle, genügend Kohle, um die Zeit zu überbrücken, bis sie eine richtige Lieferung bekamen –, hatte sich sein Enthusiasmus in mürrische Gereiztheit verwandelt.

Lila war kurz vorm Verzweifeln. Das ganze Haus starre vor Schmutz, beschwerte sie sich, die Schränke stanken, die gesamte Einrichtung fiele auseinander, »und was hat sich Mrs. Seddon nur dabei gedacht, so viele Möbel in so ein kleines Haus zu stopfen?«.

Als Edward hervorhob, wieviel Mühe ihre Vermieterin sich gegeben hatte, »ganz zu schweigen von Michael Allott, der sämtliche Möbel in seinem Lieferwagen vom Herrenhaus herübergeschafft hat«, um eine romantische Atmosphäre für ihr erstes gemeinsames Zuhause zu schaffen, schnaubte sie nur verächtlich, und als Hope allen Mut zusammennahm und murmelte: »Also, mir gefällt's«, fauchte sie wütend: »Was verstehst du schon davon!«

Erst nachdem Edward mit wütend quietschenden Reifen verschwunden war, hielt sie inne. Was war nur mit ihr los, fragte sie sich, daß sie ein bißchen Staub wichtiger nahm als all die schönen Dinge, die man ihnen zur Verfügung gestellt hatte?

Eine halbe Stunde später kam Edward zurück; seine Laune war wie durch ein Wunder wiederhergestellt.

»Weißt du was?« rief er, schob sich an Hope vorbei und drückte Lila in einer stürmischen Umarmung an sich. »Ich habe ein Atelier gefunden! Bin durch Zufall darüber gestolpert, als ich auf der Suche nach dem Kohlenhändler war. Es liegt am Station Yard, und es hat hinten sogar einen Nebenraum, den ich als Dunkelkammer nutzen kann. Aber das beste ist – ich kann mein Glück noch gar nicht fassen –, es gehört meinem Freund Allott!«

»Wem?« fragte Lila gereizt.

»Michael Allott. Der, von dem ich dir erzählt habe. Der Mrs. Seddon überredet hat, uns das Haus zu vermieten. Ich habe ihn noch nicht erreicht – offenbar ist sein Vater letzte Woche gestorben, und heute war die Beerdigung –, aber ich habe ihm eine Nachricht dagelassen, daß ich interessiert bin, und wenn wir uns einig werden, könnte ich in ein paar Wochen schon loslegen. Stell dir vor, endlich mein eigenes Geschäft – ist das nicht großartig?«

Es kümmerte ihn nicht weiter, als Lila ihn darauf hinwies, daß er in seiner Aufregung die Besorgungen vergessen hatte, deretwegen er losgefahren war.

»Ich hole uns Fish and Chips«, beschloß er. »An der Ecke Bridge Street ist ein Imbiß, und wir finden bestimmt genug Holz, um ein Feuer anzuzünden.« Fröhlich pfeifend, kehrte er zu seinem Auto zurück, was Lila erneut in Wut versetzte.

Nachdem er losgefahren war, fand Hope hinter dem Schuppen einen Stapel Scheite, und als das Feuer brannte und die Vorhänge zugezogen waren, sah das Wohnzimmer nicht mehr ganz so schlimm aus. Ein wenig besänftigt durch das gemütliche Licht und die flackernden Flammen, setzte Lila sich noch einmal ans Klavier, doch anstatt ihre Stimmung zu heben, entmutigte es sie nur noch mehr – es war verstimmt, einige Tasten gaben überhaupt keinen Klang mehr, der Resonanzboden war gesprungen, und das Fortepedal klemmte. Hope versuchte sie mit den Worten: »Klingt doch gut« aufzumuntern, doch Lila heulte nur: »Du hast ja keine Ahnung!« und stürzte weinend aus dem Zimmer.

Als Edward mit drei großzügigen Portionen fritierten Kartoffeln, aber ohne Fisch zurückkam, fand er Lila zusammengesunken am Küchentisch vor. Er nahm zwei grüne Muranogläser, die Hope auf dem obersten Regal in der Speisekammer entdeckt hatte, schenkte ihr und sich einen ordentlichen Schluck Whisky ein und sagte: »Auf unseren Neuanfang!«, doch sie lehnte wütend ab.

Hope hatte sich in ihr Zimmer zurückgezogen, doch sie entkam weder Edwards Begeisterung noch der schwelenden Unzufriedenheit ihrer Mutter. Sie hatte es sich in dem roten Morgenmantel (der herrlich nach Lavendel, Zedernholz und staubigen alten Schränken roch) auf dem Bett gemütlich gemacht, und während sie ihre Chips aß, konnte sie die beiden durch die Wand hören. Edward plapperte aufgeregt über seine Pläne, unterbrochen von Lilas gereizten Fragen – »Was soll das denn kosten?«, »Werde ich überhaupt nicht gefragt?«, »Und was soll ich den ganzen Tag hier draußen in diesem Kuhnest machen?«

Dazwischen erklang wiederholt das leise Klirren der Whiskyflasche, und als Edward schließlich an Hopes Tür vorbei zum Schlafzimmer ging, waren seine Schritte schlurfend und unsicher. Doch erst später, als seine Stimme durch den Flur schallte – »*Oh*! *Ahh*! Lila mein *Engel*!« –, gefolgt von einem verärgerten »*Schhh*!« ihrer Mutter, begriff Hope. Deshalb also war Mamma so böse – sie, Hope, war ihr im Weg.

Morgen, nahm sie sich vor, als sie sich unter die Decke kuschelte, würde sie den beiden, so gut es ging, aus dem Weg gehen. Denn wenn sie Mamma ärgerte, würde die sie bestimmt zu Granny Dorothy zurückschicken. Sie würde ein wenig die Gegend erkunden und nachsehen, ob das Haus, aus dem die Möbel ihres Schmuckkästchens stammten, so schön war, wie sie es sich vorstellte.

Als sie Edward am nächsten Morgen von ihrem Plan erzählte, war er skeptisch.

»Keine gute Idee«, sagte er, während er in seinem seidenen Morgenrock mit Paisleymuster in der Küche umherlief und in die Schränke spähte, als hoffe er, sie wären über Nacht wie durch Zauberei gefüllt worden. »Was ist, wenn du zu nah an das große Haus herankommst? Der Alte pfeift zwar auf dem letzten Loch, aber sein Zimmer geht auf die Einfahrt hinaus, und wenn er jemanden sieht, der ihm nicht paßt, ist er imstande und ballert drauflos. Allott mußte mich in seinem Lieferwagen reinschmuggeln, als ich da war, um den Mietvertrag zu unterschreiben, und eine der Bedingungen dafür, daß wir hier wohnen dürfen, ist, daß wir vom Herrenhaus wegbleiben. Ich schätze, die alte Lady hat ihm nicht mal gesagt, daß sie das Pförtnerhaus vermietet hat. Gibt's denn hier gar nichts zu essen?«

»Erst wenn jemand einkaufen geht«, bemerkte Hope mit mildem Tadel.

»Ach herrje ...«, er ließ in gespielter Reue den Kopf hängen. »Jetzt sag bloß, ich hab's mir auch noch mit dir verscherzt!«

»Ist Mamma immer noch sauer?«

»Nur ein bißchen.« Er rieb sich über das unrasierte Kinn. »Was, wie sie mir bereits mitgeteilt hat, durch eine schlaflose Nacht nicht gerade gemildert wurde – die Matratze auf unserem Bett ist ziemlich durchgelegen.«

»Hast du auch schlecht geschlafen?«

»Ich?« Er lachte. »Nein, wie der sprichwörtliche Stein. Nach den Unterkünften, die ich beim Militär bisweilen genossen habe, kann ich so gut wie überall schlafen.« Er deutete mit dem Kinn zur Decke, von der die Farbe abblätterte. »Ist natürlich alles meine Schuld. Weißt du, ich wollte, daß unser erstes Zuhause ein bißchen romantisch wird, und dumm, wie ich bin, dachte ich, ihr würde das Haus genauso gefallen wie mir.« Seine blauen Augen fixierten Hope nervös. »Du findest es doch nicht so schrecklich, oder?«

»Nein.« Er tat Hope beinahe leid. »Ich finde es *fantastisch*.«

Seine Miene heiterte sich auf. »Wenn du das hier schon fantastisch findest, solltest du mal das große Haus sehen – es ist einfach sagenhaft.«

»Kannst du nicht mal mit mir –«

»Nein, nein«, unterbrach er sie. »Vergiß, daß ich überhaupt davon gesprochen habe. Ich habe schon genug Ärger mit deiner Mutter, ohne daß der alte Seddon dich erschießt!«

»Du solltest dir wegen Mamma nicht zu viele Sorgen machen«, sagte Hope. »Sie ist immer schlecht gelaunt, wenn sie müde ist.«

»Gut zu wissen ...« Er fuhr mit dem Finger über das schmierige Abtropfbrett. »Hör mal, ich muß nachher noch mal in die Stadt, wegen des Ateliers, das ich anmieten will. Wenn ich ein bißchen Farbe kaufe, hilfst du mir dann beim Streichen?«

»Na klar!« Hopes Sympathie für ihn wuchs zusehends. »Das macht doch Spaß.«

»Wunderbar!« Er strahlte, aller Kummer war vergessen. »Wenn wir fertig sind, wird sie genauso begeistert sein wie wir.«

Hopes Freude darüber, daß er sie in seine Pläne einschloß, wurde gedämpft von dem Verdacht, daß es mehr als eine Schicht Farbe brauchen würde, um ihre Mutter mit ihrem neuen Zuhause zu versöhnen. Vor der Hochzeit hatte Lila tagelang versucht, Hopes Enttäuschung darüber, daß sie nicht nach Italien zurückgehen würden, mit Versprechungen zu mildern, was für ein komfortables Leben sie führen würden, sobald sie mit Edward verheiratet war. »Versuch doch mal, es aus meinem Blickwinkel zu sehen«, hatte sie sie angefleht. »Das Leben in Italien war für dich ja wunderbar, aber für mich war es harte Arbeit, sieben Tage die Woche, ohne eine Pause und kaum einen Penny eigenes Geld. Habe ich nicht auch mal das Recht auf ein bißchen Glück?« Hope hatte ihr Gesicht gesehen, als sie in das luxuriöse Stadthaus der Kennetts geführt wurden – eine Mischung aus Ärger über deren herablassende Art und widerstrebender Bewunderung für die Eleganz, in der sie lebten. Und jetzt mußte sie wieder in den verschlissenen, aussortierten Möbeln anderer Leute wohnen, weil Edward zu stur war, seinen Papa um Hilfe zu bitten.

Begleitet vom Stimmengemurmel in der Küche, lag Lila in dem klumpigen Himmelbett, zupfte an der mottenzerfressenen Daunendecke und kochte vor Wut, auf Edward, auf das vollgestellte, schmutzige Haus, in das er sie gebracht hatte – ein klarer Beweis dafür, falls sie überhaupt noch einen Beweis brauchte, daß er in der Tat so knapp bei Kasse war, wie er behauptet hatte –, aber vor allem auf sich selbst.

Gestern abend hatte er sich, angefeuert vom Whisky, noch gröber als sonst über sie hergemacht, sich dann zur Seite gerollt und sofort angefangen zu schnarchen, während sie sich, restlos frustriert, an den Rand der durchhängenden Matratze geklammert hatte. Da sie ohnehin nicht schlafen konnte, hatte sie Zeit genug gehabt, über die Unausgegorenheit seines Geschäftsplans nachzudenken, den er ihr beim Abendessen betrunken dargelegt hatte. Gut, er besaß bereits die Kamera, die seine Mutter ihm geschenkt hatte, eine teuer aussehende Leica – »das Beste, was es gibt, auch wenn's aus Deutschland kommt!« –, aber was war mit Beleuchtung, Dunkelkammer, Briefpapier? Oder mit Miete, Werbung und Fahrtkosten?

»Heirate nie aus Liebe ...« Dorothy hatte sie gewarnt, aber jetzt saß sie wieder in der Patsche, war mit einem Mann verheiratet, der glaubte, er könne ein Geschäft allein auf seinem Enthusiasmus aufbauen. »Du hast dir die Suppe eingebrockt«, hatte ihre Mutter beim Abschied gezischt, und jetzt hatte sie nicht mal genug Vorräte im Haus, um sich eine verdammte Suppe zu kochen. Es war einfach *ungerecht*.

»Lila, mein Schatz«, begrüßte Edward sie, als sie in die Küche kam, »schau mal, was wir gefunden haben!«

Er und Hope hatten zwei silberne Rechauds, eine Ansammlung von Blumenvasen, eine gläserne Punschschale und zehn Gedecke eines angeschlagenen blauweißen Porzellans aufgetrieben. Aber es gab kein Besteck, keine Geschirrtücher und nur ein einziges kleines Handtuch im Bad.

»Wir haben angefangen, eine Einkaufsliste zusammenzustellen«, fuhr er fort und zwinkerte Hope zu, die ihm gegenübersaß, die Ellbogen auf den Tisch gestützt. »Aber ich glaube, du wirfst besser mal selbst einen Blick darauf, sie ist nämlich schon zwei Seiten lang, und wir haben bestimmt irgendwas vergessen.«

Zu der Seife und dem Waschpulver vom Vortag hatten sie Staubtücher, einen Wasserkessel, Mehl, Butter, Zucker, Kaffee und Apfelsinen hinzugefügt, und weiter unten, unter der Überschrift *Grundausstattung*, hatte Edward Staubsauger, Kühlschrank und Waschmaschine aufgelistet.

»Eine Waschmaschine?« sagte Lila ungläubig. »Wie kannst du überhaupt nur an eine Waschmaschine denken, wenn du nicht mal weißt, wieviel Miete du für das Atelier bezahlen mußt?« Dann stürzte sie sich auf Hope. »Und du, du dummes Ding, was glaubst du wohl, wo wir hier Apfelsinen auftreiben sollen?« Als sie ihre niedergeschlagenen Gesichter sah, hätte sie sie am liebsten geohrfeigt. »Die Hälfte der Sachen ist seit Jahren nirgends zu bekommen, und selbst wenn, hätten wir nicht genügend Marken, um sie uns zu kaufen. Sehen wir erst mal zu, daß wir das Lebensnotwendige bekommen, bevor wir uns den Kopf über Kaffee zerbrechen, ja?«

»Schon gut, schon gut«, sagte Edward und zog eine Grimasse in Hopes Richtung, »ich überlasse dir das Ruder. Aber können wir bitte bald fahren, bevor ich vor lauter Hunger zusammenklappe?«

»Kommst du mit?« fragte Lila Hope.

»Nein«, erwiderte Hope, die unter dem scharfen Tonfall ihrer Mutter zusammenzuckte. »Ich bleibe lieber hier, wenn es euch nichts ausmacht, und schaue mich ein wenig um.«

Lila war skeptisch. »Bist du sicher? So ganz allein ...?«

»Sie wird schon zurechtkommen«, sagte Edward. »Nicht wahr, Hope? Solange sie vom Herrenhaus wegbleibt, wüßte ich nicht, was ihr zustoßen sollte.« Er lächelte das strahlende, sorglose Lächeln, das Lila einst so unwiderstehlich gefunden hatte. »Komm, mein Engel, ich lade dich in der Stadt zum Frühstück ein.«

Hope verschlang die übriggebliebenen Chips (kalt und durchgeweicht, aber immer noch besser als gar nichts), dann schlüpfte sie in ihre festen Schuhe und lief nach draußen, um den zugewachsenen Pfad zwischen den Bäumen zu erkunden, den sie am Tag zuvor entdeckt hatte. Schließlich hatte Edward ihr nicht untersagt, im Wald herumzulaufen, und falls sie dabei zufällig auf das Herrenhaus stieß, konnte sie ja immer noch behaupten, sie hätte sich verlaufen, oder?

Unter den Bäumen war es warm, geradezu schwül, obwohl

der Juni noch nicht mal begonnen hatte, und der Pfad war an einigen Stellen fast unpassierbar, so dicht wuchsen Kletten, Brennesseln und Bärenklau. Schon nach knapp zwanzig Metern waren ihre Beine zerkratzt und zerstochen, und sie wünschte, sie hätte sich die alte Hose ihrer Mutter aus der Zeit der Feueralarmbereitschaft ausgeliehen. Wahrscheinlich war es gar kein richtiger Pfad, sondern nur eine Tierfährte, dachte sie, und sie wollte schon umkehren, als die Bäume sich teilten und einen grasbewachsenen Weg freigaben, der von Schlehen, Brombeeren und wilden Rosen gesäumt war und einen Abhang hinunterführte. Sie rieb sich über die brennenden Beine und setzte sich wieder in Marsch, froh über die Sonne, die ihr auf den Rükken schien.

Hinter jeder Biegung rechnete sie damit, das Herrenhaus in der Ferne zu erblicken, doch statt dessen führte der Pfad sie zwischen gewaltigen Azaleenbüschen hinunter zu einer Steinbrücke, unter der ein steil abfallender Bach hindurchsprudelte. Ein Stück weiter sammelte sich das Wasser in einem breiten, stillen See, dessen Ufer mit Trauerweiden und noch nicht erblühten Hortensien bewachsen waren. Am Ende des Sees lief das Wasser wiederum in einem Wasserfall hinaus, und sie folgte den grob gehauenen, glitschigen Steinstufen hinunter zu einem grünen Ufer, das von leuchtendpurpurroten Blumen gesprenkelt war. Dann stieg der Pfad wieder an und schlängelte sich durch weitere vernachlässigte Sträucher und Bäume: staksige Rhododendren, deren glänzende Blätter fast völlig unter der Flut der zartrosa Blüten verschwanden, eine dunkel glühende Blutbuche, eine wachsblättrige, stark duftende Magnolie – die traurigen Überreste dessen, was früher mal ein spektakulärer Park gewesen sein mußte. Was mochte nur geschehen sein, fragte sie sich, daß alles so vernachlässigt worden war?

Nach einer Weile öffnete sich die Landschaft. Sie kam an einem hölzernen, von Geißblatt überwucherten Sommerhaus vorbei, watete durch kniehohes Gras, das einst ein makelloser Rasen gewesen sein mußte, und folgte einem Kiesweg durch einen Tunnel aus üppigem Goldregen, bis sie zu einer verfallenen Mauer mit einer halb geöffneten Tür gelangte. Und da, auf der anderen Seite des mit Kopfstein gepflasterten Innenhofs, erblickte sie es endlich, ein breiter Torbogen mit einem weißgestrichenen Taubenschlag, hinter dem sich ein riesiges Haus mit zahllosen Türmchen und Erkern in den Himmel erhob.

Seddons. Es war viel einschüchternder, als sie je gedacht hätte, und sie blieb abrupt stehen; alle Gedanken daran, einfach zur Tür zu gehen und sich vorzustellen, waren vergessen.

Es half nichts, sie würde zurückgehen müssen.

Es war fast Mittag, die Sonne stand hoch, und die Hitze, die vom Kopfsteinpflaster aufstieg, bereitete ihr Kopfschmerzen. Auf der Suche nach Schatten schlüpfte sie in die Remise und starrte erstaunt auf den Plunder, der dort herumlag – alte Möbel, zerbrochen, zersplittert oder halb verbrannt, ein Stapel leerer Paraffinfässer, ein Fahrrad mit nur einem Rad, ein altmodischer Einspänner und sogar ein verrostetes Motorrad mit Beiwagen. Das eindrucksvollste jedoch war ein Rolls-Royce Silver Ghost mit breiten Trittbrettern und riesigen Scheinwerferleuchten, der aussah, als wäre er noch voll funktionsfähig.

Der hintere Wagenschlag ging so leicht auf, daß sie fast das Gleichgewicht verlor, und das Innere roch wunderbar nach altem Leder. Der lange Marsch hatte sie ermüdet, und nach kurzem Zögern kletterte sie hinein, schloß die Tür hinter sich und setzte sich auf die Rückbank.

Es war so bequem, daß sie die Schuhe auszog und sich lang ausstreckte. Nur ein kleines Päuschen, dachte sie, als sie die Augen schloß, dann gehe ich wieder nach Hause …

»Wer zum Teufel bist du? Und was hast du in Gerties Auto zu suchen?«

Hope hob den Kopf, erblickte einen wirren Schopf aus dunklem, von grauen Strähnen durchzogenem Haar und wich in Erinnerung an Edwards Warnung vor dem verrückten Mr. Seddon in die hinterste Ecke zurück.

»Gertie«, hörte sie den Fremden rufen, während sie sich hinunterbeugte, um ihre Schuhe wieder anzuziehen, »komm mal her und sieh dir an, was ich gefunden habe!«

»Ich hab nichts kaputtgemacht«, stotterte sie. »Wirklich nicht – ich wollte mir das Auto nur mal ansehen, und dann bin ich eingeschlafen –«

»Na, jetzt bist du wieder wach«, kam die schneidende Antwort, »da kannst du ja daraus verschwinden, oder?« Und bevor sie sich rühren konnte, griff eine braune Hand nach ihr, zerrte sie aus dem Wagen und schleuderte sie auf das heiße Kopfsteinpflaster, wo sie vor der merkwürdigsten Frau landete, die sie je gesehen hatte.

Groß, hager, mit einer Hakennase, tiefliegenden braunen Augen und streichholzkurz geschnittenem, graumeliertem Haar ähnelte Gertrude Seddon in keiner Weise der zierlichen alten Dame, die Hope sich vorgestellt hatte. Ihre Kleidung – eine gelbe Pluderhose, ein langes blaues Oberhemd, eine rosarot gestreifte Weste und Pantoffeln aus grauem Leder mit goldenen Troddeln – war ebenso exzentrisch wie ihre Möbel.

Das Äußere des Mannes war, nun da Hope ihn richtig sehen konnte, beinahe genauso sonderbar.

Die Ähnlichkeit in den Gesichtszügen war verblüffend – dieselbe Hakennase, die hohen Wangenknochen, das ausgeprägte Kinn –, aber er konnte kaum älter sein als sie selbst. Das frühzeitig ergraute Haar bot einen eigenartigen Kontrast zu dem faltenlosen Gesicht, der schlanken Gestalt und dem samtigen dunklen Schimmer eines ersten Bartansatzes; seine Augen funkelten in einem beunruhigenden hellen Blau, und seine finstere Miene erinnerte Hope an Agostino Conti bei einem seiner regelmäßigen Gefechte mit Angelica.

»Nun, junge Dame …« Die Stimme der alten Frau war rauh wie Schmirgelpapier und so verräuchert wie das Caffè Conti an einem Samstagabend. »Vielleicht bist du so nett und erklärst uns, was du in meinem Wagen zu suchen hast?«

»Ich –«

»Hast du das Schild nicht gesehen?«

Natürlich, jetzt fiel es Hope wieder ein – wie hatte Edward ihn beschrieben? – griesgrämig, ja genau – irgendein Verwandter.

»Welches Schild?« fragte sie und tat ahnungslos.

»Das mit der Aufschrift ›Betreten verboten‹, du Dussel«, fauchte er. »Unten am Tor.«

»Welches Tor? Ich bin durch kein Tor gekommen.«

»Es ist zweieinhalb Meter hoch – bist du blind, oder was?«

»Ich bin über einen Pfad hierher gekommen.«

Der Gesichtsausdruck der alten Dame wurde ein wenig weicher. »Über den Orchideenpfad? Du bist über den Orchideenpfad gekommen?«

»Ich weiß nicht. Ich bin dem Weg vom Pförtnerhaus gefolgt.«

»Sind sie schon raus?«

»Wer?«

»Die Orchideen.«

»Keine Ahnung«, sagte Hope. »Wie sehen sie denn aus?«

»Leuchtend rot – sie sind nicht zu übersehen.«

»Oh, Sie meinen die am Wasser?« Hope erinnerte sich an die kräftig purpurroten Blumen am Ufer des Baches. »Ja, sie blühen.«

»Sie sehen bestimmt *zauberhaft* aus!«

»Schön«, fuhr der Junge grob dazwischen, »wenn du weißt, wo sie sind, findest du ja sicher problemlos wieder zurück, oder?«

»Alex, mein Lieber«, wies die alte Dame ihn sanft zurecht, »wenn du uns immer wieder unterbrichst, kommen wir nirgendwohin. Sei doch so gut und sieh mal nach Blackie, ja?«

»Wer ist Blackie?« fragte Hope.

»Eine Amsel«, erwiderte der Junge. »Sie hat gerade vier Eier gelegt, und sie mag es nicht, wenn man sie stört.«

Als die alte Dame mit ihrem nikotinverfärbten Zeigefinger auf den Rolls-Royce wies, fragte sich Hope, wie sie das Nest hatte übersehen können, das geschickt in die Lücke zwischen dem einen Scheinwerfer und der Kühlerhaube gebaut war und in dem die Amsel saß und brütete.

»Oh«, rief sie aus. »Was für ein hübscher Vogel!«

»Ja, ganz recht«, sagte die alte Dame, »aber jetzt lassen wir sie besser in Ruhe. Du hättest wirklich nicht herkommen sollen.«

Sie nahm ein Päckchen Craven A aus ihrer Westentasche, zündete sich eine Zigarette an und ging dann auf die Tür in der Mauer zu, widerstrebend gefolgt von Hope, die sich bemühte, nicht über ihre offenen Schnürsenkel zu stolpern, und dem Jungen als Schlußlicht. »Zum Glück ist ja nichts passiert«, sagte sie durch eine Wolke blauen Rauchs. »Aber du darfst das auf keinen Fall wieder tun.«

»Aber –«, begann Hope.

»Bist du taub?« herrschte der Junge sie an. »Verschwinde!«

»Alex!« wies seine Großmutter ihn zurecht. »Benimm dich!«

»Schon gut«, fauchte Hope, an den Jungen gewandt. »Ich bin ja schon weg! Aber ... Sie sind Mrs. Gertrude Seddon, nicht wahr? Zu Ihnen wollte ich nämlich.«

»Zu mir?« Mrs. Seddon sah sie überrascht an. »Aber zu mir kommt nie jemand!«

»Doch, Michael«, wandte der Junge ein. »Und dieser Lackaffe aus London –«

»Meinst du damit etwa meinen Stiefvater?«

Er hatte nicht mal den Anstand, betreten auszusehen.

»*Natürlich*!« Die alte Dame musterte Hope mit neuerwachtem Interesse, wobei sie Rauch durch die Nase stieß wie ein Drache. »Was für eine romantische Geschichte! Dann bist du Faith, nicht wahr?«

»Hope«, sagte Hope.

»Ah.« Mrs. Seddon strahlte und enthüllte dabei ein regelrechtes Pferdegebiß. »Ich wußte, es hatte etwas mit der Bibel zu tun. Wie sind deine Eltern denn auf diesen Namen gekommen?«

Das war eine der wenigen Erinnerungen, die Hope an ihren Vater hatte. Er hatte sie immer sein *juju* genannt – seinen Schutz gegen böse Geister. »Als ich auf die Welt kam, dachte Daddy, ich würde ihm Glück bringen.«

»Hatte er denn Pech?«

»Ja, hauptsächlich, was das Geld betraf.«

»Und hast du ihm Glück gebracht?«

»Kann man nicht sagen. Er wurde kurz vor meinem dritten Geburtstag von einem Büffel getötet.«

»Oh, du armes Ding!« Voller Mitgefühl schlug Mrs. Seddon die Hände vor der Brust zusammen, was einen Funkenregen über ihre Weste rieseln ließ. »Wie *schrecklich*! Ist das nicht schrecklich, Alex?«

»Wirklich tragisch«, spottete der Junge.

»Alex hat während des Kriegs beide Eltern verloren«, erklärte sie Hope. Plötzlich füllten sich ihre Augen mit Tränen. »Seine Mutter war meine Tochter, weißt du ...« Sie tastete nach ihrem Ärmel, zog ein limettengrünes seidenes Tuch hervor und schneuzte sich geräuschvoll. »Deshalb ist Alex hierher gekommen, um bei mir und seinem Großvater zu leben, und jetzt kümmern wir uns umeinander, nicht wahr, Alex?«

»Ja.« Der Junge starrte in die Ferne und kaute auf einem Fingernagel herum. »Seid ihr jetzt fertig?«

»Fast.« Die alte Dame zog erneut an ihrer Zigarette. »Weshalb wolltest du denn zu mir, Liebes?«

»Na ja«, begann Hope, »es ist wegen des Pförtnerhauses –«

»Oje!« rief sie zerknirscht. »Die Jungs haben mir gesagt, ich würde übertreiben, aber ich wollte nicht auf sie hören! Es sollte doch schön für euch sein, und jetzt findet ihr es schrecklich –«

»Nein, nein, ich –«

»– und ich nehme an, ihr wollt, daß alles wieder abgeholt wird, was bedeutet, daß wir noch mal Michael mit seinem Lieferwagen brauchen, und das gerade *jetzt,* wo er tausend andere Dinge zu erledigen hat, und leider habe ich auch gar keine moderneren Sachen, die ich euch statt dessen geben könnte –«

»Nein, nein«, sagte Hope und hob die Stimme, um sich Gehör zu verschaffen. »Ich finde es wunderbar so, wie es ist, wirklich!«

»Tatsächlich? Ach, da bin ich aber froh – siehst du, Alex, hab ich dir nicht gesagt, daß es ihnen gefallen wird? Aber was ist mit deiner Mutter?«

»Sie ist ganz begeistert«, log Hope. »Sie mußte heute morgen weg, sonst wäre sie selbst hergekommen –«

Die Vorstellung, daß Lila sie besuchen könnte, schien die alte Dame in höchstem Maß zu beunruhigen. »Oh nein, Liebes! Als dein Stiefvater hier war, habe ich ihm ganz klar gesagt – Wilfred weiß nämlich nichts davon, verstehst du –, daß ihr das Herrenhaus auf *keinen* Fall betreten dürft – ich meine, es steht *ausdrücklich* im Mietvertrag – ach, aber Michael wird ja so erleichtert sein, wenn ich ihm das erzähle – er war sicher, daß ihr die Hälfte von den Möbeln gar nicht haben wollt! Wie war noch gleich der Name?«

»Hope«, sagte der Junge voller Ungeduld. »Sie hat es dir doch gerade gesagt, Gertie!«

»*Das* weiß ich«, sagte Gertie. »Ich meine den Namen von dem Mann – Bennet? Linnet? Nein, warte, ich hab's gleich –«

»Falls Sie meinen Stiefvater meinen«, sagte Hope und warf dem Jungen einen wütenden Blick zu, »der heißt Kennett. Aber mein Nachname ist McAndrew.«

»Natürlich, natürlich.« Gedankenlos warf die alte Dame ihre Zigarette auf den Boden und trat sie mit dem Absatz aus. »Wie schrecklich, daß du deinen Vater auf diese Weise verlieren mußtest. Bist du *sicher,* daß das Pförtnerhaus deiner Mutter gefällt? Michael meinte, einige der Sachen wären ziemlich verschlissen, aber das ist bei ihrem Alter auch nicht verwunderlich –«

»Sind sie denn sehr alt?« fragte Hope.

»Oh ja. Einige von den Teppichen bringen es auf ein paar hundert Jahre.«

»Und der Morgenmantel?«

»Welcher Morgenmantel?«

»Der rote, aus Satin – der war doch für mich, oder?«

»Ich erinnere mich nicht ... Es waren so viele Sachen ...« Die Stirn nachdenklich gerunzelt, griff Gertrude erneut nach ihren Zigaretten. »Ach ja, *natürlich*! Jetzt weiß ich's wieder, ich habe ihn extra rausgesucht – rot ist eine so fröhliche Farbe, findest du nicht auch? Er ist aus China, glaube ich ... oder war es Japan?«

Hope war beeindruckt. »Heißt das, Sie waren in Japan?«

Der Junge schnaubte verächtlich. »Natürlich nicht, du Dussel. Sie hat bloß in der Kostümkiste gewühlt!«

»War es sehr schwierig, alles auszuwählen?« fragte Hope, ohne ihn zu beachten.

»Nein, eigentlich nicht. Michael – das ist der Krämerjunge, weißt du –« Gertrude beugte sich vor, so daß Hope von einer Wolke Zigarettenrauch umhüllt wurde, und senkte verschwörerisch die Stimme. »Unter uns gesagt, ich war nicht besonders traurig, als George starb. Er war kein guter Vater, hat den armen Michael *ständig* kritisiert, an allem herumgenörgelt, was der Junge tat, und ihn mit Phyllis Partridge verkuppelt, obwohl er in Wirklichkeit nur hinter dem Geschäft ihres Vaters her war ...« Ein Stück Asche rieselte ihr auf das Hemd, und sie wischte es geistesabwesend ab. »Obwohl ich natürlich kein Recht habe, ihn zu kritisieren ... Wo war ich stehengeblieben?«

»Bei der Einrichtung des Pförtnerhauses«, soufflierte der Junge.

»Danke, mein Lieber. Im Grunde war es ganz einfach – ich brauchte bloß die Sachen auszuwählen, die *mir* gefallen hätten, und dann habe ich Michael gebeten, sie ins Pförtnerhaus zu bringen.« Sie lachte, ein kräftiges, sonores Lachen. »Du glaubst gar nicht, wieviel *Spaß* es gemacht hat, für alles einen Platz auszusuchen.« Sie klopfte Hope auf den Arm, wobei noch mehr Asche herunterrieselte. »Ich habe sogar Wilfred mit Alex allein gelassen, das habe ich seit seinem ersten Schlaganfall nicht mehr gemacht – weißt du, er regt sich immer so auf, wenn er etwas von mir will, und ich bin nicht da –«

»Als ob ich mich nicht genauso gut um ihn kümmern könnte wie du!« warf der Junge dazwischen und knibbelte an seinem Daumennagel.

»Du hättest es sehen müssen – der ganze Hof voller Möbel, der Lieferwagen bis oben hin mit Teppichen, Kisten und Krimskrams beladen! Jetzt sag mal ehrlich, was sagt deine Mutter zu dem Schlafzimmer? Das Schlafzimmer ist ja *so* wichtig, findest du nicht?«

»Ja, ich –«, begann Hope, doch die alte Dame redete bereits weiter, ohne die Antwort abzuwarten.

»Weißt du, als Wilfred mich zum erstenmal nach Seddons gebracht hat, dachte ich, ich würde vor Glück *platzen,* so prächtig war es.«

»Ich würde es mir gerne einmal ansehen«, sagte Hope schüchtern.

»Oh! Nun ja, ich weiß nicht – vielleicht ...«

Der Junge tippte auf seine Armbanduhr.

»Nein, ich glaube, besser nicht –«

»Gertie«, mahnte er, »es ist gleich zwölf.«

»Ach herrje.« Sie trat ihre Zigarette aus und versuchte vergeblich, die Asche von ihrem Hemd zu wischen. »Ich hatte ja keine Ahnung, daß es schon so spät ist! Ich bin nur kurz runtergegangen, um nach Blackie zu sehen. Meine Güte. Tja, also ...« Sie streckte ihre knochige Hand aus. »Es war wirklich ganz reizend, dich kennenzulernen, Liebes. Du mußt unbedingt – ich meine, dummerweise – nun ja, es war jedenfalls nett, daß du dir die Mühe gemacht hast ... Meinst du, du findest allein zurück?«

»Ja«, sagte Hope, »keine Sorge, ich –«

»Alex begleitet dich noch ein Stück, nicht wahr, Alex? Hast du die Orchideen gesehen?«

»Ja, ich –«

»Das hat sie doch eben gesagt –«

»Bei mir ist es natürlich schon Ewigkeiten her – Wilfred mag es nicht, wenn ich – oje, ich glaube, ich gehe jetzt lieber, er wartet auf sein Mittagessen. Alex, könntest du Faith – Hope, meine ich – sagen, daß sie nicht ... du weißt schon ...« Damit verschwand sie eilig Richtung Herrenhaus und ließ Hope mit dem griesgrämigen Jungen allein.

»Ich bin durchaus imstande, allein zurückzufinden, besten Dank«, sagte sie, um einer weiteren verächtlichen Bemerkung zuvorzukommen. »Du brauchst dir meinetwegen keine Mühe zu machen.«

»Hatte ich auch nicht vor«, gab er zurück. »Ich wollte nur sichergehen, daß du nicht wiederkommst.«

»Warum nicht?«

»Weil Gertie es nicht mag –«

»Ich hatte überhaupt nicht den Eindruck, daß sie verärgert war«, wandte Hope ein.

»Weil sie zu höflich ist, es zu sagen. Außerdem hat sie deinem Vater klipp und klar –«

»*Stief*vater«, korrigierte Hope empört.

»– gesagt, daß ihr euch vom Herrenhaus fernhalten sollt. Wenn ich dich noch mal hier erwische, werde ich –«

»Was?« sagte Hope herausfordernd. »Die Hunde auf mich hetzen?«

Sie war zu weit gegangen. Der Junge trat auf sie zu, bis ihre Nasen sich fast berührten, und zischte: »Sei bloß froh, daß es nicht Wilf war, der dich gefunden hat! Er hätte dich erschossen!«

»Keine Sorge«, giftete Hope zurück. »Ich wüßte keinen einzigen Grund, weshalb ich noch mal einen Fuß hierher setzen sollte!«

»Um so besser!«

Als sie wieder klar genug denken konnte, um ihm eine passende Entgegnung vor den Latz zu knallen, war er bereits halb über den Hof gegangen, doch als sie sich kurz darauf noch einmal umwandte, sah sie, daß er im Schatten des Torbogens stehengeblieben war, um ihr nachzublicken. Als er merkte, daß sie ihn ansah, machte er abrupt kehrt, und sie verspürte zugleich einen Triumph, als hätte sie eine Art Sieg über ihn errungen, und eine merkwürdige Enttäuschung.

Doch als sie durch die Tür und in den Goldregengang trat, vergaß sie ihn bald. Aus dieser Richtung betrachtet, war es ein ganz anderer Pfad; es gab noch mehr exotische Sträucher, neue Ausblicke, die ihr auf dem Hinweg entgangen waren, und die Geräusche – das Vogelgezwitscher, das Rascheln der Blätter, das Plätschern des Bachs – wirkten nach der Begegnung mit Mrs. Seddon irgendwie noch intensiver. Als sie, erhitzt von der Anstrengung, aus dem Wald trat und Edwards Auto in der Einfahrt erblickte, stellte sie überrascht fest, daß sie mehr als zwei Stunden unterwegs gewesen war.

Edward war mit Lila in der Küche. Er hatte sie gegen die Spüle gedrückt, seine Hände waren unter ihrem Pullover und kneteten ihre Brüste, und er küßte sie voller Gier. Mit einem unterdrückten Fluch sprang er zurück, als Hope hereinkam, doch Lila schien fast erleichtert, sie zu sehen, zupfte hastig ihre Kleidung zurecht und begrüßte sie überschwenglich.

»Hast du einen schönen Spaziergang gemacht, Liebes? Wir haben alles mögliche eingekauft. Du hast doch bestimmt Hunger – soll ich dir was zu essen machen?«

»Nein, danke«, sagte Hope. »Ich bin nicht hungrig.« Sie verschwand in ihr Zimmer, legte sich, in den roten Morgenmantel gehüllt, auf das Bett und ging in Gedanken sämtliche Einzelheiten ihrer Begegnung mit Gertrude Seddon durch.

Sie wüßte keinen Grund, weshalb sie noch mal einen Fuß dorthin setzen sollte, hatte sie zu dem miesepetrigen Jungen gesagt, aber schon in dem Moment, als sie es aussprach, waren ihr ein Dutzend eingefallen.

Sie wollte den Rest dieses fantastischen Gartens erkunden. Sie wollte sich das große Haus ansehen. Wie hatte die alte Dame ihren ersten Eindruck von Seddons beschrieben? *Prächtig,* hatte sie gesagt.

Sie wünschte sich nichts sehnlicher, als diese Pracht auch einmal sehen zu können …

Kapitel 6

Nachdem er sich das Atelier gesichert hatte, arbeitete Edward wie besessen, um es für seine große Eröffnung am ersten Juli fertigzustellen.

Mit jedem Tag stiegen seine Ansprüche: Er brauchte Scheinwerfer, einen Vergrößerer, Porzellanschalen und Entwicklerflüssigkeit, und bei einem Speziallieferanten in London bestellte er ein Blitzgerät und zwanzig Kodak-Verichrome-Filme. Der vordere Raum war zu groß, das Kabuff an der Rückseite, das seine Dunkelkammer werden sollte, zu klein; Installateure mußten kommen, Tischler und ein Elektriker; Handzettel mußten gedruckt werden, auf denen er seine professionellen Dienste bei Hochzeiten, Jubiläen und Geburtstagen anpries *(besondere Spezialität: Kinderporträts)*, und Botenjungen wurden mit einem Penny bestochen, sie zu verteilen.

Er beschwerte sich, sein Startkapital schrumpfe alarmierend zusammen, doch als Lila seine üppigen Anschaffungen kritisierte, beschimpfte er sie als kleinliche Krämerseele, und als sie ihm anbot, die Buchhaltung für ihn zu übernehmen, damit sie einen Überblick über die Ausgaben behielten, strubbelte er ihr durchs Haar und meinte, sie solle aufhören, sich über jede Kleinigkeit ihren hübschen Kopf zu zerbrechen.

Schon da war ihr klar, wie sehr sie sich mit ihrer Annahme, sie könne ihren schmucken jungen Mann in einen zweiten, weniger knauserigen Archie verwandeln, geirrt hatte. Sie glaubte zwar nicht, daß die Kennetts tatenlos zusehen würden, wie ihr einziger Sohn unterging, aber hundertprozentig sicher war sie nicht. Doch was blieb ihr anderes übrig, als das Beste aus der Situation zu machen?

Zum Glück schien zumindest Hope sich in ihrer neuen Umgebung wohl zu fühlen; sie strich die Küche (leider in Schlachtschiffgrau, der einzigen Farbe, die derzeit zu haben war), wienerte die Böden, bis sie glänzten, lieh sich Lilas alten Nähkorb, um die zerrissenen Vorhänge und löchrigen Bettlaken mit winzigen, makellosen Stichen zu flicken, und begleitete Edward sogar freiwillig zweimal in der Woche zum Einkauf in die Stadt. Lila blieb allein zu Hause und räumte die Möbel um oder versuchte, aus dem ramponierten Klavier ein paar Töne herauszulocken, um die schwarze Wolke der Depression beseite zu schieben, die sie erneut zu überwältigen drohte.

Jeden Abend, wenn Edward zurückkam, drehte sich das gesamte Gespräch um faule Handwerker, widerspenstige Lieferanten und verspätete Materialsendungen, unterbrochen von grandiosen Plänen, wie das Geschäft, sobald es lief, erweitert werden konnte. Darauf folgte eine kurze Atempause, während er sich mit einem großzügig bemessenen Scotch ins Wohnzimmer zurückzog und es ihr und Hope überließ, den Tisch abzuräumen. Doch wovor sie sich zunehmend fürchtete, war die Schlafenszeit.

Zeitig zu Bett zu gehen und so zu tun, als ob sie schliefe, bot keinen Schutz vor Edwards Gelüsten – vom Alkohol angetrieben, tat er einfach, was er wollte, zwang ihre Beine auseinander, um laut grunzend seine Lust zu befriedigen, oder, noch schlimmer, nahm sie wie ein Hund von hinten. Danach rollte er sich zur Seite und schlief augenblicklich ein. Sie hatte die Hoffnung, ihn zivilisieren zu können, beinahe aufgegeben, und in den seltenen Fällen, wo er zu betrunken war, um sie zu besteigen, verspürte sie in erster Linie Erleichterung.

Die Handzettel hatten nur wenige Anfragen eingebracht, und so war Edward sofort begeistert, als Hope ihm vorschlug, einige seiner Bilder zu rahmen und im Schaufenster des Ateliers zu präsentieren. Noch besser, er würde ein paar neue Aufnahmen machen, Porträts von ihr und Lila, »nur zur Übung – was meinst du, Hope? Hast du Lust, einem professionellen Fotografen Modell zu sitzen?«

Doch Hope gefiel die Vorstellung nicht, durch eine Kameralinse angestarrt zu werden; sie zog es vor, die Rolle der Assistentin zu übernehmen, Möbel zu rücken, Lampen zu halten und Material anzureichen, und überließ es Lila, einen ganzen anstrengenden Vormittag lang den kreativen Eifer ihres Mannes über sich ergehen zu lassen.

Doch immerhin schien er angetan von dem Ergebnis. »Egal, was ihr für heute morgen geplant habt«, verkündete er einen Tag vor der großen Eröffnung beim Frühstück, »ihr müßt es verschieben. Ihr kommt beide mit mir in die Stadt.«

Lila mußte zugeben, daß er das Atelier recht geschickt ausgestattet hatte. Die Dunkelkammer an der Rückwand war mit einem pflaumenblauen Samtvorhang abgetrennt, ein Gewirr von Kabeln schlängelte sich über den Fußboden zu eindrucksvollen Scheinwerfern mit silbrigen Reflektoren, und als Einrichtung hatte er einen imposanten Ledersessel, eine Topfpflanze auf einem Ständer, einen niedrigen Beistelltisch und eine hübsche Tiffanylampe angeschafft.

»Und seht euch das hier an!« Edward schob den Vorhang zur Seite und enthüllte eine große Sperrholzplatte, die mit einer idyllischen ländlichen Szenerie bemalt war. »Was sagt ihr dazu?«

Von nahem betrachtet, waren die Pinselstriche breit und derb, aber aus einigem Abstand hatte man fast den Eindruck, eine echte Landschaft zu betrachten: ein strohgedecktes Cottage an einem Bach, eine schmale Straße, die sich durch blumenbewachsene Wiesen wand, in der Ferne ein Dorf und darüber ein leicht diesiger blauer Himmel.

»Das ist ja fantastisch!« Lila war beeindruckt.

»Ja, nicht?« Edward strahlte. »Ich habe meinen Freund Allott gefragt, ob er jemanden wüßte, der mir ein Hintergrundbild malen könnte, und dann hat er mir das hier angeschleppt. Ach, dabei fällt mir ein – er hat mich gebeten, dir auszurichten, er beliefert Seddons immer dienstags, und falls du etwas brauchst, sollst du einfach einen Tag vorher anrufen, er bringt es dir dann vorbei.«

Lila hatte den Lieferwagen ein paarmal gesehen, ein olivgrüner Morris mit der goldenen Aufschrift *Allott & Sohn* an der Seite. Wenn sie sah, daß der Fahrer aus dem Wagen herüberschaute, war sie schnell vom Fenster zurückgetreten und hatte gewartet, bis er wieder verschwunden war, weil sie keine Lust hatte, sich von einem Fremden in ein Gespräch verwickeln zu lassen.

»Wie soll ich ihn anrufen«, gab sie zurück, »wenn wir kein Telefon haben?«

»Ah.« Edward sah sie betreten an. »Ich habe wohl vergessen, es zu erwähnen – Jennings und ich haben damals eine Leitung legen lassen, und ich habe jemanden bestellt, der uns nächste Woche wieder einen Apparat anschließt.«

»Kostet das nicht ein Vermögen?«

Er kniff sie spielerisch in die Wange. »Wenn es darum geht, meine Frau glücklich zu machen, scheue ich keine Kosten.«

»Aber es *macht* mich nicht glücklich«, beschwerte sie sich. »Wir brauchen kein Telefon.«

Wieder hatte sie ihn verletzt. »Ich dachte, du würdest dich freuen. Dann brauchst du Hope nicht mehr zweimal pro Woche in den Ort zu schicken – du kannst einkaufen, ohne dein Wohnzimmer zu verlassen. Ich habe sogar dafür gesorgt, daß die Rechnungen hierher geschickt werden, damit du nicht immer Bargeld zur Hand haben mußt.«

»Das ist ein Luxus, auf den ich gut verzichten kann«, sagte Lila gereizt, »zumindest, bis das Geschäft Profit abwirft.«

»Warum überläßt du solche Entscheidungen nicht mir?«

»Weil wenigstens einer von uns darüber nachdenken muß, wo der nächste Penny herkommt«, gab sie wütend zurück. »Und da *du* das offensichtlich nicht tust –«

»Wie kannst du es wagen, vor dem Kind so mit mir zu reden!«

Während der unruhigen Vorbereitungsphase hatte Lila gelernt, diesen nörgelnden Unterton in seiner Stimme zu ignorieren, doch Hope war bereits auf dem Weg nach draußen, um vor dem Streit zu flüchten, der sich zusammenbraute.

»Tut mir leid«, sagte Lila hastig, um die Situation zu entspannen. »Du hast recht. Wie wär's, wenn du mir den Rest zeigst ...?«

Draußen am Schaufenster hielt Hope inne, angezogen von den Fotografien, die Edward dekoriert hatte.

Es waren vier, sorgfältig gerahmt und auf hölzerne Staffeleien gestellt. Drei von ihnen – ein gehemmter junger Mann, der steif in seiner Ausgehuniform posierte, eine strenge Matrone, umgeben von einer Schar unglaublich fader Kinder, und sie selbst, unbemerkt zu Hause auf der Sofakante abgelichtet, mager, sommersprossig und mit zerzaustem Haar – verdienten nicht mehr als einen oberflächlichen Blick. Doch das vierte, ein Porträt von Lila in fast doppelter Lebensgröße, war außergewöhnlich gelungen.

Hope erinnerte sich an die Aufnahme. Um das grelle Licht zu mildern, das zum Schaufenster hereinfiel, hatte Edward sie gebeten, einen Spitzenschal an der Scheibe zu befestigen, während er einen neuen Film einlegte; in der Annahme, er sei fertig, hatte Lila genau in dem Moment, als er auf den Auslöser drückte, den Kopf zur Seite gewandt.

»Mist«, hatte er in dem Moment geflucht, »die Aufnahme war für die Katz!« Doch als Hope das Bild betrachtete, sah sie sofort, warum Edward es als Hauptdekoration gewählt hatte.

Lilas Gesicht, sanft umspielt von dem Licht, das durch den Spitzenschal fiel, war ein perfektes Oval, umrahmt von schimmernden Locken, ihre vollen Lippen waren feucht und leicht geöffnet, und ihre Augen funkelten schwarz. Es war eine Lila, wie Hope sie noch nie zuvor gesehen hatte, von makelloser, faszinierender Schönheit. Von plötzlichem Unbehagen gepackt, als wäre sie in eine intime Situation eingedrungen, wandte sie den Blick ab und ging weiter.

Als sie ein Schild mit der Aufschrift *Allott & Sohn – Kohlenhändler* erblickte, blieb sie stehen und sah einem Mann mit rußgeschwärztem Gesicht, dicker Weste und einer Lederkappe mit breitem Nackenschutz zu, wie er Säcke auf einen offenen Kleinlaster lud. Hinter ihm zeugten Reihen von leeren Schütten von der Brennstoffknappheit, die dafür verantwortlich war, daß Edward seit ihrem Einzug in das Pförtnerhaus lediglich einen armseligen Sack Kohlen für den Küchenherd bekommen hatte.

»Wenn du Kohlen suchst, junge Dame, kann ich dir leider nicht helfen.«

Die Männerstimme, die plötzlich hinter ihr erklang, ließ sie zusammenzucken. »Nein«, sagte Hope und drehte sich um. »Vielen Dank, aber ich warte nur auf jemanden.«

Das erste, was ihr auffiel, war sein skurriles Äußeres – er hatte eine massige Brust und muskulöse Arme, aber viel zu kurze Beine für seine beachtliche Größe, braune Augen, die durch die dicke Drahtbrille riesig wirkten, und lockiges, kastanienbraunes Haar, das unter einer abgewetzten flachen Kappe in alle Richtungen hervorstand; dazu abstehende Ohren und ein wettergegerbtes Gesicht, das noch sommersprossiger war als ihr eigenes.

»Michael Allott«, stellte er sich vor, tippte sich an die Kappe und streckte ihr seine riesige, behaarte Hand entgegen. »Und wer bist du?«

Das also war Edwards Vermieter. Sein Handschlag war ebenso kraftvoll wie sein Körperbau. »Hope«, erwiderte sie. »Hope McAndrew.«

»Ah«, sagte er und nickte. »Wie gefällt dir mein Wandbild?«

»Ich finde es ganz wunderbar, aber woher wissen Sie, daß ich es gesehen habe?«

Er lächelte und entblößte dabei eine breite Lücke zwischen seinen Schneidezähnen. »Ich habe dich eben aus dem Laden kommen sehen.« Er schob seine Kappe hin und her, daß die Locken tanzten. »Das Foto wird dir nicht gerecht.«

»Welches Foto?«

»Im Schaufenster.« Er wies mit dem Kopf zur anderen Straßenseite.

»Ach so, das.« Hope verzog das Gesicht. »Es ist furchtbar!«

»Nein, nein«, sagte Michael Allott galant, »es ist überhaupt nicht furchtbar, nur nicht so hübsch wie die Wirklichkeit.«

»Haben Sie das Bild selbst gemalt?« fragte Hope, die angesichts des unerwarteten Kompliments rot angelaufen war.

»In der Tat. Es ist einer meiner liebsten Ausblicke, von Beer Hill Richtung Westen nach Nettlebed. Ich habe deinem Stiefvater versprochen, daß ich ihm noch eins male, wenn ich Zeit dazu habe, damit er auch mal wechseln kann – irgendwelche Vorschläge?«

Hope, die es nicht gewohnt war, nach ihrer Meinung gefragt zu werden, überlegte sorgfältig. »Hm ...«, sagte sie schließlich, »wie wäre es mit einer Balkonszene?«

»Einer Balkonszene?«

»Ja, eine italienische.« Hope begann sich für die Idee zu erwärmen.

»Mit grünen Fensterläden und roten Geranien in Tontöpfen und einem Meer in Gold und Violett, und dazu die Sonne, die hinter dem *castello* untergeht –« Allein der Gedanke daran weckte Heimweh in ihr.

Michael Allott zog eine skeptische Miene. »Um ehrlich zu sein, näher als bis Bognor, wo ich mal auf einem Tagesausflug war, bin ich nie an Italien herangekommen. Vielleicht kannst du mir ja eine kleine Zeichnung machen, damit ich eine etwas genauere Vorstellung davon bekomme?«

»Wirklich? Darf ich?« stammelte Hope. »Ich könnte Ihnen auch das Caffè Conti aufmalen, mit den karierten Tischdecken und gußeisernen Stühlen und der gestreiften Markise und Gianni, der mit seinem Tablett in der Tür steht und darauf wartet, daß die *passeggiata* beginnt –«

»Die was?«

»*Passeggiata*. Das ist so eine Art Spaziergang – alle ziehen sich schick an und schlendern über die Via Garibaldi –«

»Ist das die Straße, wo dieses Café Soundso liegt?«

»Ja, genau. Die Chefin ist Mamma Cecilia, aber Gianni und Clara und Agostino und Gino helfen ihr alle. Wir wären dageblieben, wenn Ed – wenn der Krieg nicht dazwischengekommen wäre und alles kaputtgemacht hätte.«

»Und wie seid ihr dann ausgerechnet in Suffolk gelandet?«

»Das war Edwards Idee. Er war nämlich während des Krieges hier – aber das wissen Sie ja wahrscheinlich schon.«

Er nickte. »Und wie gefällt's dir?«

»Suffolk?« Hope dachte an ihr Zimmer im Pförtnerhaus und an den kurzen, verlockenden Anblick von Seddons. »Ganz gut, glaube ich, aber nicht so gut wie Italien ... Würden Sie wirklich das Caffè Conti für mich malen?«

»Ich werd's zumindest versuchen.« Er blickte über die Straße. »Ist das deine Mutter?«

Edward und Lila waren gerade aus dem Atelier gekommen. Zum Glück schien ihr Streit vorüber zu sein, und Edward zeigte Lila seine Schaufensterdekoration. »Ja«, antwortete Hope. »Ich sollte wohl besser wieder zu ihnen gehen.«

Erneut schob Michael Allott seine Kappe hin und her. »Allmächtiger, was für eine Augenweide«, brummte er.

»Was?«

Sein wettergegerbtes Gesicht wurde vor Verlegenheit noch dunkler. »Deine Mutter. Das ist sie doch, da auf dem Foto, oder?«

»Ja, schon«, erwiderte Hope. »Aber in Wirklichkeit sieht sie nicht so aus.«

Edward hatte sie entdeckt. »Na, so was – Allott, alter Knabe«, rief er über den Platz, »kommen Sie, ich möchte Ihnen meine Frau vorstellen!« Woraufhin Hopes neuer Freund ihr galant seinen Arm bot und sie über das Kopfsteinpflaster geleitete, als würden sie sich schon ewig kennen.

Als Edward ihn jedoch Lila vorstellte, benahm er sich wie ein schüchterner Schuljunge, riß sich die Kappe vom Kopf, so daß inmitten des dichten Lockengewirrs eine braungebrannte Glatze zum Vorschein kam, streckte die Hand aus und stotterte: »Freut mich, Sie kennenzulernen, Mrs. ... Mrs. ... äh ... hm.«

»Ich habe gerade Ihr Kunstwerk bewundert, Mr. Allott«, sagte Lila.

»Michael«, murmelte er und wurde wieder rot. »Alle nennen mich Michael. Hope hat mich gerade zu einem weiteren Bild inspiriert.«

Edward musterte das nagelneue, handgemalte Schild über dem Schaufenster. EDWARD KENNETTS FOTOGRAFISCHES ATELIER stand in verschnörkelten Großbuchstaben darauf. »Was meinen Sie, Allott?« fragte er. »Nicht zu großspurig, oder?«

Lila hatte sich noch nicht von dem Schock erholt, ihr eigenes Gesicht in einem Schaufenster zu sehen, und war ebenso empört über das verführerische Bild, das Edward für die Dekoration ausgewählt hatte, als hätte er sie gebeten, nackt für ihn und jeden vorübergehenden Passanten zu posieren. »Selbst wenn – jetzt ist es zu spät«, entgegnete sie scharf. »Oder wie sehen Sie das, Mr. Allott?«

»Ich, äh …« Offensichtlich war es ihm unangenehm, in eine private Auseinandersetzung hineingezogen zu werden. »Hat Edward Ihnen ausgerichtet, daß Sie mir nur Bescheid zu sagen brauchen, wenn Sie etwas ins Haus geliefert bekommen möchten? Ich fahre sowieso jeden Dienstag zu Gertie, da wäre es überhaupt kein Umstand.«

»Oh!« rief Hope aus, die endlich begriffen hatte. »Aber Sie sind doch viel zu *alt*, um der Krämerjunge zu sein!«

Aus Michael Allotts beachtlichem Bauch stieg ein polterndes Lachen auf. »Da hast du recht, aber ich beliefere Seddons schon, seit ich zwölf war, und den Spitznamen werde ich wohl nicht mehr los. Gertie hat mir erzählt, du hast den Orchideenpfad gefunden – ganz schön ausgefallen, das alte Mädchen, was? Vor allem die Kleider!«

»Und wie! Gelbe Pluderhosen und eine rosarot gestreifte Weste!«

Zu spät merkte Hope, daß sie sich verraten hatte.

»Gelbe Pluderhosen?« wiederholte Lila.

»Genau«, bestätigte Michael und machte damit, ohne es zu ahnen, alles noch schlimmer. »Alfred Seddon – das war der Mann, der das Anwesen gebaut hat – war ein leidenschaftlicher Sammler, unter anderem auch von orientalischen Kostümen, und nach Wilfreds erstem Schlaganfall hat die gute alte Gertie sich aufgemuntert, indem sie ein bißchen in ihrer sogenannten Kostümkiste gestöbert hat …«

Plötzlich bemerkte er, daß die Atmosphäre sich spürbar abgekühlt hatte, und hielt inne. »Verzeihung, habe ich etwas Falsches gesagt?«

Edward starrte Hope mit gerunzelter Stirn an.

»Nein«, sagte Lila hastig, »natürlich nicht. Ja, also, vielen Dank noch mal, Mr. – Michael. Mein Mann ist Ihnen sehr verbunden für Ihre harte Arbeit, nicht wahr, Edward?«

»Oh, ganz recht, alter Knabe«, bekräftigte Edward, ohne seinen finsteren Blick von Hope abzuwenden. »Ohne Sie wäre ich aufgeschmissen gewesen – wenn Sie uns jetzt entschuldigen würden ...«

Als Edward den Wagen auf die Straße lenkte, drehte Lila sich noch einmal um und sah Michael Allott auf dem Gehweg stehen; die Sonne spiegelte sich in seinen Brillengläsern. Er winkte ihr kurz zu, dann wandte er sich um und ging mit schnellen Schritten davon. Sein Gang war erstaunlich leicht und elastisch für einen so kräftigen Mann, dachte sie, fast als hätte er Sprungfedern in den Schuhsohlen. Und seine schüchterne Bewunderung, als sie einander vorgestellt wurden, war eine wohltuende Abwechslung zu Edwards grenzenlosem Selbstbewußtsein ...

Verstohlen warf sie ihrem gutaussehenden, aber verstimmten Mann einen Blick zu und mußte an den alten Spruch denken: Es ist nicht alles Gold, was glänzt.

Edward hatte nur gesagt, sie solle von der Einfahrt wegbleiben, protestierte Hope, und woher hätte sie wissen sollen, daß der Pfad, den sie – »durch Zufall, ich schwör's« – entdeckt hatte, zum Herrenhaus führte? Außerdem war Mrs. Seddon überhaupt nicht böse gewesen, im Gegenteil, sie hatte sie eingeladen wiederzukommen. Und sie hatte sich das große Haus auch nur von außen angesehen ... Doch Edward, begierig, seine Position als »Herr im Hause« zu demonstrieren, bestand darauf, sie zu bestrafen, und schickte sie ohne Abendessen zu Bett; außerdem durfte sie am nächsten Tag nicht an der großen Eröffnung teilnehmen. Als Lila an ihre Tür klopfte, um ihr eine gute Nacht zu wünschen, brach erneut Streit aus, weil Edward ihr vorwarf, sie untergrabe seine Autorität, und Lila darauf wütend entgegnete, er mache »ein Riesentheater wegen nichts«.

Die Geräusche, die später aus dem Schlafzimmer drangen, waren anders als sonst; Lila zischte: »Nicht, laß das!«, und Edwards »Ja, ja – *ja* ...« klang wütend und aggressiv.

Hinterher lag Lila auf der Seite, hellwach und mit reichlich schmerzenden Stellen, und starrte auf den Rücken ihres Mannes. Sie dachte an Edwards neuen Vermieter, an sein groteskes Äußeres – wie ein gutmütiger, übergroßer Kobold – und seinen festen, aber zugleich sanften Händedruck. Und sie fragte sich, ob Michael Allott wohl jemals *seine* Frau gezwungen hatte, sich ihm gegen ihren Willen hinzugeben.

Am nächsten Morgen war Edward wieder charmant und gut gelaunt, als wäre nichts gewesen, aber Lila war noch immer wütend, schob seine Hand weg, als er sie berühren wollte, und wandte den Kopf ab, als er versuchte, ihr einen Kuß zu geben. Als die beiden nach dem Frühstück abfuhren, war Hope froh, sie los zu sein.

Sie wartete, bis das Motorengeräusch verklungen war, dann tauschte sie ihren Baumwollrock gegen eine von Lilas alten Hosen (ein gutes Stück zu weit in der Taille, aber mit einem Schal durch die Gürtelschlaufen war das Problem schnell gelöst), schnappte sich einen Pullover und lief los.

In der Nacht hatte es geregnet, statt des blauen Himmels der letzten Woche hingen schwere graue Wolken über ihr, und bereits nach knapp hundert Metern waren ihre Schuhe durchgeweicht. Es war vier Wochen her, seit sie den Weg zum erstenmal erkundet hatte, und die Orchideen waren fast verblüht; ihre einst purpurroten Köpfe lagen als traurige braune Klumpen im nassen Gras. Der Pfad war noch unwegsamer als beim letztenmal, und je weiter sie ging, desto unbehaglicher fühlte sich Hope, nicht weil sie ernsthaft glaubte, Mr. Seddon würde ein wehrloses Mädchen erschießen, sondern weil sie fürchtete, dem schlechtgelaunten Jungen wieder zu begegnen, womöglich noch allein.

Als sie in den Goldregengang trat, kam ihr der Gedanke, wenn sie außerhalb des Innenhofs blieb, würde sie vielleicht näher an das große Haus herankommen, ohne gesehen zu werden. Also wandte sie sich nach rechts und folgte der Mauer in Richtung eines dichten Gehölzes aus Blutbuchen.

Die Landschaft dahinter war wiederum anders: Kletterrosen, Klematis und Geißblatt, die an einer Mauer aus Feuerstein hochrankten, dann ein Pfad aus Ziegelsteinen und eine Reihe von halb zerfallenen Stufen, die in einen tiefer liegenden Garten führten. Die Luft dort unten war heiß und stickig, und Wolken von kleinen schwarzen Fliegen stürzten sich auf Hope. Sie zog den Pullover aus und knotete ihn um ihre Taille, dann blickte sie sich mit staunend geöffnetem Mund um.

Überall, wo sie hinsah, waren Statuen – auf rissigen Steinsokkeln, unter Bäumen, halb verborgen vom wuchernden Gestrüpp: ein überlebensgroßes, von Flechten geschecktes Pferd, eine halbnackte, mit Grünspan überzogene Frau, ein geheimnisvoll in sich hinein lächelnder Buddha auf einer moosbewachsenen Säule. Vorsichtig ging sie weiter und entdeckte einen Jungen aus Marmor, der einen Turban aus grüngelbem Efeu trug.

Der Taubenschlag, der immer wieder über der Mauer zu sehen war, bestätigte ihr, daß sie sich um das Haus herumbewegte, aber als sie am anderen Ende des abgesenkten Gartens eine weitere halbzerfallene Treppe erklomm, landete sie erneut in einem Gewirr aus wuchernden Sträuchern und verlor alsbald jegliches Orientierungsgefühl. Als sie schließlich wieder ins Freie gelangte, stellte sie überrascht fest, daß sie den Hof mit den Ställen weit hinter sich gelassen hatte und von einer steilen Anhöhe auf die Rückseite des Herrenhauses hinuntersah.

Auf den ersten Blick wirkte es mit seinen Türmen und Erkern, den zahllosen Fenstern und der breiten Terrasse, von der ein paar flache, von steinernen Löwen bewachte Stufen hinunter auf einen vernachlässigten Rasen führten, noch prachtvoller, als sie es sich vorgestellt hatte. Doch bei näherer Betrachtung bemerkte sie die Stellen, wo kaputte Fensterflügel mit Brettern vernagelt waren, und die schwarzen Löcher zerbrochener und nie ersetzter Scheiben. Auf dem Dach fehlten Ziegel, einer der Türme hatte ein riesiges Loch in der Spitze, als hätte ein Riese ein Stück herausgebissen, und über allem hing eine Aura von Verlassenheit und Verwahrlosung.

Sie sollte nach Hause gehen, dachte sie, sie sollte dieses traurige Haus in Frieden zusammenfallen lassen, doch nun, wo sie schon so weit gekommen war, konnte sie sich nicht losreißen. Nur noch ein kleines Stück, sagte sie sich, während sie den Abhang zu der von Unkraut überwucherten Grünfläche hinunterging, nur noch ein paar Meter, dann würde sie umkehren ... Doch gleichzeitig fragte sie sich, welche Strafe Edward ihr wohl auferlegen würde, wenn er erfuhr, daß sie sich ihm erneut widersetzt hatte, und überlegte sich, was sie erzählen würde, falls jemand sie hier erwischte.

Sie hatte bereits die halbe Rasenfläche überquert, als ihr die perfekte Ausrede einfiel: Sie könnte Gertrude Seddon sagen, sie sei wegen des verstimmten Klaviers gekommen. Schließlich war sie als ihre Vermieterin doch für so etwas verantwortlich, oder? Und falls sie Mrs. Seddon überreden konnte, es stimmen zu lassen, würde Mamma sich in ihrem neuen Zuhause vielleicht besser einleben. Als sie am Fuß der Terrassenstufen ankam, hatte sie sich beinahe selbst davon überzeugt, daß sie überhaupt nur deswegen hergekommen war ...

Axel hatte Wilf gerade sein Frühstück gebracht und war auf dem Weg nach unten, als er die zerzauste Gestalt aus den Rhododendronbüschen kommen sah. Michael, ihr einziger Besucher (abgesehen von Dr. Hills, der nur selten und mit wachsendem Widerstreben kam, seit Wilf ihn letztes Jahr mit seinem verdammten Revolver bedroht hatte) konnte es nicht sein, dazu waren die Umrisse zu zierlich, und er dachte sich sofort, daß es das Mädchen aus dem Pförtnerhaus war. Ihr Haar stand vom Kopf ab wie sein eigenes, wenn er abends beim Zubettgehen das Hemd auszog. »Mach die Knöpfe auf«, ermahnte Gertrude ihn immer wieder. »So reißen die Knopflöcher ein, und ich sehe nicht mehr gut genug, um sie zu flicken.« Doch anfangs hatte ihm die Energie dafür gefehlt, und im Lauf der Jahre war es zu einer Gewohnheit geworden, zu eingefahren, um sie zu ändern.

Über sich hörte er den Husten des alten Mannes und das Scharren von Molly, der Mutter von Freddy und Poppy, der ältesten der fünf Katzen, die sich oben am Geländerpfosten die Krallen wetzte. Er blieb auf dem Treppenabsatz stehen und trat ans Fenster, um das Mädchen zu beobachten; er fragte sich, was sie wohl diesmal im Sinn hatte, so zielstrebig, wie sie auf das Haus zuging.

Heute trug sie eine Hose, eine blaue Bluse und einen Pullover, den sie um die Taille geknotet hatte, und sie blickte immer wieder nach rechts und links, als rechne sie damit, jeden Moment zur Rede gestellt zu werden. Als er an ihre letzte Begegnung zurückdachte – wie dünn ihr Handgelenk gewesen war, als er sie aus dem Auto gezerrt hatte; der Duft nach Gras und frischer Luft, der sie umwehte; die widerliche Art, wie sie Gertie umschmeichelt hatte –, spürte er, wie Zorn in ihm hochstieg, weil sie trotz seiner Warnungen so dreist war, erneut in sein Revier einzudringen.

Je näher sie dem Haus kam, desto langsamer wurden ihre Schritte; wahrscheinlich verließ sie der Mut, dachte er. Er lauschte einen Moment, ob Wilf aufgehört hatte zu husten, dann eilte er, gefolgt von Molly, die große Treppe hinunter und beschloß, diesen Eindringling eigenhändig aus dem Haus zu scheuchen.

Er sprintete durch die Halle und den Flur zum Hinterausgang, konnte seine Beute jedoch nirgends entdecken und lief wieder zurück. Der Westflügel – wahrscheinlich würde sie versuchen, dort hineinzukommen, überlegte er. Wenn ihr das Pförtnerhaus gefiel, würde sie dem Roten Zimmer nicht widerstehen können.

Die Terrassentür stand offen, aber von dem Mädchen fehlte jede Spur. Es gab nur einen Ort, wo sie sich versteckt haben konnte. Axel stieg über Fat Freddy, der dösend auf seinem

Lieblingspuff lag, ging vor dem Sofa auf alle viere und rief triumphierend: »Hab ich dich!«

Doch abgesehen von ein paar herausstehenden Sprungfedern, einer angebissenen Toastscheibe und einem Haufen Staubflokken herrschte unter dem Sofa gähnende Leere.

»Verdammt«, brummte er, schläfrig beäugt von Freddy, »wo zum Teufel ist sie hin?«

Hope fühlte sich zusehends unwohler – wenn sie Mrs. Seddon tatsächlich bitten wollte, das Klavier stimmen zu lassen, sollte sie lieber offen auf den Haupteingang zugehen, anstatt sich wie ein Dieb von hinten anzuschleichen –, und so wandte sie sich zur Seite und ging die Terrasse entlang, sorgsam bemüht, so zu tun, als hätte sie keinerlei Interesse an dem, was hinter den frustrierend schmutzigen Fenstern lag.

Sie näherte sich bereits dem Ende der Terrasse, als sie ihn erblickte, ganz allein in der Mitte eines fast leeren Raums: ein großer, glänzender, schwarzer Konzertflügel. Schützend legte sie die Hände an die Augen und spähte hinein.

»Was ist los? Findest du nichts zum Klauen?«

Seine Stimme ließ sie vor Schreck zusammenzucken, und als sie herumfuhr, stand er kaum einen Meter hinter ihr, breitbeinig und die Arme herausfordernd vor der Brust gekreuzt.

Er musterte sie von oben bis unten, die Zweige in ihrem Haar, die Grasflecken auf ihrer Bluse und die feuchten Hosenbeine. »Du siehst aus, als hätte dich jemand an den Haaren durch eine Hecke gezogen«, sagte er schadenfroh. »Was willst du diesmal?«

»Von *dir* will ich gar nichts«, erwiderte Hope, um einen letzten Rest Würde bemüht. »Ich bin gekommen, um mit Mrs. Seddon zu reden.«

»Das geht nicht.«

»Warum nicht?«

»Darum.«

Das Blau seiner Augen war noch eisiger als in ihrer Erinnerung.

»Ich will wissen, warum.«

»Weil ich es sage.«

»Das ist kein Grund.« Herausfordernd blickte sie ihn an. »Das ist bloß eine faule Ausrede!«

»Ich brauche keinen Grund«, gab er zurück. »Du bist verbotenerweise in ein Privatgrundstück eingedrungen. Und jetzt verschwinde von meiner Terrasse.«

»Das ist nicht *deine* Terrasse«, belehrte Hope ihn, »sondern die von deiner Großmutter, und ich gehe nicht eher, als bis ich mit ihr gesprochen habe.«

»Und ob du gehst!«

»Nein, tue ich nicht!«

»Tust du wohl –«

Mit hocherhobenem Kopf trat sie einen Schritt zur Seite und ging weiter. »Vielleicht wärst du so gütig, mir den Weg zum Haupteingang zu zeigen?«

Er überholte sie und verstellte ihr mit weit ausgebreiteten Armen den Weg. »Nein!« Jetzt wirkte er ernsthaft beunruhigt. »Sei kein Dummkopf!«

»Dann bring mich zu Mrs. Seddon.« Störrisch starrte Hope ihn an.

»Nein.«

»Doch.«

»Nein.«

Sie schob sich an ihm vorbei. »Dann suche ich sie eben selbst.«

»Also gut, meinetwegen. Ich bringe dich zu ihr.«

Sein plötzliches Nachgeben brachte sie aus dem Konzept.

»Meinst du das ernst?«

»Bist du taub, oder was? Hab ich doch gerade gesagt!« Er machte auf dem Absatz kehrt und marschierte auf den Hof mit den Ställen zu, gefolgt von Hope, die sich ihres unerwartet leichten Sieges freute.

Gertrude Seddon saß an einem fleckigen Holztisch in der großen Küche im Untergeschoß, eine Zigarette im Mundwinkel, und schnippelte mit einer Stoffschere an ihrem kurzen Haarschopf herum. Sie trug eine blaßgelbe, mit Flamingos bestickte Seidenjacke, eine rosafarbene, von Brandflecken gesprenkelte Satinhose und blaue Samtpantoffeln. Vor sich hatte sie einen Handspiegel aus Elfenbein gegen eine Haushaltswaage gelehnt, in deren Messingschale eine kleine gescheckte Katze saß und sich eifrig ihrer Fellpflege widmete. »Poppy«, sagte Gertrude und streichelte dem Kätzchen zärtlich über den Kopf. »Ist sie nicht süß?«

Eine ältere Tigerkatze machte es sich gerade neben dem verrußten Herd bequem, und eine weitere saß kerzengerade aufgerichtet, den Schwanz ordentlich um die Pfoten geschlungen, auf der breiten Anrichte und starrte unverwandt einen Brotbehälter aus Ton an. Links von der alten Dame stand eine kunstvoll ziselierte Messingschale, in der sich Büschel von silbrig-braunem Haar sammelten.

»Oh!« rief Hope aus. »Was für eine wunderschöne Jacke!«

»Gefällt sie dir?« Gertrude blickte an sich hinunter. »Ich fand sie eher etwas fade, als ich sie anzog.« Sie ließ die Schere sinken und runzelte die Stirn. »Kenne ich dich?«

»Das ist die kleine McAndrew«, half Axel ihr auf die Sprünge. »Sie schnüffelt wieder bei uns herum.«

»Ich schnüffele gar nicht«, entgegnete Hope empört. »Ich bin nur hergekommen, um Mrs. Seddon zu fragen, ob es vielleicht möglich wäre –«

»Hope, nicht wahr, vom Pförtnerhaus? Was wolltest du fragen, Liebes?«

Es war nicht einfach, ihre Gedanken zu ordnen, so feindselig, wie der Junge sie anstarrte. »Na ja …«, begann Hope, »also, die Sache ist die, Mamma geht es in letzter Zeit nicht so gut, und das Klavier macht es noch schlimmer …« Nein, das klang unhöflich. »Ich meine, ich weiß, es ist unverschämt, aber sie ist so traurig, weil es …«

»Weil es was, Liebes?«

»Na ja, es ist leider ziemlich verstimmt –«

Hinter ihr erklang ein Knurren.

»Und ich dachte …« In Erinnerung an den Konzertflügel riskierte Hope einen Schuß ins Blaue. »... Und ich dachte, da Sie ja offensichtlich auch spielen, würden Sie bestimmt verstehen, wie frustrierend es für sie ist – sie hat nämlich früher an der Royal Academy of Music studiert, wissen Sie, bevor sie meinen Vater kennenlernte –«

»Du meine Güte!« unterbrach sie Gertrude. »Wie aufregend! Alex, mein Lieber, schau doch nicht so finster und koch uns lieber einen Tee.«

»Aber Gertie«, protestierte er, »sie läuft ohne Erlaubnis auf dem Grundstück herum!«

»Stimmt«, sagte Gertrude gelassen, »aber das hast du auch getan, als du zum erstenmal hierher kamst, und es hat sich doch zum Guten gewendet, oder?«

»Das war was anderes! Ich war schließlich –«

»Was, mein Lieber – noch ein Kind?«

»– und als ich sie eingeholt hatte, marschierte sie über die Terrasse auf den Haupteingang zu.«

»Tatsächlich? Herrje, also das geht aber *wirklich* nicht! Du dummes, *dummes* Mädchen!«

Sofort kam von dem Jungen ein hämisches »Hab ich's dir nicht gesagt!«

»Ach, halt doch den Mund«, gab Hope wütend zurück.

»Das reicht jetzt, ihr beiden«, sagte Gertrude und stieß eine Rauchwolke aus. »Liebes, du *mußt* mir versprechen, daß du nie wieder in die Nähe des Haupteingangs gehst!«

»Oder auf die Zufahrt, die Lindenallee oder überhaupt irgendwohin, wo Wilf dich sehen kann«, fügte der Junge hinzu.

»Schon gut«, sagte Hope mit finsterem Blick. »Ich versprech's. Um noch mal auf das Klavier zurückzukommen –«

»Frühstück!« unterbrach Gertrude sie. »Hast du schon gefrühstückt? Wir nämlich noch nicht, weil immer erst Wilfred sein Tablett nach oben bekommt. Und danach könnte ich dir meine Kostümkiste zeigen – natürlich nur, wenn du magst. Dabei fällt mir ein, ich habe schon wieder meine Brille verlegt – Alex, mein Lieber, wärst du vielleicht so gut ...? – Was meinst du, würde dir das gefallen?«

»Oh ja, gerne«, sagte Hope, während der Junge sich mit einem gereizten Räuspern daranmachte, in dem Durcheinander auf der Anrichte nach der Brille zu suchen. »Das fände ich toll.«

»Gut, abgemacht!«

Als die alte Dame aufstand, um ihre Zigarette auf einem mit Marmelade verkrusteten Teller auszudrücken, glitt ein verbogener alter Kneifer von ihrem Schoß. »Ah, da ist sie ja!« Sie hob den Kneifer auf, setzte ihn sich auf die Nase und strahlte Hope über den Rand hinweg an.

Vorsichtig setzte Hope sich neben eine weitere dösende Katze auf einen wackligen Stuhl mit gedrechselter Lehne und sah mit einer Mischung aus Ekel und Faszination zu, wie die alte Dame in der vollgestapelten Spüle nach Tassen suchte, während der Junge die Tigerkatze von der Anrichte scheuchte und genau auf dem Brett, auf dem sie gelegen hatte, mehrere dicke Brotscheiben abschnitt. Nach dem heißen, süßen Tee und dem etwas zu großzügig mit Honig bestrichenen Toast streichelte Gertrude Seddon die kleine Poppy ein letztes Mal und ging dann mit Hope und dem Jungen nach oben ins Erdgeschoß und weiter durch ein Gewirr schmaler Gänge zu einer steilen, nicht mit Teppich ausgelegten Steintreppe.

»Die Hintertreppe«, erklärte sie. »Nur für den Fall.«

»Für welchen Fall?« flüsterte Hope und reihte sich hinter dem Jungen ein.

»Für den Fall, daß Wilf uns hört, du Dussel«, erwiderte er zischend und stieg ohne ein weiteres Wort die Stufen hinauf.

Oben angekommen, legte die alte Dame den Zeigefinger auf die Lippen und führte sie weiter durch eine mit Stoff bespannte Tür, einen schmalen Flur entlang, dann nach links, an einem ausgestopften Bären vorbei, ein paar Stufen hinunter, wieder nach rechts, wo eine Rüstung stand (ziemlich angelaufen, und ein Handschuh fehlte), dann auf einen breiten, mit einem Geländer versehenen Absatz, von dem zu beiden Seiten elegant geschwungene Treppen nach unten führten, die auf halber Höhe unter einem runden Fenster zusammenliefen und unten in einer dunklen Halle endeten.

»Wir sind gleich da«, flüsterte sie und bog noch einmal nach rechts in einen ziemlich schäbigen Flur.

Gertrude Seddons »Kostümkiste« war keineswegs eine Kiste, sondern ein ganzes Zimmer.

Die Wände waren mit orientalischen Tänzerinnen tapeziert, und die Vorhänge bestanden aus weinroter osmanischer Seide, die in Fetzen von dem Unterlegstoff aus grünem Makosatin hing. Es gab kaum Möbel – jedenfalls nichts, worauf man sitzen oder liegen konnte – und keinen Teppich, nur eine bunt zusammengewürfelte Mischung aus Kommoden, Schubladenschränken, Wäscheschränken, Chiffonnieren und Truhen aller Art, einschließlich einer Seekiste aus Metall mit dem Aufdruck *HMS Sir Galahad,* und alles war zum Bersten mit leuchtendbunten Kleidungsstücken gefüllt. Sie hingen aus Schubladen, lugten unter Deckeln hervor oder waren über den Boden verstreut wie Pfützen ausgelaufener Farbe: Kasacks aus Baumwolle, Moiréjacken, seidene Saris, Pluderhosen aus Satin, skandinavische Trachtenröcke, spanische Flamencokleider, weite Samtumhänge, Boleros, Stolen, Schals …

»Willkommen in meiner Kostümkiste«, sagte Gertrude, sah sich nach einem Gefäß für ihre Zigarette um und ließ sie schließlich einfach auf den Fußboden fallen, wo sie sie mit dem Absatz ihres Pantoffels austrat. »Na, was sagst du, meine Liebe? Kurios, nicht?«

»Sie ist fantastisch«, erwiderte Hope beeindruckt. »Aber wie können Sie sich bei all den Sachen jemals entscheiden, was Sie anziehen?«

Gertrude lachte kehlig. »Kein Problem«, sie wies mit einer graziösen Handbewegung auf das Chaos, »ich schnappe mir einfach das erste, was mir unter die Finger kommt.«

»Haben Sie schon immer solche Sachen getragen?« fragte Hope, ergänzte jedoch aus Angst, wieder unhöflich zu klingen: »Ich meine, einiges davon ist doch ziemlich … ungewöhnlich, oder?«

Gertrude griff nach einem Gürtel, der mit silbernen Glöckchen besetzt war, und schüttelte ihn. »Ach, du glaubst ja nicht, was ich früher für ein langweiliges Zeug getragen habe, unförmige Kleider, scheußliche Rüschenblusen, Lehrerinnenschuhe, lange Röcke – kennst du noch diese grauenhaften Dinger aus den zwanziger Jahren, in denen man sich kaum bewegen konnte? –, aber Wilfred wollte nie, daß ich in Hosen herumlaufe. ›Frauen sollten sich wie Frauen kleiden‹, predigte er immer, ›und nicht versuchen, die Männer nachzuäffen.‹« Sie schüttelte sich. »Und diese Korsetts – *puh*! Und ich habe mir jeden Tag das Haar hochgesteckt, weil es Wilfred so gefiel, obwohl es kaum zu bändigen war und mir dauernd Haarnadeln in die Suppe fielen –«

»Was hat Sie denn zu dem Wechsel veranlaßt?«

»Wechsel?« Gertrude zündete sich eine neue Zigarette an und musterte ihre Kollektion zufrieden durch eine Rauchwolke. »Was für ein Wechsel, Liebes?«

»Ihre Kleider, Ihr Haar und so.«

»Oh. Tja, im Grunde war es Wilfred. Nicht daß er darauf geachtet hätte, solange ich anständig aussah, aber nachdem er seinen ersten Schlaganfall hatte« – sie strich mit den Fingern über die Glöckchen, so daß sie klingelten –, »hat es ihn überhaupt nicht mehr interessiert, was ich trug. Und eines Tages – es war furchtbar heiß, das weiß ich noch, und er hatte mich den ganzen Tag auf Trab gehalten –, habe ich mir gedacht, wenn es sowieso egal ist, wie ich aussehe, kann ich mir genausogut etwas Bequemes anziehen.«

»Haben Sie sich da auch die Haare abgeschnitten?« fragte Hope.

»Was? Oh nein, das war *viel* später. Ich hatte mir eine letzte Zigarette vor dem Schlafengehen angezündet – ich war furchtbar müde, und dann … nun ja, du weißt ja, wie das ist – Unsinn, natürlich weißt du das *nicht,* du bist ja noch viel zu jung zum Rauchen – jedenfalls bin ich eingenickt, nur ein paar Sekunden, aber bevor ich wußte, wie mir geschah, stand ich in Flammen –«

»Gott, wie schrecklich!« rief Hope aus. »Haben Sie sich schlimm verbrannt?«

»Nein, nein«, beruhigte Gertrude das Mädchen, »so gut wie

gar nicht, nur meinen Ärmel. Aber als ich das Nachthemd auszog« – wieder ein tiefes, gurgelndes Lachen –, »streifte es meine Haare – ich hatte sie gerade zum Schlafen geflochten, weißt du –, es machte *wusch!*, und die Flammen schossen den Zopf hinauf, und während ich versuchte, mein brennendes Nachthemd auszutreten, fing auch noch der Sessel Feuer –« Sie fing an zu prusten, und auch Hope mußte lachen, als sie sich vorstellte, wie die alte Dame splitterfasernackt und mit halb verkohltem Haar auf ihrem brennenden Nachthemd herumhüpfte. »Also bin ich zum Waschbecken gerannt, um einen Krug Wasser zu holen, und danach – danach blieb mir nichts anderes mehr übrig, als alles abzuschneiden.« Mit dem Ärmel wischte sie sich die Lachtränen ab. »Du glaubst ja nicht, was für ein *herrliches* Gefühl es war, das Zeug endlich los zu sein. Das war vor zwei Jahren ...« Schlagartig verschwand die Heiterkeit aus ihrem Gesicht. »Und er hat es immer noch nicht bemerkt.«

»Also, ich finde, das Kurze steht Ihnen«, sagte Hope. »Wirklich.«

»Danke, lieb von dir. Nur schade, daß der gute alte Alfred – er war der Großvater meines Mannes, weißt du – nicht gerade ein Händchen für Hüte hatte. Schicke Hüte sind bei mir leider Mangelware – obwohl ich natürlich auch nicht oft Gelegenheit habe, einen zu tragen. Aber ich will nicht undankbar sein, und die Pantoffeln sind ja auch ganz entzückend.« Sie hob einen Fuß und schüttelte ihn, so daß die Bommeln tanzten. »Zum Glück habe ich für meine Größe sehr kleine Füße. Siehst du, wie klein sie sind?« Sie tippte Hope auf den Arm, daß die Asche durch die Luft wirbelte. »Größe sechsunddreißig! Unter uns gesagt, in die hat sich Wilfred als erstes verliebt. Er sagte, ich hätte die zierlichsten Füße, die er je gesehen hätte.«

»Und in was von ihm haben Sie sich als erstes verliebt?« fragte Hope. Der Junge stieß ein verächtliches Schnauben aus, doch sie ignorierte es.

»Ohh ...« Auf dem Gesicht der alten Dame erschien ein nostalgisches Lächeln. »Jetzt ist er natürlich eher kräftig, aber als er jung war, sah er wirklich fantastisch aus – zugegebenermaßen nicht sehr groß, aber unglaublich blaue Augen und dichtes, dunkles Haar – genau wie Alex, nur daß Alex schon grau wird, *höchst* ungewöhnlich für sein Alter … Er war wirklich ein guter Fang, das sage ich dir – alle Mädchen waren hinter ihm her.« Sie zog ein letztes Mal an ihrer Zigarette und sah sich wieder suchend nach einem Aschenbecher um. »Aber letzten Endes hat er mich genommen. Ich könnte ihm große Söhne gebären, meinte er, die hätten es dann nicht so schwer mit ihrer Größe wie er …« Sie ließ die Schultern hängen und sah plötzlich herzergreifend traurig aus. »Manchmal kommt es mir so vor, als wäre er schon tot, als wartete ich nur noch auf die Beerdigung …«

Was sollte man angesichts solchen Kummers sagen? »Aber Sie haben doch immer noch Alex«, meinte Hope schüchtern. »Das ist doch bestimmt ein großer Trost –«

»Axel!«

Seit seiner gezischten Zurechtweisung, als sie die Treppe hinaufgegangen waren, hatte der Junge keinen Ton mehr gesagt, und die Heftigkeit, mit der er das Wort ausstieß, war schockierend.

Doch Gertrude schien es nicht zu bemerken. »Oh ja, das ist er, der Gute«, stimmte sie ihr zu. »Dabei fällt mir ein, Wilfred wird sich schon fragen, wo ich stecke. Alex, könntest du Hope nach draußen begleiten, dann gehe ich sein Tablett holen.« Sie streckte die Hand aus. »Auf Wiedersehen, meine Liebe«, sagte sie. »Es freut mich wirklich *sehr,* daß dir meine Kostümkiste gefällt.« Und damit eilte sie aus dem Zimmer und ließ Hope allein mit dem übellaunigen Jungen zurück.

»Was hast du da eben gesagt?« fragte sie, als er sie wieder zur Treppe führte.

»Nichts. Psst.«

Sie wartete, bis sie den Treppenabsatz ein gutes Stück hinter sich gelassen hatten, dann hakte sie noch einmal nach. »Aber ich dachte, du hättest mir erzählt –«

»Axel.« Er marschierte weiter. »Ich heiße *Axel.*«

»Warum nennt deine Großmutter dich dann –«

»Seinetwegen.«

»Wen meinst du?«

»Meinen Großvater – Wilfred. Es ist ein deutscher Name.«

»Aber warum –«

»Hörst du denn nie mit deiner Fragerei auf? Mein Vater war Deutscher – er hieß Oskar Stefan Perl –, und meine beiden Onkel sind im Ersten Weltkrieg gefallen.«

»Und?«

»Wilfred haßt alle Deutschen. Er ist nicht mehr klar im Kopf. Meistens hält er mich für einen seiner Söhne – William oder Alexander –, und manchmal denkt er auch, ich wäre der Sohn von Mrs. Futter.«

»Wer ist Mrs. Futter?«

»Sie war früher die Haushälterin, lange vor meiner Geburt, und ihr Sohn hat auch mit im Haus geholfen.«

»Das stelle ich mir aber schwer vor«, Hope bemühte sich, mit ihm Schritt zu halten, »wenn man seinen eigenen Namen nicht benutzen darf.«

»Allerdings.«

»Danke«, sagte sie, als er sie durch eine kleine Eingangshalle voller Mäntel und Stiefel, Schirme, Spazierstöcke und kaputter Liegestühle nach draußen auf die Terrasse führte. »Axel.«

Überraschend zeichnete sich ein schwaches Lächeln auf seinem Gesicht ab, doch es hielt nicht lange an. »War mir ein Vergnügen, Miss McAndrew«, knurrte er und schlug ihr die Tür vor der Nase zu.

Erst als sie schon halb zu Hause war, fiel es ihr ein – sie hatte vergessen, Gertrude Seddon noch mal auf die Sache mit dem Klavier anzusprechen …

Kapitel 7

Edwards Eröffnung war nicht gerade triumphal gewesen, aber zumindest ein leidlicher Erfolg. Knapp dreißig Personen waren aus Neugier gekommen, und er hatte zwei unmittelbare Aufträge an Land gezogen – ein Familienporträt und eine Aufnahme anläßlich eines vierzigsten Geburtstags – sowie Buchungen für drei Hochzeiten und eine Taufe.

Im Lauf der folgenden Wochen hatte er jedoch zunehmend Schwierigkeiten mit der Materiallieferung; alles, was er brauchte, ob Fotopapier oder Kleber, Entwickler oder Kopierrahmen, Glas oder Fixiersalz, war zunächst ausverkauft, dann vorübergehend nicht lieferbar und schließlich nirgends zu bekommen. »Das ist ja schlimmer als während des Krieges!« tobte er. »Das ganze Land geht vor die Hunde!«

Einen Tag nachdem das neue Telefon installiert worden war, hörte Lila, wie er mit seiner Mutter sprach, und obwohl er es abstritt, vermutete sie, daß er sie um Geld gebeten hatte. Da sich aus seinem anfänglichen Erfolg keine stabile Auftragslage entwickelte, verwandelte sich sein Optimismus in finsteres Brüten. Er beschwerte sich, er bekäme nicht genug Mund-zu-Mund-Propaganda, und ständig erklärten ihm Kunden, die keine Ahnung von Fotografie hatten, wie er seine Arbeit tun solle. »Das sind doch alles Bauern«, murrte er und schenkte sich den nächsten Whisky ein. »Zwängen sich in ihren Sonntagsanzug und stehen da wie ein Sack Kartoffeln. Perlen vor die Säue, sag ich da nur!«

Seine Unzufriedenheit überlagerte alles; er war schon morgens kurz angebunden, kam gereizt von der Arbeit und tobte seine Frustrationen immer aggressiver und rücksichtsloser im Schlafzimmer aus. Lila wechselte die Taktik, blieb möglichst lange auf und wartete, bis sie ihn schnarchen hörte, bevor sie neben ihn unter die Decke schlüpfte, doch diese List verschob die Tortur nur auf den nächsten Morgen, und wenn er mit schalem Mundgeruch und gestärkt durch die Nachtruhe erwachte, waren seine ungeschickten Überfälle nur um so energischer. Sie stritten sich unablässig, über alles und nichts, aber vor allem über das Geld, da Edwards hartnäckige Weigerung, seine Finanzlage offenzulegen, Lila in ihrem Verdacht bestärkte, daß ihre Situation noch katastrophaler sein mußte, als sie befürchtet hatte.

Es war nicht nur die Sorge um das Geld, sondern auch die schiere Langeweile, Tag um Tag in der Einöde zu hocken, während Edward mit dem Auto in die Stadt fuhr. Sobald sie mit dem Staubwedel durch das winzige Haus gegangen war, gab es nichts mehr zu tun (die Rationierung hatte ihr schon lange jegliche Lust am Kochen verdorben, und wozu sollte sie nähen, säumen und flicken, wenn Hope alles doch viel besser konnte und sogar gern machte?). Am schlimmsten jedoch waren die frustrierenden Versuche, aus dem ramponierten und verstimmten Klavier einen vernünftigen Ton herauszulocken.

Wie üblich war es ihre leidgeprüfte Tochter, die ihre schlechte Laune ausbaden mußte, doch zu Lilas Überraschung wirkte Hope trotz der gereizten Atmosphäre zufriedener, als sie es seit langem gewesen war. Sie sang, während sie den Küchenfußboden wischte oder den Garten umgrub, und brachte Lila in dem vergeblichen Versuch, sie aufzumuntern, von ihren Ausflügen in die Umgebung kleine Geschenke mit: einen Strauß Blumen, einen Lavendelzweig oder ein Schälchen wilder Erdbeeren. Bei den seltenen Gelegenheiten, wenn sie alle zusammen waren, gelang es Hope sehr viel besser als ihr, Edwards schlechte Laune mit einem geschickt angebrachten Wort des Mitgefühls oder des Lobes zu mildern.

Wenn sie nur etwas finden würde, womit sie sich beschäftigen konnte, dachte Lila, die Muße genug gehabt hatte, die überstürzt eingegangene Ehe zu bereuen; wenn sie doch nur ein paar Leute kennenlernen und Freunde finden könnte, dann würde es ihr vielleicht gelingen, sich zusammenzureißen.

So kam es, daß sie, als Michael Allott ihr an einem heißen, sonnigen Dienstag Ende Juli zum erstenmal Lebensmittel lieferte, überaus erfreut war, ihn zu sehen …

Sie hatte den Morris-Lieferwagen erwartet, den sie schon öfter auf dem Weg zum großen Haus hatte vorbeifahren sehen, doch statt dessen kam er wackelnd und holpernd auf einem alten schwarzen Fahrrad mit großem Lenkerkorb angerollt, und als er versuchte, mit der einen Hand seine alte Kappe zu lüften und mit der anderen zu winken, kippte er mitsamt dem Rad seitwärts ins Gras. Er sah so komisch aus, wie er da auf dem Rükken lag, die Beine in der Luft, der kahle, von diesem unglaublichen Wust brauner Locken umkränzte Schädel, der glänzte wie eine Kastanie, und überall um ihn herum verstreute Lebensmittel, daß Lila schallend anfing zu lachen.

»Oje«, entschuldigte sie sich und eilte ihm zu Hilfe, »tut mir furchtbar leid, ich wollte nicht lachen, wirklich nicht – haben Sie sich weh getan?«

»Ich werd's überleben.« Er griff nach seiner Kappe und rückte die Brille gerade. »Eher verletzter Stolz als gebrochene Knochen, schätze ich – das Fahrrad und ich sind eindeutig *kein* ideales Paar. Wenn es nicht für Gertie gewesen wäre, hätte ich abgesagt – der Lieferwagen hat kein Benzin mehr, und bis Donnerstag ist nirgends welches zu bekommen, aber das alte Mädchen läßt Wilfred nicht allein, und Axel ist seit Wilfs zweitem Schlaganfall kaum weiter als bis zum Orchideenpfad gekommen, das heißt, ohne mich sind sie aufgeschmissen.« Er rieb sich den Hintern und ließ die Schultern kreisen. »Als junger Kerl bin ich zehn, fünfzehn Meilen am Tag gefahren, aber mittlerweile ist es Jahre her, daß ich so weit strampeln mußte.«

»Es heißt, wenn man einmal radfahren konnte, verlernt man

es nie wieder«, sagte Lila und fischte taktvoll ein Päckchen Tee und ein Glas eingelegte rote Bete unter einem Brombeerstrauch hervor. Dabei rechnete sie sich eilig aus, daß er so um die Vierzig sein mußte. »Vielleicht stimmt etwas mit Ihren Bremsen nicht.«

»Nein, ich glaube, das liegt eher an mir als an den Bremsen«, brummte er, schob die Kappe in seine Jackentasche und hob eine Dose Corned beef auf. »Was für ein Glück, daß ich so gut gepolstert bin, hm?« Er betrachtete den ungleichmäßig gemähten Rasen und die Beete, die Hope zwar eifrig von Unkraut freihielt, die aber noch nicht bepflanzt waren. »Na, der Garten sieht ja schon besser aus«, bemerkte er. »Obwohl Sie, wie mir scheint, einen ordentlichen Rasenmäher gebrauchen könnten.«

»Oh«, setzte Lila an, »aber den könnte ich mir niemals leisten.«

»Kein Problem«, erwiderte er. »Ich habe noch einen alten bei mir herumstehen – ich bringe ihn vorbei, sobald der Lieferwagen wieder läuft.«

»Nein!« sagte Lila, entsetzt darüber, wie gedankenlos sie ihre finanzielle Lage preisgegeben hatte, noch dazu gegenüber Edwards Vermieter. »So habe ich das nicht gemeint –«

Er unterbrach sie. »Sie würden mir sogar einen Gefallen tun. Bei mir steht er nur im Schuppen herum und rostet.«

»Wenn Sie meinen.« Zweifelnd blickte sie ihn an. »Aber selbstverständlich nur als Leihgabe.«

»Natürlich.« Mit leisem Lachen rieb er sich über seinen kahlen Schädel. »Ich will Ihnen ja nicht zu nahe treten, aber der Rasen sieht aus, als hätte ihn jemand mit einer Heckenschere geschnitten.«

»Stimmt, genau das hat Hope getan.«

»Guten Morgen«, grüßte Michael Hope, die aus dem Wohnzimmer kam, um nachzusehen, was los war. »Nicht übel, was Gertie aus dem Häuschen gemacht hat, was?«

»Aber Sie haben ihr doch geholfen, nicht?« entgegnete Hope. »Ich meine, beim Transport der Möbel und so.«

Er hievte den Karton mit Lebensmitteln auf den Küchentisch.

»Axel und ich waren bloß Dienstboten. Gertie wußte genau, wo sie was hinhaben wollte.«

»Nun, Sie können ihr ausrichten, daß wir ihre harte Arbeit wirklich zu schätzen wissen«, sagte Lila. »Wir finden es ganz reizend, nicht wahr, Hope?«

»Ja.« Hope warf ihr einen erstaunten Blick zu. »Das tun wir.«

Zu Mrs. Seddons Bestellung gehörte ein Biskuitkuchen – etwas zerdrückt nach dem Sturz –, wie Lila bemerkte, als Michael sich daranmachte, das Durcheinander zu ordnen, und eine Dose Pfirsiche, ein Luxus, den sie schon seit Jahren nicht mehr gesehen hatte.

»Ich verwöhne die Seddons ein wenig«, erklärte Michael, der ihren Blick bemerkt hatte, entschuldigend. »Ich beliefere das Haus, seit ich ein Kind war, und irgendwie habe ich eine Schwäche für die beiden.«

»Sieht ja toll aus der Kuchen.« Hope warf einen neidischen Blick über Lilas Schulter. »Hat Ihre Frau den gebacken?«

Er errötete leicht. »Nein, ich. Ach, junge Dame, da fällt mir ein, was ist mit den Skizzen, die du mir versprochen hattest?«

Er setzte sich an den Tisch und plauderte ein wenig steif über die Vor- und Nachteile der geplanten Verstaatlichung der Eisenbahn, das wechselhafte Wetter und die Verbesserungen, die Lila in der Küche vorgenommen hatte – »die gute Gertie hat nicht gerade ein Händchen fürs Praktische, ihr liegt eher das Extravagante«. Während Lila die Lebensmittel wegräumte und Tee kochte, winkte er Hope zu sich und sah sich eingehend ihre ungeschickten Bleistiftzeichnungen von Casa Vedovi an.

Sie hatte ein halbes Dutzend Versuche gemacht, den Blick von ihrem Zimmer im Caffè Conti festzuhalten, und er fragte sie nach allen Einzelheiten – »Welches Rot sollen die Geranien haben?« »Wie wär's, wenn wir das Fenster als Rahmen drinlassen, so als ob man ein Stück im Raum steht und nach draußen schaut?« »Wie sehen italienische Fensterläden aus, glatt oder mit Lamellen?« »Was ist das für ein Gebäude da am Ende der Bucht, eine Kirche?« »Wo geht die Sonne unter?« Als er das Gefühl hatte, das Wesentliche erfaßt zu haben, holte er zu Hopes

Überraschung einen Karton mit Wachsmalfarben und einen kleinen Zeichenblock heraus, schob die dicke Brille auf die Stirn und begann, eine Skizze nach der anderen auf das Papier zu werfen. Er veränderte die Unterteilung der Fenster, schmückte die Verzierung am gußeisernen Balkongeländer aus, versah das *castello* mit einem Uhrenturm und erweckte die vertraute Szenerie mit ein paar geschickten Strichen seiner linken Hand zum Leben, als wäre er selbst dort gewesen.

Erst als Hope begeistert die Hände zusammenschlug und rief: »Das ist ja *fantastisch*! Können wir jetzt das Caffè Conti malen?«, warf er einen Blick auf die Uhr und machte sich daran, die Zeichnungen und Malkreiden wieder einzupacken. »Tut mir leid«, sagte er, »aber das muß bis zum nächstenmal warten. Gertie fragt sich bestimmt schon, wo ich bleibe.«

Er war über eine Stunde dagewesen, stellte Lila fest, als sie sich an der Tür von ihm verabschiedete. »Ganz herzlichen Dank«, sagte sie, während er den Lebensmittelkorb am Lenker befestigte und das Rad wendete. »Ich kann Ihnen gar nicht sagen, wie sehr wir uns über Ihren Besuch gefreut haben.«

»Mamma?« fragte Hope schmeichlerisch. »Wenn ich verspreche, umzukehren, bevor ich in die Nähe von Seddons komme, darf ich Mr. Allott dann noch ein Stück begleiten?«

»Michael«, korrigierte er sie. »Sind Sie einverstanden, Mrs. Kennett?«

»Lila.« Lila betrachtete Hopes eifrige Miene. Sie war in der letzten Zeit wirklich brav gewesen, und was sollte schon passieren, sie war ja unter Aufsicht. »Meinetwegen, solange Mr. Allott – Michael – nichts dagegen hat und du vom großen Haus fernbleibst.«

»Keine Sorge.« Michael Allott holte seine Kappe heraus und drückte sie wieder auf seinen Lockenkranz. »Ich passe schon auf, daß es keine Schwierigkeiten gibt.«

Als sie den beiden nachsah – der linkische Riese, der sein Fahrrad schob, und das schlaksige Mädchen, das neben ihm herhüpfte –, verspürte Lila einen Stich, weil Michael Allott ihr in der Küche zwar dauernd verstohlene Blicke zugeworfen hatte, aber nicht auf die Idee gekommen war, sie zu fragen, ob sie vielleicht auch mitwollte. Meine Güte, wieviel tiefer konnte sie noch sinken, schalt sie sich und trank den Rest ihres lauwarmen Tees, wenn sie ihrer eigenen Tochter einen Spaziergang in der Sonne mißgönnte, nur weil sie nicht auch eingeladen war?

»Kann ich nicht das ganze Stück mitkommen?« bettelte Hope, als sie nebeneinander in den Schatten unter den riesigen Kirschlorbeersträuchern traten. »Ich störe Sie ganz bestimmt nicht, und ich war auch schon mal in Seddons –«

»Kommt nicht in Frage«, sagte Michael entschieden. »Hat dir noch keiner von Wilfreds Marotte erzählt, auf alles zu schießen, was ihm unter die Flinte kommt?«

»Das stimmt also wirklich? Ich dachte, das hätte Axel sich nur ausgedacht, um mich abzuschrecken.« Für so einen kräftigen Mann ging er erstaunlich schnell, und sie mußte immer wieder ein Stück laufen, um mit ihm Schritt zu halten. »Als ich das letzte Mal da war, hat Gertrude mir sogar ihre Kostümkiste gezeigt.«

»Tatsächlich?« Er sah sie mit seinen vergrößerten braunen Augen von der Seite an. »Hat sie dir auch von Wilf erzählt?«

»Nun ja …«

»Wenn ich dir verrate, was mit dem guten alten Wilfred los ist«, sagte Michael und verlangsamte seinen Schritt, »versprichst du mir dann, daß du es keinem weitererzählst?«

»Natürlich!«

Er duckte sich, um einem tiefhängenden Ast auszuweichen, und ging weiter. »Gertie ist nämlich sehr um sein Wohl besorgt, und sie kann es nicht leiden, wenn die Leute über ihn reden.«

»Hat es was damit zu tun, daß er die Deutschen haßt?« fragte Hope.

»Könnte man so ausdrücken.«

Sie gingen einen langen, flachen Abhang hinunter, während Michael ihr von Wilfred Seddons Abneigung gegen Eindringlinge erzählte, von seiner zwanghaften Vorstellung, alle Fremden seien Feinde, die er mit dem einzigen Mittel, das ihm zur

Verfügung stand, verjagen mußte, und das war der Revolver seines verstorbenen Sohnes.

»Ich weiß schon gar nicht mehr, wann sie das letzte Mal Besuch hatten«, fuhr er fort. »Ich beliefere sie mit Kohlen – sofern es welche gibt – und Lebensmitteln, und ich bringe ihnen sogar das bißchen Post mit, das sie bekommen, weil der Briefträger sich nicht ans Haus herantraut.«

»Glaubt er wirklich, Alex – Axel – wäre einer von seinen Söhnen?« wollte Hope wissen.

»Manchmal«, erwiderte Michael. »Manchmal tut er auch so, als wäre Axel der Küchenjunge, ein Hausdiener oder Stallbursche. Früher gab es in Seddons nämlich über zwanzig Bedienstete, bevor er sie alle weggeekelt hat.«

»Aber er würde doch nicht wirklich auf mich schießen, oder?«

Michael zuckte die Achseln. »Wer weiß? Ich würd's nicht drauf ankommen lassen.«

Er führte sie weiter, bis sie zu einer Stelle kamen, wo der Wald sich öffnete und einen weiten Blick über das Tal freigab. Dort blieb er stehen, damit sie sich in Ruhe umsehen konnte.

Überall wo Hope hinsah, leuchteten Farbkleckse – hier ein wucherndes Geißblatt, da eine purpurrote Klematis, dort eine gelbe Rose, die sich durch einen Weißdornstrauch gewunden hatte. Zu ihrer Rechten lag eine sonnige Lichtung, in der knapp zwei Meter hohe violette Disteln aufragten, und zu ihrer Linken schwebten die spitz zulaufenden Dächer einer Miniaturpagode über einem See aus wilden Lupinen. Am hinteren Ende des Tals schimmerte das Herrenhaus golden in der Mittagssonne, und vor ihnen verschwand die von Schlaglöchern durchzogene Zufahrt wieder zwischen den Bäumen, lockte mit weiteren Überraschungen.

»Ist es nicht zauberhaft?« rief sie aus.

»Wunderschön«, stimmte Michael ihr zu. »Aber leider sehr vernachlässigt.«

»Es sieht überhaupt nicht bedrohlich aus.«

»Nein, aber siehst du das Fenster da?« Er deutete mit dem Finger darauf.

»Welches?«

»Das große Erkerfenster im ersten Stock, rechts über der Eingangstür. Das ist Wilfreds Zimmer.«

»Tatsächlich? Er muß einen fantastischen Blick haben.«

»In der Tat. Er kann die ganze Zufahrt sehen, bis rauf zur Lindenallee. Du solltest jetzt besser umkehren.«

»Aber –«

»Hör mal.« Er schob die Kappe hin und her. »Bisher hat Wilf Glück gehabt, die Leute hier halten sich vom Haus fern, und er hat Dr. Hills letztes Jahr verfehlt, als Gertie ihn wegen Wilfs Husten gerufen hat. Seither haben wir dafür gesorgt, daß der Revolver nur mit Platzpatronen geladen ist, damit nichts passiert, aber jedesmal, wenn er sich aufregt, hat Gertie Angst, daß er noch einen Schlaganfall erleidet. Ich hoffe, du verstehst ...«

»Ja«, lenkte Hope widerstrebend ein. »Aber ich darf doch noch mal hingehen, wenn ich den Orchideenpfad benutze, oder? Ich habe nämlich vergessen, Gertrude – Mrs. Seddon – wegen des Klaviers zu fragen.«

»Welches Klavier?«

»Das im Pförtnerhaus. Es ist völlig verstimmt, und ich dachte, wenn ich ganz lieb frage, würde Gertie – ich meine, Mrs. Seddon – vielleicht dafür sorgen, daß es gestimmt wird. Sie ist so schrecklich unglücklich, wissen Sie –«

»Wer, Gertie?«

»Nein, Mamma.«

»Nanu?« verdutzt sah er sie an. »Aber sie und Edward sind doch quasi noch in den Flitterwochen.«

»Ja, schon, aber ich glaube nicht ... Ich meine, er hat sein Atelier und alles, aber sie sitzt den ganzen Tag zu Hause und hat nichts zu tun.«

Er schien vergessen zu haben, daß sie eigentlich umkehren sollte, und während sie durch den Halbschatten weiter hangabwärts gingen, erzählte sie ihm von Lilas kurzer Zeit an der Royal Academy of Music, wie sie mit Archie durchgebrannt war und wie sie und Hope nach seinem Tod in Italien gelebt hatten. Sie erzählte ihm auch, wie Edward gerade zu dem Zeitpunkt wiederaufgetaucht war, als sie Mamma angefleht hatte, nach Italien zurückzugehen, »und ich bin sicher, das war mit ein Grund, warum sie ihn geheiratet hat, weil sie wußte, wie unglücklich ich bei Granny Dorothy war«.

Er hörte ihr aufmerksam zu, während sie unter den Linden entlanggingen, blieb jedoch plötzlich abrupt stehen.

»Lieber Himmel«, sagte er, »ich habe dich viel zu nah herangelassen. Ab mit dir, sonst kriege ich Ärger mit deiner Mum.«

»Könnten *Sie* Mrs. Seddon wegen des Klaviers fragen?« fragte Hope flehend. »Bitte.«

»Ich tue mein Bestes, aber nur, wenn du dich jetzt sofort aus dem Staub machst. Wilf sitzt bestimmt am Fenster und hält Ausschau, ob ich es bin.«

Er schwang sich auf sein Fahrrad und fuhr das letzte Stück, schwankend und in Schlangenlinien, Ellbogen und Knie nach außen gereckt. Halb hinter einem Baum verborgen, blickte Hope ihm nach, während er auf das Haus zurollte, und sie meinte, am Fenster im ersten Stock eine Gestalt zu erkennen, die auf seinen gerufenen Gruß die Hand hob. War das eine Armbanduhr, die da in der Sonne aufblitzte, oder ein Revolver? Sie warf noch einen staunenden Blick auf die prächtige Bronzeskulptur in der Mitte der Einfahrt, dann machte sie kehrt und lief den Weg zurück, den sie gekommen war.

»Aber das wäre doch wirklich nicht nötig gewesen«, protestierte Lila, als Michael am Donnerstag mit einem alten, aber gut erhaltenen Rasenmäher in seinem Lieferwagen erneut bei ihr auftauchte. »So viel Mühe, nur damit ich den Rasen mähen kann.«

»Ich bin froh, wenn ich mal aus dem Laden herauskomme«, erwiderte Michael, riß sich die Mütze vom Kopf und lief dunkelrot an. »Wo soll ich ihn hinstellen … Mrs. Kennett?«

Er starrte auf ihre Stirn, und Lila senkte hastig den Kopf, während sie sich verlegen bedankte; von seinem unerwarteten Besuch überrascht, hatte sie für einen Moment die häßliche Beule an ihrer Schläfe vergessen, wo Edward am Tag zuvor ihren Kopf gegen den Bettpfosten geschlagen hatte.

Es war der bisher schrecklichste Abend gewesen. Nachdem er endlich einen zuverlässigeren Lieferanten für seine Materialien gefunden hatte, war Edward, gerade als sie sich zum Abendessen hinsetzten, damit herausgerückt, daß er weitere Aufnahmen von ihr machen wollte. »Allein in dieser Woche sind mindestens zehn Männer bei mir gewesen«, sagte er, während er sich einen großzügigen Whisky einschenkte, »die Abzüge von dem Bild im Schaufenster haben wollten. Das bringt natürlich nicht viel ein, aber es ist eine hervorragende Werbung!«

Als Lila sich beschwerte, er hätte sie wenigstens um Erlaubnis fragen können, bevor er sie wie ein Pin-up-Girl an jeden dahergelaufenen Tom, Dick oder Harry in Suffolk verscherbelte, warf er ihr vor, sie unterstütze ihn nicht genug.

Verletzt erwiderte sie, wenn sie gewußt hätte, wie er sie ausnützen würde, hätte sie ihm nie Modell gestanden, und das Ganze eskalierte innerhalb kürzester Zeit zu einem heftigen Streit. Hope flüchtete, die Hände auf die Ohren gepreßt, um das Gezeter nicht länger hören zu müssen, und auf dem Höhepunkt der Auseinandersetzung brüllte Edward mit zornrotem Gesicht, Lila wolle ja gar nicht, daß er Erfolg habe, und stürmte türenknallend aus dem Haus.

Als Hope sich wieder aus ihrem Zimmer traute, fand sie Lila an der Küchenspüle vor, zitternd vor Schock.

»Mamma«, sagte sie und tätschelte sie besorgt, »Mamma, ist alles in Ordnung? Kann ich dir helfen?« Doch zu ihrer Scham hatte Lila sie wie üblich abgewehrt und angeblafft: »Nein! Hör mit dem Getue auf, Herrgott noch mal!«

Als Edward kurz vor Mitternacht volltrunken zurückgekommen war, hatte er sich im Bett an ihr gerächt, und Lila hatte ihre ganze Selbstbeherrschung gebraucht, um nicht laut zu schreien, weil sie nicht wollte, daß Hope aufwachte und ihre Erniedrigung mitbekam. Schlimmer als der Schmerz jedoch war der beängstigende Verdacht, daß Edward es mittlerweile genoß, ihr weh zu tun.

Und heute morgen dann, als sie an die Zimmertür ihrer Tochter geklopft hatte, um sich für ihr ruppiges Verhalten zu entschuldigen – schließlich hatte Hope ihr ja nur helfen wollen –, war sie verschwunden gewesen, samt ihrer Wanderschuhe, die sonst immer am Hintereingang standen, und bei dem Gedanken, daß Hope ihr möglicherweise absichtlich aus dem Weg ging, hatte sie sich noch schlechter gefühlt.

Michael Allotts braune Augen, sahen sie besorgt an. »Sind Sie sicher, daß mit Ihnen alles in Ordnung ist?«

»Ja, besten Dank«, sagte sie gespielt munter. »Könnten Sie ihn freundlicherweise in den Schuppen stellen?« Doch entwaffnet von seiner Freundlichkeit, spürte sie, wie ihr die Tränen in die Augen stiegen. Während sie zusah, wie er mit seinem liebenswert wippenden Gang, der schlechtsitzenden Jacke, der ausgebeulten Hose und den abgetragenen Schuhen über den Rasen ging, ertappte sie sich dabei, wie sie ihn erneut mit ihrem Mann verglich, und ärgerte sich über ihre Dummheit, weil sie geglaubt hatte, pure körperliche Anziehungskraft reiche aus, um eine erfolgreiche Ehe zu führen.

Als sie ihn zum Tee einlud, willigte er erfreut ein, kletterte jedoch zuvor noch einmal in seinen Lieferwagen – »Ich hab Ihnen noch was mitgebracht!« – und kam mit einer Waschmaschine heraus – keine handbetriebene mit Kurbel, sondern das neueste elektrische Modell, mitsamt einem Schlauch, um das verbrauchte Wasser in die Spüle zu leiten.

»Beschädigte Ware«, erklärte er, als Lila protestierte, ein so teures Geschenk könne sie auf keinen Fall annehmen, »beim Transport verbeult, ich bin froh, wenn ich sie los bin.« Er trank seinen Tee im Stehen, zeigte ihr dabei, wie die Maschine angeschlossen wurde, und schien es keineswegs eilig zu haben, sich wieder auf den Weg zu machen. Erst als Lila in einer Gesprächspause erwähnte, Hope sei irgendwo draußen unterwegs und fände es sicher schade, ihn zu verpassen, schlug er sich plötzlich mit der fleischigen Hand an die Stirn und rief: »Verdammt – Verzeihung, Mrs. – Lila –, aber mir ist gerade eingefallen, daß ich Hope versprochen hatte, etwas zu erledigen.«

Er leerte seine Tasse, brummte: »Ich würde noch meinen eigenen Kopf vergessen, wenn er nicht festgeschraubt wäre!« und verschwand. Lila blieb am Küchentisch sitzen, dachte bei sich, wieviel größer der Raum wirkte ohne Michael Allott darin, und wünschte sich, er wäre länger geblieben.

Eigentlich war Hope nur darauf ausgewesen, ihrer Mutter auszuweichen, und hatte gar nicht vorgehabt, so weit zu gehen, doch sobald sie beim Orchideenpfad angelangt war, trugen ihre Füße sie einfach weiter – hinunter zur Brücke, am See entlang, wo die Hortensien mittlerweile in kräftigem Himmelblau leuchteten, an den verblühten Orchideen vorbei und wieder hinauf in das Sträucherdickicht –, magisch angezogen von Seddons.

Seit dem Besuch in Gertrudes Kostümkiste war sie schon einige Male dort gewesen. Sie hatte den Garten mit den Statuen besucht und sich durch die Rhododendrenbüsche gezwängt, um die Rückseite des Hauses zu beobachten, voller Sehnsucht, an dem verborgenen Leben darin teilzunehmen. Sie hatte den Hügel hinter dem Haus erklommen, um sich einen Tempel im griechischen Stil anzusehen, der halb unter einem wilden Wein verborgen war, hatte sich durch die Lupinen zu der chinesischen Pagode vorgearbeitet, in den ummauerten Küchengarten gespäht und ein elegantes Gewächshaus entdeckt, das zwischen zwei Giebelwänden eingefügt war. Sie hatte insgesamt fünf Katzen gezählt, drei getigerte und zwei gescheckte, die auf dem Anwesen herumstreunten, und ein paarmal hatte sie sogar Axel Perl gesehen, wie er die Stufen zur Küche hinunterging oder aus einer der Terrassentüren trat, um etwas für seine Großmutter zu erledigen.

Seit ihrem zweiten Besuch, als Gertrude Seddon so nett gewesen war, hatte sie sich widerstrebend zu dem Schluß durchgerungen, daß es falsch wäre, noch einmal in ihre Zurückgezogenheit einzudringen. Da sie nichts mehr von dem Klavier gehört hatte, ging sie davon aus, daß Michael Allott in der Sache ebenso wenig Erfolg gehabt hatte wie sie, und die alte Dame hatte ganz offensichtlich genug damit zu tun, ihren kranken Mann zu pflegen. Doch irgendwie war das Verlangen, in Seddons aufgenommen zu werden, mit jedem Besuch stärker geworden, zumal sie schon so lange das Gefühl hatte, nirgends wirklich hinzugehören. Gestern abend, als ihre Mutter wieder so abweisend gewesen war, hatte sie sich in den Schlaf geweint, und jetzt war das Bedürfnis, wenigstens von irgend jemandem akzeptiert zu werden, so stark, daß sie es kaum aushalten konnte.

Als sie kurz darauf Axel Perl mit einer Schubkarre voller Holzscheite auf der Terrasse auftauchen sah, zögerte sie nur einen winzigen Augenblick, bevor sie aus ihrer Deckung trat.

Er bemerkte sie nicht sofort, er hatte den Kopf gesenkt und bewegte sich nur langsam vorwärts, als schleppe er noch eine weitere, unsichtbare Last mit sich herum. Doch gerade als sie begann, ihre Kühnheit zu bereuen, blieb er stehen und wandte sein Gesicht in ihre Richtung, als spüre er, daß er beobachtet wurde.

»He!« rief er aus und ließ die Schubkarre los. Ein Scheit purzelte heraus, was die kleine gescheckte Katze aufscheuchte, die sich am Fuß der Treppe sonnte. Er beugte sich kurz hinunter, um sie zu beruhigen, dann lief er mit eckigen Bewegungen durch das hohe Gras zu ihr hinauf.

Als er bei ihr ankam, war er erhitzt, außer Atem und wütend. »Ach, du bist's«, sagte er grimmig. »Hätte ich mir ja denken können. Was willst du denn diesmal?«

»Nichts, ich wollte nur ...«

»Ja?«

Da ihr nichts Gescheiteres einfiel, griff Hope wieder auf ihren früheren Vorwand zurück. »Es ist bloß wegen des Klaviers.«

»Danach hast du schon gefragt.«

»Ja, aber Gertr... Mrs. Seddon hat mir keine Antwort gegeben.«

»Weiß Michael, daß du hier bist?« fragte er.

»Was?«

»Weiß – Michael – daß –«

»Nein. Was hat Michael damit zu tun?«

Er wies mit dem Kopf Richtung Haus. »Weil er eben vom Pförtnerhaus rübergekommen ist und genau in diesem Moment mit Gertie über euer verdammtes Klavier spricht.«

»Oh«, bemerkte Hope verdutzt.

Er beugte sich vor und musterte sie mit hellen, drohenden Augen. »Warum reparierst du es nicht selbst, wenn es dir so nicht gefällt? Gertie hat es nur ausgewählt, weil sie es hübsch fand. Wenn deiner Mutter der Klang nicht paßt, kann sie sich doch eine andere Beschäftigung suchen.«

»Das verstehst du nicht. Das ist das Einzige, was hilft, wenn sie unglücklich ist.«

»Wahrscheinlich ist sie gar nicht so unglücklich, wie du denkst. Manche Leute jammern nur gerne.«

»Doch, ist sie. Unglücklich, meine ich. Und nichts, was ich tue oder sage, kann sie aufmuntern.«

»Gertie beklagt sich auch nicht die ganze Zeit, und sie hat eine ganze Menge mehr Sorgen als deine Mutter.«

»Aber sie hat dich.«

Er runzelte die Stirn. »Na und? Deine Mum hat dich, wenn sie will. Und Gertie hat Wilf, und das ist viel schlimmer als alles, was du und deine Mum sich vorstellen können.«

»Tut mir leid«, begann sie, »ich wollte nicht –«, doch er war nicht mehr zu bremsen.

»Du hast ja keine Ahnung! Ich schwöre dir, er hockt den ganzen Tag in seinem Zimmer und denkt sich was Neues aus, womit er sie quälen kann. Als ich damals hier ankam, ist sie von morgens bis abends die Treppen rauf- und runtergelaufen, um ihn zu versorgen. Von seinem Zimmer kann er sämtliche Klingeln im Haus bedienen, so daß sie nie ihre Ruhe hat.«

»Könnt ihr ihn nicht ins Erdgeschoß verfrachten?«

»Das will er nicht. Und Gertie gibt immer wieder nach. Wenn es nach mir ginge ...«

»Ja?« hakte Hope nach.

»Ich würde ihn in ein Heim stecken«, knurrte Axel und zertrat wütend ein paar Gänseblümchen. »Und dann würde ich einen Haufen Bedienstete einstellen, damit Gertie nie wieder einen Finger rühren muß.«

»Vielleicht kümmert sie sich ja gerne um ihn«, gab Hope vorsichtig zu bedenken. »Vielleicht liebt sie ihn.«

Er starrte sie an, als sei sie nicht ganz bei Trost, und wechselte abrupt das Thema. »Diese Geschichte mit dem Klavier ist doch Quatsch, oder? Warum bist du wirklich hier?«

Noch immer verletzt von seinem beiläufigen »wenn sie dich will«, als sähe er ihr auf den ersten Blick an, wie vergeblich ihre Sehnsucht nach Zuneigung seit je gewesen war, platzte Hope mit dem ersten Gedanken heraus, der ihr in den Sinn kam.

»Ich bin einsam.«

Er war schockiert. Das merkte sie an seinem entgeisterten Blick, seinem Schweigen. Als er schließlich zu einer Erwiderung ansetzte, wappnete sie sich gegen eine weitere schnippische Bemerkung, doch statt dessen sagte er nur: »Gut – das letzte Mal, als ich Gertie gesehen habe, war sie im Gewächshaus.« Damit lief er den Hügel hinunter und überließ es ihr, ihm zu folgen.

Aus sicherem Abstand war Hope das Gewächshaus mit seinem steilen, mit gußeisernen Ornamenten verzierten Dach, den hohen Spitzbögen und den bunten Glasfenstern als der schönste Teil des Hauses erschienen, und selbst aus der Nähe strahlte es trotz der verrosteten Pfeiler und gesprungenen Scheiben eine Aura verblichener romantischer Pracht aus. Die Eingangstür war mit zwei sinnlichen Mädchenfiguren aus buntem Glas verziert, und die Luft im Innern war schwer und feucht wie in einem tropischen Dschungel. Ein knorriger Wein, üppig mit reifenden Trauben behängt, bedeckte fast die ganzen Dachstreben, und auf dem von Rissen durchzogenen Mosaikfußboden tanzten Fische und Meerjungfrauen in Blau, Grün und Gold. An einer Seite standen ein paar zerfranste Korbstühle, aus deren Sitzkissen die Federn hervorquollen, und ein wackeliger, leicht schiefer Eisentisch, auf dem sich ein Berg Stopf- und Flickwäsche türmte; die Beine waren von einer Winde umschlungen, die zwischen den Meerjungfrauen gesprossen war und sich energisch einen Weg ans Licht suchte.

Überall standen Behälter in jeder nur vorstellbaren Form und Größe – riesige Tontöpfe, bauchige Krüge, gesprungene Porzellanschalen –, gefüllt mit den traurigen Überresten längst eingegangener Pflanzen, doch was Hopes Aufmerksamkeit am nachhaltigsten fesselte, waren die beiden Steinmauern, zwischen die das Gewächshaus gebaut war.

Zunächst kamen ihr die farbenfrohen Szenerien, mit denen sie bemalt waren, nur vage bekannt vor, doch nach und nach erkannte sie bestimmte Einzelheiten: Reihen leuchtender Azaleen, eine gewölbte Steinbrücke, ein großer, mit pastellfarbenen Seerosen bedeckter See, umsäumt von smaragdgrünem Farn und Trauerweiden. Als sie näher herantrat, entdeckte sie eine türkis funkelnde Libelle über der Wasserfläche, einen Frosch auf einem Seerosenblatt und sogar eine kleine gescheckte Katze, die im hohen Gras hinter einer Maus herjagte.

Durch die üppige sommerliche Pracht schlängelte sich ein schmaler Pfad, wand sich steil hinunter zu einem grünen, mit purpurfarbenen Orchideen gesprenkelten Ufer und dann wieder hinauf, wo er unter den ausladenden Ästen einer weißblühenden Magnolie verschwand, den Blick des Betrachters mit sich ziehend. Im oberen Teil des Bildes, über einem weißen Taubenschlag und einem Gewirr von Türmen und Schornsteinen, ragte, ein wenig verschleiert durch die Hitze und Entfernung, die runde Kuppel eines klassischen griechischen Tempels über dem bewaldeten Hügelkamm in den wolkenlosen blauen Himmel.

»Oh!« rief Hope aus. »Das ist ja der Orchideenpfad!«

»Stimmt.« Axel trat neben sie. »Gertie hat Michael gebeten, ihn für Wilf zu malen. Es war das größte Bild, das er je angefertigt hat – sechs Monate war er damit beschäftigt –, aber als er Wilf hinuntergetragen hat, um es ihm zu zeigen, meinte der nur: ›Die Orchideen blühen um die Zeit gar nicht‹ und wollte wieder nach oben gebracht werden.«

»Stimmt es denn?« fragte Hope und legte den Kopf schräg, um sie genauer zu mustern. »Ich meine, daß sie um die Zeit nicht blühen?«

»Na klar. Siehst du die Hortensien da? In Wirklichkeit sind die Orchideen längst hinüber, wenn sie aufgehen. Und die hier« – er deutete auf ein dichtes Büschel rosafarbener Guernseylilien im Vordergrund – »blühen erst im Herbst.«

Hope bemerkte, daß seine Fingernägel bis ins Fleisch abgekaut waren, und auch die Haut drum herum war überall eingerissen. »Warum hat er das gemacht?«

»Weil Gertie ihn darum gebeten hat. Der Orchideenpfad war immer Wilfs liebster Gartenteil, und seit dem Schlaganfall beschwert er sich ständig darüber, daß er nicht mehr dorthin kann. Also hat Gertie letztes Jahr, als sie nach etwas suchte, um Michael von seinem Kummer abzulenken –«

»Was für ein Kummer?«

»Phyllis, seine Frau, hat ihn verlassen. Hatte nicht mal den Mut, es ihm ins Gesicht zu sagen, hat nur einen Zettel auf den Kaminsims gelegt und ist abgehauen.«

»Der arme Kerl. Warum hat sie das getan?«

»Geht dich gar nichts an.« Er zuckte die Achseln. »Und mich genauso wenig. Wie auch immer, Gertie meinte, da Wilf nicht mehr zum Orchideenpfad gehen konnte, wäre es das beste, wenn der Orchideenpfad zu ihm käme, und deshalb hat sie Michael gebeten, das hier zu malen.« Er deutete mit einer ausholenden Handbewegung auf die Wand. »Und das einzige, was Wilf dazu einfiel, war die Sache mit den Orchideen.«

»Das hat Michael doch bestimmt ziemlich verletzt, oder? Nach all der Arbeit, die er hineingesteckt hat.«

Axel schüttelte den Kopf. »Nein, es schien ihm nicht allzu viel auszumachen. Er meinte, es wäre eine gute Ablenkung gewesen, und das wichtigste sei, daß es Gertie gefällt.«

»Und gefällt es ihr?«

»Sie sagt, es wäre perfekt – fast als wäre sie wieder dort.«

»Wieso ›wäre‹?«

Er zog eine Grimasse. »Sie ist seit Jahren nicht da gewesen. Sie entfernt sich nicht gerne weit vom Haus, für den Fall, daß Wilf sie braucht, und selbst wenn sie hingehen wollte, ihre Augen sind mittlerweile so schlecht –«

»Und der Boden ist so uneben«, ergänzte Hope. »Arme Gertrude.«

Er ging hinüber zum Tisch, nahm eine einzelne Socke vom Stapel und musterte das große Loch in der Ferse. »Ich weiß nicht, wozu sie sich die Mühe macht, das ganze Zeug zu stopfen.« Gereizt verzog er den Mund. »Sie ist vollkommen ungeschickt, und hinterher ist alles so verzogen und verknotet, daß man es nicht mehr anziehen kann.«

»Hast du das Bild gesehen, das Michael für Edwards Atelier gemalt hat?«

»Nein.«

»Solltest du dir mal ansehen. Es ist der Blick über das Tal von Beer Hill – heißt das so? – nach Nettlebed, und es sieht toll aus. Edward hat bestimmt nichts dagegen, wenn du mal vorbeigehst und –«

»Ich gehe nicht nach Market Needing.«

»Was soll das heißen?«

Er legte den Socken wieder zurück. »Außerdem kenne ich es schon – im Roten Zimmer hängt eine Version, die Michael für Wilf gemalt hat, bevor ich hierher gekommen bin. Willst du jetzt zu Gertie oder nicht?«

Womit war sie ihm denn nun wieder auf die Zehen getreten? fragte sich Hope. »Ja, natürlich, ich –«

»Na, dann mal los, ich hab nicht den ganzen Tag Zeit.« Er öffnete eine Tür in der Mauer – so geschickt bemalt, daß Hope sie überhaupt nicht bemerkt hatte – und führte sie in ein dunkles Arbeitszimmer mit hoher Decke.

Nach der feuchten Hitze des Gewächshauses war es dort angenehm kühl, und der Raum wirkte weniger vollgestellt; außer einigen Regalen mit alten, ledergebundenen Büchern standen darin nur ein massiver Eichenholzschreibtisch, ein verschlissener Ohrensessel, ein riesiger Globus.

»Das war Wilfs Reich«, sagte Axel. »Hier hat er sich um seine Geschäfte gekümmert, und als seine Söhne noch klein waren, hat er sich beschwert, sie würden ihn bei der Arbeit stören, und sie aus dem Zimmer verbannt. Nach ihrem Tod war es der einzige Ort im Haus, der ihn nicht an sie erinnerte, deshalb hat er sich nur noch hier aufgehalten, tagein, tagaus über seinen Papieren gebrütet und die Tür abgeschlossen, damit Gertie nicht hereinkonnte.«

»Wie unfreundlich.« Hope war schockiert. »Was für ein garstiger alter Mann.«

»Er ist wütend. Michael sagt, das liegt an den Schlaganfällen, und er kann nichts dafür, aber ich glaube, er war schon immer wütend – jetzt, wo er hilflos ist, fällt es nur mehr auf.«

»Wie alt ist er?«

»Zweiundsiebzig«, sagte Axel. »Eigentlich sollte man meinen, daß er sich mittlerweile verziehen hat.«

»Verziehen? Was?«

Er warf ihr einen Seitenblick zu, taxierte sie. »Michael sagt ...«

»Ja?«

»Er sagt, Wilf läßt es an ihr aus, weil er sich schuldig fühlt.«

»Woran?«

»Am Tod meiner Onkel.«

»Aber warum sollte er –«

Axel ging hinüber zu dem Globus und drehte ihn, bis Europa oben lag. »Sie waren siebzehn, als sie starben.«

Hope wartete, gespannt, was als nächstes kommen würde.

»1914 – da waren sie sechzehn – hat Wilf seine Beziehungen spielen lassen, um sie in seinem früheren Regiment unterzubringen, obwohl sie noch minderjährig waren.« Sein Finger schwebte über Frankreich. »Gertie glaubt, er hätte nicht gewußt, was ihnen bevorstand. Alle dachten, das Ganze wäre spätestens Weihnachten vorbei. Gegenüber seinen Freunden prahlte er mit seinen wunderbaren Söhnen, wie begierig sie wären, für König und Vaterland zu kämpfen, dabei hatte er sie dazu gezwungen, damit er mit ihnen angeben konnte.«

»Und dann starben sie.«

Wütend versetzte er den Globus in Rotation. »Seinetwegen hat meine Mum es hier nicht mehr ausgehalten. Wer weiß, vielleicht hätte er meinen Dad sogar retten können, aber der war Deutscher und damit der Feind, deshalb hat Mum ihn nie gefragt – sie wußte, daß Wilf keinen Finger rühren würde, um ihm zu helfen.«

»Ist er deshalb so gemein zu Gertie, weil sie Bescheid weiß?«

Er zuckte die Achseln. »Er bestraft sie, weil er sich schuldig fühlt, und sie bestraft sich selbst, indem sie es über sich ergehen läßt und weil sie Mitleid mit ihm hat.«

Er öffnete eine weitere Tür und führte sie in einen hallenden Flur, der zu beiden Seiten von schweren Eichentüren begrenzt war und auf dessen Steinfliesen sich mehrere Pfützen gebildet hatten; offenbar waren die Dachfenster gut sechs Meter über ihnen undicht. Hope hätte zu gerne einen Blick hinter die fest geschlossenen Türen geworfen, traute sich jedoch nicht zu fragen, und so wurde sie immer langsamer, bis sie schließlich so weit zurückgefallen war, daß er stehenbleiben und auf sie warten mußte.

»Kann ich nicht wenigstens mal in *einen* Raum reinschauen?« bettelte sie, während sie ihren Schritt beschleunigte, um ihn einzuholen. »Ich gehe auch nicht hinein, versprochen.« Er stieß einen theatralischen Seufzer aus, öffnete die nächstliegende Tür und trat einen Schritt zur Seite.

»Das Rote Zimmer«, verkündete er.

Es war noch beeindruckender, als Hope es sich vorgestellt hatte. Wo sie auch hinsah, überall standen wackelige Tische mit exotischen Mitbringseln – dicke Buddhas aus Elfenbein, zierliche Jadefiguren, eine Schale aus Lapislazuli, in der sich Zigarettenkippen häuften –, an den hohen Fenstern hingen verschossene rote Vorhänge mit Volants und Quasten, deren Ösen zur Hälfte losgerissen waren, und ein kunstvoll geschnitzter Stuhl aus Ebenholz lehnte mit zerbrochener Lehne an einem riesigen Regal, in dem sich halb zerfallene Bücher mit Ledereinband stapelten. Außerdem gab es ein breites, durchgesessenes Sofa, das mit Stoffbahnen bedeckt war, einen Lederpuff mit Prägemuster, auf dem eine gescheckte Katze – eine dicke, träge Ausgabe von Poppy – lag und döste, ein einäugiges Tigerfell und einen goldenen Vogelkäfig, der mit einer Ansammlung von Brillen dekoriert war. Auf den mit pflaumenfarbener Seide bespannten Wänden zeichneten sich Schimmelflecken ab, und die Decke, die mit rundlichen Putten und Wattewolken bemalt war, hatte von der Feuchtigkeit einen Grünstich.

»Das ist der schönste Raum, den ich je gesehen habe«, meinte Hope.

Ausnahmsweise hatte sie genau das Richtige gesagt.

»Ja, nicht?« erwiderte er mit einem Lächeln. »Müßte allerdings mal aufgearbeitet werden.«

»Macht es deiner Großmutter nichts aus, daß alles vergammelt?«

Er zuckte die Achseln. »Es sieht schon ewig so aus, ich glaube, das fällt ihr gar nicht mehr auf.«

»Könntest du nicht was dagegen tun, jemanden kommen lassen, der ein paar Sachen repariert?«

Seine Miene verfinsterte sich wieder, schlimmer als zuvor. »Wovon sollte ich das denn bezahlen?« fragte er. »Sie hat deinem Stiefvater das Pförtnerhaus doch nur vermietet, weil sie das Geld braucht.«

»Aber ich dachte –«

»Was? Daß wir reich sind, nur weil wir in einem großen Haus wohnen?« Er schnaubte verächtlich. »Ich weiß nicht, wieviel Geld Wilf mal gehabt hat, aber jetzt ist jedenfalls so gut wie nichts mehr davon übrig. Alle paar Wochen muß Gertie Michael bitten, etwas für sie zu verkaufen, damit die Rechnungen bezahlt werden können.«

Als er sie wieder durch den Flur zurückführte, fragte er unvermittelt: »Warum bist du einsam?«

»Weil ...«, erwiderte sie zögernd, »weil ich im Weg bin. Ich war immer im Weg.«

Während sie hinter ihm hertrottete, kam ihr ein Gedanke – wenn Gertrude Seddon nicht mal genug Geld hatte, um ihre Rechnungen zu bezahlen, mit welchem Recht konnte sie sie dann bitten, Lilas Klavier reparieren zu lassen?

Gertrude war in der Küche und erhitzte Milch für Wilfs Kaffee. An diesem Tag trug sie eine blaue Samtjacke, eine Nadelstreifenhose mit roten Hosenträgern und weiße Leinengamaschen.

»Na, meine Liebe«, begrüßte sie Hope, »du hast Michael gerade verpaßt. Er hat mir das mit dem Klavier im Pförtnerhaus erzählt. Wie *dumm* von mir – wenn ich gewußt hätte, daß es so kaputt ist, hätte ich es nie dorthin gestellt, aber ich weiß nicht recht, was ich da machen soll. Ich würde euch ja gerne einen Klavierstimmer bestellen, wenn ich es mir leisten könnte –« Die Milch im Topf fing an zu zischen und zu spritzen. »Aber –«

»Schon gut«, unterbrach Hope sie. »Sie brauchen sich nicht solche Mühe zu machen, wirklich nicht. Mir war nicht klar – ich meine, Mamma sagt, der Resonanzboden hat einen Riß, also hätte es wahrscheinlich sowieso keinen Zweck ...« Wie undankbar das klingt, dachte sie, aber jetzt ist es auch egal. »Es wäre wohl nicht möglich, daß sie mal auf dem anderen spielen kann, oder?«

»Auf dem anderen?« Gertrude schenkte die Milch ein und rührte um. »Welches andere?«

»Sie meint den Bechstein«, erklärte Axel. »Ich habe sie neulich dabei ertappt, wie sie draußen vor dem Fenster stand und reinstarrte.«

»Was?« Die alte Dame sah schockiert aus. »Oh nein! Nein, das geht auf gar keinen Fall!«

»Aber –«

»Nein«, wiederholte sie, und als sie Hopes unglückliche Miene sah: »Bitte, sieh mich nicht so an! ... Du meine Güte ...«

»Eine blödsinnige Idee«, mischte Axel sich ein. »Fremde, die hier rein- und rauslaufen und jede Menge Krach machen –«

»Nein, mein Lieber«, korrigierte Gertrude ihn, »nicht Krach, sondern *Musik,* das ist etwas ganz anderes. Hope hat mir erzählt, daß ihre Mutter an der Royal Academy studiert hat.«

»An der was?«

»An der Royal Academy of Music«, erklärte Hope. »Da dürfen nur die besten Musiker hin. *Bitte,* Gertrude – ich meine, Mrs. Seddon –, Sie ahnen ja nicht, was es ihr bedeuten würde ...«

»Nein ...« Gertrude blickte nervös von einem zum anderen. »Nein, das geht wirklich nicht ...«

»Stell dir vor, Wilf hört sie«, warnte Axel. »Er würde durchdrehen.«

»Aber er ist doch meilenweit weg«, bettelte Hope flehend. »Von seinem Zimmer aus kann er sie doch bestimmt gar nicht hören. Wir können es ja ausprobieren. Du könntest dich draußen vor seine Tür stellen, und wenn du irgendwas hörst –«

»Und was, wenn ich jede einzelne Note höre?« fragte Axel.

»Wir könnten es umstellen!« Einfach, aber genial, beglückwünschte sich Hope.

»Das Klavier? Wohin denn? Es ist schon so weit von Wilfs Zimmer entfernt wie nur möglich!«

Das nahm ihr den Wind aus den Segeln, aber nur für einen Moment. »Wie könnten es in den Stall bringen – da ist doch bestimmt jede Menge Platz!«

»Hast du eine Ahnung, wie schwer das Ding ist?«

»Nein, Liebes«, sagte Gertrude sanft, »das kommt nicht in Frage.«

»Warum nicht?«

»Weil der Flügel ein empfindliches Instrument ist. Das Musikzimmer wurde extra ausgewählt, weil es im Sommer nicht zu heiß und im Winter nicht zu kalt ist. Wenn wir ihn in den Stall bringen würden, wäre er innerhalb kürzester Zeit unspielbar – obwohl ich natürlich nicht weiß, ob er überhaupt noch spielbar ist.« Zögernd blickte sie von einem zum anderen. »Wir könnten ja Alex' Vorschlag mal ausprobieren ...«

»Von *mir* war der Vorschlag nicht!« protestierte Axel, doch Gertrude schien bereits einen Entschluß gefaßt zu haben.

»Alex, sei doch so gut und bring Wilfred sein zweites Frühstück rauf, dann gehe ich mit Hope ins Musikzimmer –«

»Das ist nicht fair!« sagte Hope. »Er sagt garantiert, er kann es hören, ob es stimmt oder nicht!«

»Und du sagst, du kannst es *nicht* hören, nur damit Gertrude deine Mutter spielen läßt!«

»Dann gehe *ich* nach oben!« bestimmte Gertrude gereizt.

»Das ist keine gute Idee«, wandte Axel ein. »Wir brauchen jemanden, der richtig spielen kann, sonst klingt es nur wie der Gong einer Uhr oder etwas in der Art.«

»Aber was ist, wenn man es wirklich hört?« fragte Gertrude.

»Ein paar Akkorde reichen doch«, sagte Hope.

»Dann ist es aber kein richtiger Test!«

»Schluß mit dem Gezanke!« sagte Gertrude. »Hope und ich gehen ins Musikzimmer –«

»Aber –«

»– und wenn Alex eine Weile gelauscht hat, kann er wieder runterkommen – außer natürlich, es ist zu laut; in dem Fall drückt er auf die Klingel am Treppenabsatz, die läutet auch im Musikzimmer, und dann höre ich sofort auf. Danach kann Hope raufgehen.«

»Oh, tausend Dank!« Eigentlich gehörte es sich nicht – schließlich kannte sie die alte Dame kaum –, aber Hope fiel ihr trotzdem um den Hals, und der rosige Hauch auf Gertrudes knittriger Wange verriet ihr, daß sie sich freute.

Nun, da Gertrude ihren Entschluß gefaßt hatte, war sie begierig darauf, ihn auch umzusetzen, und überließ es Axel, das Tablett für Wilfred vorzubereiten. Sie ging mit Hope aus der Küche und hinauf ins Erdgeschoß, dann wieder durch den hohen Flur, am Roten Zimmer vorbei, und nach rechts in einen schmaleren Korridor, der mit verblichenen türkischen Läufern ausgelegt war; an den Wänden hingen ausgefranste mittelalterliche Wandteppiche mit Frauen in bunt gemusterten Kleidern und Minnesängern, die in schattigen Lauben an ihrer Laute zupften.

»Wilfred«, bemerkte sie, als plötzlich über ihren Köpfen eine Klingel erschallte. »Er wartet auf sein zweites Frühstück.« Hope betrachtete verstohlen ihr besorgtes Gesicht und fragte sich, ob sie es wohl bedauerte, daß sie ihren Mann über ihr Kind gestellt hatte. Wünschte sie sich manchmal, sie hätte sich mehr um ihre verstorbene Tochter gekümmert, die vor so vielen Jahren den falschen Mann geheiratet hatte und nie wieder nach Hause gekommen war?

Die kühle Strenge des Musikzimmers mit seinem Duft nach Bienenwachs und Lavendel (hier drinnen roch es nicht nach Zigaretten, wie Hope bemerkte) und die sparsame Möblierung – der Flügel, ein Hocker und ein schmales Regal, in dem ordentlich gestapelt Notenhefte lagen – war nach der verstaubten, üppigen Dekoration des Korridors wie ein Schock.

»Könntest du bitte einen Moment draußen warten, Liebes?«

Gertrude verstellte ihr den Weg. »Ich muß erst noch etwas erledigen …«

Als die Klingel fordernd in der Halle ertönte, ging Axel gerade die Treppe hinauf, erfüllt von einer Mischung aus Zorn und Bewunderung darüber, mit welcher Leichtigkeit die kleine McAndrew Gertie um den Finger gewickelt hatte. Das Musikzimmer war der liebste Rückzugsort seiner Großmutter, ihr Schlupfwinkel, wenn sie allein sein wollte, aber in den sechs Jahren, die er jetzt in Seddons lebte, hatte er noch nie gehört, daß sie den Flügel, den sie so hingebungsvoll abstaubte, auch nur ein einziges Mal gespielt hätte. »Oh nein, mein Lieber«, hatte sie erwidert, als er sie nach dem Grund gefragt hatte, »das würde Wilfred ganz und gar nicht gefallen«, als wäre damit alles erklärt. Warum hatte sie dann so schnell kapituliert, noch dazu gegenüber einer völlig Fremden?

Draußen schwebte ein Falke über den Spuren, die er vorhin mit der Schubkarre auf dem Rasen hinterlassen hatte, und Axel hielt inne, um ihn zu beobachten. Hopes niedergeschlagenes Geständnis – »ich bin einsam«, hatte sie gesagt, als genüge das als Erklärung für ihre dauernden ungebetenen Besuche – hatte ihn an seine eigene Verzweiflung bei der Ankunft in Seddons erinnert. Damals hatte er auch einen Falken gesehen, den ersten seines Lebens.

Er war zu dem Zeitpunkt erst ein paar Tage im Haus, aber Wilfreds verdammte Klingel trieb ihn bereits in den Wahnsinn. In dem Versuch, ihr zu entkommen, schlüpfte er durch eine Tür in den Westturm, stieg die steile Wendeltreppe hinauf, an dem Turmzimmer vorbei, und kletterte durch die Falltür auf das Dach. Von einer Windbö fast aus dem Gleichgewicht gebracht, spähte er über das Geländer hinunter auf den Rasen, der gute fünfzehn Meter tiefer lag, und wich, von Schwindelgefühlen gepackt, zurück. Da erblickte er den Falken, der hoch oben über dem Hügel schwebte.

Von Neugier gepackt, folgte er dem Vogel, der in das Tal hinunterkreiste, entlang des schmalen steinernen Stiegs, ohne darüber nachzudenken, wie niedrig die Brüstung und wie tief der Abgrund zur Einfahrt mit dem verwahrlosten Brunnen war. Als der Falke hinter dem Ostturm verschwand, kletterte er seitwärts über die Schindeln bis zum Dachfirst, an der anderen Seite wieder hinunter, über ein breites, ebenes Bleidach mit mehreren kuppelförmigen Glasfenstern und dann eine Metalleiter hinauf zu dem schmalen Austritt, der vom Küchenschornstein an der Rückseite des Hauses vorsprang. Dort setzte er sich mit dem Rücken zu den warmen Steinen und ließ seine Fantasie gemeinsam mit dem Falken in den blauen Himmel schweben.

Kiii-Kiii-Kiiii ... Der rauhe Schrei, der vom Wind herübergetragen wurde, hatte ihn mit tiefer, wilder Freude erfüllt. Wenn das Schlimmste eintraf, hatte er sich geschworen, wenn seine Großmutter herausfand, was er getan hatte, und ihn hinauswarf, würde er wieder hier hinaufklettern. Und dann würde er vom höchsten Punkt springen, den er erklimmen konnte, und sich wie dieser Falke in die wunderbaren Höhen des Nichts schwingen ...

Er wandte den Kopf und lauschte, für den Fall, daß sie bereits im Musikzimmer angekommen waren, doch das einzige, was er hörte, war das beharrliche Gebimmel von Wilfreds Klingel. Leise fluchend, erklomm er die restlichen Stufen und fragte sich, wie um alles in der Welt er beurteilen sollte, ob Gerties Klavierspiel zu hören war, wenn der Alte einen solchen Lärm machte.

»Schon gut, schon gut«, rief er und eilte durch das Zimmer, »ich komme ja schon!«

»Kannst du nicht aufpassen«, knurrte Wilfred. »Du hast schon wieder den Kaffee verschüttet.«

»Tut mir leid.« Axel zog sein Taschentuch aus der Hosentasche und tupfte ungeduldig die Flüssigkeit weg.

»Die Kekse sind auch durchgeweicht.« Mißtrauisch beäugte der alte Mann den Teller. »Und du weißt, daß ich diese Dinger aus Pfeilwurzmehl nicht ausstehen kann.«

»Tut mir leid«, wiederholte Axel. »Das waren die einzigen, die Michael hatte. Soll ich dir etwas anderes holen?«

Wilfred sah ihn mit finsterer Miene an. »Nein. Laß nur. Wo ist Freddy?«

Dank seiner trägen, geduldigen Natur war Fat Freddy Wilfs Lieblingskatze. Stundenlang lag er auf dem Schoß des alten Mannes und schnurrte leise, während Wilfred ihm übers Fell streichelte und die Einfahrt bewachte.

»Das letzte Mal, als ich ihn gesehen habe, war er im Roten Zimmer. Soll ich runtergehen und ihn holen?«

»Hmpf«, grunzte der alte Mann und fingerte an einem der durchgeweichten Kekse herum, doch als Axel sich zum Gehen wandte, erhob er keinen Einspruch.

Nachdem er sorgfältig die Tür hinter sich geschlossen hatte, ging Axel zum Treppenabsatz und lauschte.

Nichts.

Erst als er die Treppe halb hinuntergegangen war, hörte er es – den leisen, aber unverwechselbaren Klang eines Klaviers. Die Melodie, die vom anderen Ende des Hauses zu ihm hinaufstieg, erinnerte ihn an ein Gespräch zwischen Gertie und Michael, das er kurz nach seiner Ankunft in Seddons zufällig mitbekommen hatte.

»Jetzt, wo Wilf in seinem Zimmer bleiben muß«, hatte Michael vorgeschlagen, »könntest du doch wieder Klavier spielen.«

»Nein«, hatte Gertrud erwidert. »Die Tür habe ich schon vor langer Zeit verschlossen und den Schlüssel dazu weggeworfen.« Die Bemerkung hatte Axel damals verwirrt, denn wie konnte sie das Musikzimmer jeden Tag betreten, wenn es verschlossen war? Später hatte er natürlich begriffen, daß es eine bildhafte Redewendung war, doch das wenige, das er jetzt hören konnte, ließ schmerzlich erkennen, wie sehr sie aus der Übung war.

Moment, dachte er – ich gehe lieber noch mal hoch und horche, was ich vom Treppenabsatz hören kann.

Hier oben war es noch viel schwächer; Wilf, der hinter der Tür seinen Kaffee schlürfte und leise Selbstgespräche führte, konnte es von seinem Sessel am Fenster garantiert nicht hören. Und das war vermutlich auch gut so, dachte Axel. Michael meinte nämlich, der alte Mann bekäme manchmal mehr mit, als er sich anmerken ließ, und er hätte von Anfang an gewußt, wer

Axel war, aber bewußt beschlossen, sich dumm zu stellen, »denn wenn er dich erkennen würde, müßte er dich hassen, und das will er nicht«. Doch Axel bezweifelte, daß er ebenso nachgiebig sein würde, wenn er merkte, daß Gertie entgegen seinem ausdrücklichen Wunsch Klavier spielte.

Festzustellen, daß die kleine McAndrew recht gehabt hatte, ärgerte ihn erstaunlicherweise weniger, als er angenommen hatte. Einsamkeit, das war etwas, das er gut nachvollziehen konnte ...

»Axel?«

Sie stand in der Halle und sah zu ihm hinauf.

»Pssst!« zischte er.

»Es hat keinen Zweck –«

»Psst!« wiederholte er, als die Melodie wieder einsetzte – nicht laut genug, als daß Wilf in seinem Zimmer etwas davon mitbekommen hätte, nur ein leises Echo, wie ferner Glockenklang –, aber dennoch hörbar.

»Was?« rief sie. »Red lauter, ich verstehe nicht, was du –«

»Still – denk an Wilfred!« flüsterte er, über das Geländer gebeugt. »Bleib da, ich komme runter.«

Als er in der Halle ankam, sagte er zu seiner eigenen Überraschung: »Ich habe nichts gehört.«

»Wirklich?« Sie sah nicht so erfreut aus, wie er erwartet hatte. »Überhaupt nichts?«

»Keinen einzigen Ton«, bekräftigte er. Warum zum Teufel freute sie sich nicht?

»Ich glaube, ich habe etwas Schreckliches gemacht«, sagte sie. »Und es ist sowieso zwecklos ...«

»Was ist zwecklos? Wovon redest du?«

»Der Flügel. Er klingt fast genauso schlimm wie das Klavier bei uns, und jetzt ist Gertie ganz unglücklich. Ich hätte sie niemals fragen dürfen. Kannst du mitkommen?«

Gertrude saß im Musikzimmer am Flügel, die Hände im Schoß, und über ihr Gesicht liefen Tränen, die glänzende Spuren auf ihre Wangen zeichneten und dunkle Flecken auf der Samtjacke hinterließen.

»Gertie?« Axel war alarmiert von ihrem Kummer. »Gertie, was ist los?«

Sie zuckte zusammen, blinzelte. »Nichts.« Sie nahm ihre Brille ab (ganz schlicht, mit strengem Metallgestell – gar nicht ihr Stil, wie Axel bemerkte) und wischte sich hastig mit der Hand über die Wangen. »Gar nichts.« Sie setzte sich aufrecht hin und schloß den Deckel. »Und, hast du mich gehört?«

Es war ein guter Versuch. Doch als sie ihn mit ihren rotgeränderten Augen ansah, wußte Axel, sie hoffte, daß er sie nicht gehört hatte, nicht bemerkt hatte, daß sie nicht mehr spielen konnte.

»Nein«, log er erneut. »Keinen einzigen Ton.«

»Oh«, sie wirkte erleichtert, und ihr Gesicht hellte sich auf. »Na, dann ist es ja gut!«

»Vielleicht sollte ich etwas verkaufen«, überlegte sie laut, »und den Flügel stimmen lassen – so ist er schließlich nicht zu gebrauchen.«

Sie waren im Roten Zimmer. Axel hatte Tee gekocht, und Gertie schien sich von ihrem Kummer zu erholen.

»Auf keinen Fall«, widersprach Hope. »Ich hätte nie davon anfangen sollen.«

»Nein, hättest du auch nicht!« Axel war immer noch wütend, nicht nur auf Hope, sondern auch auf sich selbst, weil er das Ganze nicht hatte kommen sehen.

»Es tut mir leid«, wiederholte sie. »Wie oft soll ich es denn noch sagen?«

»Kinder, Kinder!« Gertrude schickte einen blauen Rauchkringel zu den Putten an der Decke. »Schluß mit dem Gezanke! Wir werden folgendes tun: Ich werde Mrs. Kennett einen Brief schreiben –«

»Lila«, unterbrach Hope sie, »sie heißt Lila. Aber Sie müssen das nicht tun, wirklich nicht –«

»Liebes, du bringst mich ganz durcheinander«, beschwerte sich Gertrude. »Also, wo war ich? Ach ja. Ich schreibe Mrs. Kennett – Lila – einen Brief, ob sie Interesse hat ... Nein, erst müssen wir Michael bitten, einen Klavierstimmer ausfindig zu machen, denn wenn Mrs. Kennett tatsächlich Interesse hat –«

Hope hatte den Faden verloren. »Interesse woran?«

»Auf dem Flügel zu spielen, du Dussel«, entgegnete Axel.

»Alex, bitte«, wies Gertrude ihn zurecht. »Ich habe dir schon mal gesagt, daß es keinen Grund gibt, so unhöflich zu sein.« Draußen im Flur schrillte die Klingel, und alle drei zuckten zusammen. »Ach herrje, ich habe ganz vergessen, Wilfreds Tablett zu holen. Hope, meine Liebe, ich glaube, es ist besser, wenn du jetzt nach Hause gehst – Wilfred wird bald sein Mittagessen haben wollen, und ich glaube, ich muß mich ein wenig hinlegen. Die ganze Aufregung hat mich etwas erschöpft. Alex, könntest du vielleicht ...?«

»Ich wollte sie nicht durcheinanderbringen«, begann Hope erneut, als Axel sie nach draußen auf die Terrasse führte und die Tür hinter ihr zuzog. »Wirklich nicht.«

»Ich weiß.« Er hatte wieder seine gewohnte düstere Miene aufgesetzt. »Aber du darfst dir wegen des Klavierstimmers nicht zu große Hoffnungen machen – das kann sie sich nicht leisten.«

»Das habe ich verstanden. Ich werde nicht wieder davon anfangen, das verspreche ich.«

Er wandte sich nach rechts und begleitete sie über die Terrasse. »Eigentlich sollte ich dir das wahrscheinlich gar nicht sagen, aber er hängt mit der Miete für das Atelier hinterher, und die Lebensmittelrechnung hat er auch nicht bezahlt.«

»Wer?«

»Dein Stiefvater.«

»Edward?« Sie schüttelte den Kopf. »Nein, das kann nicht sein – ich weiß zufällig, daß er extra darum gebeten hat, die Lebensmittelrechnungen direkt an sein Atelier zu schicken, damit Mamma nicht ...« Sie starrte ihn an. »Bist du sicher?«

»Ja. Ich habe gehört, wie Michael vorhin mit Gertie darüber gesprochen hat. Deshalb ist er auch so schnell wieder verschwunden, weil er deinen Stiefvater im Atelier aufsuchen wollte.«

»Du meine Güte.«

Er hatte sie beunruhigt, das war nicht zu übersehen.

»Was ist mit der Miete für das Pförtnerhaus – hängt er damit auch hinterher?«

»Nein«, sagte Axel. »Die hat er zum Glück im voraus bezahlt. Michael hat Gertie das mit dem Atelier nur gesagt, damit sie vorgewarnt ist.«

Sie kamen an der Kellertreppe vorbei und gingen auf die Stallungen zu. »Vielleicht kannst du ja mal mit deiner Mum reden, ob sie ihn dazu kriegt, das Geld rauszurücken.«

»Ja«, sagte sie. »Ja, natürlich.«

Schweigend überquerten sie den Hof, und an der Tür in der Mauer trennten sie sich.

»Mach's gut«, rief sie, als sie mit eingezogenem Kopf den Goldregengang betrat.

Er stand mit dem Rücken zum Licht, so daß sie sein Gesicht nicht sehen konnte, aber er hob die Hand.

»Bis bald«, rief er ihr zu, und während sie weiterging, mußte sie lächeln. »Bis bald«, hatte er gesagt. Nicht: »Verschwinde«, nicht: »Hau ab«, sondern »Bis bald«.

Wilfs Klingel schrillte mit voller Lautstärke, doch Gertie saß immer noch zusammengesunken im Roten Zimmer, und Axel sah, daß sie wieder geweint hatte.

»Hallo, mein Lieber«, sagte sie, als er sich neben sie setzte. »Meinst du, ich tue das Richtige?«

»Warum nicht?« erwiderte er. »Was könnte es schaden?« Schließlich war es Gerties Sache, wenn sie etwas verkaufen wollte, um den Flügel stimmen zu lassen. Außerdem, wenn Hopes Mutter kam, würde Hope doch bestimmt auch kommen, oder? Wenn er so darüber nachdachte, freute er sich sogar darauf. Er nahm Fat Freddy hoch und ging zur Tür. »Ich hole jetzt Wilfs Tablett, und wie wär's, wenn du dich ein bißchen hinlegst?«

Lila war im Wohnzimmer, als Hope zurückkam. Die Vorhänge waren zugezogen, und sie lag auf dem Sofa, den Arm über dem Gesicht.

»Mamma«, begann Hope vorsichtig, »Es gibt da etwas, das du wissen solltest – versprichst du mir, daß du nicht böse wirst ...?«

»Mir ist schon seit Wochen klar, daß er zuviel Geld ausgibt«, meinte Lila, als Hope mit ihrer Geschichte fertig war. »Ich habe versucht, mir einzureden, daß ich mir viel zu viele Sorgen mache.«

In gewisser Hinsicht war es eine Erleichterung, ihre Befürchtungen bestätigt zu sehen, und wie konnte sie Hope dafür bestrafen, daß sie heimlich im Herrenhaus gewesen war, wenn sie es aus so uneigennützigen Gründen getan hatte? »Ich kann gar nicht glauben, daß du dir meinetwegen so viel Mühe gemacht hast«, sagte sie, »noch dazu, wo ich dich, seit wir hier angekommen sind, nur angefaucht habe.«

»Es hat auch nicht viel genützt.« Hope wirkte niedergeschlagen. »Axel sagt –«

»Wer ist Axel?«

»Gertrudes – Mrs. Seddons Enkel. Er sagt, wir dürfen uns wegen des Klaviers nicht zu viele Hoffnungen machen, weil sie kein Geld hat, um es stimmen zu lassen. Wenn du wußtest, daß Edward in Schwierigkeiten war, warum hast du dann nicht mit ihm geredet?«

»Das habe ich ja. Er behauptet, alles wäre in Ordnung und ich solle mir keine Sorgen machen.«

»Aber er könnte das Atelier verlieren«, wandte Hope ein. »Michael Allott ist ein netter Mensch, aber er wird nicht ewig auf sein Geld warten. Wovon sollen wir leben, wenn Edward sein Geschäft verliert?«

Bleib ruhig, ermahnte sich Lila, benimm dich ausnahmsweise mal wie eine verantwortungsbewußte Erwachsene anstatt wie ein verängstigtes Kind. »So weit wird es nicht kommen«, versicherte sie Hope. »Das werde ich nicht zulassen.« Sie stand auf und strich ihren Rock glatt. »Wahrscheinlich hat er es nur vergessen – wenn man viel zu tun hat, übersieht man schon mal eine Rechnung.« Aber sie spürte, daß Hope ihr nicht glaubte.

Seltsamerweise richtete sich ihr Zorn vor allem gegen Michael

Allott. Wie *konnte* er nur? Wie konnte dieser verdammte Kerl seelenruhig in ihrer Küche stehen und Tee trinken, wenn er wußte, daß er keine zehn Minuten später mit ihrer Vermieterin über Edwards Schulden reden würde? Und obendrein hatte sie noch seine wohltätigen Geschenke angenommen. Sie würde ihm nie wieder ins Gesicht sehen können ...

Sie rieb sich über die Stirn und zuckte zusammen, als ihre Finger die Beule berührten, die Edward ihr verpaßt hatte. »Ich nehme an, ganz Market Needing weiß bereits, daß wir unsere Rechnungen nicht bezahlen können?«

»Nein, natürlich nicht!« besänftigte Hope sie. »Michael hat es nur Gertrude erzählt, weil er Sorge hatte, sie könnte ihrerseits bald ohne Geld dastehen.« Doch das, fand Lila, war nur ein schwacher Trost für die Demütigung, die ihr nichtsnutziger Ehemann ihr beschert hatte.

Es war bereits nach neun, als sie Edwards Wagen hörten, und schon bevor er ins Wohnzimmer kam, war klar, daß er reichlich getrunken hatte. Er schien vergessen zu haben, wie brutal er Lila am Abend zuvor behandelt hatte, nannte sie überschwenglich sein »süßes kleines Frauchen« und verlor das Gleichgewicht, als er sich vorbeugte, um ihr einen Kuß zu geben.

»Geh ins Bett, Hope«, befahl Lila, während sie versuchte, ihn abzuwehren. »Wir sehen uns morgen früh.« Doch selbst mit der Wand zwischen ihnen war klar, daß Hope mitbekommen würde, wie Edwards Stimme von inbrünstiger Leidenschaft zu jammerndem Selbstmitleid und schließlich zu trunkener Aggressivität wechselte, als sie ihn zur Rede stellte.

Als Hope es schließlich wagte, auf Zehenspitzen zurück ins Wohnzimmer zu schleichen, stand Lila am Fenster und starrte hinaus in die Dunkelheit.

»Und?« flüsterte Hope. »Was hat er gesagt?«

»Er meint, ich mache mir zu viele Sorgen. Er hat vor, alle Schulden zu begleichen, sobald der Scheck eingelöst ist. Anscheinend hat seine Mutter sich bereit erklärt, ihm aus der Patsche zu helfen.«

»Aber das ist doch gut, oder?«

»Vermutlich.« Lila ging im Zimmer auf und ab, nahm Dinge in die Hand und stellte sie wieder hin. »Sofern es dir nichts ausmacht, nach London zu ziehen.«

»Was?«

»Psst!« Nervös blickte Lila zur Tür. »Seine Mutter hilft ihm nur unter einer Bedingung.«

»Nämlich?«

Lila biß sich so fest auf die Lippe, daß sie Blut schmeckte. »Er muß aufhören« – wie hatte er es ausgedrückt? – »den Fotografen zu spielen, und sich seiner Verantwortung stellen.«

»Sind *wir* nicht seine Verantwortung?«

Lila kehrte zurück ans Fenster. »Offenbar nicht. Offenbar gilt seine Verantwortung in erster Linie seiner Familie, sprich: seinen Eltern. Er hat nun doch noch eingewilligt, in die Praxis seines Vaters einzusteigen. Er wird Medizin studieren, und solange er das tut, werden wir alle in der Harley Street wohnen.«

Hope starrte sie mit offenem Mund an. »Willst du das etwa?«

Lila ließ die Schultern hängen. »Nein«, antwortete sie.

Edward lag noch mit einem schweren Kater im Bett, als seine Mutter am nächsten Morgen anrief.

»Bitte stören Sie ihn nicht«, sagte sie, als Lila sich erbot, ihn zu wecken. »Ich möchte mit Ihnen sprechen.«

Lila hatte die Nacht auf dem Sofa verbracht. Ihr tat der Rükken weh, und sie hatte kaum ein Auge zugemacht. »So?« Ihre Stimme klang kühl.

»Ich nehme an, Edward hat Ihnen die Neuigkeit mitgeteilt?« begann Virginia Kennett. »Sie sind ja sicher sehr erfreut.«

»Nein«, erwiderte Lila. »Bin ich nicht.«

»Oh?« Mrs. Kennett klang erstaunt. »Ich dachte –«

»Was? Daß ich genauso leicht zu bestechen bin wie Ihr Sohn?«

»Also, ich muß doch sehr bitten!«

»Ja, das sollten Sie in der Tat, und zwar um Entschuldigung«, konterte Lila und legte auf.

Sekunden später klingelte es erneut, doch sie drückte auf den Knopf, um den Anruf abzuwehren, und legte den Hörer neben das Telefon. Als sie sich umwandte, stand Hope hinter ihr, und an ihrem Gesichtsausdruck war zu erkennen, daß sie mitgehört hatte.

»War das –«, begann Hope.

»Ja.«

Lila ging an ihr vorbei, durch den Flur und die Küche und hinaus in den Garten. Wie hatte das Ganze so schnell umkippen können? fragte sie sich. Wie war sie nur auf den Gedanken gekommen, sie sei verliebt? Warum war sie so dumm gewesen zu glauben, diese Ehe könne in irgend etwas anderem münden als in einer Katastrophe? Und was um alles in der Welt sollte sie jetzt tun?

Ziellos stolperte sie weiter, am Schuppen und am kaputten Zaun vorbei, zu dem Pfad unter den Bäumen, von dem Drang getrieben, das Chaos hinter sich zurückzulassen, das sie geschaffen hatte, nicht nur um ihrer selbst willen, sondern auch für ihre arme, geplagte Tochter, die all das nicht verdient hatte. Sie folgte dem grünen Pfad hinunter ins Tal, blieb dann an der Steinbrücke stehen und betrachtete das sprudelnde Wasser, um das Durcheinander in ihrem Kopf zu beruhigen.

Sie hatte keine Ahnung, wie lange sie dort gestanden hatte, die Ellbogen auf die Brüstung gestützt, den Blick auf den See gerichtet. Doch als sie schließlich zum Haus zurückkehrte, wußte sie, was sie tun mußte. Sie würde lügen müssen, aber es war die einzige Möglichkeit …

Sie wartete, bis Edward zur Arbeit gefahren war, bevor sie anrief, und sie wählte Franks Geschäftsnummer, um sicherzugehen, daß sie nicht versehentlich ihre Mutter an den Apparat bekam.

»Onkel Frank?« sagte sie, als seine Sekretärin sie zu seinem Büro im zweiten Stock durchgestellt hatte. »Ich bin's, Lila. Ich brauche deine Hilfe …«

Kapitel 8

Nach fünf Tagen tobender Streitereien und fünf Nächten in getrennten Zimmern war es eine Erleichterung, als Edward endlich seine Sachen packte. Da sie auf keinen Fall in der Nähe sein wollte, wenn er fuhr, nahm Hope den Orchideenpfad nach Seddons.

Axel öffnete die Tür so schnell, daß sie sich fragte, ob er nach ihr Ausschau gehalten hatte. »Ich wollte zu –«, begann sie. »Gertie?« beendete er den Satz und trat zur Seite, um sie hereinzulassen. »Ich glaube, es geht ihr wieder besser. Was hat deine Mum gesagt?«

»Sie …« Hope war nicht sicher, ob es Lila recht wäre, wenn sie mit anderen darüber sprach. »Edward geht fort. Er schließt das Atelier und kehrt nach London zurück.«

»Was?« Axel sah sie entgeistert an.

»Er wird wieder zu seinen Eltern ziehen. Allein.«

»Und was ist mit euch?«

»Keine Ahnung. Ich weiß nur, daß Edward Mamma verläßt. Nein – ich glaube, sie verläßt ihn.«

Er musterte sie eingehend. »Du siehst furchtbar aus.«

Sie zog eine Grimasse. »Ich hätte es ihr niemals erzählen sollen. Seither haben sie sich nur gestritten, und es ist alles meine Schuld.«

»Nein, meine. Ich hätte meine große Klappe halten sollen.«

»Hat er Michael schon bezahlt?«

»Weiß ich nicht. Wolltest du zu Gertie?«

»Ja, das heißt, nein. Ich wollte nur ...«

Sie gingen durch den Flur, der zur Küche führte.

»Was?«

Sie antwortete nicht, aber ihre Augen – sie hatte hübsche Augen, dachte Axel, wie gesprenkelter Bernstein – füllten sich plötzlich mit Tränen. Um sie abzulenken, machte er kehrt und führte sie zurück zur Eingangshalle.

»Ist Gertie in der Kostümkiste?« fragte Hope, als sie die Haupttreppe hinaufgingen, doch er legte nur den Finger auf die Lippen. »Wohin gehen wir?« flüsterte Hope, doch wieder bedeutete er ihr, still zu sein, und führte sie weiter, durch den Westflügel zum Fuß des Turms, dann die steinerne Treppe hinauf, am runden Turmzimmer vorbei und zu der Falltür.

Er kletterte als erster hinauf und reichte ihr die Hand, um ihr aufs Dach zu helfen, für den Fall, daß sie nicht schwindelfrei war.

»Na?« sagte er, als sie sich in seinem Horst umsah. »Was sagst du dazu?«

Sie war viel mutiger, als er beim erstenmal gewesen war; sie klammerte sich nicht an die Mauer, hatte offenbar keine weichen Knie, und erst als er ihren irritierten Blick sah und merkte, wie sie sich von ihm zurückzog, begriff er, daß ihr diese plötzliche Nähe peinlich war.

»Alles in Ordnung?« fragte er und ließ sie hastig los. Sie nickte, trat ein paar Schritte vor und blickte über die Brüstung nach unten, ganz selbstverständlich, dachte Axel beeindruckt, als wäre sie auf eine Dorfstraße getreten und nicht auf einen schmalen Dachstieg gut fünfzehn Meter über der Erde.

»Und wohin jetzt?« fragte sie über die Schulter. Er schob sich an ihr vorbei und begann das Dach zu erklimmen. »Warte!« befahl sie, als sie oben ankamen, und er schwankte bedrohlich hin und her, während sie mühelos wie eine Seiltänzerin auf dem First balancierte, um den Ausblick zu genießen.

Der Weg über das Bleidach zog sich hin, da sie an jedem Glasfenster innehielt, um in die feuchten, muffigen Räume darunter zu spähen, aber zumindest, beglückwünschte sich Axel, war es ihm gelungen, sie von ihrem Kummer abzulenken. Als er sie die Metalleiter hinauf und auf den kleinen Austritt führte, breitete sich ein strahlendes Lächeln auf ihrem Gesicht aus.

»Oh, ist das warm!« rief sie aus, als sie sich gegen den Küchenschornstein lehnte, und mit einem wohligen Seufzer schloß sie die Augen.

Axel setzte sich neben sie und nutzte die Gelegenheit, sie eingehender zu betrachten. Sie trug wie immer ihre ausgebeulte Hose, die in der Taille mit einem Schal zusammengebunden war, dazu eine dunkelblaue Bluse, und sie sah genauso mager und schlaksig aus wie sonst auch. Was also war heute so anders an ihr? War es ihre Nase – ein bißchen zu lang, aber nicht allzu sehr – oder die Art, wie ihr Mund, der ein wenig zu breit für ihr schmales Gesicht war, sich an den Ecken nach oben kräuselte? Sogar die Sommersprossen, die ihr ganzes Gesicht, den Hals und die Arme bedeckten, wuchsen ihm allmählich ans Herz. Wenn er sie jetzt so ansah, konnte er gar nicht mehr begreifen, warum er sie so verabscheut hatte, als sie zum erstenmal in Seddons aufgetaucht war. War sie hübscher geworden, fragte er sich, oder lag es nur daran, daß er noch nie richtig hingeschaut hatte?

Sie öffnete die Augen, und als sie bemerkte, daß er sie ansah, lächelte sie erneut.

Axel erwiderte das Lächeln. »Ich wußte, daß es dir gefallen würde«, sagte er. »Und jetzt erzähl mal, was mit deinem Stiefvater ist.«

Wie sie so da oben saß, mit einem warmen Schornstein im Rücken, rundherum lauter Schwalben, die durch die Luft schwirrten, und von einer leichten Brise umweht, die mit ihrem Haar spielte, stellte Hope zu ihrer Verwunderung fest, daß die Lage eigentlich gar nicht so schrecklich war. Sie legte das Kinn auf die Knie und erzählte Axel von den endlosen Streitereien der letzten Tage; wie Edward die Schuld an seinem beruflichen Scheitern auf alles mögliche geschoben hatte – auf die Kamera, die Scheinwerfer, die Filme, ja sogar auf seine Motive (denn wie sollte er bitte schön gute Fotografien produzieren, wenn er gezwungen war, mit solchen stieseligen Kunden zu arbeiten?) –, während Lila ihm wutschnaubend Mißwirtschaft, Unfähigkeit und Unehrlichkeit vorgeworfen hatte. Sie erzählte ihm, wie niederträchtig die Auseinandersetzungen geworden waren, als beide den jeweils anderen für das Scheitern der Ehe verantwortlich gemacht hatten, wie Edward versucht hatte, Hope auf seine Seite zu ziehen – »War ich nicht immer ein guter Freund für dich?« –, und wie wütend Lila geworden war, als er angedeutet hatte, sie sei keine gute Mutter.

Nur zwei Dinge behielt sie für sich, weil sie zu schockiert darüber war: Edwards gehässige Bemerkung, als Lila sich am vierten Abend in Folge geweigert hatte, das Bett mit ihm zu teilen – »Ich habe Prostituierte gehabt, die williger waren als du!« –, und sein boshafter »Abschiedsgruß«: »Wie ich sehe, hast du dir bereits einen neuen Verehrer angelacht – von mir aus kann Allott dich gerne haben!«

»Was ist mit Michael?« wollte sie wissen. »Was ist, wenn Edward ihm das Geld schuldig bleibt?«

»Um Michael brauchst du dir keine Sorgen zu machen.« Axel lehnte sich zurück und streckte die Beine aus. »Sobald die Anwälte den rechtlichen Kram geregelt haben, ist er ein reicher Mann.«

»Reich?« Verdutzt starrte sie ihn an. »Michael?«

»Ja.« Eine Krähe flatterte schwerfällig an ihnen vorbei, und sie folgten ihrem Flug, bis sie hinter dem Hügel verschwand. »Sobald er über sein Erbe verfügen kann, will er verkaufen.« Axel nagte an der Nagelhaut seines Daumens. »Wozu soll er auch den verhaßten Laden weiterführen, jetzt, wo er allein ist?«

Bei ihrem letzten Versuch hatte er ihr fast den Kopf abgerissen, aber als Hope diesmal fragte: »Warum hat seine Frau ihn denn verlassen?«, erzählte er ihr, was er über Phyllis Allotts plötzliches Verschwinden wußte und wie sehr Michael darunter gelitten hatte.

Er hatte keine Ahnung gehabt, daß sie ihn betrog, keinen blassen Schimmer, was sie plante oder wer der andere Mann war. Sie hatte ihm nur einen einzigen knappen Satz hinterlassen – *Bin nach Amerika, versuch nicht, mich zu finden* –, und seine Nachforschungen hatten zwar einen Namen zutage gefördert – Gus – und die Vermutung nahegelegt, daß ihr heimlicher Liebhaber ein GI war, den sie 1944 während eines kurzen Hilfseinsatzes beim hiesigen Luftwaffenstützpunkt kennengelernt hatte, aber viel mehr hatte er nicht herausbekommen. Er gab sich selbst die Schuld daran, daß sie ihn verlassen hatte, denn als er sich freiwillig gemeldet hatte, war er wegen seiner schlechten Augen nicht genommen worden, und wie er wußte, hatte sie sich geschämt, mit dem einzigen gesunden Mann in ganz Suffolk verheiratet zu sein, der keine Uniform trug.

»Aber das ist ja schrecklich!« rief Hope aus.

Axel lutschte an der eingerissenen Nagelhaut. »Gertie meint, Phyllis hätte Michael nur geheiratet, weil ihr Dad sie darum gebeten hat. Ihm gehört der Kiosk an der Bridge Street, aber die Geschäfte liefen damals nicht gut, und er hoffte, George – Michaels Vater – würde ihm helfen, sobald die beiden Familien zusammengehörten.«

»Wenn Michael die Arbeit im Laden so haßt, warum hat er sie dann übernommen?«

»Eigentlich wollte er Künstler werden.«

»Und sein Dad hat ihn nicht gelassen?«

»Genau.«

»Warum nicht?«

Er zuckte die Achseln. »Wer weiß? George hat den Laden aufgebaut, und wahrscheinlich wollte er, daß er nach seinem Tod in der Familie bleibt. Gertie sagt, er hat alle herumkommandiert, seine Frau – sie starb bei Michaels Geburt –, seine Angestellten, aber vor allem Michael. Michael hatte schreckliche Angst vor ihm.«

»Ich kann mir gar nicht vorstellen, daß Michael vor irgendwem Angst hat.«

»Ich auch nicht«, stimmte Axel ihr zu, »aber vor seinem Vater hatte er richtig Muffe. Mit achtzehn bekam er einen Studienplatz angeboten, an der ...« Er kaute an seinem Daumen und versuchte sich zu erinnern, was Gertie ihm erzählt hatte. »Slade School, glaube ich, hieß das – so was wie dieses Royal Dingsbums von deiner Mum –«

»Du meinst die Royal Academy of Music?«

»Ja, nur daß die Slade School für Künstler ist. Gertie sagt, als George ihm verboten hat, dahin zu gehen, hätte es ihm fast das Herz gebrochen.«

»Wie lange war Michael verheiratet, als seine Frau ihn verlassen hat?«

»Knapp fünf Jahre.«

»Der Ärmste. Er hat sie doch bestimmt sehr geliebt, oder?«

»Keine Ahnung.« Axel trat mit dem Fuß gegen die Brüstung. Wieso mußten Frauen bloß immer mit diesem Liebeszeug anfangen? »Kann sein.«

Michael war vor allem dankbar gewesen, daß Phyllis ihn überhaupt haben wollte. »Ich muß mich immer noch zwicken«, hatte er zwei Tage vor der Hochzeit Gertie anvertraut. »Ich hätte nie gedacht, daß sie einem Kerl wie mir auch nur einen zweiten Blick gönnen würde.«

»Armer Michael«, sagte Hope. »Er scheint so ein netter Mensch zu sein.«

»Ist er auch. Im Gegensatz zu deinem Stiefvater.«

»Ich weiß ...« Sie zögerte. »Ich weiß, Edward ist kein netter Mensch, aber ...«

»Aber was?«

»Zu mir war er freundlich, als wir hier ankamen und Mamma –« Sie hielt inne, wollte nicht illoyal sein. »Ich weiß, es ist meine Schuld, daß sie manchmal wütend wird – ich bin nicht so hübsch wie sie und auch nicht so klug – das einzige, was ich einigermaßen kann, ist nähen –, aber Edward hat mir zugehört. Er hat mir das Gefühl gegeben, ich ... ich würde ihm etwas bedeuten, wenigstens ein kleines bißchen.«

»Und bei deiner Mutter ist das nicht so?«

Sie starrte einen Moment geradeaus, dann stieß sie sich von der Wand ab. »Ich sollte jetzt besser gehen.«

»Tut mir leid«, sagte Axel. »Ich wollte nicht –«

»Nein.« Sie stieg bereits auf die Leiter. »Ich weiß.« Aber er wußte, er hatte das bißchen Vertrautheit, das sie gewonnen hatten, zerstört.

»Warte«, flehte er.

Sie hielt inne, ein Bein in der Luft. »Was ist?«

»Geh nicht«, bettelte er. »Bitte.«

»Ich muß. Mamma fragt sich bestimmt schon, wo ich stecke.«

Von der Wiese unter ihnen stieg eine Lerche auf. Sie flatterte zwitschernd an ihnen vorbei, und Axel sah ihr nach, wie sie immer höher stieg, bis sie nur noch ein winziger Fleck im Himmel war. »Es gibt da etwas, das ich dir erzählen muß ...«

Er hatte überhaupt nicht die Absicht gehabt, als er sie hier heraufgeführt hatte, doch ihm war schlagartig klar, wenn er es jetzt nicht sagte, würde er wahrscheinlich nie mehr den Mut dazu aufbringen.

Sobald er erst einmal angefangen hatte, war es leicht. Es strömte in einem langen, wirren Monolog aus ihm heraus, in sämtlichen Einzelheiten, ohne Pause, ohne Rechtfertigung; wie er Ella die Schuld am Tod ihrer Mutter gegeben hatte, wie erleichtert er gewesen war, als Mrs. Diamond ihm vorübergehend die Verantwortung für sie abgenommen hatte, wie er seine Großmutter die ganze Zeit über angelogen hatte und wie seine Schwester ihn seither verfolgte. Und als er endlich stockend zum Ende kam, konnte er noch immer die Lerche hören, die sang und trillerte, als könne keine Sorge ihr Glück trüben.

Hopes Schweigen war unerträglich. Sie verurteilte ihn, verabscheute ihn – wer täte das nicht? –, und er nagte an seinem malträtierten Daumen herum, die Augen fest geschlossen, damit er ihr Gesicht nicht sehen mußte. Als sie leise sagte: »Laß das, sonst fängt es noch an zu bluten« und sanft die Hand von seinem Mund zog, zuckte er zusammen, erschrocken über die Berührung.

»Sie muß sich schrecklich nach einem Baby gesehnt haben, wenn sie das von jemand anderem gestohlen hat«, stellte sie fest, und als er einen Blick riskierte, entdeckte er in ihrem Gesicht keinen Abscheu, sondern nur Mitgefühl für einen elfjährigen

Jungen, der erst seinen Vater, dann seine Mutter und schließlich auch noch seine Schwester verloren hatte, der dem falschen Menschen vertraut und dann, als dieses Vertrauen gebrochen wurde, nicht gewußt hatte, an wen er sich wenden sollte.

»Was ist mit dem Paket passiert?« fragte sie.

»Das ist in deinem Zimmer im Pförtnerhaus.«

»Nein.« Sie schüttelte den Kopf. »Das hätte ich gesehen.«

»Ich hab's versteckt.«

Sie stand immer noch halb auf der Leiter; er ergriff ihren Arm, zog sie zurück auf den Austritt und setzte sich wieder neben sie, diesmal näher, so daß ihre Beine sich berührten und er ihre Wärme spüren konnte.

»Na, egal wo es liegt«, meinte sie, »ich finde, wir sollten es uns auf jeden Fall noch mal genau ansehen. Nur für den Fall, daß du etwas übersehen hast.«

Er blinzelte sie an. »Was soll das nützen?«

»Nicht viel«, gab sie zu. »Aber wenn wir es schaffen herauszufinden, wo sie ist, könnten wir uns zumindest davon überzeugen, daß es ihr gutgeht.« Sie betrachtete ihn mit ihren ruhigen braunen Augen. »Das ist es doch, was du willst, oder?«

»Du meinst, sie zurückholen?« Einen winzigen Moment glaubte er, daß es möglich wäre.

»Nein, das wäre zu grausam.«

»Grausam?« Er starrte sie verständnislos an. »Aber man hat sie mir gestohlen! Sie ist meine *Schwester*!«

»Und wenn sie gar nicht mit dir kommen will? Was willst du dann tun? Sie aus der einzigen Familie reißen, die sie kennt?«

»Das ist *nicht* die einzige –«

»Natürlich ist sie das.« Hope war freundlich, aber unnachgiebig. »Wie alt war sie, als die Frau sie mitgenommen hat?«

»Fünf Monate.«

»Und wieviel weißt du noch aus der Zeit, als du fünf Monate alt warst?«

»Na ja, nichts. Aber ich könnte es ihr erklären. Sie würde es verstehen, wenn sie wüßte, was passiert ist.« Natürlich hatte sie recht. Ella war gerade mal sechs Jahre alt. Warum sollte sie ihm glauben, einem Fremden? Mittlerweile hatte sie bestimmt Geschwister und Onkel, Tanten, Cousins, Großeltern ...

»Ich muß jetzt wirklich gehen«, drängte Hope, und widerstrebend führte er sie zurück übers Dach, die Steintreppe hinunter und durch den Westflügel. Als sie auf Zehenspitzen über den Treppenabsatz schlichen, hörten sie Wilfred in seinem Zimmer husten und mit sich selbst reden.

»Du hast mir noch nicht gesagt, wo es ist«, erinnerte Hope ihn, als er sie zur Tür hinausließ.

»Was?«

»Mrs. Diamonds Paket.«

»Oh.«

Seine Hand wanderte wieder zum Mund, doch sie zog sie weg. »Möchtest du nicht nachsehen? Dich überzeugen, daß sie glücklich ist?«

»Doch.« Er starrte auf seine abgekauten Fingernägel und die rote, schorfige Haut drum herum. »Aber ich weiß nicht, ob ich das kann ... Ich bin schon seit Urzeiten nicht mehr weiter als bis zum Orchideenpfad gegangen.«

Als er aufsah, lächelte sie ihn an.

»Du kannst alles tun, was du willst«, sagte sie, »solange du jemanden hast, der es mit dir zusammen tut.«

Als sie über die Terrasse davonging, fragte er sich zum zweitenmal, wie er nur hatte glauben können, sie sei langweilig.

Lila saß in der Küche und lauschte auf die Stille. Ihre Erleichterung über Edwards Abreise war nur allzubald von Sorge um die Zukunft abgelöst worden – als sie eben den Telefonhörer abgenommen hatte, war die Leitung tot gewesen, wahrscheinlich abgestellt, weil die Rechnung nicht bezahlt war. Außerdem war sie frustriert, weil Hope gerade jetzt, wo sie mit ihr reden, ihr erklären mußte, was sie beschlossen hatte, mal wieder verschwunden war. Ihre Unruhe hatte sich noch verstärkt, als sie beim Aufräumen des Schlafzimmers die Schublade ihrer Frisierkommode, in der sie ihre Binden aufbewahrte, aufgezogen und erschrocken festgestellt hatte, daß sie sich nicht erinnern konnte, wann sie zuletzt ihre Regel gehabt hatte. Während sie noch mit der Ungeheuerlichkeit dieser Entdeckung und deren möglichen Konsequenzen rang, tauchte Michael Allott mit einem großen, flachen Paket für Hope und einem Karton voller Sachen aus Edwards Atelier auf – seine Leica-Kamera, Filter, Linsen, Filme und diverser Kleinkram, dazu ein Stapel Briefe, die an Edward adressiert waren und weitere unbezahlte Rechnungen enthielten. Als er überraschend einen Riegel Cadbury-Schokolade hervorholte – »ich dachte mir, Sie könnten eine kleine Aufmunterung gebrauchen« –, war sie so gerührt über seine Freundlichkeit, daß ihr die Tränen in die Augen stiegen.

Peinlich berührt von ihrer Schwäche, hatte sie nur Edwards neue Anschrift in der Harley Street auf die Umschläge geschrieben, sie Michael mit der Bitte, sie in den Briefkasten zu werfen, zurückgegeben, ihm für seine Mühe gedankt und ihn zur Tür geführt. Er hatte den Wink verstanden und war sofort wieder verschwunden, doch der Ausdruck von Verständnislosigkeit und Enttäuschung auf seinem freundlichen Gesicht hatte ihr einen Stich versetzt und zu dem Mahlstrom von Gefühlen, die bereits in ihr tobten, noch eine kräftige Dosis Schuldgefühle hinzugefügt.

»Da *bist* du ja endlich«, gereizt sah sie Hope an, als diese zur Hintertür hereinkam. »Michael Allott war eben hier.«

»Was wollte er denn?« fragte Hope.

»Er hat Sachen aus Edwards Atelier gebracht – oh, und im Flur ist ein Paket für dich.« Lila schob den Karton mit dem Fotogerät über den Tisch. »Kannst du das bitte irgendwo verstauen? Ich habe keine Ahnung, was wir mit dem Zeug anfangen sollen – als wenn hier nicht schon genug herumstünde.«

Hope spähte hinein, nahm Dinge heraus, begutachtete sie, fingerte daran herum.

»Ich sagte, räum das weg!«

Hopes Gesichtsausdruck ähnelte dem von Michael Allott – Gekränktheit, Verwirrung, Verständnislosigkeit –, und als sie in kleinlautem Gehorsam den Karton vom Tisch nahm und in den Flur verschwand, fühlte Lila sich wie ein Ungeheuer. Sie sank gegen die Stuhllehne und hörte, wie Hope nebenan in dem Karton kramte, dann das Reißen von Papier, als sie Michaels Paket auspackte, und kurz darauf einen lauten Freudenschrei.

»Mamma! Mamma, komm und sieh dir das an!«

Sie hatte das Bild, das in einem schlichten Holzrahmen steckte, auf dem Fenstersitz aufgestellt. Es zeigte den Blick von ihrem früheren Zimmer im Caffè Conti, und alles war da – die Tontöpfe mit den leuchtendroten Geranien, die dunkelgrünen Holzläden, das Meer und der Himmel, die hinter dem Balkongitter in einem violettgoldenen Dunst verschmolzen –, genau wie Lila es in Erinnerung hatte; er hatte sogar das Hitzeflimmern über dem Strand und die altertümliche Würde des *castello* eingefangen.

»Ist es nicht toll?« Hope strahlte vor nostalgischer Freude.

»Wirklich wunderschön«, pflichtete Lila ihr bei, bemüht, ihre schlechte Laune von eben wiedergutzumachen. »Eigentlich waren es ganz gute Jahre, nicht?«

»Ja, das waren sie.«

»Würdest du nicht gerne wieder dort leben?«

Hopes Reaktion fiel nicht ganz so aus, wie sie es erwartet hatte.

»Ich weiß nicht ...«

»Was soll das heißen, du weißt nicht?« Lila war verwirrt. »Seit Jahren liegst du mir in den Ohren, daß wir nach Italien zurückgehen sollen –«

»Das war vorher.«

»Vorher? Vor was?«

»Bevor wir hierher gekommen sind«, erwiderte Hope abwehrend.

»Wir haben eine Münze geworfen, weißt du noch? Italien oder Edward. Und ich habe gewonnen.« Durch Schummelei, hätte sie ebensogut hinzufügen können. »Nun, ich habe gute Neuigkeiten für dich«, sagte sie statt dessen. »Ich habe mit Onkel Frank besprochen –«

»Was?« Hopes Stimme klang ungewöhnlich scharf. »*Was* hast du mit Onkel Frank besprochen?«

»Er hat sich bereit erklärt, mir das Haus am Harald Square abzukaufen.«

Sie hatte geflunkert und behauptet, sie brauche das Geld für Edwards Geschäft, damit er nicht auf den Gedanken kam, sie würde keine zwei Monate nach ihrer Hochzeit leichtfertig aus ihrer Ehe ausbrechen, und dennoch hatte sie alle ihre Überredungskünste aufbieten müssen, um ihn zu überzeugen. Er würde ihr wirklich gerne helfen, hatte er gesagt, aber die Geschäfte liefen seit dem vergangenen Jahr deutlich schlechter, da so viele Männer arbeitslos waren, und er war nicht mehr so wohlhabend wie früher. Lila hatte ihn daran erinnern müssen, was für eine erstklassige Lage der Harald Square war und wieviel Gewinn diese vergleichsweise geringe Investition ihm einbringen würde, sobald er sich entschloß, das Haus wieder aufzubauen, und letzten Endes hatte er eingewilligt.

Es würde jedoch eine Weile dauern, bis er über das Geld verfügen könne, hatte er sie gewarnt – möglicherweise würde er einen Kredit aufnehmen müssen, um das nötige Kapital aufzubringen, was ohne Dorothys Zustimmung schwierig werden würde, doch zumindest hatte er versprochen, umgehend eine Summe auf Lilas Konto zu überweisen (Gott sei Dank war sie so umsichtig gewesen, es trotz ihrer Heirat weiterzuführen), die ausreichen würde, um sie ein paar Monate über Wasser zu halten. Außerdem hatte er vorgeschlagen, daß sie sich, sobald er das Geld hatte, bei Topper & Batt in London treffen sollten, um die Formalitäten in sicherer Entfernung von Dorothys mißbilligenden Blicken zu erledigen.

Da die Royal Academy so nah bei der Harley Street lag und sie damit riskierte, Edward über den Weg zu laufen, hatte sie sich widerstrebend von dem Plan verabschiedet, ihr Studium wiederaufzunehmen. »Das ist doch die perfekte Lösung«, versuchte sie jetzt Hope zu überzeugen. »Wir können endlich nach Casa Vedovi zurückkehren und einen neuen Anfang machen – wir waren dort doch so glücklich ...«

»Das klang aber ganz anders, als du mich dazu überreden wolltest, nach Suffolk zu gehen«, erinnerte Hope sie. »Es war harte Arbeit, hast du gesagt, sieben Tage die Woche, ohne Pause, und kaum einen Penny –«

»Das war damals. Diesmal wird es anders. Wir haben ein wenig eigenes Geld.« Warum war sie plötzlich so zögerlich? fragte sich Lila. Jetzt, wo Edward weg war, gab es doch nichts mehr, was sie in Suffolk hielt. »Wir reden später darüber, ja? Ich habe in den letzten Tagen genug Streitereien für ein ganzes Leben gehabt.«

Hope sah die Erschöpfung im Gesicht ihrer Mutter. »Entschuldige«, sagte sie reumütig. »Kann ich irgendwas für dich tun?«

»Nein.« Dann fielen ihr wieder die unbenutzten Binden ein, und sie traf eine spontane Entscheidung. »Aber du könntest für mich nach Michael Allott Ausschau halten. Ich muß in die Stadt, und vielleicht nimmt er mich ja mit, falls ich ihn auf dem Rückweg vom Herrenhaus erwische.« Sie mußte wissen, was los war, dachte sie, während sie hastig die Schuhe wechselte und ihre Handtasche holte, und je eher, desto besser ...

Michaels Begrüßung fiel etwas zurückhaltend aus, als sie in den Lieferwagen stieg, und als sie ihn um Entschuldigung für ihre Ruppigkeit bat, rutschte ihr heraus, daß Edward sie verlassen hatte und wie schwer es ihr fiel, das Scheitern ihrer Ehe zu akzeptieren.

»Eine Frau wie Sie«, bemerkte er sanft, »hat etwas Besseres verdient als einen solchen Mann.« Dann erzählte er ihr eine so traurige Geschichte über seine eigene Ehe – seine Frau war mit einem Amerikaner davongelaufen, und er hatte in seiner Gutgläubigkeit nichts geahnt, bis es zu spät gewesen war –, daß Lila zum zweitenmal an diesem Tag die Tränen in die Augen stiegen, diesmal allerdings aus Mitgefühl anstatt aus Selbstmitleid.

Als sie ihn unverwandt fragte, ob Edward ihm noch Geld schulde, war seine Antwort – »nur eine winzige Kleinigkeit, wirklich nicht der Rede wert« – von so schlichtem Großmut, daß sie sich nur aus Sorge, eine für sie beide peinliche Situation heraufzubeschwören, verkniff, ihm einen dicken Kuß auf die Wange zu drücken.

Mit jeder Kurve der gewundenen Landstraße wurde er kühner und gestand ihr schließlich, daß er es kaum erwarten könne, endlich Zugriff auf sein Erbe zu haben, denn sobald die Anwälte alle Formalitäten erledigt hätten, wolle er den gesamten Besitz verkaufen.

»Welchen Besitz?« fragte Lila.

»Alles, von A bis Z«, erwiderte er. »Die Häuser, die Läden, den Kohlenschuppen – alles muß weg.«

»Du lieber Himmel, ich wußte ja gar nicht, daß Ihr Imperium so umfangreich ist. Und was wollen Sie dann tun?«

»Keine Ahnung.« Er rieb sich mit seiner Pranke über den kahlen Schädel. »Ich war noch nie in dieser Situation.«

»Was für eine Situation?«

»Dad hat mich ziemlich kurz gehalten, als er noch lebte«, erklärte er. »Hatte wahrscheinlich Angst, ich würde sein Geld verpulvern. Aber jetzt liegt mir die Welt zu Füßen, sobald alles verkauft ist.« Er schien sein Glück noch gar nicht fassen zu können. »Auf der Bank liegt auch noch jede Menge, mehr, als ich je ausgeben könnte. Ich könnte auf große Weltreise gehen und mir irgendwo ein schönes Landhaus kaufen. Oder ich könnte nach Amerika gehen« – sein Koboldgesicht verzog sich zu einem sarkastischen Lächeln – »und einen Detektiv anheuern, um meine Frau zu finden.« Seine Züge wurden wieder sanfter, und er fuhr fort. »Ich könnte reisen und mir diesen Ort in Italien ansehen, den Hope so liebt. Ich sollte dem alten George wohl dankbar sein – als Vater war er kein Glücksgriff, aber Geld verdienen konnte er!«

Während Lila zuhörte, wie Michael Allott Pläne schmiedete, die nicht durch finanzielle Einschränkungen zum Scheitern bestimmt waren, spürte sie seltsamerweise, wie die Verzagtheit, die sie während der letzten Wochen niedergedrückt hatte, ein wenig nachließ. Statt dessen wuchs in ihr der Entschluß, sobald sie das Geld vom Harald Square in der Hand hatte, ihre eigene Zukunft zu planen und zu tun, was *sie* wollte. Als sie am Market Square aus dem Lieferwagen stieg, war sie ihm dankbar, und nicht nur fürs Mitnehmen.

Sie mußte fast eine Stunde warten und im voraus bezahlen, bevor sie endlich ins Sprechzimmer geführt wurde.

»Nun, Mrs. Kennett«, sagte der Arzt, nachdem er sie untersucht hatte, »ich kann Ihnen bestätigen, daß Sie schwanger sind. In der neunten oder zehnten Woche.«

Als sie danach allein durch die Straßen zur Bushaltestelle ging, bemerkte sie vage, daß die Leute sie anstarrten, aber erst als ein pickeliger Jugendlicher sie unverwandt anglotzte und hörbar zu seinem Freund sagte: »He, das ist doch die von dem Foto, oder?«, erinnerte sie sich an Edwards Versuche, sie als Pin-up-Girl zu verschachern. Entsetzt bei dem Gedanken, daß das Bild womöglich immer noch im Schaufenster stand, machte sie kehrt und ging zum Atelier.

Gott sei Dank war das Bild verschwunden, und statt dessen hing ein Zettel im Fenster, Interessenten möchten sich an Mr. Michael Allott im Lebensmittelgeschäft wenden, doch das Atelier war nicht verschlossen. Lila schlüpfte hinein, zog hastig die Tür hinter sich zu und lehnte sich mit zittrigen Knien gegen die mit Paneelen verkleidete Wand.

Michael hatte bereits angefangen, das Atelier zu räumen – er mußte schon vorher gewußt haben, daß Edward verschwunden war, erkannte Lila, hatte aber wohl aus Taktgefühl geschwiegen. Die anderen drei Fotografien aus dem Schaufenster (das Porträt von ihr war zum Glück nirgends zu sehen) lehnten an der Wand, noch auf ihren Stativen, und der Ledersessel war, zusammen mit einem Durcheinander aus Scheinwerfern, Kabeln und Kartons, in eine Ecke geschoben worden. Da sie sich dringend setzen mußte, ging sie zur Dunkelkammer an der Rückwand. Voller Entsetzen wurde ihr klar, daß ihr, falls sie es nicht schaffte, eine Fehlgeburt auszulösen, nur zwei Möglichkeiten blieben: entweder zu ihrem brutalen Mann zurückzukehren – eine grauenhafte und demütigende Vorstellung – oder das Kind allein aufzuziehen, und zwar von Luft und Liebe.

»Ich kann das Kind nicht bekommen«, hatte sie den Arzt angefleht und sich verzweifelt an die Kante seines Schreibtisches geklammert. »Sie müssen etwas *tun*!« Doch er hatte sich ungerührt gezeigt; selbst wenn er jemanden wüßte (und dem sei nicht so), hatte er ihr streng erklärt, würde er niemals eine so grausame – um nicht zu sagen kriminelle – Tat unterstützen.

»Schließlich sind Sie ja keine alleinstehende Frau.«

»Dann werde ich mir eben selbst jemanden suchen«, hatte sie herausfordernd entgegnet. »So schwer kann es ja wohl nicht sein.«

Nein, hatte er gemeint, schwierig sei es nicht, eine Abtreibung zu bekommen, wenn eine Frau es wirklich unbedingt wolle. »Aber teuer – es sei denn, Sie wollen das Risiko eingehen zu sterben.« Und der herablassende Blick, mit dem er sie bedacht hatte, hatte ihr verraten, daß der Tratsch über Edwards finanzielle Schwierigkeiten offenbar schon in diesen Teil der Stadt vorgedrungen war.

Die Dunkelkammer sah noch genau so aus, wie Edward sie eingerichtet hatte: Schalen mit Entwickler, Flaschen mit Chemikalien, die rote Lampe, der Vergrößerer – all die Ausrüstungsgegenstände, die er mit so viel Mühe und Geld angeschafft hatte, einfach achtlos zurückgelassen – und in einer Ecke ein ganzer Stapel von Fotografien. Lila öffnete die Jalousie ein Stück, um Licht hereinzulassen, und sah sich zur Ablenkung die Bilder an.

Sie sahen alle gleich aus: leere Blicke, ausdruckslose Gesichter, Familien, die wie unwillige Fremde in steifen Anordnungen posierten, Kleinkinder mit der finsteren Miene bärbeißiger Pensionäre. Edward hatte es sogar fertiggebracht, bei einigen seiner Aufnahmen die Köpfe abzuschneiden, und sie mußte lange suchen, um wenigstens ein paar halbwegs passable Fotografien zu finden – eine leicht unscharfe Hochzeitsgesellschaft vor dem Kirchenportal und ein kleines, mondgesichtiges Mädchen in einem gesmokten Kleid, das breitbeinig vor der Kamera stand, sich die Ohren zuhielt und die Zunge herausstreckte. Kein Wunder, dachte Lila, daß Edward den Weg vom Amateurknipser zum erfolgreichen Berufsfotografen nicht geschafft hatte. Hätte sie gewußt, wie wenig Talent er besaß, hätte sie sich – ganz zu schweigen von der armen, unschuldigen Hope – niemals nach Suffolk verschleppen lassen …

Den Bus hatte sie verpaßt, und außerdem brauchte sie Zeit, um mit der katastrophalen Neuigkeit fertig zu werden, bevor sie Hope wieder gegenübertrat. Während sie über den kleinen Marktplatz schlenderte, dachte sie zurück an das Gespräch, das sie mit ihrer Mutter über Ralph geführt hatte, den einzigen Mann, den sie, abgesehen von Archie und Edward, je als Ehemann in Erwägung gezogen hatte. Damals war sie über Dorothys Enthüllung schockiert gewesen, aber jetzt, nach dem, was Dr. Hills ihr gerade mitgeteilt hatte, erschien sie ihr auf schreckliche Weise verständlich …

Als sie in die Bridge Street einbog, hatte sich in ihrem Kopf bereits ein Plan entwickelt. Der Gedanke daran erfüllte sie mit Schrecken, doch sie kaufte trotzdem die notwendigen Dinge ein, bevor sie sich zu Fuß auf den langen Heimweg nach Seddons machte.

Es war ein schöner, sonniger Tag, die Heckenrosen dufteten, und als sie das Tor des Pförtnerhauses erreichte, hatte sie ihren Entschluß gefaßt.

Axel beendete seine Hausarbeit, dann lief er zur Küche.

Connie und Molly saßen neben dem Herd und putzten sich gegenseitig, und Gertie stand am Spülstein, häutete eine Aprikose – die erste dieses Jahres aus dem Küchengarten – und leckte sich den Saft von den Fingern. An diesem Tag sah sie besonders prächtig aus; sie trug einen weitgeschnittenen Mantel mit Einsätzen aus bestickter Seide, auf denen Blumen und Vögel abgebildet waren, und weiten, gestreiften Ärmeln in Cremeweiß, Gold und irisierendem Blau, dazu eine fuchsiafarbene Hose und mit Perlen bestickte Ledersandalen.

»Gertie«, fragte er, »kommst du ungefähr eine Stunde allein zurecht?«

»Ja, natürlich, mein Lieber.« Mit zusammengekniffenen Augen sah sie ihn über die Schulter an. »Du hast nicht zufällig meine Brille gesehen?«

»Sie hängt um deinen Hals«, Axel schmunzelte und setzte sie ihr sanft auf die Nase (ein besonders dekoratives Exemplar, sechseckig, mit Perlmutteinsätzen an den Rändern und einer Silberkette).

»Hübsch, nicht?« Sie drehte den Kopf hin und her, damit er sie in ihrer ganzen Pracht bewundern konnte.

»Ein echter Hingucker«, stimmte er ihr lächelnd zu. »Genau wie du.«

Sie schnalzte geschmeichelt. »Wohin willst du denn so eilig?«

»Ich dachte, ich gehe mal ein wenig auf dem Orchideenpfad spazieren«, sagte er, bemüht, beiläufig zu klingen, obwohl sein Herz so laut pochte, daß man es bestimmt durch die ganze Küche hören konnte.

»Ah.« Sie sah ihn fragend über den Rand ihrer spektakulären Brille an. »Meinst du denn, du findest den Weg noch, nach all der Zeit?«

»Natürlich«, erwiderte er indigniert, als ginge er jeden Tag dort spazieren. »Ich dachte nur, es ist so schönes Wetter ...«

»Und da wolltest du ein bißchen frische Luft schnappen.« Gertie wischte sich die klebrigen Finger an ihrem Mantel ab und griff nach ihren Zigaretten. »Verstehe ich sehr gut.« Sie zündete sich eine an und blies eine Rauchwolke zur Decke. »Sag mal, wenn du sowieso in die Richtung gehst, könntest du mir vielleicht einen Gefallen tun?«

Poppy tauchte aus dem Hauswirtschaftsraum auf, wo sie im Wäschekorb geschlafen hatte, sprang auf das Abtropfbrett und rieb sich schnurrend an Gerties Bauch.

»Sicher.« Axel wartete geduldig, während Gertie die Aprikose unter den Pfoten der kleinen Katze hervorzog. »Was soll ich denn tun?«

»Nun, Michael hat vorhin angerufen – wo warst du eigentlich? Ich habe ein paarmal nach dir gerufen, aber offenbar hast du es nicht gehört –, und er hat gesagt, er hat einen Klavierstimmer gefunden –«

»Hat er ihn wegen Wilf gewarnt?« fragte Axel.

»Oh ja, natürlich, sonst wäre es ja viel zu gefährlich. Er kommt nachher vorbei – Michael, nicht der Klavierstimmer –, um die Einzelheiten zu besprechen. Er bringt ihn mit dem Lieferwagen hierher, und er hat sich bereit erklärt – der Klavierstimmer, nicht Michael –, sich zu ducken, solange sie in der Einfahrt sind.«

»Bist du wirklich sicher, daß du das tun willst? Mrs. Kennetts Mann –« Er unterbrach sich; vielleicht wollte Hope nicht, daß Gertie von Edward Kennetts Verschwinden erfuhr. »Sie wird es nicht bezahlen können, weißt du.«

»Oh, das macht jetzt nichts mehr.« Gertrude legte ihre Zigarette auf dem Rand des Spülsteins ab und setzte Poppy auf den Boden, ein wenig zu nah bei Fat Freddy, der unter dem Tisch döste und seine Schwester wütend anfauchte. »Ich begreife nicht, warum die beiden nicht miteinander auskommen. Freddy ist *so* ein Miesepeter ... Wo war ich?«

»Beim Klavierstimmer.«

»Ach ja. Also, Michael und ich haben beschlossen, daß wir gegenüber Mrs. Kennett nichts davon erwähnen, bis er da war – der Klavierstimmer, meine ich –, nur für den Fall.«

»Für welchen Fall?«

»Für den Fall, daß er es nicht wieder richtig in Ordnung bringen kann – das Klavier, meine ich – meine Güte, im Moment ist so viel los, daß ich allmählich den Überblick verliere! Ich sollte es dir wahrscheinlich nicht erzählen, aber Michael hat gesagt, Mr. Kennett hätte – warte mal, wie hat er sich ausgedrückt? – ach ja, *die Biege gemacht,* sie verlassen – Mrs. Kennett, meine ich. Und Michael denkt, das Klavier wäre vielleicht genau das richtige, um sie ein wenig aufzumuntern, aber wir dürften der armen Frau auf keinen Fall falsche Hoffnungen machen.« Sie stupste die fauchenden Katzen mit ihrer Schuhspitze an und schob Poppy sanft außer Reichweite von Freddys ausgefahrenen Krallen. »Wo war ich stehengeblieben? Ach ja, falls du also *zufällig* in die Nähe des Pförtnerhauses kommen solltest – es ist nicht dringend, nur wenn du gerade in der Gegend bist ...«

»Kein Problem«, sagte Axel lässig, »ich denke, das läßt sich einrichten.« Er wartete. »Und was soll ich dann da tun?«

»Oh. Natürlich. Vielleicht könntest du Hope das mit dem Klavierstimmer sagen, damit sie nicht glaubt, ich hätte es vergessen ... Sie wird wohl nicht mehr lange hierbleiben, wirklich ein Jammer – es war *so* nett, sich mit ihr zu unterhalten. Und du kannst ihr ausrichten, solange sie noch hier wohnt, ist sie jederzeit herzlich willkommen.«

»Wer bezahlt denn dann den Klavierstimmer?« fragte Axel.

»Was? Oh, Michael. Ich habe ihm vorgeschlagen, er könne sich gerne etwas zum Verkaufen mitnehmen, aber er wollte nichts davon wissen. Na, dann mach dich mal auf den Weg.«

Noch bevor er an der Tür angekommen war, rief sie ihm nach: »Und vergiß nicht, Hope Bescheid zu sagen, ja?«, als hätte sie nicht von Anfang an gewußt, daß er zu ihr wollte.

Einen Auftrag zu haben machte es leichter, aber nur ein wenig. Als Axel bei der Steinbrücke ankam, war er schweißgebadet und konnte vor lauter Panik kaum noch atmen; es war dieselbe Panik, die ihn damals gepackt hatte, als er diesen Pfad zum erstenmal entlanggegangen war, nur in die andere Richtung. Er war überrascht, wie schwer es ihm fiel, schließlich hatte er, seit er nicht mehr zur Schule ging, schon häufig Spaziergänge zum See gemacht, und erst vor ein paar Wochen war er sogar bis zum Pförtnerhaus gegangen, um Michael beim Einräumen der Möbel für die Kennetts zu helfen. Doch nur ein einziges Mal seit seiner Ankunft hatte er eine ähnliche würgende Angst verspürt wie jetzt, nämlich als er das Zimmer mit dem Fenstersitz betreten hatte, unter dem Mrs. Diamonds Paket versteckt lag. Die Angst hatte nachgelassen, als Michael hereingekommen war und einen Stapel Bücher darauf abgelegt hatte, extra von Gertie ausgewählt, »falls die Kleine gerne liest«. Doch diesmal war es anders.

Diesmal lief er nicht vor seinem Verbrechen weg; diesmal würde er sich ihm stellen.

Er ließ sich Zeit, blieb öfters stehen, um die Aussicht zu betrachten, trödelte am Seeufer entlang, um das Ganze hinauszuschieben, und er brauchte fast eine Dreiviertelstunde, um sein Ziel zu erreichen. Er spähte hinter dem baufälligen Schuppen hervor und sah Michaels Lieferwagen in der Einfahrt stehen; wahrscheinlich war er gerade von einem Kurzbesuch bei Gertie zurück. Hope war auch dort und half einer fremden Frau – vermutlich ihre Mutter – beim Einsteigen. Als Lila Kennett auf dem Beifahrersitz Platz nahm, wandte sie ihr Gesicht in seine Richtung, und Axel starrte sie mit offenem Mund an, fasziniert von ihrer sinnlichen Schönheit.

Er wartete, bis der Wagen auf die Straße eingebogen war, dann verließ er sein Versteck und tippte Hope auf die Schulter.

»Oh!« rief sie aus. »Du bist es! Du hast mich vielleicht erschreckt!«

»War das deine Mum, die da bei Michael eingestiegen ist?«

Sie nickte. »Wolltest du zu ihr?«

»Nein.« Jetzt, wo er an seinem Ziel angekommen war, bekam er vor lauter Scham und Verlegenheit kein Wort heraus. Oben auf dem Dach, mit geschlossenen Augen, war ihm sein Geständnis leichtgefallen, aber inzwischen hatte sie Zeit gehabt, darüber nachzudenken – und ihn zu verurteilen. Sie musterte ihn erwartungsvoll, wartete darauf, daß er etwas sagte. »Ich ...«, setzte er an. »Ich bin hier wegen ...«

»Wegen des Pakets? Dachte ich mir schon.«

Ihm fiel ein Riesenstein vom Herzen.

Danach war alles leichter. Sie war begeistert von seinem Versteck – nie wäre sie darauf gekommen, dort nachzusehen, sagte sie –, und als er das Paket herausholte, sah es trotz der Jahre, die vergangen waren, noch fast genauso aus wie damals. Allerdings war das Band brüchig geworden, es zerriß beim ersten Zupfen, und als er das Paket aufs Bett legte und das Packpapier auseinanderklappte, stieg ihm ein modriger Geruch entgegen. Der rosafarbene Wollmantel war schwarz vor Schimmel, und fast alles andere – Hauben, Socken, Jäckchen – hatte Stockflecken; nur ein paar Sachen, die obenauf lagen, waren unversehrt.

»Was für ein Jammer!« Hope zupfte das aufgeweichte Seidenpapier von dem mit Spitzen versehenen Taufkleid. »Das hier muß wunderschön gewesen sein, als es neu war.« Sie hob es hoch und breitete es auf der Tagesdecke aus. Die Seide war brüchig wie altes Pergament, und die Smokfäden lösten sich vom Stoff. »Aber vielleicht kann man es noch retten.« Als sie aufsah, bemerkte sie Axels kalkweißes, versteinertes Gesicht. »Na ja, das ist jetzt nicht so wichtig. Schauen wir uns mal das Papier an.«

»Ich habe schon nachgesehen.« Seine Stimme klang seltsam, dachte Axel, als gehöre sie zu jemand anders. »Da steht nichts drauf.«

»Bist du sicher?«

»Ja. Ich habe es mir genau angesehen, bevor ich es geöffnet habe.«

»Was ist mit der Innenseite?« Sie nahm die Kleider heraus, legte sie aufs Bett und strich das Papier mit den Händen glatt. Die obere Kante war nach innen eingeschlagen. Vorsichtig klappte sie den Streifen hoch und bog ihn nach hinten. »Was ist das denn?«

Mrs. Diamond hatte das Packpapier offenbar aufbewahrt und wiederverwendet. Bei seiner Suche nach einem Anhaltspunkt hatte er jedes einzelne Kleidungsstück inspiziert, hatte sie allesamt herausgenommen und sorgsam beiseite gelegt, genau auf diese umgeschlagene Kante. Und da war sie, verblichen, aber noch lesbar, durch die Kleider vor dem Schimmel geschützt – die Adresse, die er damals so verzweifelt gesucht hatte.

»Mrs. L. J. Diamond …«

Er schüttelte den Kopf, klammerte sich an den letzten Strohhalm. »Das ist sie nicht. Sie hieß M – Ma – irgendwas mit M.«

»L. J. sind wahrscheinlich die Initialen ihres Mannes«, erklärte Hope. »So adressiert man einen Brief an eine verheiratete Frau.« Sie fuhr fort, ohne die schreckliche Bedeutung ihres Fundes zu erkennen. »Mrs. L. J. Diamond, Nr. 10, The Pightle, Brakeford. Axel? Ist alles in Ordnung?«

Axel war übel vor Entsetzen. So furchtbar hatte er sich seit Jahren nicht mehr gefühlt, es war fast so schlimm wie damals, als es passiert war. »Ich hätte …« Er schluckte den Speichel hinunter, der sich in seinem Mund sammelte. »Ich hätte sie zurückholen können. Ich hätte einfach hinfahren und sie holen können.«

Hope starrte ihn an. »Was?«

Er fuhr sie an, als wäre alles ihre Schuld. »Begreifst du denn nicht, du Dussel? Die einzige Information, die ich brauchte, war die ganze Zeit über hier, direkt vor meiner Nase, und ich habe sie nicht gesehen. Ich habe das verfluchte Paket versteckt, damit niemand herausbekam, was ich getan hatte –«

»Du warst ein kleiner Junge«, wandte sie ein.

»Wie konnte ich bloß so *dämlich* sein?« Er attackierte seinen Zeigefinger, zerrte mit den Zähnen an der Nagelhaut, bis er Blut schmeckte.

»Axel, hör mir zu!« Sie packte sein Handgelenk und zog daran. »Du warst elf Jahre alt. Du hattest gerade deine Mutter und deinen Vater verloren. Und selbst wenn du die Adresse gefunden hättest, was glaubst du denn, was du hättest tun können?«

»Ich hätte sie zurückholen können«, wiederholte er und versuchte, sie abzuschütteln.

»Und wie?«

»Was soll das heißen, *und wie*? Ich hätte in den nächsten Zug steigen, direkt zu Nummer 10, Dingsbums, gehen –«

»The Pightle«, soufflierte sie.

»– und sie mit nach Hause nehmen können.«

»Und wenn Mrs. Diamond sich geweigert hätte, sie wieder herzugeben?« fragte Hope herausfordernd. »Was dann? Sie muß Ella mit aller Macht gewollt haben, um so etwas zu tun, also warum sollte sie einfach klein beigeben, nur weil du plötzlich auftauchst?«

»Weil Ella meine *Schwester* ist!«

»Dafür gibt es keinerlei Beweis.«

Er starrte sie wütend an. »Aber ich habe dir doch gesagt –«

»Und woher weiß ich, daß du nicht gelogen hast? Du hast ihr Ella zum Füttern gegeben, das hast du mir selbst gesagt. Und sieh dir die ganzen Babysachen an – sie muß doch selbst kurz zuvor ein Kind bekommen haben.«

Das konnte doch wohl nicht wahr sein, dachte Axel, wieso war sie nicht auf *seiner* Seite? »Na und?« fragte er wütend.

»Was, wenn sie Ella genommen hat, weil sie ihr eigenes Baby verloren hatte?« Sie umklammerte seinen Arm fester, zwang ihn, sie anzusehen. »Nehmen wir mal an, du hättest damals den Zug genommen, wärst nach Brakeford gefahren und hättest Ella zurückgefordert. Dein Wort hätte gegen ihres gestanden. Und wer würde einem Elfjährigen eher glauben als einer Erwachsenen?«

»Ich muß sie holen.« Er konnte nicht mehr klar denken. »Ich beobachte das Haus und warte, bis sie allein ist. Dann verschwinde ich mit ihr, genau wie Mrs. Diamond damals mit ihr verschwunden ist.« Er entriß ihr seinen Arm. »Du könntest mir helfen –«

»Wie willst du sie denn überhaupt erkennen? Was, wenn Mrs. Diamond zwei Kinder hat oder drei oder vier oder fünf?«

Axel platzte der Kragen. »Was zum Teufel würdest *du* denn tun?«

»Das habe ich dir doch gesagt.« Sie legte den Kleiderstapel zurück auf das Packpapier, faltete es sorgfältig zusammen und verstaute das Paket wieder unter dem Fenstersitz. »Ich kann verstehen, wenn du hinfahren und dich überzeugen willst, daß es ihr gutgeht. Ich würde sogar mitkommen, falls du es möchtest. Aber sofern sie nicht mißhandelt wird, müssen wir sie lassen, wo sie ist.«

Sie beugte sich hinunter und kramte in dem Karton, der auf dem Boden stand. Als sie sich wieder aufrichtete, hielt sie eine Kamera in der Hand.

»Hör mal«, sagte sie. »Ich habe eine Idee ...«

Lila schrak zusammen, als sie das Haus betrat und einen grauhaarigen Mann – nein, noch merkwürdiger, einen grauhaarigen Jungen – in Hopes Zimmer entdeckte. Er stand neben dem Bett, hielt Edwards Kamera in der Hand und betrachtete durch den Sucher ihre Tochter.

Griesgrämig, hatte Edward ihn genannt, und als Axel Seddon vor ihr stand, von einem Fuß auf den anderen trat und mit finsterer Miene an einem Fingernagel kaute, fügte Lila im Geiste noch verschlagen und unhöflich hinzu. Als sie Hope zur Rede stellte, wie sie dazu kam, fremde Jungen in ihr Zimmer einzuladen, brachte ihre Tochter die faule Ausrede vor, Gertrude Seddon brauche sie, um irgendwas im Herrenhaus zu stopfen (in Anbetracht des tristen Zustandes, in dem sich die Vorhänge und Bezüge ihres eigenen Häuschens befanden, alles andere als glaubwürdig), und hatte dann noch die Stirn, sie zu fragen, ob Axel Edwards Kameraausrüstung haben könne.

»Von mir aus kann er sie direkt mitnehmen«, sagte Lila scharf, woraufhin er sich den Karton schnappte, einen Abschiedsgruß murmelte und eilig zur Tür stürzte.

»Ist etwas passiert?« fragte Hope und folgte ihrer Mutter in die Küche.

»Nein«, log Lila. Sie ließ sich auf den erstbesten Stuhl fallen. »Ich bin nur erschöpft. Ich bin den ganzen Weg von Market Needing zu Fuß gegangen und brauche dringend eine Tasse Tee.«

»Wir würden ganz gerne mal nach Ipswich fahren«, sagte Hope, während sie den Kessel füllte. »Wenn du einverstanden bist.«

Lila schlüpfte aus ihrem rechten Schuh und rieb sich die schmerzenden Zehen. »Wer ist wir?«

»Ich und Axel.«

»Axel und *ich*«, korrigierte Lila sie. Dann runzelte sie die Stirn. »Wieso steckst du plötzlich mit diesem Jungen zusammen? Ich weiß ja nicht so recht, was ich davon halten soll ...« Sie zog auch den zweiten Schuh aus und massierte sich den linken Fuß. »Andererseits«, fuhr sie fort, als ihr wieder einfiel, was sie tun mußte, und zwar bald, »warum eigentlich nicht? Tut dir vielleicht ganz gut, ein bißchen rauszukommen.« Sie nahm ihre Handtasche vom Tisch und bückte sich nach ihren Schuhen. »Laß das mal mit dem Tee, ich glaube, ich lege mich lieber ein wenig hin. Warum macht ihr nicht eine richtige Tagestour daraus und eßt in der Stadt zu Mittag?«

»Ja«, Hope zögerte, verwirrt über Lilas plötzliche Kehrtwende, »das wäre sicher nett ...«

Lila ging zur Tür. »Wer weiß, vielleicht gebe ich dir sogar ein kleines Taschengeld, wenn du brav bist.«

»Danke.«

»Wie wär's mit morgen?« rief sie aus dem Flur. »Gute Ideen sollte man nicht lange aufschieben!«

Lila schloß die Schlafzimmertür hinter sich, trat zur Frisierkommode und ließ sich auf den Hocker sinken. Ihr Gesicht im Spiegel war erstaunlich ruhig, in Anbetracht dessen, was sie vorhatte. Sie schnitt ihrem Spiegelbild eine Grimasse, dann zog sie die oberste Schublade heraus, schob die Binden nach hinten und räumte ihre Einkäufe hinein – ein Paar Stricknadeln und eine Flasche Gordon's Gin.

Hope sollte ihren Ausflug haben, und zwar bald – bevor es zu spät war.

Axel brauchte fast eine Stunde, um nach Hause zu kommen; der Karton war schwer, und der Inhalt, den Michael achtlos hineingelegt hatte, rutschte bei jeder Bewegung hin und her. Immer wieder mußte er stehenbleiben, um seine schmerzenden Arme zu lockern, und zweimal wäre er beinahe gestürzt. Außerdem war es heiß, vor allem in der Senke bei den Orchideen, und als er endlich das Haus erreichte, war er fix und fertig.

Doch während er seine Errungenschaft in das Turmzimmer hinaufschleppte, wuchs seine freudige Erregung. Als Kind hatte er mit der Kamera seines Vaters gespielt – Oskar war ein leidenschaftlicher Amateurfotograf gewesen und hatte ihm sogar gezeigt, wie sie funktionierte, hatte ihm erklärt, wofür die ganzen komplizierten Knöpfe und Rädchen waren, wie man die Linse scharf stellte und was die Einstellungen für Blende und Belichtung bewirkten – doch das hier war anders. Als Hope ihm die Leica gegeben hatte, war in seinem Kopf ein regelrechtes Feuerwerk explodiert. »Ich dachte, wenn du rauskriegst, wie man sie bedient, könnten wir sie vielleicht mitnehmen, wenn wir uns auf die Suche nach Ella machen«, hatte sie vorgeschlagen. Doch er war vom ersten Moment an so fasziniert von der Kamera gewesen, daß Ella dagegen plötzlich in den Hintergrund trat.

Den ganzen Heimweg über hatte er versucht, dieses Gefühl zu analysieren; natürlich war er interessiert gewesen, als Dad ihm von seinem Hobby erzählt hatte, aber noch nie zuvor hatte ihn eine solche Begeisterung gepackt, wie er sie jetzt verspürte. Nicht nur, daß die Leica mit ihren leise klickenden Chromknöpfen und den Rädchen voller geheimnisvoller Zahlen offenbar seinen Blick geschärft hatte, nein, das faszinierendste war, sobald er die perfekt ausgewogene Kamera ans Auge führte und durch den Sucher blickte, schuf sie eine Distanz zwischen ihm und dem, was er sah, machte ihn unsichtbar, unberührbar, unbesiegbar …

Mit jedem Schritt steigerte sich seine Aufregung, bis er wieder ein kleiner Junge war – vor dem Krieg, vor Ellas Geburt, als es nur Mum und Dad und ihn gegeben hatte –, der an seinem Geburtstag aufwachte, einen Haufen Geschenke am Fußende seines Bettes vorfand und wußte, daß er für einen Tag der wichtigste Mensch auf der Welt war.

Vor dem Turmzimmer hielt er inne, um seine kostbare Fracht noch einmal sicher zu umgreifen, trat die Tür mit dem Fuß auf und stellte den Karton mitten im Raum ab. Dann ging er in die Hocke und griff nach der Leica …

Kapitel 9

Hope fand Gertrude im Roten Zimmer, kerzengerade auf dem Sofa sitzend, in einen lockeren Kimono mit aufgestickten Herbstblättern und goldumrandeten Gewitterwolken gehüllt. Auf ihrer Nase saß, ein wenig schief, eine Schildpattbrille, und an den Füßen trug sie geflochtene Strohsandalen mit Riemen zwischen den Zehen. Connie und Bonnie hatten sich neben ihr zusammengerollt, und zu ihrer Rechten auf dem Tisch, neben der Schale aus Lapislazuli und gefährlich nahe an der brennenden Zigarette, die auf dem Rand abgelegt war, lagen mehrere Wollknäuel und ein Haufen Socken, die gestopft werden mußten.

»Nicht mein Stil«, bemerkte sie und deutete mit dem Lackfächer auf ihre Kleidung. »Du weißt ja, normalerweise trage ich keine Röcke, aber heute ist es einfach zu heiß für Hosen. Wolltest du zu Axel, meine Liebe? Er ist gerade in die Küche gegangen, um Wilfred seinen Kaffee zu kochen.«

»Nein, eigentlich nicht«, log Hope und warf einen Blick auf die riesigen, unordentlichen Stiche an der Ferse, die die alte Dame gerade stopfte. »Soll ich das für Sie machen?«

»Was? Oh nein, Liebes! Vielen Dank für das Angebot, aber um ehrlich zu sein, ist das die einzige Hausfrauentätigkeit, die ich einigermaßen beherrsche.« Sie lachte heiser. »Und, hat deine arme Mutter schon einen Entschluß gefaßt, wohin sie gehen will?«

»Ja ...« Hope zögerte. »Nein, noch nicht so ganz.« Seit der Fahrt in die Stadt gestern hatte Mamma nicht mehr von Italien gesprochen, also bestand vielleicht noch die Möglichkeit, daß sie ihre Meinung änderte.

»Was für eine *schreckliche* Situation für dich«, sagte Gertrude. »Hat Alex dir Bescheid gesagt wegen des Klavierstimmers?«

»Nein –«

»Dieser dumme Junge, dabei hatte ich ihn doch extra gebeten ...«

Hope wartete darauf, daß sie ihren Satz beendete, doch die alte Dame sagte nichts mehr, und so saßen sie eine Weile in friedlichem Schweigen beieinander. Hope sah zu, wie die Nadel auf und ab wanderte, und kämpfte gegen den Drang, das Ganze an sich zu reißen, um es ordentlich zu machen, während Gertie sich mit zusammengekniffenen Augen auf ihre Arbeit konzentrierte und ab und zu die Katzen streichelte oder an ihrer Zigarette zog.

»Sag mal, weißt du, wo Poppy abgeblieben ist?« fragte sie nach einer Weile und ließ die Handarbeit sinken. »Sie und Freddy haben sich heute morgen so *fürchterlich* in der Wolle gehabt, daß die einzige Lösung wohl darin besteht, die beiden künftig getrennt zu halten. Sie benehmen sich wirklich *unmöglich*.«

»Soll ich mal nachsehen, wo sie steckt?« erbot sich Hope.

»Das wäre ganz reizend«, erwiderte Gertie strahlend. »Wahrscheinlich ist sie in der Küche. Und falls du Alex dort siehst, könntest du ihn bitte daran erinnern ... Warte mal, was sollte er dir noch gleich sagen?«

»Wegen des Klavierstimmers?«

»Genau!« Gertrude drückte ihre Zigarette in der Lapislazulischale aus und griff wieder nach dem Socken. »Meinst du, du findest dich allein zurecht?«

»Ja, ich glaube schon.«

»Und du denkst dran, dich von Wilfreds Zimmer fernzuhalten?«

»Ja.« Hope war schon auf halbem Weg zur Tür. »Soll ich Ihnen irgendwas mitbringen, wenn ich schon mal in der Küche bin? Eine Tasse Tee?«

»Nein, nein, Liebes, mach dir meinetwegen keine Mühe. Geh du nur und such Alex – Poppy, meine ich – und amüsier dich.«

Genau dieselben Worte hatte Lila zuvor auch gebraucht. »Hier«, hatte sie gesagt und Hope ein paar Münzen in die Hand gedrückt, »geh nur und amüsier dich mit deinem Freund – das hier dürfte für einen schönen Tag reichen. Geht irgendwo nett essen, bummelt durch die Stadt oder seht euch einen Film im Kino an. Vor sieben Uhr will ich dich nicht wieder hier sehen, einverstanden?«

Als sie die Halle durchquerte, sah sie, wie Poppy Axel die Treppe hinauf folgte, und lief hinter ihr her, doch als sie im ersten Stock ankam, war die kleine Katze spurlos verschwunden, und Axel hatte bereits Wilfreds Zimmer betreten. Die Angewohnheit, sich im Schatten herumzudrücken, die sie sich während der Jahre in Beech Close zugelegt hatte, war schwer abzulegen, und so schlich sie auf Zehenspitzen zu der offenen Tür, rümpfte angewidert die Nase, als der Geruch von Alter und Inkontinenz ihr entgegenschlug, und spähte um die Ecke.

Das Zimmer war riesig, hoch und vollgestellt mit schweren, dunklen Möbeln. Axel stand am Fenster, über einen zusammengesunkenen, weißhaarigen Mann gebeugt, der auf einem ramponierten Korbliegestuhl saß. Während Hope vom Türrahmen aus zusah, stellte er das Tablett, das er bei sich trug, auf einen niedrigen Beistelltisch an Wilfreds rechter Seite ab und wischte seinem Großvater den Speichel vom Kinn. Dann löste er den Revolver aus dem Griff des alten Mannes (Hope war erschrokken, wie bedrohlich die Waffe aussah, Platzpatronen hin oder her), legte ihn auf den Tisch neben das Tablett und plazierte Wilfreds Hand auf der Katze – der Größe nach wohl eher Fat Freddy als Poppy –, die unter dem gewaltigen Bauch auf seinem Schoß lag.

Zweimal fuhr der Alte ihn an, beschimpfte ihn als »dummen Tölpel« und »verfluchten Nichtsnutz«, zweimal stieß er Axels Arm beiseite, als dieser ihm helfen wollte, und fauchte wütend:

»Laß das! Das kann ich selbst!«, doch Axel wehrte sich kein einziges Mal. Gerade als Hope dachte, daß er doch viel netter war, als sie bei ihrer ersten Begegnung angenommen hatte, hob er den Kopf und sah sie.

Auf seinem Gesicht zeichnete sich erst Überraschung ab, dann Entsetzen. Er richtete sich auf, trat abrupt einen Schritt zur Seite, um Wilfred die Sicht zu verstellen, und bedeutete ihr mit einer Kopfbewegung zu verschwinden. Etwas verspätet erinnerte Hope sich an Gertrudes Warnung und zog sich gehorsam in den Flur zurück, von wo sie weiter Wilfreds gereiztes Knurren und Axels ruhige, geduldige Erwiderungen hören konnte.

Sie hatte nicht die Absicht herumzuschnüffeln. Aber sie war einerseits nervös wegen der Fahrt nach Brakeford, wo sie Axels verlorene Schwester suchen wollten, und andererseits schämte sie sich wegen ihres dummen Verhaltens gerade eben. Ihr fiel auf, daß sie nur ein paar Schritte von Gertrudes Kostümkiste entfernt war – wo sie schon mal hier war, würde es doch bestimmt niemanden stören, wenn sie noch mal einen Blick hineinwarf, oder?

Als sie auf dem Weg dorthin an einer offenen Tür vorbeikam, packte sie wieder die Neugier – das hier mußte Gertrudes Schlafzimmer sein.

Überall lagen und hingen Kleidungsstücke, auf dem Fußboden, auf dem Bett, das am Kopfende mit einem Baldachin bedeckt war, über dem Standspiegel und aus den Schubladen und Schränken. Die Frisierkommode war ein einziges Durcheinander aus leeren Parfümflaschen, fleckigen Puderquasten, uralten, offenen Cremetiegeln und Bürsten und Kämmen aus geschnitztem Elfenbein, und aus einem offenen Schrank ergoß sich eine Lawine von Pantoffeln: bestickt, aus Satin, aus Samt, mit Troddeln, mit Schleifen, mit Straßclips, flache, hochhackige und solche mit Bändern. Auf einem kleinen, runden Tisch neben dem ungemachten Bett drängten sich Seidentücher, ein Fächer aus Straußenfedern, mehrere benutzte Tassen, ein überquellender Aschenbecher und mehrere Fotografien in Silberrahmen.

Sie zeigten eine verlorene Welt. Auf einem war der ganze Haushalt abgebildet – Herr, Herrin und drei Kinder, umgeben von Bediensteten: Hausmädchen, Köchinnen, Haushälterinnen, Diener, Gärtner. Auf einem anderen sah man ein Kindermädchen, das seinen kleinen Schützling in einem viktorianischen Kinderwagen mit gerüschtem Seidenbaldachin präsentierte; daneben standen zwei Jungen in Matrosenanzügen (Gertrudes verstorbene Söhne, vermutete Hope). Dann Pferde, Jäger mit ihren Stallburschen, dicke Ponys mit Kindern auf ihrem Rükken, eine Krocket-Partie auf einem makellos gepflegten Rasen. Noch eine Aufnahme von Axels Onkeln; hier waren sie fast erwachsen, groß und gutaussehend, sie ähnelten sich wie ein Ei dem anderen und posierten fröhlich in der Einfahrt, ohne zu ahnen, wie wenig Zeit ihnen noch blieb, während hinter ihnen das Wasser um die Bronzestatue plätscherte. Auf einem anderen Bild war ein Hochzeitspaar zu sehen: Gertrude als junge Frau, unscheinbar, knochig und ein gutes Stück größer als ihr Mann, und daneben Wilfred, der seine mangelnde Körpergröße mit einem prächtigen, geschniegelten Schnurrbart wettmachte und hochmütig in die Ferne blickte. Die letzte Aufnahme zeigte ein Mädchen, etwa sechs oder sieben Jahre alt. Sie lehnte an einem der steinernen Löwen auf der Terrasse und lachte, daß sich auf ihren runden Wangen zwei Grübchen wie schwarze Punkte abzeichneten. *Flora,* hatte jemand auf die Rückseite geschrieben, *Juni 1913.*

»Was zum Teufel machst du hier?«

Axel war erschöpft. Letzte Nacht hatte er vor lauter Aufregung und Unruhe nur etwa zwei Stunden geschlafen. Begeistert von seiner neuen Leidenschaft, hatte er die Leica auf alles und jedes gerichtet und mit verschiedenen Einstellungen gespielt, während er sich gleichzeitig bemühte, die Bedienungsanleitung zu verstehen, in der von astigmatischen Linsen, Blendeneinstellungen und Schlitzverschluß mit variabler Breite die Rede war (was immer das sein mochte).

Dazu kam die Sache mit Ella – jahrelang hatte er sich immer wieder ausgemalt, wie er sie finden und im Triumphzug nach

Hause bringen würde, doch ausgerechnet jetzt, wo sein Traum möglicherweise endlich wahr wurde, verstärkte sich seine Angst vor der Welt außerhalb von Seddons noch dadurch, daß er nicht die geringste Ahnung hatte, was er tun sollte, falls sie sie tatsächlich fanden. Außerdem schüchterten Hopes Selbstsicherheit und die eiserne Zielstrebigkeit, die hin und wieder unter ihrer schüchternen Schale aufblitzte, ihn ein. Er sehnte sich danach, sie zu beeindrucken, ihr zu zeigen, wie mutig, wie männlich er war, doch zugleich nahm er es ihr übel, daß sie ihn zwang, sich der Vergangenheit zu stellen.

Noch schlimmer jedoch war die Angst, sie ganz zu verlieren. Diese Angst hatte ihn plötzlich gepackt, als sie im Türrahmen von Wilfs Zimmer aufgetaucht war. Was, wenn Wilf sie bemerkte? Wenn er seinen Revolver abfeuerte und ihr solche Furcht einjagte, daß sie nie wiederkam?

Doch als er sie dann dabei erwischte, wie sie in Gerties Sachen stöberte, verjagte er sie selbst, indem er ins Zimmer stürmte, ihr vorwarf, neugierig herumzuschnüffeln, und sie anbrüllte, sie solle verschwinden: »Geh zurück zu deiner Mutter, wo du hingehörst, und laß uns in Ruhe!«

Ihr Gesichtsausdruck war schon Strafe genug, doch obendrein nahm sie ihn beim Wort, wich vor ihm zurück und floh hinaus in den Flur.

»Hope«, rief er, »komm zurück, so hab ich das nicht gemeint –« Doch sie war bereits auf der Treppe, und als er ihr hinterherlaufen wollte, begann Wilfreds Klingel zu bimmeln.

»Wer ist da?« brüllte der alte Mann. »Alex! *Alex*! Komm her, du verfluchter Bengel, aber sofort!« Axel hielt inne, hin und her gerissen zwischen seinem Pflichtgefühl und dem Wunsch, Hope am Gehen zu hindern. Er hörte ihre Schritte auf den Stufen, übertönt vom hysterischen Geläute der Klingel, beschloß jedoch widerstrebend, sich zuerst um Wilf zu kümmern, damit er nicht zu allem anderen noch den vorzeitigen Tod des alten Mannes auf dem Gewissen hatte. Danach würde er sie suchen und alles wieder geraderücken.

Als er die Tür zum Zimmer seines Großvaters öffnete, schoß

Freddy mit gesträubtem Fell an ihm vorbei, gefolgt von der fauchenden Poppy, während Wilfred drüben am Fenster lautstark seinem Unmut Luft machte. »Was ist?« rief Axel wütend. »Was willst du denn *jetzt* wieder?«

Er brauchte fast zwanzig Minuten, um den alten Mann zu beruhigen – »Wenn ich diese verfluchte Katze noch einmal hier drinnen erwische, erschieße ich sie!« drohte Wilf und fuchtelte mit seinem Revolver in der Luft herum –, und als es ihm endlich gelang, sich davonzumachen, kam ihm Gertie in der Halle entgegen.

»Hast du Hope gesehen?« fragte sie. »Ich habe sie vor einer halben Stunde losgeschickt, um dich zu suchen.«

»Nein«, log er, »ich war bei Wilf. Aber ich sehe mal, ob ich sie finde, ja?«

Diesmal fiel ihm der Weg über den Orchideenpfad leichter, da der Drang, sich wieder mit Hope zu versöhnen, stärker war als seine Angst, das große Haus zu verlassen, doch als er beim Pförtnerhaus ankam, reagierte niemand auf sein Klopfen. Auch auf sein Rufen bekam er keine Antwort, und als er an der Tür rüttelte, stellte er fest, daß sie verschlossen war.

Eine ganze Weile stand er da und lauschte, dann ging er zur Rückseite des Hauses, um durch das Fenster in Hopes Zimmer zu spähen, doch es war verlassen. Er wollte schon aufgeben, da hörte er sie (es konnte nur Hope sein, denn Mrs. Kennett hätte ihm die Tür geöffnet, und sei es nur, um ihn aufzufordern, wieder zu verschwinden) im Bad hantieren. Wutentbrannt machte er kehrt und stapfte davon, denn was nützte es, den ganzen Weg hierher zu laufen, um sich zu entschuldigen, wenn die dumme Gans nicht mal mit ihm reden wollte?

Hope schlüpfte nach draußen und lief über die Terrasse zu den Ställen. Noch nie hatte sie Axel so wütend erlebt, und sie konnte es ihm nicht verübeln – schließlich hatte er sie dabei erwischt, wie sie in Gerties Schlafzimmer herumgeschnüffelt hatte, und so nett, wie die alte Dame zu ihr gewesen war, und nach allem, was sie für sie getan hatte, war das einfach unverzeihlich.

Ihr erster Gedanke war, nach Hause zu laufen, Mamma zu sagen, sie hätte doch keine Lust, in die Stadt zu fahren, und sich in ihr Zimmer zurückzuziehen, um ihre Wunden zu lecken. Doch auf halbem Weg durch den Goldregengang fiel ihr wieder ein, daß Lila gesagt hatte, sie solle nicht vor sieben Uhr zurückkommen, womit eindeutig klar war, daß sie ihre Ruhe haben wollte. Falls überhaupt irgendeine Chance bestand, ihre Mutter zum Bleiben zu überreden, war es sicher besser, sie jetzt nicht zu stören; statt dessen würde sie sich ein paar Stunden irgendwo verstecken und dann zur verabredeten Zeit nach Hause zurückgehen. Also machte sie kehrt und lief im Schutz der Sträucher zu dem überwucherten kleinen Tempel auf dem Hügel hinter dem Haus.

Als sie ihr Versteck erreichte, war sie schweißnaß, erschöpft und unglücklich. Was, wenn sie die Freundschaft mit Axel endgültig zerstört hatte? Was, wenn er Gertrude erzählte, was sie getan hatte, und die alte Dame sie nie wieder sehen wollte? Dann könnte sie ebensogut ihre Koffer packen und nach Italien zurückkehren.

Der Marmorboden war unter einem dicken Laubteppich verborgen, aber zu ihrer Überraschung entdeckte sie an den Wänden halb zerbröckelte Reliefs, und nach dem langen Anstieg war es im Innern herrlich kühl. Hope setzte sich auf die halbrunde Bank, die einen hervorragenden Aussichtspunkt bot, um das Kommen und Gehen im Herrenhaus zu beobachten, blickte hinaus in die diesige Hitze und wünschte sich, sie könnte die Zeit zurückdrehen und alles anders machen.

Nach einer Weile tauchte Gertrude auf, die in ihrem wehenden Kimono wie eine Galeone unter vollen Segeln vom Roten Zimmer zum Gewächshaus glitt, und zwei aus dieser Entfernung nicht zu unterscheidende Katzen, die sich im Schatten unter den Steinstufen zu einem Nickerchen zusammenrollten. Kurz darauf sah sie, wie Axel aus der Halle stürmte und in Richtung der Ställe verschwand. Dann lehnte sie sich zurück, schaute den Schwalben zu, die um die Schornsteine herumschwirrten, und staunte, wie hoch sie und Axel geklettert waren, um sein

Versteck auf dem Dach zu erreichen. Es verging über eine Stunde, bevor er wieder auftauchte, langsam diesmal und mit gesenktem Kopf.

Da die Hitze sie schläfrig machte, streckte sie sich auf der Bank aus, wachte jedoch einige Zeit später wieder auf, weil ihr Arm eingeschlafen war und kribbelte. Sie schlenderte draußen herum, bis sie noch verschwitzter war als zuvor, dann kehrte sie in den Schatten zurück, hockte sich mit angezogenen Knien hin, lauschte auf das Knurren ihres Magens und fragte sich, warum die Zeit immer so langsam verging, wenn man nichts zu tun hatte.

Das Warten, bis die Zeiger ihrer Armbanduhr endlich sechs Uhr erreichten und sie ihr Versteck verlassen konnte, um sich auf den langen, mühsamen Heimweg zu machen, erschien ihr als das längste und zäheste ihres ganzen Lebens.

Als sie ins Wohnzimmer kam, lag Lila auf dem Sofa. Sie öffnete nur kurz die Augen. »Du mußt morgen für mich in die Stadt gehen, ich habe keine Binden mehr«, dann sank sie wieder in die Kissen.

Offenbar hatte sie eine besonders schlimme Regel, dachte Hope. Im Badezimmer waren Blutspuren auf dem Fußboden und eine blaßrote Pfütze um den Badewannenausfluß, und als sie die Flecken aufwischen wollte, stellte sie fest, daß das Wischtuch ebenfalls voller Blut war. Auf der Ablage über dem Waschbecken stand eine halbleere Flasche Gin, und der ganze Raum roch nach Alkohol.

»Bist du sicher, daß es dir gutgeht?« fragte sie Lila. »Soll ich nicht doch lieber den Arzt holen?«

»Nein!« Lilas Gesicht war schmerzverzerrt. »Es sind nur Krämpfe, das geht schon vorbei.«

»Wie wär's mit etwas zu essen?« schlug Hope vor. »Ich mache dir einen Teller zurecht, ja?« Doch als sie mit einem Käsebrot und ein paar Tomaten zurück ins Wohnzimmer kam, war Lila ins Bett verschwunden, und auf ihr Klopfen und die Frage, ob sie noch irgendwas für sie tun könne, ertönte von drinnen nur ein Stöhnen. Da sie völlig ausgehungert war, verschlang Hope das Brot selbst. Sie setzte sich auf die Stufen vor der Eingangstür, betrachtete den Sonnenuntergang und fragte sich, wie es kam, daß sie, ganz gleich wie sehr sie sich bemühte, offenbar nie etwas richtig machte.

Lila lag zusammengerollt auf der Seite und versuchte, nicht allzu laut zu stöhnen. Die Krämpfe waren äußerst schmerzhaft, aber zumindest zeigten sie an, daß endlich etwas passierte. Bisher hatte sie trotz aller Qualen nur jede Menge Blut verloren. Gott sei Dank war Hope kein allzu mißtrauisches Kind, sonst wäre sie womöglich auf den Gedanken gekommen, daß es etwas Ernsteres war als nur eine starke Regel ...

Nachdem Hope gegangen war, hatte sie die Türen vorne und hinten abgeschlossen, sich ein Bad eingelassen, so heiß, wie sie es gerade noch ertragen konnte, kurz hintereinander drei Gläser puren Gin hinuntergekippt und gewartet. Als nichts geschah, war sie zu drastischeren Maßnahmen übergegangen, hatte sich einen Stuhl aus der Küche geholt, sich mit gespreizten Beinen darauf gesetzt, einen Fuß auf den Wannenrand gestützt, den anderen auf die Toilette, und die Stricknadel eingeführt.

Anfangs war es nicht allzu schlimm; sie konnte die Spitze in ihrem Innern fühlen, aber es war eher unangenehm als schmerzhaft. Sie würde wohl stärker drücken müssen, also schloß sie die Augen, holte tief Luft und stieß die Nadel mit aller Kraft nach oben.

Selbst mit der Betäubung durch den Alkohol tat der erste Stich so höllisch weh, daß sie laut aufschrie. Der zweite war sogar noch schlimmer, und sie klammerte sich würgend an den Stuhl, voller Angst, sie könnte ohnmächtig werden.

Das Blut kam fast sofort. Es spritzte zwischen ihren Schenkeln hervor, lief an den Beinen hinunter, warm und klebrig, und tropfte auf das Linoleum. Offenbar hatte sie vorübergehend das Bewußtsein verloren, denn als sie zusammenschrak, weil draußen jemand laut an die Tür pochte, bemerkte sie, daß eine Viertelstunde vergangen war. Sie hielt den Atem an und bemühte sich, kein Geräusch zu machen, bis der ungebetene Besucher (war es Michael Allott, der nachgucken wollte, ob sie Aufheiterung brauchte?) verschwand, doch es kam ihr vor wie eine Ewigkeit, bis das Geklopfe und Gerüttel endlich aufhörte. Sie rappelte sich hoch, wobei sie sich am Waschbecken festhalten mußte, um nicht auf ihrem eigenen Blut auszurutschen, und als sie wieder in die Wanne kletterte, wäre sie beinahe erneut ohnmächtig geworden. Sie ließ sich in das lauwarme Wasser fallen und schloß die Augen, um den roten Fleck nicht sehen zu müssen, der sich wie ein grausiger Petticoat um ihre Schenkel ausbreitete, dann wachte sie zitternd auf und stellte fest, daß wiederum eine Viertelstunde vergangen und das Wasser mittlerweile unangenehm abgekühlt war. Voller Panik, daß Hope möglicherweise früher von ihrem Ausflug zurückkommen könnte, hievte sie sich aus der Wanne und machte sich daran, die Schweinerei aufzuwischen, wobei sie wie ein verwundetes Tier schluchzend auf allen vieren über den Boden kroch.

Selbst jetzt, als sie, die Arme um ihren Bauch geschlungen, im Bett lag, ließ der Schmerz nicht nach. Irgendwann gegen zehn schrak sie zusammen, weil sie ein lautes Stöhnen hörte, dann begriff sie, daß es aus ihrer eigenen Kehle kam, und als Hope, erschrocken über das Geräusch, im Türrahmen erschien, spürte sie, daß der Augenblick, den sie so verzweifelt herbeigesehnt und zugleich gefürchtet hatte, gekommen war.

»Den Topf«, keuchte sie. »Gib mir den Nachttopf, schnell!« Und während Hope sich bückte, um den Topf unter dem Bett hervorzuholen, richtete sie sich auf und wappnete sich für das, was kommen würde.

Halb sitzend, halb liegend, hing sie über dem Nachttopf und preßte unter Krämpfen. Eine große Wärme, ein Gleiten, ein Klatschen, dann sank sie zurück, endlich von ihrer Last befreit.

»Iihh!«

Abgesehen von diesem einen Ausruf und der ungewöhnlichen Blässe, zeigte Hope keinerlei Anzeichen von Panik. Sie leerte den Inhalt des Nachttopfs aus – ein Haufen roher Leber, der in einer dunkelroten Sauce schwamm –, brachte heißes Wasser,

Handtücher und Seife und säuberte Lila. Sie trieb irgendwo Binden auf und half ihrer Mutter vom Bett auf den Sessel (»Weiter solltest du dich nicht bewegen, bis der Arzt hier war«, entschied sie, als Lila protestierte, sie wolle lieber auf das Sofa im Wohnzimmer). Sie suchte ein frisches Nachthemd heraus, holte einen Hocker, damit Lila die Beine hochlegen konnte, und schob ihr Kissen in den Rücken und unter die Füße. Sie füllte eine Wärmflasche und schenkte Lila einen großzügigen Whisky ein – »nicht so gut wie Brandy, aber besser als nichts« –, dann zog sie die blutigen Laken ab, drehte die Matratze um, bezog das Bett neu, mit einer zweiten Decke und zusätzlichen Kissen, und half Lila, sich wieder hinzulegen. Während ihre Mutter von der Wärme und dem Whisky allmählich schläfrig wurde, setzte Hope sich mit ihrem Nähzeug in den Sessel, für den Fall, daß sie gebraucht wurde. Zu ihrer Überraschung stellte Lila fest, daß sie die ruhige Gegenwart ihrer Tochter, das gleichmäßige Aufblitzen der Nadel und das leise Rascheln des Stoffes ungeheuer tröstlich fand.

Axel lag angezogen auf seinem Bett, betrachtete das Mondlicht, das auf die Wand schien, und wünschte, er könnte die Zeit zurückdrehen und alles anders machen. Das Theater mit den Katzen hatte Wilfred für den Rest des Tages aus dem Gleichgewicht gebracht, und er hatte fast eine Stunde gebraucht, um den alten Mann zu Bett zu bringen. Als er das erledigt hatte, war Gertrude, die ohnehin selten länger als bis neun aufblieb, längst schlafen gegangen, und sein Zimmer, in das er sich dann zurückgezogen hatte, war heiß und stickig.

Damals, nach der ersten schlaflosen Nacht in Seddons, hatte Gertrude ihn aufgefordert, sich das Zimmer auszusuchen, das ihm am besten gefiel, und er hatte sich ein halbes Dutzend angesehen, bevor er sich für das entschieden hatte, in dem er auch jetzt noch schlief. Er hatte es aus zwei Gründen gewählt: Zum einen lag es nahe bei dem seiner Großmutter, nur ein paar Türen entfernt, auf der anderen Seite des Flurs, zum anderen war es klein – oder zumindest das kleinste, das er in diesem riesigen, labyrinthartigen Haus finden konnte, nur drei Meter breit und etwa sechseinhalb Meter lang. Die Wände und die schräge Decke waren in einem dunklen Waldgrün gestrichen, und auf den breiten Dielen lag kein Teppich. Das große Eichenbett war schlicht und solide, und abgesehen von einem ramponierten Fichtenholzschrank stand nur noch ein kleiner Nachttisch mit einer grün beschirmten Leselampe darin. Das hohe Rundbogenfenster hatte keine Vorhänge, und von dem gepolsterten Sitz darunter blickte man Richtung Norden über den Garten zu dem griechischen Tempel auf dem Hügel.

Im Lauf der Jahre hatte Axel sein grünes Gewölbe liebengelernt, aber an diesem Abend schenkte ihm die klare Schlichtheit keine Ruhe, und nach einer Weile begann er, im Raum auf und ab zu gehen. Er hielt am Fenster inne, um den Tempel zu bewundern, der bleich und geisterhaft im Mondlicht schimmerte, dann trat er ans Bett, um die Tagesdecke aus Samt zurückzuschlagen – im gleichen Grün wie die Wände –, schaltete die Lampe ein und wieder aus. Schließlich warf er einen Blick auf seine Armbanduhr und verließ abrupt das Zimmer.

Er hatte es schon tausendmal gemacht, wenn er nicht schlafen konnte, war wie ein unruhiger Geist durch das Haus gewandert, mal in dieses Zimmer, mal in jenes, treppauf und treppab, hatte Seddons vom Kellergewölbe bis zu den höchsten Turmspitzen erkundet. Er wußte, welche Dielen knackten, welche Türen knarzten, welche Stufen er vermeiden und um welche Flure er einen Bogen machen mußte, damit sein Großvater nicht vom Geräusch der Schritte aufwachte und mit seiner Klingel das ganze Haus aufschreckte.

Diesmal jedoch zog er seine festen Schuhe an und ging direkt zur Halle und hinaus in den mondbeschienenen Garten. Während er die Terrasse überquerte, beschloß er, bei diesem Dämmerlicht lieber den Hauptweg zu nehmen, umrundete das Haus und stapfte bis zum Beginn der Lindenallee über den Rasen, damit der Kies in der Einfahrt nicht knirschte und Wilfred weckte, der dann womöglich glaubte, die Invasion hätte begonnen.

Im Schutz der Lindenallee angekommen, fing er an zu laufen, ohne das Kribbeln in seinem Nacken und das nervöse Pochen seines Herzens zu beachten; trotz der Dunkelheit zwang er sich vorwärts, fest entschlossen, Hope zu finden und ihr zu erklären, daß er es nicht so gemeint hatte.

Das Pförtnerhaus leuchtete wie ein Weihnachtsbaum, in sämtlichen Zimmern brannte Licht, und die Fenster standen weit auf, um die warme Nachtluft hereinzulassen.

Vorsichtig ging Axel um das Haus herum und spähte in jedes Zimmer. Erst beim letzten Fenster erblickte er sie: Hopes Mutter lag, auf mehrere Kissen gestützt, im Himmelbett, Hope saß daneben und nähte im sanften Schein der Lampe an etwas aus elfenbeinfarbener Seide. Selbst aus der Entfernung konnte Axel sehen, daß es Mrs. Kennett nicht gutging. Sie hatte die Augen geschlossen, ihre Wangen waren gerötet, und als Hope ihre Handarbeit weglegte, um ihr das Haar aus dem Gesicht zu streichen, zuckte und murmelte sie im Schlaf. Er trat vom Fenster zurück, ging zur Hintertür und setzte sich leise in die Küche, um zu warten.

Hope erschrak sich so sehr, als sie ihn erblickte, daß sie beinahe die Schüssel fallen gelassen hätte, die sie in der Hand trug.

»Entschuldige –«, sagte er.

Ihr Gesicht war kreidebleich, und sie hatte dunkle Schatten unter den Augen.

»Ich wollte nur –«, begann er.

»Ich wollte nicht –«, begann sie.

»Es tut mir leid«, kam es dann wie aus einem Munde.

Sie stellte vorsichtig die Schüssel auf den Tisch – Axel bemerkte, daß ihre Hand zitterte –, dann drehte sie sich um und schloß die Tür.

»Was tust du denn hier?« fragte sie.

Nun, da der Moment gekommen war, brachte er vor lauter Schüchternheit keinen Ton heraus. »Ich ...« Er schluckte mühsam. »Ich bin gekommen, um dir zu sagen, daß ich es nicht so gemeint habe.«

»Was?«

»Das, was ich gesagt habe.«

»Wann?« fragte sie.

»Heute vormittag.« Warum war sie nur so schwer von Begriff? »In Gerties Zimmer.«

»Oh.« Vor lauter Scham lief sie rot an. »Nein, du hattest ganz recht, wütend zu werden.« Sie trat zum Herd, um seinem Blick auszuweichen. »So was gehört sich nicht.«

»Warum hast du es getan?« fragte er. »Ich meine, was ist an Gerties Zimmer so faszinierend?«

Sie nahm den Kessel, füllte ihn und setzte ihn auf die Herdplatte. »Das ist bloß so eine Marotte von mir. Meine Großmutter mochte mich nicht besonders, deshalb habe ich mich immer irgendwo im Haus versteckt, um ihr aus dem Weg zu gehen. Irgendwann habe ich angefangen, an den Türen zu lauschen, bin in ihr Schlafzimmer geschlichen, wenn sie nicht da war, und habe ihre Sachen berührt. Ich hatte nichts Böses im Sinn, ich wollte bloß irgendwie dazugehören –«

Aus Lilas Schlafzimmer ertönte ein Stöhnen.

»Sie ist krank«, sagte Hope. »Ich weiß nicht, was ich tun soll. Sie braucht einen Arzt, aber ich traue mich nicht, sie allein zu lassen.«

»Kannst du nicht anrufen?« fragte Axel.

Sie schüttelte den Kopf. »Das Telefon ist abgestellt.«

»Dann mache ich es von Seddons aus.«

»Oh, das wäre wunderbar! Meinst du, er kommt so spät noch?«

»Na klar, wenn es ein Notfall ist. Ich laufe sofort los.« Es war ein gutes Gefühl, helfen zu können. Im Türrahmen blieb Axel stehen. »Weswegen warst du eigentlich gekommen?«

»Heute morgen?« Sie fingerte wieder an dem Kessel herum. »Mamma hatte mir Geld gegeben, damit wir uns einen schönen Tag machen können. Ich dachte, du würdest vielleicht gerne …«

»Nachsehen, ob wir Ella finden«, beendete er den Satz für sie. »Ich beeile mich mal lieber. Ich komme zurück, sobald ich angerufen habe.«

Sie nickte. »Axel?«

»Ja?«

»Das war sehr mutig.«

»Was?«

»Den ganzen Weg im Dunkeln hierher zu kommen«, sagte sie, und als Axel in die Nacht hinaustrat, fühlte er sich, als wäre er vier Meter groß, ein richtiger Held.

Dr. Hills klang gereizt und verschlafen. »Ist Mrs. Kennett in der Lage zu bezahlen?« fragte er, unwillig, sein gemütliches Bett ohne Aussicht auf eine Vergütung zu verlassen, und Axel mußte ihm versprechen, daß er mit dem Geld zum Pförtnerhaus kommen würde – zum Glück besaß er immer noch den größten Teil des Notgroschens, den er bei seiner Ankunft in Seddons dabeigehabt hatte –, bevor der Arzt widerstrebend einwilligte herüberzukommen. Nachdem Axel das Geld aus seinem Zimmer geholt hatte und erneut zum Pförtnerhaus gelaufen war, fühlten seine Beine sich an wie Blei, doch immerhin fuhr Dr. Hills' Wagen gerade erst in die Einfahrt, so daß er das Finanzielle regeln konnte, ohne daß Hope etwas davon mitbekam, und das verstärkte noch seinen Stolz darauf, in einer Krisensituation entschlossen zu handeln.

»Nun«, sagte Dr. Hills, während er sich in der Schüssel, die Hope ihm gebracht hatte, die Hände wusch und nach dem Handtuch griff, »deine Mutter hatte eine Fehlgeburt. Sie hat viel Blut verloren und leichtes Fieber. Sie muß eine Weile sorgfältig gepflegt werden, wir können sie also entweder ins Krankenhaus bringen –«

»Nein …«, murmelte Lila vom Bett.

»– oder du pflegst sie, wenn du dir das zutraust.«

»Ich weiß nicht.« Hope runzelte zweifelnd die Stirn. »Was muß ich denn tun?«

»Das Fieber ist nicht allzu stark«, erklärte Dr. Hills ihr, warf das Handtuch achtlos aufs Bett und zupfte seine Manschetten zurecht. »Kalte Kompressen für die Stirn, viel Flüssigkeit – ich gebe dir etwas gegen die Schmerzen – und ausgiebige Bettruhe sollten eigentlich ausreichen, aber falls dir irgend etwas Sorgen bereitet oder der Zustand der Patientin sich verschlechtert, ruf mich ruhig wieder an.«

Er trat noch einmal ans Bett, beugte sich hinunter und legte seinen Handrücken auf Lilas Stirn. »Mrs. Kennett«, flüsterte er, »Sie sind eine sehr törichte Frau.« Dann richtete er sich auf, räumte sein Stethoskop in die Tasche und verabschiedete sich.

Axel döste in der Küche, Arme und Kopf auf den Tisch gelegt. »Und?« fragte er und fuhr hoch.

»Der Arzt sagt ...« In Hopes Augen schimmerten Tränen. »Der Arzt sagt, sie hatte eine Fehlgeburt. Sie erwartete ein Kind ...« Sie blinzelte, um Fassung bemüht. »Ich hätte einen kleinen Bruder oder eine kleine Schwester bekommen –«

Axel starrte sie bestürzt an. Er begriff, daß er etwas Tröstendes sagen sollte, aber er war so müde, ihm fiel einfach nichts ein.

»Ach herrje!« fiel es ihr plötzlich ein. »Es tut mir so leid –«

»Was?« Wofür entschuldigte sie sich denn jetzt wieder?

»Ich hatte nicht an Ella gedacht – wie konnte ich nur so taktlos sein?«

Er hätte sie am liebsten in den Arm genommen, irgend etwas getan, damit diese Verzweiflung aus ihrem Gesicht verschwand. »Macht nichts«, sagte er, und zum erstenmal machte es wirklich nichts, jedenfalls nicht im Vergleich zu Hopes Kummer.

»Und so schlecht, wie es Mamma geht«, sagte sie, »wird es noch Wochen dauern, bis wir sie suchen können.«

»Macht nichts«, wiederholte er. »Wenn du nicht wegkannst, fahre ich halt allein.« Und zu seiner Überraschung stellte er fest, daß er sich tatsächlich zutraute, es allein zu schaffen.

Bis zum nächsten Mittag hatten sowohl Gertrude als auch Michael von dem Vorfall erfahren.

Gertie sandte über Axel einen mitfühlenden Gruß, Michael jedoch erschien höchstpersönlich, aufgeregt wie eine besorgte Glucke, und brachte ein ganzes Schraubglas voll nahrhafter Hühnersuppe mit. Er sah so niedergeschlagen aus, als Hope ihm den Zutritt zum Krankenzimmer und somit die Gelegenheit verwehrte, Lila sein Mitgefühl für ihren Verlust auszudrücken daß er ihr regelrecht leid tat, doch ihre Mutter war noch zu mitgenommen, um Besuch zu empfangen.

Als Axel nachmittags mit Reineclauden aus dem Küchengarten und einem Strauß bereits halb verblühter Rosen, die Gertie extra für die Kranke geschnitten hatte, an der Hintertür klopfte, begrüßte Hope ihn mit einem schwachen Lächeln.

»Wie geht es deiner Mum?« fragte er. »Gertie läßt ausrichten, wenn ihr irgendwas braucht, sag einfach Bescheid –«

»Ich will nicht mehr«, dabei ließ sie sich schwer auf die Stufe sinken. »Ich will nichts damit zu tun haben.«

Axel war verwirrt. Nicht eine Sekunde hatte er angenommen, daß ihr irgend etwas anderes in den Sinn käme, als ihre Mutter selbstlos zu pflegen.

»Letzte Nacht ...«, begann sie.

Er wartete.

Sie lehnte sich mit der Schulter gegen den Türrahmen und starrte auf die Bäume. »Letzte Nacht hat sie gesagt ...«

»Ja?« hakte Axel nach. Er betrachtete sie verstohlen, sah, wie kraftvoll das Haar ihr Gesicht umrahmte, wie dunkel die Sommersprossen durch die Sonne geworden waren, und wünschte, er hätte die Leica mitgenommen.

Ihr Gesicht verzerrte sich, als würde sie gleich anfangen zu weinen. »Sie hat gesagt, sie wäre *froh,* daß sie das Baby verloren hat, sie könne sich nichts Schlimmeres vorstellen, als ein unerwünschtes Kind zu bekommen –«

»Unerwünscht?«

»*Noch* ein unerwünschtes Kind«, fuhr sie fort. »Das hat sie damit gemeint, ich weiß es genau. Und jetzt kann ich es kaum noch ertragen, sie anzusehen. Mir ist klar, daß sie krank ist, daß sie meine Hilfe braucht, aber am liebsten würde ich sie schlagen. Wie kann sie so etwas nur sagen? Wie kann sie so grausam sein? Sie redet genau wie meine Großmutter ...«

Linkisch strich Axel ihr in dem Versuch, sie zu trösten, über den Rücken. Sie ließ den Kopf an seine Schulter sinken und murmelte in sein Hemd: »Das erzählst du aber nicht Gertie, hörst du? Ich könnte es nicht ertragen, wenn sie wüßte, wie wenig Mamma mich mag.«

»Nein, Hope, ich erzähle es keiner Menschenseele, versprochen.« Er atmete den Duft ihres Haars ein und zermarterte sich das Hirn, womit er sie ablenken könnte. »Übrigens, die Kamera, die du mir geschenkt hast«, begann er vorsichtig, »damit ich Fotos von Ella machen kann –«

»Ja?« Sie setzte sich wieder aufrecht hin, bemüht, sich zusammenzureißen. »Hast du rausgekriegt, wie sie funktioniert?«

»Ich glaube schon«, sagte er, »aber genau weiß ich es erst, wenn der Film entwickelt ist.«

Sie fixierte ihn mit ihren brennenden, haselnußbraunen Augen. »Geh und such sie. Überzeug dich, daß es ihr gutgeht.« Sie stand auf und zog ihn ebenfalls hoch. »Mach ganz viele Fotos von ihr«, forderte sie. »Ich muß wissen, daß sie geliebt wird.« Dann ging sie zurück in die Küche und schloß die Tür.

Wie konnte er es ihr abschlagen? Er mußte zu Gertie gehen, beschloß Axel, während er über den Orchideenpfad nach Hause lief; er mußte sich einen plausiblen Vorwand für seine Unternehmung ausdenken, und er mußte es sofort tun, bevor ihn der Mut verließ.

Als er sich dem Roten Zimmer näherte, hörte er die Stimmen von Michael und Gertie, und da er nicht stören wollte, blieb er draußen vor der Terrassentür stehen. Doch dann bemerkte er, daß sie über ihn sprachen.

Sie saßen auf dem Sofa, Michael am einen Ende, eine Katze auf dem Schoß und die Beine von sich gestreckt, und Gertie am anderen, in der rechten Hand den Stopfpilz, in der linken die unvermeidliche Zigarette.

»Sein Leben ist völlig auf das Haus beschränkt«, sagte Gertie gerade. »Er sieht niemanden, abgesehen von mir und seinem Großvater, und er geht nirgendwohin. Ich mache mir Sorgen, was aus ihm werden soll, wenn ich mal nicht mehr bin.«

»Ich werde dasein, um ein Auge auf ihn zu haben«, erwiderte

Michael. »Ihr wart immer wie eine Familie für mich – du weißt, ich würde euch nie im Stich lassen.«

»Kannst du dich erinnern, wie du das erste Mal nach Seddons gekommen bist?« Gertie lächelte, das konnte Axel an ihrer Stimme hören. »Du warst zwölf Jahre alt und hast in meiner Küche gesessen und mir von all den Orten erzählt, die du dir anschauen wolltest, wenn du einmal groß wärst. ›Ich werde reisen‹, hast du gesagt. ›Ich will die Welt sehen, bevor ich zu alt dafür werde.‹« Ein tiefes, heiseres Lachen. »Wenn Wilf nicht da war, hast du dich oft in sein Arbeitszimmer geschlichen, um an dem alten Globus deine Reisen zu planen, und dann kamst du strahlend mit irgendeinem neuen exotischen Ortsnamen zurück, den du entdeckt hattest.«

Michaels Stimme klang wehmütig. »Tja, und sieh dir an, was daraus geworden ist. 1939 dachte ich, ich hätte es endlich geschafft, mich zu befreien – nicht einmal Dad konnte etwas dagegen unternehmen, daß ich zum Militär wollte. Ich dachte, nun würde die Welt mir zu Füßen liegen, auch wenn ich dafür in den Krieg ziehen mußte.«

»Ich weiß noch, wie du zu mir kamst, um es mir zu erzählen«, sagte Gertie. »Du wolltest zur Marine, wolltest dir Timbuktu ansehen, Samarkand, Xanadu, Konstantinopel ...«

Michael schnaubte selbstironisch. »Ja, und dann scheiterte das Ganze ausgerechnet an meinen Augen.«

»Immerhin hast du es versucht.« Eine Rauchwolke trieb auf das Fenster zu, und Axel wich einen Schritt zurück. »Erst dieses Mädchen, diese – wie heißt sie noch? –, ach, zu dumm, ich komme nicht drauf – seine ›Hoffnung für die Zukunft‹ hat ihr Vater sie genannt –, jedenfalls hat erst dieses Mädchen *mir* die Augen geöffnet. Nicht für das, was ich getan habe, sondern für das, was ich *nicht* getan habe, und *ich* kann mich nicht mit mangelnder Sehfähigkeit entschuldigen. Der Junge ist siebzehn, Michael, und er hat so gut wie gar nicht gelebt. In unserem Herzen« – Axel stellte sich vor, wie sie sich gegen die Brust klopfte und dabei Asche verstreute – »wissen wir beide – und in seinem tiefsten Innern weiß Wilfred es auch –, daß er nicht Alex ist, und trotzdem spielen wir dieses Spiel, tun so als ob, weil wir – nein, weil *ich* damals, als er hier ankam, zu feige war, Wilfred die Wahrheit zu sagen …«

»Er hat Zeit.« Axel sah, wie Michael seine riesigen Füße kreuzte. »Nächstes Jahr wird er achtzehn, dann kommt er zum Militärdienst.«

»Falls er überhaupt einberufen wird – wir haben nie das Sorgerecht für ihn beantragt oder ihn adoptiert, wir haben ihn einfach nur hier wohnen lassen. Wahrscheinlich wissen die Behörden nicht mal, daß es ihn gibt, und ich glaube kaum, daß er sich freiwillig meldet – er würde mich nicht allein lassen wollen.«

»Die Situation hier wird nicht ewig so bleiben.«

»Du meinst, wenn Wilfred stirbt?« Wieder eine Rauchwolke. »Was, wenn es bis dahin zu spät ist? Das Haus fällt auseinander, und was ist, wenn ich nichts mehr habe, was ich verkaufen kann? Ich habe vor fast fünfzig Jahren meine Wahl getroffen, mit allen Konsequenzen, aber deshalb muß mein Enkel ja nicht dasselbe tun.« Das Sofa knarzte, und ein grüner Pantoffel wippte ins Blickfeld. »Wir müssen dieses liebe Mädchen davon abhalten wegzugehen.«

»Wen?« fragte Michael. »Die kleine McAndrew?«

»Wirklich reizend, dieses Kind. Aber das allein ist es nicht, sie hat etwas *Besonderes* an sich.«

»Ich weiß, was du meinst. Natürlich ist sie nicht so schön wie ihre Mutter, aber sie hat – hm, mir fällt das richtige Wort nicht ein …«

Wieder ächzte und knarzte das Sofa, als Michael sein beachtliches Gewicht verlagerte.

»Biß«, ergänzte Gertrude. »Das hat Wilfred früher immer über Will und Alex gesagt: ›Die Jungs haben Biß‹.«

Diesmal hörte man Michael das Lächeln an. »Gut ausgedrückt.«

»Sie wird das tun, was ich nicht geschafft habe – wenn er sie läßt.«

»Was meinst du damit?«

»Ich gebe dir ein Beispiel.« Sie senkte die Stimme, und Axel mußte näher an die Terrassentür herantreten, um sie zu verstehen. »Gestern hat er ganz beiläufig erklärt, er wolle – wie hat er sich ausgedrückt? – ein wenig über den Orchideenpfad spazieren, als wäre es die natürlichste Sache der Welt –«

»Aber das ist es doch auch«, wandte Michael ein.

»Nicht für Axel – er hat seit Jahren kaum einen Fuß aus Seddons hinausgesetzt. Er hat sich dazu *gezwungen,* weil er zu ihr wollte.«

Axel hielt den Atem an, überwältigt von zwei Überraschungen in einem Satz. Die erste – daß er offenbar so leicht zu durchschauen war – erstaunte ihn nur, aber die zweite – daß seine Großmutter laut seinen richtigen Namen ausgesprochen hatte – erfüllte ihn zugleich mit Schmerz und Jubel; in all den Jahren, die er nun schon in Seddons war, hatte sie ihn nie so genannt, und es jetzt zu hören trieb ihm einen Kloß in den Hals.

»Es ist meine Schuld«, fuhr Gertie fort. »Ich hätte schon vor Jahren etwas dagegen unternehmen sollen. Ich hätte dafür sorgen müssen, daß er weiter zur Schule geht, hätte ihn zwingen müssen, in der wirklichen Welt zu leben. Ich hätte darauf bestehen sollen, daß er mit anderen Kindern spielt, hätte mit ihm Ausflüge ans Meer machen oder mit ihm ins Kino gehen sollen. Was, wenn ich seine Chance auf ein normales Leben ruiniert habe?«

»Für eine Veränderung ist es nie zu spät.« Unter dem geräuschvollen Protest des Sofas setzte Michael sich erneut um. »Nimm nur mich – sobald ich Dads Geld in die Finger kriege, werde ich mich für all die Jahre unter seiner Fuchtel rächen, indem ich endlich tue, was ich will. Ich werde leben wie die Made im Speck. Ich werde mich sämtlichen Lastern hingeben. Wer weiß, vielleicht heirate ich sogar noch mal.«

»Was ist mit Phyllis?« fragte Gertie.

»Was soll mit ihr sein?«

»Ich meine, wenn du noch mal heiraten willst.«

»Dann lasse ich mich scheiden.« Er schnaubte amüsiert. »Oder ich lebe in Sünde. Stell dir nur mal den Skandal vor – meinen guten alten Dad hätte der Schlag getroffen!«

Beide lachten.

»Wie willst du dich denn scheiden lassen, wenn du nicht weißt, wo sie ist?«

»Böswilliges Verlassen. Ich werde mich auf böswilliges Verlassen berufen.«

»Das kann Jahre dauern. Du solltest besser gleich zum Anwalt gehen« – ein kehliges Lachen – »oder dir eine Frau suchen, die nicht so anspruchsvoll ist.«

Sie schwiegen eine Weile, und Axel wollte gerade sein Versteck aufgeben, als Gertie noch einmal das Wort ergriff.

»Du mußt sie überreden hierzubleiben.«

»Was? Wen?«

»Mrs. Dingsbums – Kennett. Und Hope.«

»Was sollte *ich* denn da ausrichten können?«

Wieder ein amüsiertes Glucksen von Gertie. »Hast du nicht gesagt, sie wäre eine schöne Frau?«

»Wer, Hope?«

»Nein, ihre Mutter, du dummer Kerl.«

Erneutes Schweigen, sogar noch länger als das davor.

»Na, mein lieber Michael«, sagte Gertrude schließlich, »mir scheint, du wirst rot!«

Als sich der Moment bot, in Erscheinung zu treten, hatte Axel seine Meinung geändert und beschlossen, noch nicht mit Gertie zu reden. Erst mußte er ganz sicher sein, daß er wirklich mit der Leica umgehen konnte. Deshalb fing er Michael ab, bevor dieser zurückfuhr, und bat ihn, seinen ersten Film zum Entwikkeln zu bringen. Erst wenn er überzeugt war, daß er Hopes Bitte gerecht werden konnte, würde er sich auf die Suche nach seiner Schwester begeben.

Am nächsten Tag nahm er erneut den Orchideenpfad, um Hope zu besuchen, doch sie schien sich nicht zu freuen, ihn zu sehen. Ihrer Mutter ging es schlechter, als sie gedacht hatte, erklärte sie ihm; sie mußten leise sein, um sie nicht zu stören, und es wäre wohl besser, wenn er in der nächsten Zeit nicht käme. Die Situation schien ihr peinlich zu sein, sie wirkte befangen, und offensichtlich bedauerte sie es, daß sie sich ihm anvertraut hatte; außerdem hatte sie genug zu tun, ohne daß er ihr im Weg herumstand. Doch als Axel sich langsam auf den Heimweg machte, konnte ihn nicht einmal die Aussicht auf weitere Versuche mit der Leica über seine Enttäuschung hinwegtrösten.

»Noch nicht, mein Junge«, riet Michael ihm ein paar Tage später, als er ihn fragte, ob er es noch einmal versuchen sollte. »Warte lieber, bis die arme Frau wieder auf den Beinen ist ...«

Fast eine Woche lang wollte das Fieber nicht sinken. Auf Drängen von Michael, der sich Sorgen machte, weil sie immer noch zu schwach war, um Besuch zu empfangen, sah der Arzt noch zweimal nach Lila, doch auch nachdem das Fieber nachgelassen hatte, quälten die Schmerzen sie so sehr, daß nicht einmal die Leckereien, die Michael ihr jeden Tag zusammen mit der – sorgfältig von Rechnungen befreiten – Post und den Lebensmitteln vorbeibrachte (süße Weintrauben, eine Tüte reife Tomaten und sogar eine Banane, etwas, das sie seit ihrer Rückkehr aus Italien nicht mehr gegessen hatte), ihren Appetit wecken konnten.

Wenn Lila auf ihre Kissen gestützt dalag und hörte, wie er im Flur mit Hope sprach – »Du *mußt* sie überreden, etwas zu essen, sonst wird sie nie wieder zu Kräften kommen ...« »Wie geht es ihr heute, hat sie wenigstens ein paar von den Trauben gegessen?« »Sag ihr, ich versuche ihr alles zu besorgen, wonach ihr der Sinn steht, wie ausgefallen es auch sein mag ...« »Versprich mir, daß du nichts in ihre Nähe läßt, worüber sie sich Sorgen machen könnte, bis es ihr wieder bessergeht« –, war sie zutiefst gerührt darüber, wie er sich um sie sorgte; aber würde er auch noch so freundlich zu ihr sein, wenn er erfuhr, welche schreckliche Tat der Grund für ihr Kranksein war?

Hope war eine wunderbare Krankenschwester – geduldig, aufmerksam, tüchtig –, und dennoch, dachte Lila schläfrig, während sie zusah, wie ihre Tochter im Zimmer umherging, Kissen aufschüttelte, Laken glattzog und ihr Medizin verabreichte, war irgend etwas *anders* an ihr, als hätte Lilas Krankheit (wie sie sich bemühte, es zu nennen) das Kräfteverhältnis zwischen ihnen umgekehrt, als sei sie das hilflose Kind und Hope die strenge Mutter.

In den ersten Tagen quälten sie schreckliche, fiebergeschüttelte Träume: Sie stand auf einer Steinbrücke und schleuderte Neugeborene – Dutzende, Hunderte von ihnen – in einen stillen, dunklen See, bis ihre bleichen Körper wie schwimmende Korken die ganze Oberfläche bedeckten; dann war sie in ihrem Zimmer in Beech Close, umgeben von schreienden Säuglingen, denen sie die Hand aufs Gesicht drückte, bis sie verstummten und erschlafften; in einem anderen Traum stand sie auf dem Balkon in Casa Vedovi, Hope war wieder ein Baby, und sie schmetterte den Kopf ihrer Tochter gegen das Eisengitter, bis sie in Blut und Schuldgefühlen erstickte.

»Noch nicht«, befahl Hope energisch, als Lilas Temperatur endlich sank und sie fragte, ob sie ein wenig aufstehen dürfe. »Dr. Hills hat gesagt, dafür bist du noch zu schwach.«

»Wie willst du gesund werden, wenn du nichts ißt?« schalt sie, als Lila die hausgemachte Suppe verschmähte – die dritte Portion, die Michael Allott in dieser Woche vorbeigebracht hatte.

»Nein«, verkündete sie, als Lila um weitere Schmerztabletten flehte. »Dr. Hills hat mir genau erklärt, wie viele ich dir geben darf, damit du nicht süchtig wirst.« Dr. Hills hier, Dr. Hills da, bis Lila seinen Namen nicht mehr hören konnte.

Als er ihr mitteilte, daß ihre Organe mit ziemlicher Sicherheit irreparabel geschädigt waren und sie vermutlich keine Kinder mehr bekommen könne, spielte sie die Bekümmerte, doch sie merkte, daß Hope ihr nicht glaubte; einen Moment lang meinte sie sogar einen Ausdruck von Verachtung, beinahe Abscheu, auf ihrem Gesicht wahrzunehmen, und fragte sich voller Angst, ob sie sich in ihrem Delirium womöglich verraten hatte. Notfalls würde sie es auf das Fieber schieben, doch all dies trug zu dem diffusen Unbehagen bei, zu dem Gefühl, daß ihre Tochter ihrer Kontrolle entglitt.

Zehn Tage vergingen, bis Hope sie für kräftig genug hielt, die Briefe durchzusehen, die Michael vorbeigebracht hatte.

Der erste war von Edward. Er wolle die Scheidung, schrieb er; im Austausch für seine Freiheit sei er sogar bereit, die Schuld auf sich zu nehmen, und er habe bereits einen Anwalt beauftragt, die nötigen Schritte zu veranlassen. Er werde dafür sorgen, fügte er in einem kurzen Postskriptum an, daß eine ausreichende Summe auf ihr Konto überwiesen werde, um sie bis zu ihrer Rückkehr nach Dorset über Wasser zu halten, und nach Abschluß der Formalitäten werde sie eine weitere Summe erhalten.

»Mit anderen Worten«, bemerkte Lila verbittert, »nach allem, was er uns angetan hat, bekomme ich nur dann etwas, wenn ich den Mund halte.«

Der zweite Brief war von Onkel Frank. *Meine liebe Lila,* begann er, *zu meinem großen Bedauern muß ich Dir mitteilen ...*

Lila ahnte sofort, was kommen würde, und in der Tat: *... daß ich, sosehr ich es mir auch wünschen würde, nicht mehr in der Lage bin, Dir das Haus am Harald Square abzukaufen;* die Geschäfte gingen schlecht, erklärte er, und seine Situation zu Hause werde immer schwieriger – vermutlich beschwerte Dorothy sich darüber, daß sie den Gürtel enger schnallen mußte.

Fast eine ganze Seite ging es in diesem Ton weiter – er hoffe, es gehe ihr und Hope gut, riet ihr, die Dinge positiv zu sehen und dafür zu sorgen, daß Edward die Ärmel hochkrempelte, und versicherte ihr (was in Anbetracht von Edwards Brief geradezu ironisch klang), falls – was er natürlich nicht hoffe – die Bemühungen ihres Mannes dennoch scheiterten, würden seine Eltern ihnen doch gewiß unter die Arme greifen. *Ich bin sicher,* fügte er hinzu, *daß der Betrag, den ich an Deine Bank überwiesen habe, helfen wird, Euren vorübergehenden finanziellen Engpaß zu überbrücken. Wenn Du uns besuchen möchtest* – nicht: bei uns wohnen, bemerkte Lila, oder: an die liebende Brust deiner Familie zurückkehren –, *bist du mir und Deiner Mutter jederzeit willkommen. In Liebe, Dein Onkel Frank.*

»Tja«, sagte sie und zerknüllte den Brief, »zumindest werden wir erst mal nicht verhungern.« Aber sie fühlte sich im Stich gelassen, betrogen, zurückgewiesen von dem einzigen Menschen, auf den sie sich bisher immer hatte verlassen können. Immerhin verfügte sie jetzt, zusammen mit dem, was Edward geschickt hatte, über eine recht ordentliche Summe. »Sobald ich wieder bei Kräften bin«, erklärte sie, »buche ich die Überfahrt nach Italien.«

Als Hope mit ihr zum erstenmal die paar Meter bis zum Wohnzimmer ging und sie dort auf das Sofa setzte, war sie entsetzt, wie schwach sie auf den Beinen war und wieviel Gewicht sie verloren hatte.

Sobald Michael hörte, daß Lila das Krankenbett verlassen hatte, bestand er darauf, ihr einen Besuch abzustatten, und als er das Wohnzimmer betrat, mit schimmernder Glatze, die Kappe schüchtern zwischen seine fleischigen Hände gepreßt, strahlte er sie so glücklich an, daß Lila trotz aller Schwäche nicht anders konnte, als zurückzulächeln.

Im Verlauf der folgenden Tage wurden seine Geschenke extravaganter – ein üppiger Strauß Wicken, ein Paar echte Seidenstrümpfe, ein Flakon mit französischem Parfüm. Als Hope sah, wie er verlegen seine großen Schuhe auf der Fußmatte abstreifte, während er darauf wartete, daß Lila ihn auf ihrem Genesungssofa empfing, wußte sie, was los war: Michael Allott (ganz und gar nicht die Sorte Mann, der ihre Mutter unter normalen Umständen auch nur einen zweiten Blick gegönnt hätte) war dabei, sich in Lila zu verlieben, und zu Hopes Erstaunen schien Lila ihn darin sogar noch zu ermuntern.

Sie wünschte sich, Axel würde kommen, und bedauerte, daß sie bei ihrer letzten Begegnung so abweisend gewesen war; zu gern hätte sie gewußt, ob er den Mut aufgebracht hatte, sich auf die Suche nach seiner Schwester zu machen, doch als sie nach ihm fragte, sagte Michael, Axel sei ganz mit seiner neuen Leidenschaft, dem Fotografieren, beschäftigt, und er habe ihn schon seit ein paar Tagen nicht mehr gesehen. Sie fragte sich, ob das der Grund dafür war, daß er sich nicht mehr blicken ließ, und ob es richtig gewesen war, ihn auf seine Reise in die Vergangenheit zu schicken.

Das Warten, bis Michael ihm die Ergebnisse seiner ersten Versuche brachte, war die reinste Folter. Während der Woche, die es dauerte, verknipste Axel zwei weitere Filme; er vernachlässigte den Gemüsegarten, vergaß, den Küchenherd zu befeuern, brachte Wilfred zu spät zu Bett, woraufhin der alte Mann ihn wüst beschimpfte, und erledigte seine sonstigen Aufgaben nur noch hastig und oberflächlich, damit er sich mit seinem neuen Spielzeug davon ablenken konnte, wie sehr er Hope vermißte.

Er fand ein Buch: *Wie man gute Bilder macht – Eine Anleitung für Amateurfotografen*, in dem sehr verständlich und mit hilfreichen Beispielen alles Notwendige über Belichtung, Blendeneinstellung, Schärfe und die Bedeutung von Hintergrund und Bildkomposition erklärt wurde. Er lernte, daß der Panchromatic ein zuverlässigerer Film für alle Einsatzbereiche war als der Verichrome, den Edward benutzt hatte, und daß der Kodak Super XX besonders geeignet war für trübes Wetter oder Aufnahmen nach Einbruch der Dämmerung. Er bekniete Michael so hartnäckig, Edwards Atelier nach weiterem Material zu durchsuchen – einem Belichtungsmesser, zusätzlichen Linsen, weiteren Filmen –, daß Michael beschloß, es sei einfacher, die restlichen Sachen direkt nach Seddons zu bringen, »natürlich nur, wenn Li... Mrs. Kennett nichts dagegen hat«.

»Gute Nachrichten«, berichtete er am nächsten Tag. »Hope hat mit ihrer Mutter gesprochen, und du kannst dir nehmen, was du willst.«

Wenig später schleppten er und Axel die ganze Ausrüstung – Entwicklerwannen, Kopierrahmen, Raster, Spanner, Fotopapier, den Vergrößerer, das Schneidbrett – die Stufen zum Turm hinauf. »Ist mir nur recht – es wird schon schwer genug, den Laden zu verkaufen, da bin ich froh, wenn nicht auch noch das ganze Zeug herumliegt.«

»Warum wird es schwer?« fragte Axel.

»Nun ja«, erwiderte Michael, »die Raumaufteilung, die ihn für ein Fotoatelier geradezu ideal macht, ist für jede andere Art von Geschäft ausgesprochen ungünstig. Vorne ist zwar jede Menge Platz, aber der Nebenraum ist kaum mehr als eine Kammer, so daß es fast keinen Lagerraum gibt. Ich habe keine Ahnung, wie Edward Kennett da drin seine ganzen Bilder entwickeln wollte. Ach, da fällt mir ein, hatte ich schon erzählt, daß am Freitag der Klavierstimmer kommt?«

Sobald er alles abgestellt hatte, verschwand er, um Gertie die gute Nachricht zu überbringen, während Axel seine neuen Schätze auspackte, Flaschen mit furchterregend klingenden Chemikalien in die leeren Regale stellte, aus Platten und Bökken, die er auf dem Dachboden gefunden hatte, Tische für die Entwicklerschalen aufbaute und in der Abstellkammer im zweiten Stock nach alten Verdunklungsvorhängen suchte, um sie über die Fenster zu nageln.

Zu dem Zeitpunkt war er bereits süchtig. Drinnen oder draußen, oben oder unten, nichts entging seinem forschenden Blick. Er strich ums Haus, registrierte jeden schiefen Schornstein, jeden ramponierten Wasserspeier, jeden abgebröckelten Fenstersturz; er hockte stundenlang im Garten und wartete auf das richtige Licht, um das von Flechten überzogene Steinpferd zu fotografieren; er verbrannte sich den Nacken, während er im hohen Gras am See lag, um den Moment festzuhalten, wenn eine Libelle aus ihrer Puppe schlüpft und zum erstenmal ihre Flügel streckt. Er knipste Gertrude, die Katzen (sofern sie mal lange genug stillhielten) und Michael. Sogar der Klavierstimmer, der im Laderaum von Michaels Lieferwagen unter Wilfreds Fenster vorbeigeschmuggelt wurde, um dem Bechstein seinen Klang wiederzugeben, wurde zur Beute für die neugierige Linse der Leica.

Als Axel schließlich den Stapel glänzender Schwarzweißbilder, die Michael ihm mitgebracht hatte, auf dem Tisch in seiner Dunkelkammer ausbreitete, zitterten seine Hände – was, wenn sie nichts geworden waren?

Die Sorge war überflüssig. Selbst für sein ungeübtes Auge war unübersehbar, daß er Talent für dieses so zufällig entdeckte Kunsthandwerk besaß. Natürlich waren ihm auch ein paar Fehler unterlaufen – Überbelichtungen, Aufnahmen im grellen Sonnenlicht, das alle Kontraste verschluckte, ein kopfloser Wasserspeier oder eine Katze ohne Pfoten. Doch die gelungenen Aufnahmen – Sonnenlicht, das in Streifen auf das Parkett im ehemaligen Ballsaal fiel, morgendliche Dunstfetzen über dem See, Poppy und Freddy, die mit gesträubtem Fell auf dem Treppenabsatz in Kampfstellung gingen – waren fantastisch, und er konnte kaum glauben, daß sie von ihm stammten.

Er liebte das Gefühl der Leica in seiner Hand, ihr ausgewogenes Gleichgewicht, die geschmeidige Perfektion ihrer Mechanik. Und die Erregung, als er zum erstenmal die rote Lampe im Turmzimmer einschaltete und wußte, daß er nur noch einen Herzschlag davon entfernt war, seine eigenen Filme zu entwickeln, war unvergleichlich – besser als die Vorfreude auf Weihnachten, besser als all seine Kindergeburtstage zusammengenommen, sogar besser als das tägliche Staunen über die Kostüme seiner Großmutter. Nichts, aber auch gar nichts hatte ihm je solche Freude bereitet.

Außer vielleicht, dachte er bei sich, als er sich mit dem Rükken gegen den Küchenschornstein lehnte und die Kamera auf die Wiese unter ihm richtete, außer vielleicht seine neue Freundin, Hope McAndrew …

Seine ersten Entwicklungsversuche waren durchwachsen; in seinem Eifer unterliefen ihm törichte Anfängerfehler – zuviel Bleiche, noch feuchte Abzüge aufeinanderlegen, so daß sie zusammenkleben, zu langes Wässern, was dazu führt, daß das Papier aufweicht –, aber dennoch waren seine ersten Ergebnisse ermutigend, und er lernte schnell dazu, begriff, daß er bessere Resultate erzielte, wenn er seine Ungeduld zügelte. Und nie verlor er die Begeisterung für den Augenblick, da er die Tür hinter sich zuzog, die rote Lampe einschaltete und den Film entrollte, um zu sehen, was aus seinen Aufnahmen geworden war. Er bekam ein Gespür dafür, welche Bilder sich zu vergrößern lohnten und welche nur kostbares Papier verschwendeten. Er entdeckte, daß er einen Blick für das richtige Motiv hatte und daß er imstande war, aus seinen Fehlern zu lernen und sich weiterzuentwickeln Und als er sich schließlich bereit fühlte, machte er sich daran, seinen Plan in die Tat umzusetzen, bevor ihn erneut der Mut verließ.

Zwei Wochen waren vergangen, seit er Hope in Gerties Schlafzimmer erwischt hatte, und der September nahte. Michael hatte gerade die wöchentliche Lebensmittelration gebracht und saß am Küchentisch, Connie auf dem Schoß und Bonnie zu seinen Füßen. Während er seine Brille polierte, brachte er Gertie auf den neuesten Stand, was den Verkauf seines Besitzes betraf.

»Ich hatte ja keine Ahnung, wie weit Dad im Lauf der Jahre expandiert hat. Allein in der Bridge Street sind sieben Häuser, alle vermietet, und dann noch drei Geschäfte in Showmarket. Ted Greening – der mit dem Taxiunternehmen, du erinnerst dich? – sagt, er wäre vielleicht an dem Kohlenschuppen interessiert, und der alte Garvey hat mir endlich ein vernünftiges Angebot für die Kneipe gemacht. Was Besseres kann man sich zum Geburtstag doch gar nicht wünschen, oder?«

In zwei Tagen wurde er sechsunddreißig, und mit Ausnahme der Jahre, als er verheiratet war, hatte er seit seinem zwölften Lebensjahr alle seine Geburtstage in Seddons gefeiert. Um einen beiläufigen Tonfall bemüht, packte Axel die Gelegenheit beim Schopf. »Bist du zu deinem Geburtstag hier?«

»Ich denke schon«, antwortete Michael, »sofern Gertie keine anderen Pläne hat.«

Gertie räumte gerade die Lieferung in den Schrank und stieß einen Freudenschrei aus, als sie das mit rosa Zuckerguß verzierte Gebäck entdeckte, das Michael, der ihre Schwäche für Süßigkeiten kannte, dazugetan hatte. »Natürlich nicht, mein Lieber«, sagte sie und warf ihm über den Rand ihres Zwickers einen neugierigen Blick zu. »Es sei denn, *du* hast andere Pläne?«

Michaels ohnehin kräftig getönte Wangen wurden noch dunkler. »Nein, wie kommst du darauf?« erwiderte er. »Obwohl ich zu Lil... Mrs. Kennett gesagt habe, ich würde vielleicht mal vorbeischauen.«

»Ich dachte mir nämlich«, unterbrach Axel ihn entschlossen, »wenn du den ganzen Tag über hier bist, könnte ich ja mal zum

Pförtnerhaus rübergehen. Der Garten ist sicher halb verwildert, jetzt wo Hope sich die ganze Zeit um ihre Mutter kümmert, und da wollte ich ein bißchen Unkraut zupfen. Ich werde sie auch ganz bestimmt nicht stören ...«

»Gute Idee«, pflichtete Michael ihm bei. »Gerade heute morgen meinte Hope noch, Lila gehe es schon viel besser, da ist ihr ein Besuch sicher willkommen.«

»Ganz recht«, stimmte Gertie ein, »kümmere dich gar nicht um uns. Geh du nur und mach dir einen schönen Tag«, und dabei sah es ganz so aus, als verkneife sie sich ein Schmunzeln.

Axel sah sie empört an. »Was ist denn so komisch an ein bißchen Gartenarbeit?«

Kapitel 10

In der Nacht davor schlief er fast überhaupt nicht, obwohl es nach wochenlanger Hitze endlich einmal angenehm kühl war, und wenn es nur um ihn gegangen wäre, hätte er das Ganze auf später verschoben. Doch er hatte jetzt einen zusätzlichen Auftrag: Er wollte Hope eine Freude machen. Er stellte sich ihr Gesicht bei seiner Rückkehr vor, wie sich die Enttäuschung darüber, daß sie ihn nicht hatte begleiten können, in Stolz verwandelte auf das, was er erreicht hatte. Und selbst wenn die Suche im Nichts verlief, hatte er zumindest *versucht,* das Unrecht wiedergutzumachen, das er seiner Schwester angetan hatte.

Er stand zeitig auf und nahm den Stoffrucksack, den er am Tag zuvor auf dem Dachboden gefunden hatte; er war viel größer als nötig, aber solange er nicht zu viel hineintat, müßte es gehen. Er packte ein hartgekochtes Ei und einen Apfel in eine leere Keksdose, dann wickelte er die Leica in einen Seidenschal, den er aus Gerties Kostümkiste entwendet hatte, und legte beides vorsichtig in den Rucksack. Nachdem er die Reste seines sorgsam aufbewahrten Notgroschens aus dem Versteck geholt hatte, schlüpfte er in seine bequemsten Schuhe, und er bekam einen Moment weiche Knie, als er daran dachte, wie er das letzte Mal für eine Reise gepackt hatte. Als alles fertig war, bereitete er das Frühstückstablett für Wilfred vor und trug es nach oben, stellte die Geburtstagskarte, die er für Michael gebastelt hatte, auf die Anrichte in der Küche, und richtete sich aufs Warten ein. Während er auf sein wild pochendes Herz lauschte, betete er, daß Michael möglichst bald kam, damit er den ersten Bus nach Ipswich nicht verpaßte.

Michael tauchte um kurz nach neun auf, strahlend vor Zufriedenheit. »Rate mal, was ich gemacht habe – ich habe mir selbst ein Geburtstagsgeschenk gekauft!«

»Und was?« fragte Axel, mühsam seine Ungeduld beherrschend.

»Ein nagelneues Auto, einen Drophead MG. Es gibt natürlich eine Warteliste, und es wird noch Wochen dauern, bis ich es abholen kann. Vorausgesetzt, ich schaffe es, überhaupt genug Benzin aufzutreiben, um mit der Kiste herumzufahren, müssen wir noch Wilf daran gewöhnen, damit er mich nicht aus der Einfahrt ballert, weil er meint, ich wäre ein ausländischer Spion!« Er grinste. »Na, hast du Lust, das Autofahren zu lernen, mein junger Freund?«

»Ja«, sagte Axel und setzte den Wasserkessel auf. »Ist es in Ordnung, wenn ich jetzt gehe?«

»Aber natürlich.« Michael war bester Laune. »Ich kümmere mich um die alten Herrschaften, bis du zurückkommst. Geh nur, und mach dir keine Sorgen, wir kommen schon zurecht.«

»Danke.«

Er war schon halb aus der Tür, als Michael ihm nachrief: »Grüß Li... Hope von mir, ja? Und richte ihr aus, ich schaue auf dem Rückweg bei ihr vorbei, für den Fall, daß sie etwas braucht.«

»In Ordnung. Ich sehe zu, daß ich gegen sechs wieder da bin.«

Daran hätte er denken sollen, überlegte Axel verärgert, während er die Terrasse überquerte – sobald Michael mit Hope sprach, würde herauskommen, daß er gar nicht beim Pförtnerhaus gewesen war. Doch als er an den Ställen vorbeiging, schob er den Gedanken beiseite; es war schon schwierig genug, einen Fuß vor den anderen zu setzen, ohne sich Sorgen über etwas zu machen, das noch gar nicht passiert war.

Das Gras entlang des Ufers war braun und trocken, der Bach

bestand nur noch aus einem schlammigen Rinnsal, und die Hortensien hingen welk herunter und ließen gelbgrüne Blätter in den See fallen. Der modrige Geruch und die herbstliche Feuchtigkeit verstärkten noch die Angst, die sich immer mehr in ihm ausbreitete, je weiter er sich von Seddons entfernte. Als er bei den Bäumen am Ende des Tals angekommen war, kam es Axel so vor, als wate er durch zähen Sirup, und der Rucksack war so schwer, als hätte er Mühlsteine darin.

Entschlossen wandte er sich vom Pfad ab, der zum Pförtnerhaus führte – Hope würde ihm bestimmt sofort ansehen, was er vorhatte, und ihn anflehen zu warten, bis sie mitkommen konnte, und wenn er jetzt einen Rückzieher machte, würde er vielleicht nie wieder den Mut für einen zweiten Versuch aufbringen –, lief den Hügel hinauf und an der anderen Seite wieder hinunter, um zum Hauptweg zu gelangen.

Sobald er an der Straße angekommen war, nahm er an, mußte er sich nur nach links wenden und Richtung Beer Hill gehen, bis er zur nächsten Bushaltestelle kam, doch das war leichter gesagt als getan. Bis er sich durch die Brombeersträucher und über den ausgetrockneten Graben zum Asphalt hochgekämpft hatte, war er staubig, zerzaust und bereits halb verdurstet. Als er nach fast einer Meile den Bus kommen sah und der Fahrer auf ein Zeichen anhielt, mußte er sich zwingen, die Stufen zu erklimmen, und auf dem kurzen Weg zu einem freien Platz fühlten seine Beine sich an wie schlaffe Taue.

Für gewöhnlich achtete er kaum auf sein Äußeres; in seinem Zimmer hing kein Spiegel, und auch im übrigen Haus vermied er es, seinem Spiegelbild zu begegnen, da er sein frühzeitig ergrautes Haar und seinen grimmigen Gesichtsausdruck nicht mochte. Doch jetzt war ihm nur allzu deutlich bewußt, wie merkwürdig er auf diese ordentlich gekleideten Bewohner der Außenwelt wirken mußte. Seine Arme waren zerkratzt und blutig von den Brombeeren (noch eine unangenehme Erinnerung an jene alptraumhafte erste Reise nach Seddons), er hatte Erde an den Händen, und seine Kleider – ein abgewetztes, geflicktes Hemd ohne Kragen, eine uralte Hose, die von ausgeleierten Hosenträgern gehalten wurde, und nackte Füße in abgetragenen Segelschuhen – boten einen armseligen Anblick. Er senkte den Kopf, um den Blicken auszuweichen, und schleppte sich in den hinteren Teil des Busses, was er sofort wieder bereute, weil er so zu weit von der Tür entfernt war, falls er aussteigen wollte. Und das wollte er, am liebsten jetzt gleich.

Es war wie Ertrinken, wie ein langsames, quälendes Ersticken. Die Angst schnürte ihm die Brust ein, nahm ihm den Atem. Er umklammerte den Metallgriff am Sitz vor ihm, bis seine Knöchel weiß hervortraten, und beäugte nervös die beiden Frauen mit den Kopftüchern, die vorne saßen und tratschten (über ihn?), die Großmutter, die aus dem Fenster sah, während ihre Finger in fliegendem Tempo an einem Sesselschoner häkelten, und die Familie, Mutter, Vater und drei Kinder, die auf halber Höhe die Sitze zu beiden Seiten des Ganges belegten. Er mußte verrückt gewesen sein, zu glauben, er könne das allein schaffen. Er hätte warten sollen, bis Hope bereit war mitzukommen. Oder am besten hätte er einfach in Seddons bleiben sollen, wo er hingehörte, anstatt sich einzubilden, er könne in die Vergangenheit zurückgehen und den Lauf der Geschichte verändern.

Als der Bus endlich weiterfuhr und seine Mitfahrer sich wieder ihren Gesprächen zuwandten, lockerte sich seine Verkrampfung ein wenig. Um sich abzulenken, konzentrierte er sich auf die Kinder – zwei Mädchen, Zwillinge, ungefähr acht Jahre alt, mit identischen Kleidern, weißen Söckchen und Strohhüten, und ein Junge von etwa zehn oder elf Jahren (genauso alt, schoß es Axel durch den Kopf, wie er damals gewesen war, als er nach Seddons kam) in einer kurzen grauen Hose, einem zu großen Blazer und einem Hemd mit steifem Kragen.

Wohin mochten sie wohl fahren, alle in ihren Sonntagsstaat gekleidet? Zu einer Hochzeit? Einer Party? Wollten sie Freunde besuchen? Oder ins Kino? Axel schob seine Hand in den Rucksack und tastete nach der Leica.

Allein ihre kühle Metalloberfläche zu spüren beruhigte ihn unendlich. Sie herauszuholen und an sein Auge zu halten gab ihm inneren Abstand und stärkte ihn noch mehr.

Sie waren völlig mit sich selbst beschäftigt; die Frau, adrett in einem Baumwollkleid mit Zweigmuster und einer graumelierten Strickjacke, die sich vorbeugte, um ein zappeliges Kind zu ermahnen, oder ihrem Mann mit ihren weiß behandschuhten Händen über den Gang hinweg die Krawatte zurechtrückte; der Vater, der seinem Sohn etwas draußen vor dem Fenster zeigte; die Mädchen, die miteinander flüsterten und kicherten und einander an den Zöpfen zogen, wenn ihre Mutter abgelenkt war. Axel fotografierte sie alle, ohne daß sie etwas davon bemerkten. Als er schließlich die Kamera sinken ließ, stellte er zu seiner Überraschung fest, daß der Bus bereits durch die Außenbezirke von Ipswich fuhr und die Frauen auf der vorderen Sitzbank sich zum Aussteigen bereitmachten.

Von da an behielt er die Leica in der Hosentasche, damit er ihr sperriges, aber tröstliches Gehäuse berühren konnte, falls die Panik ihn wieder überrollte. Während des kurzen Weges von der Bushaltestelle zum Bahnhof hielt er sie fest gepackt, als er das Geld für die Fahrkarte herausholte, streichelte er sie, und als er den Bahnsteig betrat, um auf den Zug Richtung London zu warten, und dann hinter einer Frau in einem tristen braunen Staubmantel in den Waggon stieg, drückte er sie an die Brust, um sein wild pochendes Herz zu beruhigen.

Er brachte es nicht über sich, durch den schaukelnden Gang zu gehen, um nach einem freien Platz Ausschau zu halten, oder gar den weiten Weg zum Speisewagen auf sich zu nehmen, der sich drei Waggons weiter vorne befand – obwohl er schrecklichen Durst hatte –, aber immerhin schaffte er es, am Fenster zu stehen, ohne sich anmerken zu lassen, was für ein Sturm in ihm tobte, und als der Zug in den Bahnhof einfuhr und eine Stimme verkündete: »Brakeford, Brakeford, umsteigen nach Lowesfield ...«, gelang es ihm auszusteigen, ohne daß seine Knie nachgaben. Wenn er es nur schaffte, sich zusammenzureißen, dachte er, während er sich den Rucksack über die Schulter schob und seinen Schritt beschleunigte, würde es ihm vielleicht tatsächlich gelingen, das zu erledigen, was er sich vorgenommen hatte – nur hatte er sich noch immer nicht entschieden, was das war. Als er aus dem Bahnhofsgebäude trat, empfing ihn strahlender Sonnenschein, und er hob das Gesicht in die Wärme und nahm es als ermutigendes Zeichen.

Doch während er über das Kopfsteinpflaster ging, packte ihn eine neue Angst: Ella war erst wenige Monate alt gewesen, als sie ihm weggenommen wurde – was, wenn Hope recht hatte und er sie nicht erkannte? Und Mrs. Diamond, die so lange seine Träume heimgesucht hatte, deren Gesicht er besser kannte als sein eigenes – welche Farbe hatten ihre Augen? Ihr Haar? War sie dick oder dünn? Klein oder groß? Groß, entschied er … Aber er war damals noch ein Kind gewesen; vielleicht war sie ihm nur groß vorgekommen, weil er so klein war? Gut, dann also mittelgroß. Und dick – oder lag es nur an den prallen, blaugeäderten Brüsten, die sich ihm eingeprägt hatten? Braunes Haar, dachte er, aber ihre Augen … Warum konnte er sich nicht an die Farbe ihrer Augen erinnern? Warum hatte sich ihr Bild aufgelöst, gerade jetzt, wo er es am meisten brauchte?

Er bog um die Ecke und kam in eine lange, schmale Straße. Auf der rechten Seite war eine Kneipe – The Railway Tavern –, auf der anderen ein Tabakwarenladen und daneben eine Autowerkstatt, wo ein Mechaniker in einem blauen Overall einen Wagen betankte, während der Fahrer halb sitzend, halb stehend Geld aus seinem Portemonnaie nahm.

Axel wurde langsamer, blieb stehen. Hier war es. Hierher hatte Mrs. Diamond Ella gebracht. Ihm war, als stünde er am Klippenrand, kurz davor, in einen bodenlosen Abgrund zu stürzen. Mit weichen Knien ging er zu der Bank, die draußen vor der Kneipe stand, und ließ sich darauf plumpsen.

»Ist Ihnen nicht gut?«

Vor ihm tauchte eine gebeugte Gestalt auf, die ihn mit einem knorrigen Stock anstupste. Er blickte auf und sah ein Büschel weißer Haare, das unter einer flachen Kappe hervorlugte, ein schmuddeliges Halstuch über einem kragenlosen Hemd und ein halb von einem Backenbart verdecktes Gesicht, so zerfurcht und wettergegerbt wie altes Leder.

»Ist Ihnen nicht gut?« wiederholte Backenbart.

»Doch.« Axel kniff die Augen gegen die Sonne zusammen. »Nein. Ich habe Durst.«

»Donnerwetter.« Der Alte musterte ihn eingehend. »So was hab ich ja noch nie gesehen – ich dachte, du wärst 'n alter Kerl. Durst, sagst du? Na, dann komm mal mit. Ich zeig dir, wo du 'n Schluck Wasser kriegst.«

Er hatte einen Hund bei sich, einen braunen, räudig aussehenden Mischling an einem Strick, und führte Axel mit langsamen, schlurfenden Schritten an dem Tabakwarenladen und der Werkstatt vorbei, durch einen engen, von hohen Mauern gesäumten Gang und auf einen kopfsteingepflasterten Platz, der auf der einen Seite von einem Eisenwarenhändler und einer Bäckerei gesäumt war, auf der anderen von einem Fleischer, einem Lebensmittelladen und einem Pfandleiher, in dessen Schaufenster, wie Axel im Vorübergehen bemerkte, ein Globus stand, eine kleinere Ausgabe von dem in Wilfreds Arbeitszimmer, mit einem Bakelitständer. Genau gegenüber erhob sich ein ehrfurchtgebietendes Ziegelsteingebäude, über dessen Tür die Aufschrift STADTBIBLIOTHEK in Stein gemeißelt war.

»Da drüben.« Sein Führer deutete auf den Trinkbrunnen, der in die Mauer des Gebäudes eingelassen war.

»Vielen Dank«, sagte Axel.

»Gern geschehen.« Der Alte war schon wieder halb über den Platz, als Axel hinter ihm her rief.

»Können Sie mir sagen, wo ich The Pightle finde?«

»Ganz einfach.« Der Hund setzte sich, hechelnd und mit heraushängender Zunge, als wäre er ebenfalls durstig, während der alte Mann mit seinem Stock zur Seite wies. »Siehst du die Straße da neben dem Fleischer?«

»Ja.«

»Nu, da mußt du lang. Dann hältst du dich links ...«

Er sprach undeutlich und mit Akzent, und Axel hatte Mühe, ihn zu verstehen. Während er ihm nachsah, ging er die Wegbeschreibung noch einmal durch: hinter der Bibliothek links, dann rechts, dann wieder links in die Chalcott's Lane ... nein, da war vorher noch was anderes ... über die Eisenbahnschienen, dann bei der Kirche links und von dort weiter nach Gallows Hill ... Er sollte hinter dem alten Mann hergehen und ihn noch mal fragen, aber der war mittlerweile schon ein gutes Stück weg und zockelte mit seinem Hund über den Platz, der eine so steifbeinig wie der andere. Axel schob das Problem für einen Moment beiseite und holte die Leica aus seiner Tasche, doch während er noch die Linse scharf stellte, schoß plötzlich ein Auto aus einer Seitenstraße. Der Alte ließ sich davon nicht beirren, hob nur herrisch den Stock, um den Fahrer zum Anhalten zu zwingen, und schlurfte weiter, direkt vor der Stoßstange entlang. Axel drückte auf den Auslöser. Perfekt.

Er löschte seinen Durst an dem Brunnen und machte sich wieder auf den Weg. Hinter der Bibliothek rechts ... nein, *links*, dann rechts in die – was hatte der alte Mann gesagt? – ach ja, in die Chalcott's Lane. Aber dann, wie ging es dann weiter?

Zweimal verlief er sich und landete wieder auf dem Platz, von dem er losmarschiert war, außerdem ließ er sich immer wieder ablenken (oder versuchte er nur, Zeit zu schinden, das Ganze hinauszuschieben, weil er jetzt, wo er seinem Ziel so nah war, die Nerven verlor?), blieb bei dem Pfandleiher stehen, um den Globus zu kaufen, den er im Schaufenster gesehen hatte – nur einen Sixpence, ein absoluter Spottpreis, wie ihm der Mann hinter dem Tresen versicherte –, und feilschte um eine Notensammlung – »Piano Rags« stand in roten Lettern auf dem Umschlag –, die Hope ihrer Mutter als Friedensangebot schenken konnte, sofern sie ihr mittlerweile verziehen hatte. Er machte einen Umweg, um die Wäscheleinen zu fotografieren, die sich quer über eine rußgeschwärzte Gasse spannten, blieb stehen, um einen Jungen festzuhalten, der in einem halb zerfallenen Schuppen eine Ziege molk, folgte ein paar Gören, die einen Reifen über den Schotterweg zwischen zwei Reihenhäusern tanzen ließen, und knipste eine Frau mittleren Alters, die auf der Straße kniete und zufrieden die Stufe betrachtete, die sie gerade blankgescheuert hatte. Wo er auch hinsah, überall waren noch beunruhigende Spuren des Krieges zu erkennen, der auch seine Familie zerstört hatte – beschädigte Dächer, fehlende

Schornsteine, neue Häuser, die dort, wo die Bomben Lücken gerissen hatten, wie Pilze aus dem Boden schossen. Er kam an der Schule von Brakeford vorbei, einem häßlichen roten Ziegelbau mit getrennten Eingängen für Mädchen und Jungen (ob Ella wohl dort zur Schule ging?), an einer Molkerei, vor der ein Pferd das Maul in einen Futterbeutel hielt, während sein Herr leere Milchkannen vom Wagen lud, und am Hof eines Steinmetzes.

Er betrat einen Süßwarenladen, um einen Beutel Birnenbonbons zu kaufen – die ersten, die er seit vor dem Krieg sah –, und fragte erneut nach dem Weg. Diesmal hörte er genau zu und begab sich zu der Kirche mit ihrem schiefen, angeschlagenen Turm, wo er weiter herumtrödelte und den Anschlag am Brett studierte, auf dem eine »Öffentliche Taufe« für den folgenden Sonntag angekündigt war. Dann endlich bog er nach links in das Viertel Gallows Hill ein und steuerte auf The Pightle zu, das Ziel seiner sechs Jahre langen Reise.

Mit seinen schäbigen Häusern und den müllübersäten Sackgassen wirkte Gallows Hill genauso ärmlich wie die Gegend rund um die Petticoat Lane, wo seine Mum gestorben war. Im Westen durch die Eisenbahnschienen begrenzt, im Osten durch brackiges Marschland, fegte ein kalter, faulig riechender Wind hindurch. Die Häuser waren eng und verbaut, mit schmalen Gärten, die an den gemeinsamen Außentoiletten vorbei zu einem träge fließenden Bach hinunterführten, und die Bewohner, die entweder mit gesenktem Kopf durch die Straßen eilten oder tatenlos an den Hausecken herumstanden, warfen ihm mißtrauische Blicke zu.

The Pightle war nur noch einen Steinwurf entfernt, die nächste Querstraße nach rechts, da bemerkte er am Ende einer schmalen Gasse zur Linken eine Handvoll bunt bemalte Zigeunerwagen, die auf einer matschigen Wiese standen. Ein Haufen schmuddeliger Kinder lief zwischen ihnen herum und spielte Fangen, und als er sich mit der Schulter an die Hausmauer lehnte und die Leica ans Auge hielt, fragte er sich erneut, ob er Ella wohl erkennen würde, wenn er sie sah, oder ob er ahnungslos an ihr vorbeigehen würde.

Er drückte sich schon wieder, und diesmal wirkte nicht einmal der Zauber der Leica. Seine Hände waren feucht, sein Mund trocken, und als er die Kamera wegsteckte und seinen Proviant aus dem Rucksack holte, in der Hoffnung, daß ein kleiner Imbiß seinen Mut stärken würde, schmeckte der Apfel wie Sägemehl. Er mußte es endlich tun, sagte er sich, und zwar gleich, bevor er endgültig die Nerven verlor …

The Pightle war kaum fünfzig Meter lang, mit einem Misthaufen am hinteren Ende, neben dem eine einzelne Kuh angebunden war, und dahinter Marschland. Die Häuser mit ihrem vorspringenden oberen Stockwerk und den schiefen Fenstern waren pittoresk, aber winzig, und die Treppe von Nummer 10 war zwar blitzsauber geschrubbt, und hinter den Scheiben hingen strahlend weiße Gardinen, aber an den Fensterrahmen blätterte die Farbe ab, und der Putz wies einige Löcher auf.

Axel zwang seine zitternden Knie bis zu dem Misthaufen und wieder zurück, dann blieb er auf dem Gehsteig gegenüber von Nummer 10 stehen, vor Unentschlossenheit wie gelähmt. Während er noch dastand und seinen Mut zusammenkratzte, kam ein Bürstenvertreter um die Ecke.

Er hatte einen abgewetzten Koffer bei sich und trug einen braunen Filzhut, den er beflissen abnahm, bevor er seine Nummer abzog, doch obwohl sich einige Gardinen bewegten, während er die Häuserreihe abklapperte, fand er kaum Kundschaft, und Axel brauchte nicht lange zu warten, bis er zu Mrs. Diamonds Haus kam.

Er betätigte den Klopfer, wartete einen Moment, wobei er sich die Schuhspitzen am Hosenbein polierte, und ging dann weiter, da niemand öffnete.

»Was drückst du dich denn hier rum?«

Die Stimme, die direkt hinter ihm ertönte, ließ Axel zusammenfahren. Sie gehörte einer Frau mit Lockenwicklern und Blümchenschürze, die ihn mißtrauisch anstarrte.

»Ich …« Seine Zunge schien ihm nicht zu gehorchen. »Ich drücke mich nicht herum. Ich wollte nur …«

Sie musterte ihn von oben bis unten. »Gehörst du zu dem Zigeunerlager?«

»Nein. Ich suche jemanden.«

»So? Wen denn?« Herausfordernd kreuzte sie die Arme vor der Brust.

Axel schluckte mühsam. »Mrs. Diamond.«

»Und was willst du von ihr?«

»Sie ist meine ... Ich bin ihr Cousin«, log Axel.

»Die ist nicht da. Ich hab gesehen, wie sie vorhin mit Leonard und den Kindern rüber nach Halley's Field gegangen ist, zum Erntedankfest.«

Erntedankfest? Kinder? Zumindest damit hatte Hope also recht gehabt – Mrs. Diamond hatte noch mehr Kinder. »Wo liegt denn Halley's Field?«

»Auf der anderen Seite von Gallows Hill, die Pikey Lane runter. Weiß Marigold, daß du kommst?«

Marigold. Natürlich – wie hatte er das nur vergessen können?

»Ich ... Ja – nein ... es ist eine Überraschung. Wann – kommt sie denn wieder?«

»Weiß ich nicht.« Die Frau wurde wieder mißtrauisch. »Und jetzt verschwinde!«

»Verdammte Zigeunerbande!« rief sie hinter ihm her. »Diebisches Gesindel!«

Und als er bei der Straßenecke angekommen war, mußte er anhalten und warten, bis das Zittern nachließ, bevor er weitergehen konnte.

Die Pikey Lane lag direkt am unteren Ende von Gallows Hill und führte an einer weiteren Kneipe vorbei, in der ein halbes Dutzend mürrisch aussehender Männer – vermutlich arbeitslos, schloß Axel aus ihren hageren, hungrigen Gesichtern und der abgerissenen Kleidung – rauchend und mit dem Bierglas in der Hand auf den Bänken saßen oder an der Wand lehnten.

Halley's Field war nur eine leicht abfallende Grünfläche, zu beiden Seiten von Schilf begrenzt und mit einem Kricketfeld in der Mitte. Daneben stand eine Holzhütte mit erhöhter Veranda, und am Ende des Rasens war eine Reihe Ulmen gepflanzt worden, wohl als Schutz gegen den pfeifenden Wind aus der Marsch. Außerdem gab es noch einen Spielplatz, wo die Kinder an der Rutsche anstanden oder sich – »Höher, höher!« – von ihren Geschwistern auf der Schaukel anschubsen ließen.

Eine Gruppe Jungen klammerte sich an ein Karussell, während zwei von ihnen es immer schneller antrieben und dann ebenfalls aufsprangen, um sich herumwirbeln zu lassen. Hinter einer rotgestrichenen Wippe saßen Frauen auf Holzbänken, unterhielten sich und schaukelten dabei Kinderwagen, putzten Nasen und verarzteten kleinere Kratzer und Beulen mit angeleckten Taschentüchern; andere liefen umher, deckten die langen Tische vor der Veranda und stellten Tabletts mit Sandwiches und selbstgebackenem Kuchen, Tassen, Limonadenkrüge und eine dampfende Teemaschine darauf.

Verdutzt starrte Axel auf das geschäftige Treiben. Auf der Wiese befanden sich mindestens zwanzig Erwachsene und doppelt so viele Kinder. Wie sollte er da Ella finden? »Mit Leonard und den Kindern«, hatte Mrs. Diamonds Nachbarin gesagt, aber weit und breit war kein erwachsener Mann zu sehen.

Suchend sah er sich nach einem weniger auffälligen Ort um, von dem er die Szenerie aufnehmen konnte, schlüpfte in den Schatten der Holzhütte und machte sich methodisch an die Arbeit, wobei er von jeder Gruppe nur zwei Bilder machte, um mit dem Film auszukommen. Als er damit fertig war, nahm er seinen Rucksack und ging an der Rückseite der Hütte entlang zu den Bäumen, von wo er noch einmal alle fotografieren wollte, für den Fall, daß ihm ein paar Gesichter entgangen waren. Er hatte noch immer kein männliches Wesen gesehen, das älter als fünf Jahre war, und ihm kam der Verdacht, daß Mrs. Diamonds Nachbarin ihm absichtlich etwas Falsches gesagt hatte. »Gesindel«, hatte sie ihn genannt. Wilfred hatte den Ausdruck mal für einen Hausierer gebraucht, der ahnungslos die Einfahrt betreten und sich eine Schußsalve eingefangen hatte. Sah er wirklich so verlottert aus?

Als er die Hütte umrundete, sah er sie – eine Handvoll Männer, die sich so weit wie nur möglich von den Frauen entfernt hielten, als hätten sie mit der häuslichen Szenerie, die sich ein paar Meter weiter abspielte, nicht das geringste zu tun. Sie bedienten sich aus einem Bierfaß, das ziemlich wackelig auf einem Stapel Ziegelsteine stand, und feierten ihre eigene Party. Alle bis auf einen.

Er saß ein Stück entfernt in einem Liegestuhl unter den Bäumen, und irgend etwas stimmte mit ihm nicht – sein Gesicht war rosig und glänzend, als hätte er es zu kräftig mit Karbolseife geschrubbt, seine Augen waren geschlossen, und es sah fast so aus, als ob er schliefe, nur daß er immer wieder den Kopf zur Seite drehte, als lausche er auf etwas.

Gegen sein Knie gelehnt saß ein kleiner Junge in einem Laufgeschirr, dessen Leine in der Hand des Mannes lag. Der Junge spielte mit einem Modellflugzeug und ahmte das Geräusch einer angreifenden Spitfire nach, während er es mit der Hand durch die Luft gleiten ließ. Axel stellte den Rucksack ab, stützte sich gegen die Wand der Hütte und setzte die Leica an. Sein Finger lag bereits auf dem Auslöser, als sie ins Bild trat.

Sie schien ihn direkt durch die Linse anzustarren. Ihr Haar war dicht und dunkel, ihr Gesicht schmal und ebenmäßig. Sie hatte ungefähr das richtige Alter, schätzte Axel, aber an ihr war nichts Besonderes, sie hätte jedermanns Tochter oder Schwester sein können.

Abgesehen von den Augen.

Sie schaute nicht zu Axel, sondern zu dem Treiben an den Tischen und zupfte den Mann am Ärmel, um seine Aufmerksamkeit zu wecken. Dann stellte sie sich auf die Zehenspitzen und flüsterte ihm etwas ins Ohr. Langsam, vorsichtig und mit angehaltenem Atem, damit sie ihn nicht bemerkte und mißtrauisch wurde, richtete Axel die Leica auf ihr Gesicht.

Noch bevor er abdrückte, wußte er, daß es ein gelungenes Bild war. Er nutzte die Gelegenheit, spannte und machte noch fünf weitere Aufnahmen. Erst als sie in seine Richtung lief, ließ er die Kamera sinken. Sie schien jemanden zu suchen, doch von dort, wo Axel stand, war nicht zu erkennen, wen; außerdem sahen die Frauen alle gleich aus mit ihren biederen Kleidern, flachen Schuhen und identischen Frisuren.

Er richtete die Kamera wieder auf Ella – es konnte nur Ella sein – und hörte erst auf, als sie nur noch ein paar Meter von ihm entfernt war. Sie trug ein kariertes Kleid mit einer kleinen Schürze und Bubikragen, weiße Kniestrümpfe und braune Sandalen, und alle paar Schritte blieb sie stehen, um sich nach ihrem Vater umzusehen – nein, *nicht* ihr Vater, dachte Axel wütend –, der noch immer mit geschlossenen Augen und schräg geneigtem Kopf dasaß, die Leine des Laufgeschirrs in der Hand.

»Hallo«, sagte er, als sie an ihm vorübergehen wollte. »Wie heißt du?«

»Lizabeth.« Sie blieb stehen, die Hände hinter dem Rücken verschränkt, und betrachtete ihn mit verhaltener Neugier. Ihre Augen waren tatsächlich blau, der sanfte, schimmernde Ton eines Amseleis. »Und du?«

Er nannte den ersten Namen, der ihm in den Sinn kam. »Michael.«

»Du siehst aus wie ich.«

»Wirklich?« Er blickte hinüber zu dem Gewimmel auf dem Spielplatz. Die Teilnehmer des Festes waren zum Mittagessen gerufen worden und strömten von allen Seiten zu den Tischen. Die Männer zu seiner Linken klopften sich den Staub von den Kleidern und schlenderten ebenfalls hinüber, um sich unter die Frauen und Kinder zu mischen, die sich schwatzend und lachend Plätze suchten. Er und Ella standen ganz allein da, und niemand beachtete sie. Was Hope gesagt hatte, war falsch, dachte er – ob Ella es nun wußte oder nicht, sie war seine Schwester, und nach allem, was Mrs. Diamond getan hatte, war es sein gutes Recht, sie wieder mitzunehmen.

Und wie süß die Rache sein würde. Er malte sich aus, wie Mrs. Diamond den Spielplatz nach »ihrer« Tochter absuchen würde. Sie verdiente es zu erfahren, was das für ein Gefühl war – die Unruhe, wenn sie bemerkte, daß das Kind verschwunden war, die wachsende Panik, während sie die Wiese nach ihm absuchte, das hilflose Entsetzen, wenn ihr klar wurde, daß sie keine Ahnung hatte, wo ihre Tochter war oder wer sie entführt haben könnte. Er wollte, daß sie jede Sekunde davon durchlitt – die

Sorge, die Angst, den Schmerz des Verlustes, die Schuldgefühle. Geschah ihr recht. Geschah ihr, verdammt noch mal, recht.

Er ging vor Ella in die Hocke. »Ich habe Birnenbonbons in meiner Tasche«, sagte er.

»Wirklich?« Sie musterte ihn ernst mit diesen blauen Augen, die seinen so beunruhigend ähnlich waren. »Zeig mal.«

Er griff in die Tasche und hielt ihr den Beutel hin. »Hättest du Lust, mit dem Zug zu fahren?«

»Ich kann nicht.« Sie blickte zurück zu dem kleinen Jungen und dem Mann im Liegestuhl. »Ich muß meinen Daddy zum Essen bringen.«

»Ist er das da drüben?« fragte er, während sie sich ein Bonbon in den Mund steckte und es mit der Zunge umherschob. »Kann das nicht deine Mum machen?«

Sie zog die Stirn kraus. »Er will aber, daß ich das mache.«

»Warum?«

Sie lutschte an ihrem Bonbon und leckte sich über die Lippen. »Weil ich sein Liebling bin.«

»Das ist schön. Magst du Katzen?«

Sie nickte mit großen Augen.

»Ich habe fünf zu Hause. Eine davon heißt Bonnie, die kannst du ganz für dich haben, wenn du willst. Aber du mußt jetzt gleich mitkommen, sonst gibt meine Großmutter sie jemand anders.«

»Da muß ich erst Mummy fragen«, sagte sie. »Wir dürfen nämlich keine Tiere haben, weißt du, weil Daddy –«

»Nicht nötig«, log Axel, »ich habe deine Mum schon gefragt, und sie ist einverstanden.« Er schlang sich den Rucksack über die Schulter (jetzt deutlich sperriger, mit dem Globus und dem Notenbuch, die er gekauft hatte) und hielt ihr seine Hand hin. »Bist du bereit?«

Als sie ihre Hand in seine schob, schoß ihm blitzartig die Erinnerung durch den Kopf, wie er sie zum erstenmal gehalten hatte. »Nur zu«, hatte Mum ihn gedrängt, »gib ihr einen Finger, an dem sie sich festhalten kann. Merkst du, wie fest sie zupackt? Unglaublich, was?« Eine Woge von Zärtlichkeit für seine kleine

Schwester überflutete ihn, und es verschlug ihm einen Moment den Atem.

»Na, dann mal los«, sagte er und führte sie von der Menschenmenge weg, um die Rückseite der Hütte herum und hinauf Richtung Straße. Als er den Asphalt erreichte, durchströmte ihn ein freudiges Kribbeln. Er hatte es *getan*. Er hatte endlich seine Schwester zurückgeholt ...

»Lizzie?«

Es war sechs Jahre her, seit er sie zuletzt gehört hatte, aber auch mit Hundert würde er diese Stimme noch wiedererkennen.

»*Lizzie*!«

Er wollte ihre Hand fester packen, doch es war schon zu spät, Ella hatte sich bereits losgerissen, und als er sich umdrehte, stand *sie* vor ihm – Mrs. Diamond, die Frau, die ihm seine Schwester gestohlen hatte.

Sie war stärker gealtert, als er erwartet hatte, aber er erkannte sie sofort: die Farbe ihres Haars, ihre Gesichtszüge, die Augen (sie waren braun, natürlich – wie hatte er das vergessen können?), alles an ihr, außer ihrer Größe. Marigold Diamond war ausgesprochen klein – sie reichte ihm kaum bis an die Schulter – und dünn, mit zierlichen Händen und Füßen und schmalen Handgelenken, die aus den Ärmeln ihrer Strickjacke herausragten.

»Lizzie, Schatz«, sagte sie ruhig, »lauf doch mal eben rüber und hol Jude und Daddy zum Mittagessen, ja?« Sie beugte sich hinunter und legte ihre Hände um Ellas Gesicht. Sie gab ihr einen Kuß auf die Wange, strich ihr Haar glatt, zupfte ihren Kragen zurecht und zog den linken Strumpf hoch.

Ella zeigte auf Axel. »Aber er hat gesagt –«, begann sie.

»Und dann könntest du Mrs. Prosser bitten, daß sie ein bißchen auf deine Schwester aufpaßt.«

»Sie *hat* keine Schwester«, protestierte Axel.

»Na los, lauf schon, ich komme gleich.«

»Aber Mummy –«

Mrs. Diamond stieß Ella sanft in Richtung der Festgesellschaft, dann richtete sie sich auf und blickte Axel unverwandt in die Augen.

»Ich brauche nur zu schreien«, flüsterte sie, »dann kommt ein Dutzend Leute angelaufen. Willst du das?«

Was würde wohl passieren, fragte Axel sich, während er zusah, wie seine Schwester von ihm weghüpfte, wenn er sich Ella einfach schnappte und losrannte? »Sie hat meine Augen«, sagte er.

»Das stimmt nicht. Sie ähnelt meinem Mann.« Marigold Diamonds ruhige Sicherheit brachte ihn aus der Fassung. »Alle wissen, daß Lens Augen blau waren.«

»Wieso waren?«

»Er ist blind. Hast du das nicht bemerkt?«

»Nein.« Er fühlte sich wie in einem seiner Träume, in Hilflosigkeit gefangen. »Doch. Ich weiß nicht. Ich habe mehr auf Ella geachtet.«

»Auf wen?«

»Meine Schwester, und ich bin gekommen, um sie zurückzuholen.«

Bildete er es sich nur ein, oder flackerte leise Unruhe in ihren Augen auf?

»Ich weiß nicht, wovon du redest.«

Er beugte sich vor, bis sein Gesicht ihres fast berührte. *»Lügnerin!«* zischte er, und diesmal sah er genau, wie sie zusammenzuckte.

»Sieh dich doch nur an«, sagte sie herausfordernd. »Ich weiß, wer du bist – einer von diesem Zigeunergesindel, das in Gallows Hill sein Lager aufgeschlagen hat. Siehst du den Mann da drüben? Das ist ein Polizist. Ich könnte dich wegen versuchter Entführung verhaften lassen.«

Axel schoß ein Gedanke durch den Kopf, angeregt durch die Ankündigung der »Öffentlichen Taufe«, die er am Anschlagbrett der Kirche gesehen hatte. »Ich kann *beweisen,* daß sie meine Schwester ist«, entgegnete er. »Ich habe einen Brief von meiner Mutter an meine Großmutter, in dem sie sie bittet, dafür zu sorgen, daß Ella getauft wird.« Zu spät fiel ihm ein, daß er ihn hätte mitbringen sollen.

»Du irrst dich«, wiederholte Mrs. Diamond. »Sie heißt Elizabeth Susan Diamond. Sie ist am 5. Mai 1940 geboren, ihre Geburt wurde vier Tage später hier in Brakeford registriert, und sie wurde im Oktober in der hiesigen Kirche getauft. Du kannst Pater Ringwall fragen, wenn du mir nicht glaubst. Was hast du ihr erzählt, um sie dazu zu bringen, mit dir zu gehen?«

»Gar nichts. Sie ist von sich aus mitgekommen. Sie hat mich sofort wiedererkannt.«

»Sie ist meine Tochter. Sie hat dich noch nie zuvor gesehen, und ich genauso wenig.«

»Sie ist meine Schwester, und ich habe einen Brief, der das beweist.«

»Na und? Was beweist schon ein Brief? Niemand wird dir glauben.«

Wieder beugte er sich vor, die Leica fest an seine Brust gedrückt. »Sehen Sie mich an, sehen Sie mir in die Augen, und sagen Sie mir, daß sie nicht meine Schwester ist.«

Diesmal schaffte sie es nicht. Diesmal konnte sie seinem Blick nicht standhalten.

»Nein«, erwiderte sie, »du irrst dich. Ich werde dir erzählen, wie es war ...«

Es war zehn vor sechs, als Axel an der Ecke gegenüber dem Pförtnerhaus aus dem Bus stieg, und als er an der Hintertür klopfte, öffnete ihm nicht Hope, sondern ihre Mutter. Sie sah dünn und blaß aus und schien nicht allzu erfreut, ihn zu sehen.

»Dr. Hills war gerade hier«, sagte sie. »Du sollst zum Herrenhaus kommen.«

»Warum?« fragte er. »Was ist passiert?«

»Ich weiß es nicht genau, es geht wohl um Mr. Seddon. Hope ist schon auf dem Weg dorthin, und du sollst so schnell wie möglich nachkommen.«

»Wilfred?« Axel war in Gedanken noch ganz bei Ella und Mrs. Diamond. »Was ist mit ihm?«

»Das weiß ich nicht.« Sie musterte ihn von oben bis unten. »Was um alles in der Welt hast du gemacht? Du bist ja ganz schmutzig!«

»Nichts. Ich war nur –«

»Ach, und wenn du Hope siehst, sag ihr doch bitte, sie soll bis zum Einbruch der Dunkelheit zurück sein, ja?«

Sobald er auf dem Orchideenpfad angelangt war, begann er zu laufen, rannte zwischen den Bäumen hindurch, und schlitterte den Hügel hinunter; der Rucksack schlug schmerzhaft gegen seinen Rücken, und sein Herz pochte wie wild, während er sich das Schlimmste ausmalte. Was auch immer geschehen sein mochte, es war seine Schuld, weil er nicht dagewesen war. Wie hatte er nur so töricht, so selbstsüchtig sein können? Und wofür? Für nichts, für nichts und wieder nichts.

Dr. Hills' Auto stand im Innenhof, neben Michaels Lieferwagen. Axel hielt nur kurz inne, um seinen Rucksack loszuwerden, dann stürmte er durch den Korridor zur Halle.

Als er nach oben sah, erblickte er Hopes klobige Schnürschuhe und Gerties goldene Satinpantoffeln nebeneinander auf der obersten Stufe, am Ende des Treppenabsatzes vor Wilfreds Zimmer.

»Axel ist bald wieder hier«, hörte er Hope sagen, als er, immer zwei Stufen auf einmal, die Treppe hinauflief. »Ganz bestimmt.«

Gertie war in Tränen aufgelöst. »Ich begreife das nicht«, wiederholte sie immer wieder. »Wie konnte Wilf das nur tun? Ich begreife es einfach nicht ...«

»Was?« flüsterte Axel Hope zu, als er keuchend oben ankam. »Was hat Wilf getan?« Doch Hope schüttelte nur den Kopf und fragte, ebenso leise, zurück: »Wo *warst* du?« Dann drückte sie erneut Gerties Hand und murmelte: »Alles wird gut. Sehen Sie? Axel ist da. Und ich gehe Ihnen jetzt aus dem Weg.«

Doch als sie sich umdrehen und gehen wollte, hielt Gertie sie zurück.

»Nein! Du bist uns nicht im Weg, nicht wahr, Axel?«

Axel? Wieder durchzuckte ihn freudiges Erschrecken, als er hörte, wie seine Großmutter ihn bei seinem richtigen Namen nannte, doch gleichzeitig rief Michael ihn aus Wilfreds Zimmer – »Axel? Bist du das?« –, gefolgt von einem schrillen, geradezu tierischen Schrei.

»Dem Himmel sei Dank, daß du wieder da bist«, begrüßte Michael ihn, als er das Zimmer betrat. »Es hat einen Unfall gegeben.«

Der Fußboden war mit Mörtelbrocken übersät, in der Wand gähnte ein etwa dreißig Zentimeter großer Krater, und direkt hinter der Tür lag ein rotgeflecktes, zusammengeknülltes Handtuch. Der Liegestuhl war umgekippt, und Dr. Hills kniete unterhalb des Fensters neben Wilfred.

Der alte Mann lag rücklings auf dem Teppich, von Zuckungen geschüttelt. Seine Augen waren weit aufgerissen, so daß man rundum das Weiße sah, sein Schlafanzug hatte einen dunklen Fleck, offensichtlich Urin, und er schrie – gellende, gespenstische Schreie des Zorns, wie Axel sie noch nie gehört hatte, geradezu unmenschlich.

Neben dem Liegestuhl lag der Revolver. »Vorsicht!« warnte Michael, als Axel sich hinunterbeugte, um ihn aufzuheben. »Womöglich sind noch mehr echte Patronen darin.«

»Echte?« Das blutige Handtuch bekam eine neue, finsterere Bedeutung. »Ich dachte, er hätte nur Platzpatronen?«

»Das dachte ich auch.«

»Aber wie –«

»Keine Ahnung.« Michael rieb sich so fest über seinen Schädel, daß Axel es quietschen hörte. »Du weißt doch, wie ausgefuchst er sein kann. Wahrscheinlich hat er einen Teil der Munition versteckt, als wir nicht aufgepaßt haben.«

Jedesmal wenn Dr. Hills sein Stethoskop bewegte, stieß Wilfred einen weiteren Zornesschrei aus, doch als Axel sich neben ihn hockte, schien er ihn nicht zu bemerken.

»Wilf?« sagte Axel und berührte den alten Mann an der Wange. »Ich bin's, Alex. Kannst du mich hören?« Doch der Arzt schüttelte nur den Kopf, und als Axel aufschaute, sah er, daß Michaels Augen hinter den dicken Brillengläsern voller Tränen waren.

Schließlich nahm Dr. Hills sein Stethoskop ab, rollte es sorgfältig zusammen und legte es zurück in seine Tasche. Dann erhob er sich und klopfte den Staub von seiner Hose. »Ein weiterer Schlaganfall, und zwar ein heftiger. Sie können ihn jetzt ins Bett legen.«

»Aber er wird sich doch wieder erholen, oder?« Michaels Stimme klang erstickt.

»Nein.« Dr. Hills mußte sich anstrengen, um Wilfreds Geheul zu übertönen. »Diesmal nicht, fürchte ich.«

Michael nahm die Brille ab und wischte sich mit dem Ärmel über die Augen. »Wie lange geben Sie ihm noch?«

»Schwer zu sagen. Ein paar Stunden? Einen Tag? Ganz sicher nicht mehr als zwei oder drei. Das einzige, was Sie tun können, ist, es ihm möglichst bequem zu machen. Ich gebe Ihnen noch ein Beruhigungsmittel.« Er kramte in seiner Tasche und holte eine Flasche mit einer dunkelbraunen Flüssigkeit heraus. »Ein Teelöffel davon sollte genügen, aber falls es ganz schlimm wird, geben Sie ihm ruhig mehr. In seinem Zustand macht es, um ehrlich zu sein, nichts mehr aus, wenn es ein bißchen zuviel ist. Falls Sie mich noch einmal brauchen, Sie wissen ja, wo ich zu erreichen bin.« Dann klappte er seine Tasche zu und verließ den Raum. Wilfreds Geschrei ließ ein wenig nach, und sie hörten die Stimme des Arztes vom Treppenabsatz, brutal in seiner sachlichen Offenheit. »Tja, Mrs. Seddon, ich muß Ihnen leider mitteilen, daß Ihr Mann einen weiteren Schlaganfall hatte. Nutzen Sie die wenige Zeit, die ihm noch bleibt – etwas anderes können Sie nicht mehr tun. Ich finde selbst nach draußen.«

»Kalt wie ein Fisch«, sagte Michael. »Konnte den Kerl noch nie leiden.« Axel sah, daß er wieder weinte.

Mit Hilfe der Daunendecke, die sie wie eine Trage nutzten, schleppten sie den alten Mann durchs Zimmer und zu seinem Bett. Dann zog Michael ihm den durchgeweichten Schlafanzug aus, während Axel in der Kommode nach sauberen Sachen suchte. »Am besten ein Nachthemd, wenn du eins findest«, meinte Michael. »Das ist leichter an- und auszuziehen.« Sie säuberten ihn, zogen ihn wieder an und deckten ihn zu.

Glücklicherweise hatte das Geschrei aufgehört, sobald Dr. Hills gegangen war, aber die aufgerissenen Augen des alten Mannes zuckten noch immer hin und her, als suche er nach einer unsichtbaren Gottheit, die ihm in seinen Todesqualen beistand, und Axel mußte ihm die Nase zuhalten, um ihn dazu zu bringen, den Mund zu öffnen, damit Michael ihm einen Löffel der unangenehm riechenden Medizin verabreichen konnte. Es war eine Erleichterung für alle, als Wilfred endlich die Augen schloß und in die Kissen sank.

Michael war verzweifelt und voller Selbstvorwürfe – er hatte, ohne es zu merken, Poppy in das Zimmer gelassen, als er Wilf seinen Nachmittagstee brachte; ihm war nicht aufgefallen, daß Fat Freddy sich, hinter dem Vorhang verborgen, auf dem Fensterbrett sonnte, und so hatte er die beiden Katzen zusammen in dem Raum zurückgelassen. »Es ist meine Schuld«, stöhnte er immer wieder, und nichts, was Axel sagte, konnte ihn trösten. »Nein«, sagte er, als Axel das blutige Handtuch aufheben wollte. »Laß nur. Ich kümmere mich darum – das ist das mindeste, was ich tun kann. Kümmere du dich lieber um die Frauen.«

Als Axel Hope allein draußen im Flur vorfand, sank er wortlos in ihre Arme, erschlagen von einem Gefühlswirrwarr aus Verzweiflung, Erschöpfung, Kummer, gemischt mit Erleichterung, daß sie nach fast zwei Wochen Funkstille hier war und ihm Halt bot.

»Welche ist es?« fragte sie nach einer Weile.

»Poppy, der alte Bastard hat Poppy erschossen.«

Er umschlang sie fester, preßte sein Gesicht in ihr dichtes, krauses Haar und flüsterte: »Ich hab dich vermißt ... Ich *brauche* dich ... Geh nicht ...«

»Gertie ist im Bad«, sagte Hope und löste sich sanft aus seinen Armen. »Sie ist vollkommen verzweifelt, und ich habe ihr versprochen, daß ich so lange bleibe, wie sie mich braucht.«

Als Axel ihr ausrichtete, was Lila gesagt hatte, erwiderte sie: »Mach dir wegen Mamma keine Sorgen. Ich habe Dr. Hills gebeten, beim Pförtnerhaus vorbeizufahren und sie zu informieren, daß ich erst mal hierbleibe, und sie ist mittlerweile wieder kräftig genug, um ein paar Tage ohne mich zurechtzukommen ...«

Hope war überrascht, wie wenig Schuldgefühle sie hatte, Lila allein zu lassen; aber schließlich hatte ihre Mutter sich weitgehend von der Fehlgeburt erholt, und angesichts dieser viel größeren Tragödie hatte Gertie (ganz zu schweigen von Axel) Vorrang. Der Entschluß zu bleiben hatte sich seltsam befreiend angefühlt, und trotz der schrecklichen Umstände war die Freude darüber, zum erstenmal in ihrem Leben erwünscht zu sein, gebraucht zu werden, fast beschämend in ihrer Intensität.

Und obwohl sie wußte, daß Axel es nicht so meinte, daß es nur an der aufgewühlten Situation lag, hielt das warme Kribbeln seiner geflüsterten Worte – »Ich hab dich vermißt ... Ich *brauche* dich ... Geh nicht ...« – noch Stunden an. Es durchströmte sie, als sie Gertrude zu Bett brachte; es begleitete sie, während sie der alten Dame ein Glas heiße Milch zubereitete und es mit einem kräftigen Schuß aus der halbleeren Flasche Armagnac versah, die sie in der Vorratskammer gefunden hatte; und es stärkte sie, als Gertie aus Schmerz über den Verlust ihrer geliebten Poppy zusammenbrach und verzweifelt stöhnte: »Wie konnte er das tun? Wie konnte er das nur tun? Du verläßt mich doch nicht, Liebes, oder?«

Von Neugier erfüllt, konnte sie es kaum erwarten, Axel zu fragen, wo er den ganzen Tag über gewesen war, doch als er ebenfalls in Gerties Schlafzimmer kam, setzte er sich wortlos auf die andere Seite des Bettes, und so saßen sie schweigend da und hielten jeder eine Hand der alten Dame. Erst als ihr Atem schließlich ruhiger wurde und ihr Griff sich lockerte, legte er seinen angenagten, blutigen Zeigefinger an die Lippen und führte Hope aus dem Zimmer, den Flur entlang, durch den Westflügel und die gewundene Steintreppe hinauf in den Turm.

Sie dachte, er wolle wieder mit ihr aufs Dach klettern, doch im letzten Moment bog er ab und hielt vor der Tür des Turmzimmers inne. »Warte hier«, befahl er, und sie blieb gehorsam auf dem schmalen Treppenabsatz stehen, bis er rief: »Gut, du kannst jetzt reinkommen. Mach dir Tür hinter dir zu.«

Sie konnte nur schemenhaft erkennen, daß er neben etwas Großem, Kastenförmigem stand, und als sie die Tür zuzog, herrschte absolute Finsternis. Als er einen Schalter betätigte und alles in sanftes, rotes Licht getaucht wurde, blinzelte sie überrascht.

Der Raum war rund, genau wie der Turm, die Fenster waren mit alten Verdunklungsvorhängen abgedeckt, und in den Regalen, die sich bis auf Hüfthöhe an den gebogenen Wänden entlangzogen, standen allerlei Flaschen und Glasbehälter. Zwei lange Tische waren mit der Ausrüstung aus Edwards Studio bedeckt, und über ihnen verliefen mehrere Leinen, an denen zahllose Schwarzweißfotos aufgehängt waren wie gestärkte Wäschestücke. Die rote Lampe tauchte alles in ein warmes, tröstliches Licht, verwischte die Konturen und vertiefte die Schatten.

»Ich bin hier.«

Seine Stimme kam aus der Richtung der Lampe. Hope duckte sich unter den Abzügen hindurch und bewegte sich vorsichtig durch das Zwielicht, um nicht die Schalen und Geräte auf dem Tisch umzustoßen oder über etwaige Hindernisse auf dem Boden zu stolpern. Hinter der Lampe war das Licht sogar noch gedämpfter, und sie brauchte einen Moment, bis ihre Augen die gemütliche Sitzecke wahrnahmen, die Axel aus zwei abgewetzten Samtsesseln und einem wackligen, dreibeinigen Tisch zusammengestellt hatte.

»Bitte setz dich doch«, forderte er sie förmlich auf.

Nach dem, was sich vorhin zwischen ihnen ereignet hatte, hätte diese plötzliche Nähe sie normalerweise verlegen gemacht, doch in diesem intimen Zwielicht fühlte es sich ganz leicht und natürlich an.

»Jetzt kann ich es dir endlich erzählen«, begann er ohne Einleitung. »Ich war bei Ella.«

»Warum hast du mir nicht Bescheid gesagt?« schalt sie ihn sanft. »Als Michael mich fragte, wo du wärst, hatte ich keine Ahnung.«

»Ist nicht weiter schlimm«, erwiderte er. »Ich habe ihm erzählt, ich wäre in Ipswich gewesen, was ja nicht völlig gelogen ist, und ich habe ihm in Brakeford ein Geschenk gekauft, er hat also keinen Grund, mir nicht zu glauben.«

Hope bemerkte, daß er Edwards Kamera in der Hand hielt und mit den Fingern darüberstrich. »Und Ella geht es also gut«, sagte sie ins Blaue. »Sonst hättest du sie ja sicher mitgebracht, oder?«

Er legte die Leica vorsichtig auf den Beistelltisch zwischen ihnen. »Nein«, widersprach er. »Nein, ihr geht es nicht gut.« Und als er sich vorbeugte, sah sie, daß er vor Wut kochte. »Sie hat meine Augen. Sie hat mich *erkannt*!«

»Wie hätte sie dich erkennen sollen? Sie war doch erst fünf Monate alt, als sie entführt wurde!«

Er ließ sich gegen die Sessellehne fallen, und Hope hörte das Klicken seiner Zähne, als er auf einen Fingernagel biß.

»Sobald ich kann, werde ich sie holen«, sagte er herausfordernd. »Was du behauptet hast, stimmt nicht – sie gehört hierhin, zu mir und Gertie.«

»Ist sie denn unglücklich? Wird sie schlecht behandelt?«

»Ja. Nein. Ach, ich weiß nicht.«

»Erzähl's mir«, sagte Hope. »Erzähl mir, was passiert ist.«

»Ich hatte sie schon! Ich hatte sie bei mir!« Er schlug sich mit der Faust in die flache Hand. »Und dann ist Mrs. Diamond aufgetaucht. Sie schien nicht mal sonderlich überrascht, mich zu sehen. Es war, als hätte sie die ganzen sechs Jahre darauf gewartet, daß ich auftauche.«

»Sie hat also zugegeben, daß sie Ella gestohlen hat?«

»Nein, natürlich nicht, du Dussel. Sie waren alle auf einer Wiese und haben ein Fest gefeiert. Sie hat mir gedroht, hat auf einen Kerl gezeigt, der angeblich Polizist war, und gesagt, sie würde mich wegen versuchter Entführung verhaften lassen. Sie hat mich als Gesindel beschimpft.«

»Als was?«

»Gesindel – sie dachte, ich wäre einer von den Zigeunern, die im Ort ihr Lager aufgeschlagen hatten.«

»Und was hast du dann gemacht?«

Er lutschte an seinem Finger, den er zum Bluten gebracht hatte. »Ihr Mann ist blind.«

»Schon immer?«

»Nein, vom Krieg. Mrs. Diamond hat mir die ganze Geschichte erzählt – als ob ich auch nur einen Penny auf *ihre* Probleme geben würde! Er heißt offenbar Leonard, und bevor er 1939 zur Marine einberufen wurde, war er Handwerker. 1940 wurde sein Schiff nach Nordfrankreich geschickt, um britische Truppen zu evakuieren, ich hab vergessen, wie der Ort hieß, irgendwas mit D ...«

»Dünkirchen?«

»Ja, genau. Jedenfalls hatten sie fast sechshundert Mann aufgenommen und waren schon auf dem Weg nach Hause, als das Schiff attackiert wurde. Es sank innerhalb weniger Minuten, mit noch über vierhundert Soldaten an Bord. Was für eine grauenhafte Art zu sterben ...« Er verstummte einen Moment, in Gedanken an das ähnliche Schicksal seines Vaters. »Leonard hat zwar überlebt, aber er hatte so schlimme Verbrennungen, daß sie ihn nicht erkannt hat, als sie zu ihm ins Krankenhaus kam.«

»Ich verstehe nicht«, sagte Hope. »Was hat das Ganze mit Ella zu tun?«

Wieder fuhr seine Hand an den Mund, er nagte und knibbelte. »Ich würd's dir ja erzählen, wenn du mal aufhören würdest, mich ständig zu unterbrechen. Für sie sind die beiden Mummy und Daddy. Sie hat einen Bruder namens Jude und eine Schwester, und sie glaubt, sie heißt Lizzie. Mrs. Diamond behauptet, sie hat Beweise, daß sie ihre Tochter ist –«

»Was für Beweise?«

»Eine Geburtsurkunde, vom 5. Mai 1940 –«

»Aber wenn Mrs. Diamond eine Geburtsurkunde hat, kann Ella – Lizzie – doch nicht deine Schwester sein.«

»*Natürlich* ist sie meine Schwester! Glaubst du vielleicht, ich erkenne mein eigen Fleisch und Blut nicht?« Er griff wieder nach der Leica und drehte sie zwischen seinen Händen hin und her.

»Bist du sicher?« fragte Hope. »Bist du wirklich absolut sicher, daß es Ella ist?«

Sein Gesicht lag im Schatten, aber als er den Kopf bewegte, meinte sie auf seiner Wange Tränen glitzern zu sehen. »Ja«, sagte er. »Ja, ich bin mir absolut sicher. Und Mrs. Diamond hat es so gut wie bestätigt. Sie muß sich sehr sicher fühlen, wenn sie das Risiko eingeht, mir so viele Informationen zu geben.«

»Willst du damit sagen, sie hat *zugegeben* –«

»Bitte«, flehte er, »laß mich doch einfach ausreden.«

Warum hatte Mrs. Diamond das getan? fragte sich Hope, während sie seiner Geschichte lauschte. War es herausfordernd gemeint, wollte sie Axel warnen, daß er niemals imstande sein würde, etwas zu beweisen? Oder hoffte sie auf Vergebung, versuchte sie ihre Tat zu rechtfertigen? Sobald sie Ella in Sicherheit wußte, hatte sie Axel die Wahrheit gesagt – oder zumindest so viel davon, daß er sich den Rest zusammenreimen konnte.

Und Axel gab es jetzt an sie weiter. »Kurz bevor er nach Dünkirchen geschickt wurde, bekam Leonard Sonderurlaub, damit er bei der Geburt der echten Lizzie dabeisein konnte ...«

Seine Stimme war monoton, ausdruckslos, aber Hope spürte, daß er Mühe hatte, seine Wut im Zaum zu halten.

»Er hat sogar dabei geholfen, sie auf die Welt zu holen, und war von Anfang an völlig vernarrt in sie. Als er dann nach England zurückgebracht wurde, in eine Spezialklinik in London, beschloß Mrs. Diamond, die Kleine mitzunehmen, um ihn aufzumuntern. Er war in einer schrecklichen Verfassung und sagte immer wieder, er wäre lieber tot, denn niemand würde einem blinden Handwerker Arbeit geben, und nur die Freude darüber, daß seine kleine Lizzie ihn besuchen würde, gab ihm einen Grund, am Leben zu bleiben.«

Er hielt inne, um an einer rauhen Stelle an seinem Mittelfinger herumzuzupfen.

»Seine Augen und Hände waren bandagiert, aber er konnte sie immerhin jeweils für ein paar Minuten in seinem Arm halten. Er war fast vier Monate im Krankenhaus, und Mrs. Diamond hat ihn jeden Tag mit dem Baby besucht, doch dann meinten die Ärzte, sie hätten alles getan, was in ihrer Macht stand, und er begann sich Sorgen zu machen, wie er zurechtkommen sollte, weil das Haus so klein war und er nichts mehr sehen konnte. Also beschlossen sie, es wäre das beste, wenn Marigold bereits ein paar Wochen vor seiner Entlassung mit Lizzie nach Brakeford zurückkehrte, um das Haus für ihn umzuräumen. Aber dann …«

Wieder hielt er inne, holte tief Luft, nagte.

»Aber dann, zwei Tage vor der geplanten Rückreise, wurde Lizzie krank. Scharlach, sagte Mrs. Diamond. Das ist doch was ziemlich Schlimmes, oder?«

Hope nickte.

»Kaum zu fassen, aber sie hat mir tatsächlich leid getan …« Er verstummte erneut, und Hope mußte sich auf die Lippen beißen, um ihre Ungeduld im Zaum zu halten.

»In dem Moment war ich mir sicher.« Er griff wieder nach der Kamera, spielte geistesabwesend damit. »Sie hat mir direkt in die Augen gesehen und –«

»Wer, Mrs. Diamond?«

Von dem Mitleid, das Axel vorübergehend empfunden hatte, war offenbar nicht viel übriggeblieben, denn er explodierte förmlich vor mühsam gebändigter Wut.

»Nein, die Königin von Saba, du Dussel! Weißt du, was sie gesagt hat? ›Ein paar Tage lang hing es am seidenen Faden‹, hat sie gesagt, ›es gab Momente, da dachte ich, sie würde sterben, aber Gott sei gepriesen‹ – genau das waren ihre Worte, *Gott sei gepriesen,* kaum zu fassen, oder? –, ›sie hat es überstanden‹. Du hattest also von Anfang an recht, die Kleider gehörten Mrs. Diamonds totem Baby, und als ich ihr im Zug begegnet bin, war sie auf dem Rückweg nach Brakeford, um das Haus für Leonards Rückkehr vorzubereiten.« Er stieß ein zorniges Schnauben aus. »Sie muß gedacht haben, sämtliche Weihnachten wären auf einen Tag gefallen, als sie mich und Ella sah – ein elfjähriger Junge mit einem Baby, das fast auf den Tag so alt war wie ihre verstorbene Tochter, und beide allein unterwegs. Die Nachbarn hatten Lizzie seit Monaten nicht mehr gesehen, also würde ja niemandem etwas auffallen, nicht wahr?« Wütend starrte er in die Dunkelheit, die Nagelhaut erbarmungslos zwischen den Zähnen. »Und das beste war, ihr Mann würde niemals erfahren, daß seine kleine Prinzessin, sein einziger Grund, am Leben zu bleiben, tot war.«

»Die arme, arme Frau«, sagte Hope. »Es ist ja schon schrecklich genug, sein Kind zu verlieren, aber es dann dem eigenen Mann verschweigen zu müssen, weil die Nachricht ihn wahrscheinlich auch noch umbringen würde, und die ganze Zeit über bricht einem das Herz, aber man darf kein Wort sagen oder sich trösten lassen ...«

Fast eine Stunde lang bewegten sie sich im Kreis; Hope versuchte ihm klarzumachen, daß er Ella nicht einfach, ohne die Konsequenzen zu bedenken, zurückholen konnte, während Axel immer wieder darauf beharrte, er habe das Recht dazu, weil Ella seine Schwester sei.

»Du bist ein Einzelkind«, sagte er schließlich aufgebracht, »du verstehst das doch sowieso nicht.«

»Stimmt«, erwiderte sie kleinlaut. »Du hast recht. Außerdem geht es mich überhaupt nichts an. Ich glaube, ich sehe lieber mal nach Gertie.«

Sie war bereits halb aus dem Zimmer, als Axel sich daran erinnerte, daß ihre Mutter eine Fehlgeburt gehabt hatte und wie schmerzlich das für Hope gewesen war.

»Tut mir leid«, murmelte er. »Ich wollte nicht – ich war nur ... Bitte entschuldige.«

»Schon gut«, sagte sie, »macht nichts.« Aber er spürte, daß es ihr doch etwas ausmachte.

Eigentlich wollte er sich nur wieder mit ihr versöhnen, als er ihre Hand ergriff, doch dann mischte sich unter das Bedürfnis, sich bei ihr zu entschuldigen, plötzlich ein ganz anderes, unbekanntes Bedürfnis, und als er, überwältigt von einem brodelnden Gefühlsgemisch, seinen Griff verstärkte, schlang sie ihre Finger um seine, erwiderte den Druck und flüsterte: »Ich hab dich auch vermißt ...«

»Du kannst im Chinesischen Zimmer schlafen.« Axel war jetzt bemüht, seine Verlegenheit hinter unverfänglichem Geplauder zu verbergen. »Das ist nur ein paar Türen von Gerties Schlafzimmer entfernt, und ich bin schräg gegenüber, falls du irgendwas brauchst. Sie schläft bestimmt erst mal tief und fest, meinst du nicht? Und Michael übernachtet auch hier, dann können er und ich während der Nacht abwechselnd nach ihr sehen.«

Während er vor ihr die steile Treppe hinunterging, bemerkte er, daß er wie ein Idiot grinste, und als er sich kurz umwandte, sah er, daß sie ebenfalls grinste, genauso idiotisch und – in Anbetracht der Umstände – unangebracht wie er.

Die Wände des Chinesischen Zimmers waren mit zarten orientalischen Szenerien geschmückt, und das niedrige Holzbett leuchtete in glänzendem Rot, verziert mit schnörkeligen schwarzen Hieroglyphen; außerdem gab es zierliche kleine Tische, weiche Läufer in Schattierungen von Pfirsich, Grau, Zimt und Pistaziengrün und ein Erkerfenster mit Butzenscheiben und gepolstertem Sitz, von dem man die elegant geschwungenen Linien der halb zerfallenen Pagode sehen konnte.

Es gab keine Laken oder Wolldecken, aber unter der seidenen Daunendecke, die mit Clowns und aufgebäumten Pferden bestickt war und bei jeder Bewegung Federn verlor, fühlte Hope sich durchaus geborgen. Sie ließ noch eine Weile das Licht an, lauschte auf das Knarzen und Rascheln des alten Hauses, bewunderte die Tapete und ließ den Tag Revue passieren, der trotz der schrecklichen Ereignisse ein seltsames Gefühl von Freude in ihr hinterlassen hatte. Sie hörte Gertie ein paar Türen weiter schnarchen – als Axel und sie vorhin kurz bei ihr drinnen gewesen waren, hatte sie erstaunlich tief geschlafen – und schräg gegenüber, nur wenige Schritte entfernt, lag Axel und schlief vermutlich auch. Wovon er wohl träumte? Durchlebte er noch einmal seine Begegnung mit Ella? Hatte er Alpträume wegen Poppy?

Michael saß vollkommen reglos da und hielt Wilfreds Hand. Während er drauflosredete, über das Wetter, über die Trauben, die im Gewächshaus reiften, über die Langsamkeit, mit der die Anwälte das Imperium seines Vaters auflösten – egal was, Hauptsache der alte Mann merkte, daß er da war –, hatte er einmal das

Gefühl, Wilf hätte seine Hand gedrückt, doch dabei blieb es; kein Flattern der Lider, keine Kopfbewegung, nichts als das Geräusch seines Atems und das Auf und Ab seiner Brust.

Hope und Axel waren kurz bei ihm gewesen, hatten zur Tür hereingespäht wie zwei scheue Kinder. Später hatten sie ihm etwas zu essen gebracht und sich erboten, eine Weile bei Wilf zu bleiben, damit er sich ausruhen konnte, doch er hatte abgelehnt; es war sein Fehler, daß es so weit gekommen war, sagte er, und damit war er für den alten Mann verantwortlich. Er war sprachlos vor Rührung, als Axel kurz vor Mitternacht noch einmal hereinkam und ihm einen Globus aus Pappmaché überreichte, den er extra als Geburtstagsgeschenk für ihn in Ipswich gekauft hatte – eine Unternehmung, die (zumindest für Axel) ungefähr gleichbedeutend war mit der Bezwingung des Himalaja. Er drehte sein Geschenk langsam mit der freien Hand, pickte sich beliebige Namen heraus – Nagpur, Sarawak, Ellice Islands, Bogotá, Charleston, Paris, Berlin, Kiew, Nanking, Valparaiso – und versuchte, nicht darüber nachzudenken, daß ihn nun, da Wilfred bald sterben würde und Axel endlich den Mut aufbrachte, sich in die Außenwelt zu wagen, nichts mehr davon abhielt, sie alle zu erkunden …

Seit damals in Gillisham, als sie noch ein junges Mädchen gewesen war, hatte Lila sich nicht mehr so einsam und verlassen gefühlt.

»Hat sie gesagt, wann sie zurückkommt?« hatte sie Dr. Hills besorgt gefragt, als er bei ihr haltmachte, um ihr auszurichten, daß Hope über Nacht im Herrenhaus bleiben würde, doch er hatte nur den Kopf geschüttelt, sich an den Hut getippt und war ohne ein weiteres Wort in der Dämmerung verschwunden. Da sie keine Ruhe fand, stand sie irgendwann nach Mitternacht wieder auf, machte sich eine Tasse Tee und setzte sich damit an den Küchentisch. Sie lauschte auf die nächtlichen Geräusche – der Schrei einer Eule, ein Rascheln im Gebüsch unter dem Fenster –, rief sich die zahllosen Male ins Gedächtnis, als ihr die Gegenwart ihrer Tochter alles andere als willkommen gewesen war, und versuchte, nicht an die Leere um sie herum zu denken. Jahrelang hatte sie sich auf die Zeit gefreut, wenn sie von den Fesseln der Mutterschaft befreit sein würde, doch erst jetzt, ein paar Wochen vor Hopes sechzehntem Geburtstag, dämmerte ihr allmählich, wie sehr sie sich längst an die Gesellschaft ihrer Tochter gewöhnt hatte. Viel zu lange hatte sie Hopes Loyalität und ihr anpassungsfähiges, genügsames Wesen für selbstverständlich genommen. Wenn sie zurückkam, mußte sie ihr sagen, wie sehr sie sie schätzte; sie mußte ihr das Gefühl geben, gemocht und gebraucht zu werden. Denn wozu sollte sie ein neues Leben in Casa Vedovi beginnen, wenn Hope nicht dabei war, um es mit ihr zu teilen?

Morgen, beschloß sie, als sie zurück in ihr Schlafzimmer ging und das Gefühl der kühlen Fliesen unter ihren Füßen genoß – eine passende Erinnerung an Italien –, morgen würde sie sich aufraffen und in die Stadt fahren. Sie würde zur Bank gehen, um zu überprüfen, ob das Geld auf ihrem Konto eingegangen war, und dann alles Nötige in Angriff nehmen, damit sie und Hope nach Italien zurückkehren konnten. Sie würde warten, bis Michael vorbeikam, und ihn bitten, sie mitzunehmen – bestimmt würde er ihr gern den Gefallen tun. Wenn sie so darüber nachdachte, würde sie seine täglichen Besuche vermissen. Im Verlauf der letzten Wochen hatte sie seine Gegenwart schätzengelernt, so sanft, so beruhigend nach Edwards unvorhersehbaren Launen; und Hope mochte ihn auch, das spürte sie. Wie schade, daß sie einander nicht eher begegnet waren, bevor sie beide anderweitig geheiratet hatten – wer weiß, was sich vielleicht zwischen ihnen entwickelt hätte …?

Ihre Tochter hatte sich seit dem Umzug nach Suffolk verändert, dachte sie, während sie sich wieder unter der Decke verkroch; sie entfernte sich von ihr, wurde immer mehr in das Leben des Herrenhauses hineingezogen. Sie mußte sie zurückholen, mußte sich mit ihr zusammensetzen und sie an die guten alten Zeiten erinnern, an den Spaß, den sie im Caffè Conti gehabt hatten, bevor ihre Vernarrtheit in Edward Kennett alles zerstört hatte.

Gertrude schrak hoch. Im ersten Moment fragte sie sich, warum das Licht noch brannte – war sie krank? –, dann streckte sie die Hand nach Poppy aus, die von klein auf jede Nacht bei ihr geschlafen hatte, ertastete jedoch nur die Daunendecke, zerlöchert und voller Ziehfäden von Jahren knetender Katzenkrallen. Da fiel ihr alles wieder ein. Sie griff nach den Zigaretten, die auf dem Nachttisch lagen, hielt jedoch mitten in der Bewegung inne und starrte die Fotografien an.

Jahrelang hatte sie sie versteckt und sie nur hervorgeholt, wenn Wilf außer Reichweite war, in seinem Arbeitszimmer eingeschlossen oder draußen auf dem Orchideenpfad, und erst seitdem er sein Zimmer nicht mehr verlassen konnte, wagte sie es, sie offen hinzustellen. Doch im Grunde hatten sie sie enttäuscht – schließlich waren es nur Schnappschüsse, ihnen fehlte der Funke, das Lebendige; traurige Echos einer in Schmerz und Trauer versunkenen Vergangenheit.

Sie stand zu den Entscheidungen, die sie getroffen, den Prioritäten, die sie gesetzt hatte, denn welche andere Möglichkeit gab es für eine gute Ehefrau? Sie war neunundsechzig Jahre alt, aber sie erinnerte sich noch immer an die Überraschung ihres Vaters, als er eines warmen Frühlingsmorgens 1897, zwei Tage vor ihrem zwanzigsten Geburtstag, seine Post geöffnet hatte. »Allmächtiger!« hatte er ausgerufen. »Wilfred Seddon hält um Gertrudes Hand an! Was sagst du dazu, Hermione?«

»Nein«, hatte ihre Mutter erwidert, »das kann nicht sein, bist du sicher?«, unfähig zu glauben, daß ein Mann wie Wilfred, der jede junge Frau aus der Gegend haben konnte, ausgerechnet die langweilige, fade, linkische Gertrude mit ihrem Pferdegesicht, ihrem glatten, mausbraunen Haar, ihrer flachen Brust und den kräftigen Fesseln erwählt haben könnte. Solange sie lebte, hatte Gertrude sich an diesem Tag geschworen, würde sie ihrem Retter niemals einen Grund geben, seine Wahl zu bereuen.

Sie nahm eine Zigarette aus dem Päckchen, griff nach den Streichhölzern, entschied sich dann jedoch anders und legte beides wieder zurück. Und was war mit *ihrer* Wahl? fragte sie sich. Fast fünfzig Jahre lang war sie die dankbare, gehorsame Ehefrau gewesen, hatte Wilfred stets an erste Stelle gesetzt, und was hatte er ihr dafür gegeben? Zwei Söhne und eine Tochter, alle tot, einen Enkel, der einen nahezu irreparablen Schaden davongetragen hatte (bis dieses reizende Mädchen aufgetaucht war, um ihn zu retten), und ihre süße, geliebte Poppy, die er grausam dafür bestraft hatte, daß sie am falschen Ort gewesen war.

Sie schloß die Augen und streckte erneut die Hand aus. Ahh ... sie konnte sie fühlen, ihre zauberhafte, wunderschöne Poppy. Das glänzende Fell, weich wie Seide, die scharfen Krallen, die sich genüßlich in die Daunendecke gruben, der warme, zierliche Körper an ihrer Seite ... Sie strich mit der Hand über die gescheckte Flanke, kastanienbraun und honiggelb mit schwarzen Streifen, spürte das Zucken ihrer ausdrucksvollen Schwanzspitze an ihrer Haut, hörte das elektrisierte Knistern, das leise, zufriedene Schnurren, wie entferntes Donnergrollen. Dann rollte sie sich auf die Seite, die Faust in die Decke gekrallt, und ließ endlich ihren Tränen freien Lauf.

Axel lag auf dem Bett, die Hände hinter dem Kopf verschränkt, und versuchte, das Geschehene zu begreifen. Was für ein seltsamer, anstrengender Tag, eine verwirrende Abfolge von Panik, (allzu kurzem) Triumph, Verlustgefühlen, Zorn, Schock und, zum Ende hin, einer langsam ansteigenden Welle des Glücks. Hope McAndrew war *hier*, nur ein paar Meter von ihm entfernt. Jetzt mußte er sie nur noch zum Bleiben überreden ...

Michael weigerte sich, von Wilfreds Seite zu weichen, stellte ein Rollbett im Zimmer des alten Mannes auf – »schließlich kann ich jetzt frei über meine Zeit verfügen«, erklärte er Gertie – und bestand darauf, sich rund um die Uhr um ihn zu kümmern, ihn zu waschen, ihm frische Sachen anzuziehen, seinen Kopf zu stützen, um ihm teelöffelweise Brühe zu verabreichen, obwohl Wilfred sich pausenlos verschluckte, und ihm sogar vorzulesen, obwohl Michael bezweifelte, daß der alte Mann die Passagen aus *Der alte Seefahrer*, *Der letzte Mohikaner*, *Trommeln über Transvaal* oder was sich gerade im Regal fand, hören oder gar verstehen konnte.

Die Stunden zogen sich hin, was ihm reichlich Gelegenheit zum Nachdenken gab: über sein verschleudertes Talent, seine Unfähigkeit, sich gegen seinen Vater zur Wehr zu setzen oder Phyllis bei sich zu halten, die er geliebt hatte, solange er denken konnte, die ihn jedoch – wie er im nachhinein ganz klar erkannte – nur aus Pflichtgefühl ihrem Vater gegenüber geheiratet hatte und sich, als sie herausfand, wie ungeschickt er in fast allem war, frustriert in die Arme des erstbesten Mannes geworfen hatte, der ihr Aufmerksamkeit schenkte, obwohl er auf den albernen Namen Gus hörte.

Nach dem Verschwinden seiner Frau hatte er monatelang davon geträumt, ihr über den Atlantik zu folgen, die Vereinigten Staaten von oben bis unten zu durchkämmen, bis er sie gefunden hatte, und sie nach Hause zurückzuschleifen. Damit war jetzt Schluß, aber er fragte sich immer noch, wie sich die Dinge wohl entwickelt hätten, wenn sie imstande gewesen wäre, ihm den Sohn zu schenken, den er sich so sehr wünschte. »Mach dir keine Sorgen«, hatte er sie Monat um Monat getröstet, »dafür ist doch noch jede Menge Zeit ... Es ist nicht wichtig ... Wer weiß, es könnte genausogut an mir liegen ...« Er hatte freundlich und verständnisvoll sein wollen, doch sie hatte seine Reaktion auf ihren Kummer herablassend genannt, hatte ihm vorgeworfen, er behandle sie wie ein Kind, erdrücke sie. Letzten Endes hatte er sie in die Arme eines anderen Mannes getrieben und sich obendrein noch Beschimpfungen von seinem Vater eingehandelt, nicht nur weil er zu blöd war, seine Frau bei sich zu behalten, sondern weil er es nicht schaffte, einen Enkel zu produzieren, das einzige, was George wirklich interessierte.

Während er in dem dunklen, stickigen Zimmer saß und auf Wilfreds röchelnden Atem lauschte, erinnerte er sich an ein Gespräch, das er vor kurzem mit Gertie geführt hatte. »Such dir eine Frau, die nicht so anspruchsvoll ist«, hatte sie ihm geraten, und allmählich wurde ihm klar, daß sie recht hatte. Er mußte aufhören, über den Verlust von Phyllis zu jammern, und sich eine pragmatischere Frau suchen, eine, die bereit war, über seine Fehler und Mängel hinwegzusehen, um im Gegenzug von seiner günstigen Situation zu profitieren. Denn schließlich war er nicht länger der langweilige, duckmäuserische, unfähige Michael. Er war ein reicher Mann. Machte Reichtum einen Menschen attraktiver? Galten die nachdenklichen Blicke, mit denen Lila Kennett ihn in letzter Zeit betrachtete, seiner faszinierenden Persönlichkeit oder seinem prall gefüllten Konto? Er war ziemlich sicher, wie die Antwort auf diese Frage lautete, so dumm war er schließlich auch wieder nicht, aber was war so schlimm daran, wenn sie tatsächlich vor allem an seinem Geld interessiert war, solange ihm das Gelegenheit gab, ihr näherzukommen? Schon bei ihrer ersten Begegnung war ihm aufgefallen, wie ruhelos und unzufrieden sie trotz ihrer Schönheit in der Rolle der dekorativen Ehefrau wirkte.

Himmel, wie heftig hatte er sie schon damals begehrt – diese üppigen Kurven, dieser sinnliche Mund, ihre samtige, goldene Haut und das glänzende Haar! Gott stehe ihm bei, er hatte sogar das Foto gestohlen, das Edward von ihr gemacht hatte, es in seinen Lieferwagen geschmuggelt und auf den Kaminsims in seinem Schlafzimmer gestellt, damit er sich heimlich an ihrem Zauber berauschen konnte. Es hatte ihn nachts wach gehalten und unglaubliche erotische Fantasien ausgelöst, wie er sie noch nie erlebt hatte (und schon gar nicht mit Phyllis).

Doch seit Edwards Verschwinden und ihrer Krankheit hatten sich seine Gefühle für sie verändert, waren tiefer geworden. Er stand kurz davor, sich in sie zu verlieben, und wenn es auch nur die geringste Chance gab, sie mit seinem Geld zu locken, war er fest entschlossen, diese mit beiden Händen zu ergreifen. Was machte es schon, daß sie beide noch verheiratet waren? »Ich werde in Sünde leben«, hatte er scherzend zu Gertie gesagt. »Stell dir nur den Skandal vor!« Aber das war ihm egal. Und wenn Dad sich deswegen im Grab umdrehte, na, um so besser …

Hope blieb drei Tage und Nächte, kümmerte sich um das Kochen – obwohl kaum jemand Appetit hatte – und die Wäsche und setzte sich zu Gertie oder ging mit ihr untergehakt auf der

Terrasse auf und ab, als wäre die alte Dame eine Kranke auf dem Weg der Genesung.

Zusammen mit Axel hob sie ein Grab aus, und zu dritt – Michael war bei Wilfred geblieben, »für den Fall, daß er zu sich kommt und mich braucht« – beerdigten sie Poppy, in einen nachtblauen, mit Silber bestickten Sari gewickelt, an ihrem schattigen Lieblingsplatz unterhalb der Steinstufen. Dann sangen sie die ersten Strophen von *All Things Bright and Beautiful* und *The Lord is My Shephard.*

Danach säten Hope und Axel auf dem Grab der kleinen Katze Lupinensamen aus, die sie auf der Lichtung bei der chinesischen Pagode gesammelt hatten, während Gertie im Musikzimmer verschwand. Seit Poppys Tod hatte sie keine einzige Zigarette mehr geraucht und ihren Mann nicht mehr besucht; sie saß lieber im Roten Zimmer oder im Gewächshaus, sah Hope dabei zu, wie sie – nach langem Betteln, doch bei den Handarbeiten helfen zu dürfen – Knopflöcher ausbesserte und Laken stopfte, und schwelgte in Erinnerungen an die Eskapaden ihrer geliebten Katze. Ab und zu wehten Klänge aus dem Musikzimmer herüber – zunächst Tonleitern und Arpeggios, dann einfache Kinderlieder, erst mit einer Hand gespielt, dann, als Gertie sicherer wurde, mit allerlei Trillern und Verzierungen ausgeschmückt –, und Hope staunte darüber, wie sehr das Spiel der alten Dame sich verbessert hatte, seit der Flügel gestimmt worden war.

Sie verspürte keinerlei Drang, nach Hause zurückzukehren. Doch schließlich war es Gertie, die unabsichtlich Gewissensbisse in ihr weckte und sie dazu brachte, trotz ihres Widerstrebens zum Pförtnerhaus zurückzukehren, um sich mit ihrer Mutter zu versöhnen. Es war der vierte Morgen, und als sie sich zufällig vor dem Badezimmer trafen, bot Gertie ihr an, sich aus der Kostümkiste frische Kleider auszusuchen.

»Versprich mir, daß du uns jeden Tag besuchen kommst«, bat Gertie mit Nachdruck. »Und du mußt *unbedingt* deine Mama mitbringen, damit sie den Flügel ausprobieren kann. Er klingt so viel schöner, jetzt, wo er gestimmt ist – wer weiß, vielleicht überzeugt das ja sogar deine Mutter hierzubleiben?«

»Du bleibst doch nicht lange weg, oder?« fragte Axel, als sie sich auf der Terrasse verabschiedeten. Sie schüttelte den Kopf, und als sie sich auf die Zehenspitzen stellte und ihm kühn einen Kuß auf die Wange gab, war ihr, als schaue die alte Dame mit einem zufriedenen Gesichtsausdruck von der Tür des Musikzimmers zu ihnen herüber.

Während sie über den Orchideenpfad lief, durchströmte sie ein Gefühl reinen, ungetrübten Glücks, weil sie wußte, daß sie am nächsten Tag zurückkehren würde.

Kein Wort des Vorwurfs würde über ihre Lippen kommen, schwor Lila sich, während sie auf die Rückkehr ihrer Tochter wartete, obwohl Hope ohne ein Wort der Erklärung für drei volle Tage und Nächte verschwunden war. Als Hope in die Küche kam, begrüßte sie sie mit echter Freude. »Du siehst erschöpft aus«, sagte sie sanft. »Ich mache dir eine schöne Tasse Tee.« Doch während sie in der Küche umherlief, den Kessel füllte, die Kanne herausholte und den Tee abmaß, merkte sie, daß sie zuviel redete, weil die Neuigkeit, die sie seit zwei Tagen mit sich herumtrug, sie merkwürdig nervös machte. »Und, geht es Mr. Seddon jetzt wieder besser? Dr. Hills, dieser elende Kerl, hat mir natürlich nicht das geringste verraten, und Michael Allott hat sich auch nicht blikken lassen – ich nehme an, er war auch im Herrenhaus?«

»Ja.«

»Siehst du, wie gut ich ohne dich zurechtgekommen bin?« Lila war bemüht, Hopes einsilbige Antworten mit ihrem Redefluß zu überdecken. »Alles pieksauber und aufgeräumt. Ich habe sogar gebügelt.«

»Aber du haßt doch Bügeln.«

»Es war das mindeste, was ich tun konnte, nach allem, was du während der letzten Wochen für mich getan hast«, erwiderte Lila. »Komm, setz dich und erzähl mir, was passiert ist, daß du so lange wegbleiben mußtest.«

»Na ja ...«, sagte Hope widerstrebend, »es war wegen Poppy und Wilf ...«

Offensichtlich mochte sie nicht darüber reden. »Ist ja nicht so wichtig«, sagte Lila hastig. »Was immer es war, ich bin sicher, du hast es gut geregelt. Aber da du ja nun wieder hier bist, sollten wir vielleicht mal über uns reden, oder?«

Jedesmal, wenn sie den Mund aufmachte, wurde alles nur noch schlimmer. »Nicht jetzt«, unterbrach Hope und warf ihr über den Rand ihres Bechers einen kalten Blick zu. »Nicht jetzt, wo Gertie so unglücklich ist wegen der armen Poppy und Wilf jeden Moment sterben kann.«

»Was?« Lila stellte ihren Becher ab. »Aber das ist ja furchtbar! Warum hast du mir nichts davon gesagt?«

Hopes Blick wurde noch eine Spur kälter. »Du hast mir keine Gelegenheit dazu gegeben«, sagte sie. »Und, geht es dir besser?«

»Viel besser«, erwiderte Lila, »dank deiner Hilfe. Gestern war ich sogar mit dem Bus in Ipswich.«

»Tatsächlich?« Doch Hope klang nicht sonderlich interessiert.

Lila bemühte sich um einen leichteren Tonfall. »Na, ich dachte, du wärest wenigstens ein kleines bißchen neugierig, wo ich mich deinetwegen so angestrengt habe!«

»Oh, tut mir wirklich leid. Aber stell dir nur mal vor, wieviel anstrengender es gewesen wäre, wenn du noch schwanger wärst!« Damit stellte Hope ihren Becher auf den Tisch und marschierte aus der Küche. Lila starrte entsetzt auf den leeren Türrahmen. Wußte sie Bescheid? Nein, natürlich nicht, beruhigte Lila sich und ignorierte die aufwallende Panik in ihrer Brust. Woher sollte sie es wissen? Aber die Schuldgefühle, die sie seit der schrecklichen Tat ständig begleiteten und sie vor allem in den letzten Tagen gepeinigt hatten, als sie allein gewesen war, überfielen sie erneut. Herrgott noch mal, schalt sie sich, hör auf, über Dinge nachzugrübeln, die nicht mehr zu ändern sind, und denk an etwas Positives.

»Hope!« rief sie und stand auf. »Bitte, Liebes, ich muß wirklich mit dir reden ...«

Hope war bereits in ihrem Zimmer. »Hat das nicht Zeit bis später?« sagte sie über ihre Schulter. »Ich bin müde, und ich brauche ein Bad.«

»Na ja, wenn du meinst …« Nervös blieb Lila im Türrahmen stehen. »Ich dachte nur, es würde dich interessieren, was ich getan habe.«

Hope suchte im Schrank nach sauberer Unterwäsche. »Was denn?« fragte sie, ohne aufzusehen. »Sag bloß, du hast es doch noch geschafft, das Haus am Harald Square zu verkaufen.«

»Nein, noch nicht.« Lila hatte während Hopes Abwesenheit einen Brief an Topper & Batt geschrieben und sie gebeten, so schnell wie möglich einen Käufer für das Haus in London zu finden. »Aber ich war bei der Bank. Das Geld, das Edward uns versprochen hat, ist angekommen –«

»Schön.« Hope richtete sich auf, einen Schlüpfer in der Hand. »War's das?«

»Nein. Errätst du es nicht?«

Jetzt endlich hatte sie ihre Aufmerksamkeit.

»Was?«

»Ich habe die Fahrkarten gekauft.«

»Fahrkarten?« wiederholte Hope. »Welche Fahrkarten? Wovon redest du?«

So hatte Lila sich das Ganze nicht vorgestellt. »Nach Italien natürlich. Wir stechen am 30. Oktober in Harwich in See. Na, ist das ein Geburtstagsgeschenk?« Hopes Geburtstag war am 4. November.

»Oh.«

»Oh? Ist das alles, was dir dazu einfällt?«

»Ich hab dir doch *gesagt,* daß ich da nicht hinwill.«

»Nein, das hast du nicht.« Lila kam sich vor, als wäre sie im falschen Gespräch gelandet. »Du hast gesagt, du wüßtest es nicht, und das ist etwas ganz anderes. Ich dachte, du würdest dich *freuen*!«

»Nun, dann hast du dich geirrt.« Hope hatte jetzt die gleiche finstere Miene wie damals, als Lila ihr eröffnet hatte, daß sie Casa Vedovi verlassen würden. »Ich will hierbleiben!«

Lila verlor die Fassung. »Und was soll ich jetzt mit den Fahrkarten machen, für die ich unsere gesamten Ersparnisse geopfert habe? Soll ich sie vielleicht wegwerfen?« Sie holte tief Luft und zählte innerlich bis zehn. »Also gut, jetzt ist wohl nicht der richtige Moment, um darüber zu reden. Du bist müde und durcheinander, und ich hätte nicht – es tut mir leid.«

Bevor sie den Raum verließ, drehte sie sich noch einmal um. »Bitte vergiß nicht, du bist meine Tochter. Ich liebe dich.«

Seit Hope als Dreijährige in Seggieden auf die Veranda getapst war und mitbekommen hatte, wie Njombo Archies Hund den Gnadenschuß gab, hatte Lila ihre Tochter nicht mehr so fassungslos und schockiert gesehen …

Kapitel 11

Hope stand neben den Terrassenstufen und goß die Lupinensprößlinge auf Poppys Grab, als die ersten Töne vom Fenster des Musikzimmers herüberklangen. Während der letzten Tage hatte sie sich daran gewöhnt, Gerties Übungen am Flügel zu hören, doch der plötzliche Wechsel von *Baa Baa Black Sheep* zu Beethovens *Mondscheinsonate* – eines von Lilas früheren Lieblingsstücken – war verblüffend. Das schiere Feuer, mit dem die alte Dame spielte, als hätte sie gerade erst das Fortepedal entdeckt, verlieh der vertrauten Melodie eine Tiefe und Leidenschaft, die Hope bisher nie damit verbunden hatte, und verzaubert hielt sie inne, um zu lauschen, ohne das Wasser zu bemerken, das aus der Kanne auf ihre Schuhe tropfte.

Die Zugluft, die durch den Westflügel wehte, erfaßte die Melodie und trug sie hinüber in die Halle, wo Axel gerade auf die Treppe zusteuerte, um Michael eine Tasse Tee zu bringen, bevor er hinauf in seine Dunkelkammer ging, um die letzten Bilder von seinem Ausflug nach Brakeford zu entwickeln. Er hielt abrupt inne, machte kehrt und rannte zum Musikzimmer, voller Neugier, wie seine Großmutter es nach dreißig Jahren Pause und nicht mal einer Woche Üben fertiggebracht hatte, von läppischen Kinderliedern zu dieser atemberaubenden künstlerischen Darbietung überzuwechseln.

Immer leiser werdend, schwebte die Musik die Treppe hinauf und durch die offene Tür in das Zimmer, wo Wilf sich entgegen der Diagnose von Dr. Hills noch immer störrisch an das Leben klammerte. Michael, der gerade vorlas, verstummte mitten im Satz und wandte den Kopf, um zu lauschen, erfreut über die unerwartete Ablenkung von dem Trübsinn, in dem er versunken war.

Irgendwo in seinem zerstörten Hirn hörte Wilfred es auch. Seine Lider flogen auf, und seine Finger zuckten über die Decke; mit weit aufgerissenen Augen wandte er den Kopf, richtete sich auf und streckte die Hand aus.

»Michael?« krächzte er. »Michael, bist du das?«

Dann sank er mit einem Seufzen zurück auf das Kissen und war tot.

Um seine letzte Ruhe nicht zu stören, blieb Michael noch eine Weile sitzen, lauschte auf die ferne Melodie und hielt die Hand des alten Mannes. Seit Poppys gewaltsamem Tod hatte Gertie sich geweigert, in die Nähe ihres sterbenden Mannes zu kommen, wofür Michael ihr trotz seines schlechten Gewissens dankbar war. Es gab so vieles, das er hatte sagen wollen: wieviel es ihm, dem verschüchterten, tyrannisierten Jungen bedeutet hatte, von Wilfred wie ein Sohn behandelt zu werden, und daß der alte Mann für ihn immer viel mehr wie ein Vater gewesen war als sein richtiger Vater. Letzte Nacht hatte er sich in Erinnerung an die alte Weisheit, daß das Gehör die Sterbenden zuletzt verläßt, ganz nah an Wilfs Ohr gebeugt und verlegen »Ich liebe dich« geflüstert, weil er es ihm wenigstens einmal sagen wollte, bevor es zu spät war.

Obwohl das Stück eher lyrisch war, spielte Gertrude es kraftvoll, geradezu herausfordernd. Wie machte sie das nur? fragte Michael sich. »Die Tür habe ich schon vor langer Zeit verschlossen«, hatte sie gesagt, als er sie nach ihrem Klavierspiel gefragt hatte, »und den Schlüssel weggeworfen.« *Baa Baa Black Sheep* war eine Sache, aber das hier – das war ein ganz anderes Kaliber. Wie hatten ihre Finger nur über all die Jahre hinweg diese Geschicklichkeit bewahrt?

Sanft ließ er Wilfreds Hand los und nahm seine Brille ab, um sie zu putzen. Nun, da es vorüber war, erfüllte ihn eine merkwürdige Ruhe; er war froh, daß er alles gesagt hatte, was ihm auf dem Herzen lag. Er stand auf – vom vielen Sitzen war er ganz steif geworden –, schloß Wilfs Augen und küßte ihn auf die Stirn. Jetzt mußte er zu Gertie, um ihr die traurige Nachricht zu überbringen.

Er nahm das Laken und zog es über das Gesicht des alten Mannes. »Mach's gut, alter Freund«, murmelte er. »Möge Gott dich schnell zu deinen Jungs bringen.« Dann nahm er seinen Globus und verließ langsam den Raum.

Bis daß der Tod uns scheidet ... Gertie spielte weiter. Sie spürte keine Veränderung in der Luft, keinen Moment der Erkenntnis, keine Vorahnung, daß ihre fast fünfzigjährige Ehe soeben zu Ende gegangen war; sie ging ganz in ihrer Musik auf und nahm das Dahinscheiden ihres Mannes ebenso wenig wahr wie die Noten, die vor ihr auf dem Ständer lagen.

Über dreißig Jahre hatte sie an diesem Flügel gesessen, tagein, tagaus, sommers wie winters, fast ohne Ausnahme. Sie hatte ihre Söhne verloren, ihre Tochter war fortgegangen und gestorben, ihr Mann war nach und nach zum Krüppel geworden, und ihr Enkel hatte eines Tages vor der Tür gestanden, und dennoch hatte sie jeden Tag ihre Tonleitern und Arpeggios geübt. Sie hatte wie eine Besessene gespielt: Beethoven, Mozart, Schubert, ihre geliebten Straußens – Josef, Eduard und beide Johanns – immer wieder, bis sie jede Note auswendig konnte. Als ihre Augen schwächer geworden waren, hatte sie sämtliche Brillen im Haus ausprobiert, um die zu finden, mit der sie die Noten noch am besten lesen konnte, und hatte alles einstudiert, was sie in den Regalen fand – Chopin, Brahms, Händel, auch unbekanntere Komponisten und Stücke wie Moscheles' *Bonbonnière Musicale,* Hérolds *La Fille Mal Gardée,* Glinka, Waldteufel und Tanejew –, hatte jeden noch so kleinen Patzer korrigiert, jede Note, jeden Akkord, jede Phrase geübt, bis sie ganz sicher war, daß sie sie beherrschte, und war der Partitur bis auf jede Zweiunddreißigstelnote gefolgt, damit sie sich fehlerlos einprägte. Bis Hope McAndrew in ihrer Welt aufgetaucht war, hatte sie sich eingeredet, daß es genügte, an dem nahezu stummen Flügel zu sitzen und die Musik nur in ihrem Kopf zu hören, während ihre Finger über die gedämpften Tasten glitten. Denn nach dem Tod von Will und Alex hatte sie ein Versprechen gegeben, ein Versprechen für alle Zeiten ...

Nachdem sie sich den Aufbau des Flügels genauer angesehen hatte, war ihr innerhalb von fünf Minuten klar gewesen, wie sie den Klang dämpfen konnte, doch es hatte fast zwei Tage gedauert, das Ganze zu basteln. Während Wilfred sich in seinem Arbeitszimmer eingeschlossen hatte oder zum Orchideenpfad geflohen war, hatte sie von einem alten Schrank das Walnußfurnier abgetrennt, es passend zugeschnitten und mit einem zehn Zentimeter breiten Filzstreifen beklebt; diese Platte hatte sie dann vorsichtig in den schmalen Zwischenraum unter den Saiten geschoben, bis der Filz auf den Hämmerchen zu liegen kam und so den Ton direkt an der Quelle abfing.

Warum, fragte sie sich, *warum* nur hatte sie sich so lange von diesem Versprechen gängeln lassen? Warum mußte erst ein einsames Mädchen namens Hope auftauchen, warum mußte erst ihre geliebte Katze sterben, um sie aus dem Gefängnis zu befreien, das sie sich selbst gebaut hatte? Warum begriff sie erst jetzt, wo sie das Lieblingsstück ihres Sohnes in voller Lautstärke spielte, so daß es den Raum, die Flure, das ganze Haus erfüllte, daß die Noten in ihrem Kopf kein Ersatz für die echte Musik waren?

Wie sehr mußte der arme Beethoven gelitten haben, als er sein Gehör verlor, dachte sie, und als die letzten Töne verhallt waren, dehnte sie kurz die Finger, rückte ihre Brille zurecht und begann noch einmal von vorne.

Es war Michael, der Tindall & Sohn bestellte (Humphrey De'Ath, der Leichenbestatter von Market Needing, war ein alter Feind von Wilfred und hatte den Auftrag abgelehnt), der Dr. Hills kommen ließ, um den Totenschein auszustellen, der mit Albert Tindall den Vikar von Beer Hill aufsuchte, um den Tag der Beerdigung auszuwählen, und der sich um den Grabstein kümmerte. Und es war auch Michael, der den alten Mann aufbahrte, allein, obwohl Hope und Axel ihm ihre Hilfe anboten.

»Ich dachte, dir wäre ein nettes, kleines Familienunternehmen am liebsten«, sagte er zu Gertie. »Sie werden sich gut um den alten Jungen kümmern, das verspreche ich dir.« Doch sie schien froh zu sein, daß sie mit alldem nichts zu tun hatte.

Lila stand am Wohnzimmerfenster, als Michael mit seinem Lieferwagen auftauchte, und sie begrüßte ihn voller Erleichterung – am Tag zuvor war Hope wieder zum Herrenhaus verschwunden, trotz der düsteren Regenwolken, die über dem Tal hingen, und bisher war sie nicht wiederaufgetaucht.

»Die Beerdigung ist erst morgen«, erklärte er, als er am Küchentisch Platz nahm, »aber heute holen sie Wilfred ab, und Gertie ist ein bißchen mitgenommen, deshalb hat Hope sich erboten zu bleiben. Ich weiß nicht, was wir in den letzten Tagen ohne sie gemacht hätten – Sie müssen sehr stolz auf sie sein.«

»Oh, das bin ich«, versicherte Lila ihm. »Ich könnte mir keine bessere Tochter wünschen. Es ist nur …«

»Ja?« hakte er nach. »Nur was?«

»Ach, nichts.«

»Sie vermissen sie«, vermutete er treffsicher. »Das ist doch ganz normal. Aber sobald die Beerdigung vorbei ist, können Sie ja auf Gerties Einladung zurückkommen.«

»Welche Einladung?«

»Sie hatte Hope aufgetragen, Ihnen auszurichten, jetzt, wo der Flügel gestimmt ist, könnten Sie jederzeit vorbeikommen und ihn ausprobieren. Hat Hope Ihnen denn nichts davon gesagt?«

»Oh«, sagte Lila und kam sich wie ein Dummkopf vor. »Doch, natürlich, das hat sie.«

»Warten Sie lieber noch ein paar Tage«, riet er ihr, »denn wie Sie sich denken können, sind wir im Moment alle ein bißchen durcheinander, aber dann können Sie kommen, so oft Sie wollen. Übrigens klingt der Flügel ganz vorzüglich.«

Er könne nicht lange bleiben, setzte er hinzu, er sei gerade beim Bestatter und beim Vikar gewesen, um sich zu vergewissern, daß alles für den morgigen Tag vorbereitet sei, und müsse jetzt zurück zum Herrenhaus, für den Fall, daß er gebraucht werde, aber sie war über alle Maßen erfreut, ihn zu sehen, und geradezu lächerlich enttäuscht, als er wieder ging. Was für ein reizender Mann, dachte sie, während sie ihm nachwinkte; sie würde ihn schrecklich vermissen.

Hope war nicht die einzige, die sich verändert hatte, seit sie krank gewesen war, sinnierte sie; auch Michael Allott wirkte anders, nicht mehr so schüchtern, irgendwie ... lockerer. Gerade eben hatte er Selbstvertrauen ausgestrahlt, trotz seiner offensichtlichen Trauer über den Tod des alten Mannes, ja, sogar etwas wie ... Würde.

Doch als eine Stunde später der Wagen des Bestatters durch das Tor fuhr und im Schatten der Bäume verschwand, fragte sie sich, ob Hope ihr absichtlich nichts von Gertrude Seddons Einladung erzählt hatte, und wenn ja, warum?

Die Beerdigung fand zwar erst am nächsten Tag statt, aber der Geruch des Todes breitete sich zusehends im Haus aus, und so hatte Michael mit dem Bestatter vereinbart, daß der Tote mittags um zwölf abgeholt werden sollte. Um elf kam es ihnen allen so vor, als warteten sie schon eine Ewigkeit, doch erst als Hope laut überlegte, wie sie Gertie von der bevorstehenden Qual ablenken sollten, erinnerte Axel sich wieder an die Noten, die er in Brakeford gekauft hatte und die immer noch in seinem Rucksack lagen. Er dachte an das virtuose Spiel seiner Großmutter an dem Tag, als Wilf gestorben war, und kam auf die Idee, sie lieber ihr zu schenken.

»Oder hast du etwas dagegen?« fragte er Hope. »Schließlich waren sie ja für deine Mum gedacht.«

»Nein, natürlich nicht«, stimmte sie zu, »ich finde es richtig«, und als er damit zu Gertie ging, freute sie sich sehr darüber.

»Ich hatte gerade überlegt, ob ich ein bißchen über den Orchideenpfad spazieren sollte«, sagte sie zu ihm. »Irgendwie geht heute die Zeit überhaupt nicht herum. Aber das ist eine *viel* bessere Idee. Danke, mein Lieber.«

»Kann ich sonst noch was für dich tun?« fragte er besorgt.

»Ja«, ihre Stimme klang energisch, »hör auf, mich zu bemuttern. Ich bin sicher, Michael läßt uns wissen, wenn der Wagen kommt. Geh zu Hope – sie ist in der Kostümkiste und sucht mir etwas Passendes für die Beerdigung heraus – und tu irgendwas Sinnvolles.«

»Wir sollten aber nicht zu lange bleiben«, gab Hope zu bedenken, als er sie hinauf in das Turmzimmer schleppte. »Wir müssen doch dasein, wenn sie ihn holen. Was willst du mir denn unbedingt zeigen?«

»Das verstehst du schon, wenn du es siehst«, sagte Axel mit mehr Zuversicht, als er tatsächlich empfand. Er war nicht mal sicher, ob er es selbst verstand.

Er hatte fünf Tage gebraucht, um den Film zu entwickeln, weil so viel anderes zu tun war: Botengänge für Michael, Hope mit der Wäsche helfen, regelmäßig Holz im Küchenherd nachlegen, damit ihnen das warme Wasser nicht ausging, Nachschub aus dem Küchengarten holen – Kartoffeln, Möhren, Spalierobst, alles, was für Wilf püriert werden konnte – und immer ein Auge auf Gertie halten, für den Fall, daß sie zusammenbrach. Seit er das letzte Mal mit Hope hier oben gewesen war, hatte er weder Zeit noch Lust gehabt, über seinen Entschluß, Ella zurückzuholen, zu diskutieren; außerdem würden sie sich ohnehin nie einigen, wozu also weiter darüber reden? Doch nun hatte er endlich die Bilder fertig entwickelt, und er mußte sie ihr zeigen, weil er hören wollte, was sie ihrer Meinung nach vermittelten. Er schob Hope vor sich in das Zimmer, schaltete die grelle Deckenbeleuchtung ein und schloß die Tür.

»Oh«, sagte sie und blinzelte. »Das sieht aber ziemlich anders aus.«

»Natürlich, du Dussel.« Warum mußte er nur immer so grob werden, wenn er nervös war? »Was hast du denn erwartet?«

»Aber neulich –«

Mittlerweile beherrschte er den Fachjargon wie ein echter Profi. »Neulich hatte ich die Dunkelkammerlampe an. Die braucht man zum Entwickeln, damit man sieht, was man tut, ohne die Bilder zu ruinieren.«

»Aha.«

Er hatte sie wieder vor den Kopf gestoßen, das merkte er. »Tut mir leid«, murmelte er. »Ich bin ein bißchen ...«

»Nervös?«

»Wie machst du das bloß?« fragte er.

»Was?«

»Immer zu wissen, was in mir vorgeht?«

Sie lächelte ihn an. »Tue ich das?«

»Hier drüben«, sagte er und führte sie zu den beiden Sesseln. Im Schein einer Sechzig-Watt-Glühbirne sahen sie furchtbar aus, voller Fettflecken und Risse, durch die die Füllung herausschaute. »Setz dich«, befahl er.

Er wartete, bis sie saß, dann nahm er den Stapel Schwarzweißbilder, den er auf den Tisch gelegt hatte, und ließ sie in ihren Schoß fallen. Ausnahmsweise hatte er alle Bilder abgezogen und vergrößert, damit ihm kein einziges Detail entging (dem Himmel sei Dank für Edward Kennetts verschwenderische Einkaufsgewohnheiten, denn sonst wäre ihm das Papier ausgegangen), und letzte Nacht hatte er sie noch einmal sorgfältig durchgesehen, diejenigen herausgezogen, die seine Theorie am deutlichsten zu bestätigen schienen, und den Rest beiseite gelegt.

»Geht es um Ella?« fragte sie, als er sich in den anderen Sessel setzte.

»Ja. Mehr oder weniger. Sieh sie dir einfach an, ja?«

Schweigend betrachtete Hope die Bilder: ein kleiner Junge, der allein dastand, die Hände in den Taschen, und anderen dabei zusah, wie sie Fußball spielten, ausgeschlossen und voll trauriger Sehnsucht, mitspielen zu dürfen; eine Mutter mit konzentrierter, von Zärtlichkeit durchdrungener Miene, die mit einer Hand das Kinn eines Kleinkinds festhielt und ihm mit einem Taschentuch das Gesicht abwischte; drei übermütige Buben mit heraushängenden Hemdzipfeln und verrutschten Socken, die sich vor Lachen den Bauch hielten; zwei kleine Mädchen, von hinten aufgenommen, das eine flüsterte etwas Geheimnisvolles, während das andere die Schultern hochzog und hinter vorgehaltener Hand kicherte; ein kleiner Junge, der mit einem Modellflugzeug spielte, den Rücken an ein anonymes Knie gelehnt, geborgen in dem Wissen, daß sein Beschützer nicht zulassen würde, daß er fiel. Erst als sie zu den letzten sechs Aufnahmen kam – alle von dem gleichen Mädchen, drei zusammen mit einem stark entstellten und offensichtlich blinden Mann, ein Gruppenbild, auf dem auch der kleine Junge mit dem Flugzeug war, und zwei Nahaufnahmen von ihr allein –, begann sie zu verstehen.

Die Ähnlichkeit war eher subtil als auffällig. Ella – es konnte nur Ella sein – hatte dasselbe dunkle Haar (allerdings ohne die Silberstreifen) wie ihr Bruder, dasselbe markante Kinn und die hohen Wangenknochen, aber das Offensichtlichste waren ihre Augen; selbst in Schwarzweiß war ihre außergewöhnliche Helligkeit nicht zu übersehen.

Sie ging die Bilder zweimal durch. Sie hielt sie auf Armeslänge vor sich, holte sie nah heran, um jede Einzelheit zu mustern, legte den Kopf schief, um sie aus verschiedenen Blickwinkeln zu betrachten, und die ganze Zeit über spürte sie, wie Axel sie beobachtete und versuchte, an ihrem Gesicht ihre Gedanken abzulesen.

»Warum hast du dieses dazugetan?« fragte sie, bekam jedoch keine Antwort. »Und das hier – ist das jemand Bestimmtes? Das hier« – sie blätterte weiter –, »das ist Ella, nicht wahr?«

Als sie fertig war, legte sie die Fotos auf ihren Schoß, breitete die Hände darüber und sagte leise: »Du hast dich also entschieden.«

Er knipste die rote Lampe an und ging dann zur Tür, um das harte, weiße Licht auszuschalten.

»Nimm eins heraus«, forderte er sie auf, »und sag mir, was du siehst.«

»Du meinst, das, was am deutlichsten zeigt, was du ausdrükken willst? … Das hier.« Sie zog ein weiteres heraus. »Und das.« Sie blinzelte, wartete, bis ihre Augen sich an das schummrige Licht gewöhnt hatten. »Und das … und das –«

»Warum dieses?« wollte Axel wissen. »Da ist sie doch nicht mal drauf.«

Es war die Frau, die dem Kind das Gesicht abwischte. »Weil ...«

»Weil was?«

Ohne hinzusehen, wußte sie, daß er wieder an seinen Nägeln kaute. Ihr ging auf, daß er sie einer Prüfung unterzog, er erzählte ihr eine Geschichte, und seine Entscheidung würde davon abhängen, wie sie sie interpretierte. Wie klug von ihm, das grelle Licht auszuschalten – die warme, rote Dunkelheit dämpfte die Konfrontation, machte es leichter, ehrlich zu sein.

»Nimm zum Beispiel die Mutter«, begann sie. »Sieh nur, wie sanft sie zu dem Kind ist, wie sehr sie es liebt –«

»Das ist Mrs. Diamond«, sagte Axel, entriß ihr das Bild und warf es auf den Tisch. »Ich habe sie erst erkannt, als ich das Foto vergrößert habe. Weiter.«

Sie fächerte die Abzüge auf ihrem Schoß auf. »Die hier«, sagte sie. »Die drei gehören zusammen.«

»Wieso?«

»Nun, da ist der kleine Junge am Rand. Er ist einsam. Er sehnt sich danach mitzuspielen, aber sie lassen ihn nicht. Vielleicht ist er neu in der Gegend, vielleicht ist seine Familie gerade erst nach Brakeford gezogen, und er hat noch keine Freunde –«

Er zupfte es ihr aus der Hand, warf es auf den Tisch. »Warum gehört es zu den beiden anderen?«

»Diese drei Jungen – wie alt sind sie? sechs? sieben? – sind schon ewig befreundet. Falls einer von ihnen Ärger kriegt, würden die anderen ihn sofort verteidigen.«

»Und die beiden Mädchen?«

»Das sind beste Freundinnen, die gerade ein Geheimnis austauschen – kleine Mädchen lieben Geheimnisse, sie flüstern, kichern, erzählen sich Geschichten, aber manchmal können sie auch schrecklich gemein sein –«

»Gemein?« hakte Axel sofort nach, begierig, jede Nuance ihrer Worte zu erfassen. »Was meinst du mit *gemein*?«

»Na ja ... als ich damals in Dorset in die Schule kam, nach unserer Rückkehr aus Italien, hätte ich alles darum gegeben, eine beste Freundin zu haben, aber die anderen Mädchen fanden mich seltsam, und niemand wollte mit mir spielen.«

Er stieß mit dem Finger auf das Foto. »Das da rechts ist Ella«, sagte er, »mit ihrer besten Freundin. Als ich das Bild gemacht habe, konnte ich ihre Augen nicht sehen, deshalb wußte ich nicht, daß sie es war. Weiter.«

Sie wählte eins aufs Geratewohl. In dem Dämmerlicht war es schwierig, Einzelheiten zu erkennen, aber die Botschaft war eindeutig.

Es war eine Aufnahme von Ella. Sie stand auf den Zehenspitzen und flüsterte Leonard Diamond etwas ins Ohr. Sein Mund war ein feuchter, schwarzer Strich, die straff gespannten, glänzenden Lider waren über seinen Augen versiegelt, seine Wangen waren zerlöchert und vernarbt, und seine Nase war ein geschmolzener Klumpen in der Mitte seines Gesichts – eine Fratze, die jedes Kind verschrecken mußte, und trotzdem … »Ich muß wissen, daß sie geliebt wird«, hatte Hope zu Axel gesagt, und er hatte ihr die Antwort gebracht. »Es ist nicht zu übersehen«, sagte sie, »daß die beiden völlig vernarrt ineinander sind.«

Das Foto landete bei den anderen auf dem Tisch. »Das nächste.«

Und so ging es weiter; jedes Bild, das sie auswählte, wurde achtlos beiseite geworfen, als würde es nicht mehr gebraucht, sobald sie in Worte gefaßt hatte, was Axel hören wollte.

Unglaublich, dachte sie, als sie sich an seine einsilbige Aggressivität bei ihrer ersten Begegnung erinnerte, an seine linkische Schüchternheit gegenüber Lila – wie wunderbar, wie außerordentlich gesprächig Axel sein konnte, wenn er durch die Linse einer Kamera kommunizierte. Als er ihr das letzte Foto aus der Hand nahm und es mit einem herausfordernden »Nun?« auf den Stapel warf, sah sie ihn verdutzt an, erstaunt, daß er immer noch eine Erklärung brauchte.

»Wenn du wissen willst, was du wegen Ella tun sollst, das weißt du bereits«, sagte sie. »Die Antwort ist da, auf diesen Fotos.«

»Aber ich möchte sie so gerne zurückhaben«, flüsterte er.

»Warum? Sag mir, warum.«

Er starrte sie aufgebracht an. »Weil sie meine *Schwester* ist!«

»Nein, das genügt nicht. Wenn du sie nur aus Rache zurückhaben willst, dann ist es falsch. Wenn du sie zurückhaben willst, weil ...«

Er sprach so leise, daß sie ihn kaum hören konnte. »... ich sie liebe? Als sie meine Hand nahm ... Ich kann dir gar nicht sagen, was das für ein Gefühl war ... Sie hat mir vollkommen vertraut. Und trotzdem hätte ich es getan. Ich hätte sie von allem weggeholt, was sie kennt, von ihrer Mutter, ihrem Vater, ihrem Bruder – das Kind, dem das Gesicht abgewischt wird, ist ihre kleine Schwester ...« Er senkte den Kopf, biß in die wunde Haut neben seinem Daumennagel. »Was soll ich tun?«

»Laß sie in Ruhe.« Ihre Worte fielen in die Stille des Raums wie Steine in einen unbewegten See. »Laß sie bei den Menschen aufwachsen, die sich um sie gekümmert haben, seit sie ein Baby war. Bei den Menschen, die sie lieben.«

Abrupt stand er auf und zog sich in die Dunkelheit zurück. »Du solltest dich lieber beeilen«, sagte er. »Gertie fragt sich bestimmt schon, wo du steckst.«

»Kommst du nicht mit?« fragte sie.

»Ich räume erst noch hier auf.«

Sie konnte ihn schwach auf der anderen Seite des Raums erkennen, wo er mit Schalen und Flaschen hantierte. »Gut, dann treffen wir uns unten.«

»Hmm.« Er wandte ihr den Rücken zu, so daß sie sein Gesicht nicht sehen konnte. »Hope ...«

»Ja?«

»Falls ... falls ich es geschafft hätte, Ella bei mir zu behalten ...«

Sie blieb im Türrahmen stehen, wartete.

»Dann hätte ich mir gewünscht, daß sie genauso wird wie du.«

»Weißt du eigentlich ...«, sagte sie.

»Was?«

»Weißt du eigentlich, wie unglaublich gut du bist?«

Axel stand einen Moment da und lauschte ihren Schritten auf

der Steintreppe. Dann legte er die Leica vorsichtig auf den Tisch, ließ sich in den Sessel plumpsen und überlegte, was er tun sollte.

Als der Leichenwagen um zwei Minuten nach zwölf neben dem Brunnen anhielt, wartete Michael bereits in der Halle. Während er Albert Tindall und dessen Sohn die große Treppe hinaufführte, fragte er sich kurz, wo Gertie abgeblieben war, machte sich jedoch nicht die Mühe, sie zu suchen. Sie würde kommen, wenn sie bereit war, oder auch nicht, das war ihre Entscheidung, und ein Teil von ihm, der selbstsüchtige Teil, war froh, daß er derjenige war, der den alten Mann verabschiedete. Als sie das Zimmer betraten, setzte er eine gefaßte Miene auf, entschlossen, nicht zu weinen – Wilf hatte Gefühlsduselei immer verabscheut, und selbst bei einer solchen Gelegenheit hätte er Geheule nicht geduldet.

Gemeinsam manövrierten sie ihn aus dem Bett. Bert Tindall, der in solchen Dingen Erfahrung hatte, schien den Geruch nicht zu bemerken, aber der alte Mann war erstaunlich schwer, und sie hatten Mühe, ihn hochzuheben, vor allem, als noch das Gewicht des Eichensargs dazukam (»Ich will das Beste«, hatte Michael erklärt, »egal, was es kostet, ich bezahle ...«). Daher war Michael, der unter der Last fast in die Knie ging, erleichtert, als Hope und kurz darauf auch Axel im Flur auftauchten, und es rührte ihn, daß Axel, der seit dem Tod seines Großvaters wenig Gefühle gezeigt hatte, jetzt mühsam gegen die Tränen kämpfte.

Mit Axels Hilfe ging es leichter, und sie schafften es ohne Zwischenfall bis zur Treppe. Langsam gingen sie die Stufen zur Halle hinunter, Hope im Gefolge, und Michael wollte sich gerade zu dem würdigen Rahmen gratulieren, den sie Wilfreds letzter Reise verliehen, als es begann.

»Die Noten, die du Gertie gegeben hast«, flüsterte Hope Axel zu, »was war das?«

»Auf dem Umschlag stand ›Piano Rags‹«, flüsterte Axel zurück. »Warum fragst du?«

»Weißt du, was ein Rag ist?«

Auf dem Treppenabsatz hielten sie inne, stellten den Sarg ab und lockerten ihre schmerzenden Finger.

»Axel«, sagte Michael, »hörst du auch, was ich höre?«

»Nein«, log Axel aalglatt, »ich höre gar nichts.«

Mr. Tindall wischte sich mit einem großen schwarzen Taschentuch über die Stirn. »Aber ich. Klingt wie –«

»– der *Pineapple Rag*«, ergänzte Hope. »Scott Joplin.«

»Was?«

»Der *Pineapple* –«

Als sie erneut die Griffe umfaßten, wurde die Musik lauter; Gertie hatte wieder das Fortepedal gefunden.

Alf Tindall kicherte hörbar.

»Fertig?« fragte Michael mit gerunzelter Stirn.

»Fertig«, erwiderte Bert und warf seinem Sohn einen warnenden Blick zu. »Eins, zwei, drei, *hoch*!«

Jetzt kam Gertie richtig in Schwung, und der Rhythmus war ansteckend. Das Tempo legte zu, und sie ertappten sich dabei, wie sie unwillkürlich dem synkopierten Takt folgten, während sie die Stufen hinuntergingen.

In der Halle angekommen, strebten sie auf die Haustür zu. »Ihr *wippt*!« bemerkte Hope vorwurfsvoll von hinten.

Wieder stieß Alf Tindall ein unpassendes Glucksen aus, und diesmal konnte auch sein Vater sich ein Grinsen nicht verkneifen.

»Was um alles in der Welt spielt Gertie da?« Michaels Stimme klang gequält.

»Hab ich doch gesagt, das ist der *Pineapple Rag* – Mamma hat ihn früher oft für die Gäste im Caffè Conti gespielt.«

Axel blickte über die Schulter und sah, daß Hope tatsächlich tanzte. Er mußte sich auf die Lippen beißen, um nicht laut loszulachen.

Als sie zur Tür kamen, verstummte die Musik, sie besannen sich wieder auf den traurigen Anlaß und verlangsamten ihren Schritt, doch als sie in der Einfahrt anhielten, erklang sie erneut, und sie schoben den Sarg zu den munteren Klängen von *The Entertainer* in den Wagen.

Mr. Tindall nahm seine Melone vom Fahrersitz. »So«, sagte er. »Dann bis morgen, Michael.« Er setzte den Hut auf seinen Kopf und nickte. »Es war eine ... *ungewöhnliche* ... Abholung, wenn ich so sagen darf. Auf Wiedersehen, Mr. ...?«

»Perl«, sagte Axel. Er zögerte. »Alex Perl. Ich bin Mr. Seddons Enkel.« Michael schien erfreut, daß er den Namen genannt hatte, mit dem sein Großvater ihn immer angeredet hatte, und die Musik hatte seine Stimmung gehoben. Auf einmal war er stolz, nicht nur darauf, wer er war, sondern auch darauf, daß er für seinen Großvater bis zum Schluß sein Bestes gegeben hatte, daß er trotz der Provokation, trotz der Versuchung das Richtige getan hatte – und, noch wichtiger, auch das Richtige tun würde, was Ella betraf.

»Miss ...?«

»McAndrew«, sagte Axel, bevor Hope den Mund aufmachen konnte, »Miss Hope McAndrew«, und er strahlte sie an, mit einem breiten, übermütigen, vollkommen unpassenden Grinsen.

»Michael?« sagte Hope, als der Leichenwagen langsam um den Brunnen herumfuhr und auf die Lindenallee einbog. »Ist alles in Ordnung?«

»Was?« Michael zuckte sichtlich zusammen.

»Sie haben ihm alle Ehre erwiesen«, sagte sie, doch er schüttelte den Kopf, beschämt von dem Bild, das ihm beim Klang der Musik in den Sinn gekommen war, während er sich doch eigentlich auf Wilfreds feierlichen Abschied vom Haus seiner Vorfahren konzentrieren sollte.

Deine Mutter, hätte er um ein Haar gesagt, ich habe mir vorgestellt, wie deine Mutter dieses alberne, frivole Lied spielt, und habe mir gewünscht, ihr dabei zuzusehen.

Als der Leichenwagen hinter den Bäumen verschwand, tauchte Gertrude hinter ihnen im Eingang auf.

»Ist Musik nicht etwas *Erstaunliches*? Ach herrje, habe ich sie etwa verpaßt ...?«

Auch am nächsten Morgen war sie noch in einer merkwürdigen Stimmung. »Oh nein, Liebes«, widersprach sie, als Hope ihr die

Kleider zeigte, die sie für die Beerdigung herausgesucht hatte. »Die ziehe ich auf keinen Fall an!«

Sie standen in der Kostümkiste, umgeben von einem bunten Durcheinander aus Schultertüchern und Jacken, Gehröcken, Umhängen, Kapuzenmänteln, Fuchspelzen und Reitmänteln und sahen hinunter auf einen kleinen, unansehnlichen Haufen einfacher, altmodischer Wollmäntel.

»Aber Gertie, es ist kalt draußen«, mahnte Axel. Du mußt irgendwas überziehen.«

»Außerdem«, setzte Hope nach, »habe ich so ziemlich alle Schränke hier im Zimmer durchsucht, und das sind die einzigen schwarzen Sachen, die ich finden konnte.«

Gerties Miene war störrisch. »Der Umhang. Ich nehme den Umhang.«

»Welchen Umhang?«

»Den mit dem Lammfellkragen.«

»Aber der ist rot!« protestierte Axel.

Die Logik der alten Dame war unanfechtbar. »Oh, deshalb brauchst du dir keine Sorgen zu machen, denn unterschiedliche Länder haben unterschiedliche Sitten – in China zum Beispiel ist die offizielle Trauerfarbe Weiß, soweit ich mich entsinne, also gibt es bestimmt auch irgendein Land, wo es Rot ist. Außerdem ist es gar nicht Rot, sondern Magenta.«

Axel wühlte in den Truhen und schleuderte Kleider in alle Richtungen. »Meinst du den hier?« Er hielt einen langen Umhang aus Moiré mit einem Besatz aus schwarzem Karakulfell hoch.

»Genau«, sagte Gertie zufrieden. »Seht ihr, er hat sogar ein bißchen Schwarz!«

Hope musterte die alte Dame skeptisch. Immerhin hatte sie sie dazu gebracht, ausnahmsweise auf ihre Hosen zu verzichten – es war sicher nicht klug, den Vikar vor den Kopf zu stoßen – und statt dessen ein nachtblaues Cheongsam mit mauvefarbenen Paspeln anzuziehen. »Was ist mit Hüten?« sagte sie. »Sollten Gertie und ich nicht einen Hut aufsetzen, Axel?«

»Woher soll ich das wissen?«

Zum erstenmal in seinem Leben trug Axel einen Anzug; etwas zu kurz im Bein, da Michael seine Größe schätzen mußte, als er beim Herrenausstatter in Market Needing war, und an der linken Tasche etwas ausgebeult, aber gepflegt genug für den Anlaß, solange er die verschlissenen Manschetten und vor allem seine angeknabberten Finger versteckt hielt. Hope mußte sich mit dem Trägerrock ihrer alten Schuluniform begnügen, dazu ein leicht mottenzerfressener dunkelblauer Pullover und Lilas bester grauer Wintermantel.

Axel sah auf die Uhr. »Wir haben keine Zeit mehr. Der Wagen wird jeden Moment hiersein.«

»Aber, aber, mein Lieber«, sagte Gertie, warf sich den magentafarbenen Umhang über die Schultern und schritt zu der Truhe unterhalb des Fensters. »Bitte *hetz* mich nicht.« Sie klappte den Deckel auf und spähte hinein. »Normalerweise trage ich ja keine Hüte, aber unter diesen Umständen ... Hm, mal sehen ...«

Eine Kopfbedeckung folgte der anderen: eine gerüschte Badekappe, eine leuchtendgelbe Regenhaube, eine Tweedkappe – »nein, nein, *nein*!« –, eine karierte Schottenmütze. Ein grüner Filzhut mit kecker Fasanenfeder kam in die engere Auswahl, wurde dann jedoch wieder verworfen, gefolgt von einem riesigen Blumengebilde, einer Kreissäge und einer Rüschenhaube. Eine scharlachrote Toque wurde widerstrebend aussortiert, eine bestickte Cloche mit dem Kommentar »vielleicht« beiseite gelegt. Ein breitkrempiger (völlig verbogener) Strohhut, eine Schute und ein mexikanischer Sombrero wurden mit dem Ausruf »Um Gottes willen!« in die Ecke geschleudert, und Hope wünschte sich bereits, sie hätte den Mund gehalten, als die alte Dame ein erfreutes »*Aha*!« ausstieß und mit der Geste eines Zauberers einen violetten Turban mit einer schwarzen Straußenfeder präsentierte, die an der Vorderseite mit einer riesigen Edelsteinbrosche befestigt war. »Wunderbar!« verkündete sie, ließ ihn auf ihrer Hand kreisen und wischte die Spinnweben ab. »Der Granat ist natürlich nicht echt, aber dafür paßt das Violett *exakt* zum Futter des Umhangs!«

Axel bemühte sich, nicht zu lachen. »Bist du jetzt so weit?«

»Ja, mein Lieber«, sagte Gertie. »Nein, warte! Ich kann doch nicht in meinen Pantoffeln gehen.«

»Was für Schuhe möchten Sie denn?« fragte Hope und marschierte in dem vergeblichen Bemühen, die alte Dame zur Eile anzutreiben, schnurstracks auf den Schuhschrank zu. »Denken Sie daran, die letzten zwei Tage hat es ununterbrochen geregnet, da dürfte der Boden ziemlich aufgeweicht sein.«

»Vielleicht etwas Warmes?« Gertie dachte nach, die Stirn vor lauter Konzentration kraus gezogen. »Oh nein, Liebes, da drin wirst du nichts finden – ich glaube, im Wäscheschrank müßten welche sein ... oder waren sie unten in der Kommode?«

Hope übernahm den Wäscheschrank, während Axel auf die Kommode zusteuerte. »Wie wär's damit?« fragte er und hielt einen Stiefel mit Schaffellfutter hoch.

»Oh nein, nicht zu dem Karakulkragen.«

Hope zog ein Paar solide graue Schnürschuhe heraus. »Und die hier?«

»Langweilig.«

»Gertie«, stöhnte Axel, »Beerdigungen *sind* normalerweise langweilig.« Er sah zu Hope und zog eine Grimasse. »Was ist mit denen?« fragte er, ein Paar schlichte, schwarze Pumps mit kleinem Absatz in der Hand.

»Die haben Löcher in der Sohle«, sagte Hope. »Das sehe ich von hier. Aber die hier sind hübsch.« Sie hielt sie hoch, elegante viktorianische Knöpfstiefel.

»Ich dachte, ihr hättet es eilig?« bemerkte Gertie, plötzlich ganz pragmatisch. »Das ist so ein *schreckliches* Gefummel, und ich habe nicht die leiseste Ahnung, wo mein Knopfhaken geblieben ist. Außerdem sind sie viel zu empfindlich.«

»Gertie –«

»Ja, mein Lieber?«

»Wir müssen jetzt wirklich los.«

»Nun«, erwiderte die alte Dame energisch, »dann solltet ihr besser mit dem Geplauder aufhören und mir ein Paar passende Schuhe raussuchen.«

Erneut kramten sie in den dunklen Nischen. Sie boten ihr Galoschen an, Lackpumps, Reitstiefel und sogar ein Paar Clogs, die mit bunten Windmühlen bemalt waren. Sie präsentierten ihr runde Schuhe und spitze Schuhe, Schuhe in jeder Farbe, jedem Material und mit jeder nur erdenklichen Art von Absatz. »Nein«, sträubte Gertrude sich. »Nein ... nein ... nein, nein, *nein*, auf gar keinen Fall!«

Dann, gerade als Axel anfing zu verzweifeln, verkündete sie plötzlich: »Die hier – die purpurroten Riemchenpumps – *das* ist doch eine gute Trauerfarbe, oder?« Und damit konnten sie sich (nach einem letzten kurzen Zögern bezüglich eines Paars ziemlich eleganter mauvefarbener Ziegenlederhandschuhe) endlich auf den Weg machen.

»Hier«, murmelte Axel, während sie die Treppe hinuntergingen, »falls du sie brauchst«, und drückte Gertie ein Päckchen Zigaretten in die Hand.

Michael wartete in der Halle auf sie, ohne seine Kappe, ernst und würdevoll in einem gutgeschnittenen Anzug aus feinem, schwarzem Wollstoff, der es fertigbrachte, ihn nicht dick aussehen zu lassen, sondern gut gebaut, und einer schwarzen Krawatte. Er wirkte leicht überrascht, als Gertie auf dem Treppenabsatz auftauchte, sagte jedoch nichts, sondern bot ihr seinen Arm und geleitete sie die Stufen zur Einfahrt hinunter, zum Fond der Limousine, half ihr hinein und nahm neben ihr Platz. Hope und Axel folgten ihnen, und dann machten sie sich auf den kurzen Weg nach Beer Hill – das erste Mal seit fast fünfundzwanzig Jahren, daß Gertrude das Anwesen verließ.

Wilfred wurde neben dem Gedenkstein für seine Söhne beerdigt, in einer Grabstelle, die er bereits vor über dreißig Jahren reserviert hatte. Michael hatte an alles gedacht – die Kirche war mit Blumen geschmückt, und er hatte sogar eine kleine Trauergemeinde zusammengeschart, indem er Kunden und einige bereitwillige Noch-Angestellte um einen Gefallen gebeten hatte. Gertrude verlor nur einmal die Fassung, als sie nach dem Gottesdienst auf dem Weg zum offenen Grab die Namen ihrer Söhne vor sich sah, in kalten Stein gemeißelt.

Die Grabstelle sah gepflegt aus – Michael war am Vortag dort gewesen, um Unkraut und Laub zu beseitigen, und hatte sogar Chrysanthemen gepflanzt, um das Ganze ein wenig aufzuheitern – doch Wind und Wetter hatten im Lauf der Jahre die Oberfläche abgeschmirgelt, und die Inschrift war kaum noch zu lesen. Der Schock des Anblicks ließ Gertrude abrupt innehalten, doch Axel und Hope waren darauf vorbereitet und stützten sie, bis sie sich erholt hatte und weiterging.

Der Rest der Trauergemeinde hatte sich nach getaner Pflicht aufgelöst, und als die Träger den Sarg langsam in die Erde hinabließen, brach die Sonne durch die Wolken. Dann intonierte der Vikar die vertrauten Worte: »Der Mensch, vom Weibe geboren, lebt kurze Zeit und ist voll Unruhe ... Inmitten des Lebens sind wir vom Tode umfangen ... Asche zu Asche, Staub zu Staub ...« Als Michael eine Handvoll Erde auf den Sarg fallen ließ, klammerte Gertrude sich fester an Hope und Axel, doch als der Vikar sich nach der Aussegnung mit Handschlag von Michael verabschiedete und hastig in seine warme Sakristei verschwand, straffte sie die Schultern, hob das Kinn und sagte: »Ihr Lieben, laßt ihr mich bitte ein paar Minuten allein?«

Sie wartete einen Moment und sah ihnen nach, Michael vorneweg, Hope und Axel folgten Hand in Hand, dann wandte sie sich wieder dem Grab zu. Letzte Nacht hatte sie darum gebetet, ihre Söhne hier zu finden, doch ihre Gebeine waren weit weg, in fremdem Boden, und sie konnte ihre Gegenwart nicht spüren, hatte nicht das tröstliche Gefühl, daß sie zu ihr hinuntersahen. Sie hatte zugelassen, daß sie ihr entglitten, und jetzt kam sie nicht mehr an sie heran. Als sie den Blick hinunter in das offene Grab richtete, bemerkte sie aus dem Augenwinkel die Straußenfeder, die von ihrem Turban wippte, und plötzlich packte sie Entschlossenheit. Nachdem sie sich vergewissert hatte, daß niemand sie beobachtete, trat sie bis zum Rand vor, wobei sie gefährlich auf ihren Riemchenpumps schwankte (die eher dazu geeignet waren, einen Charleston zu tanzen, als an einer Beerdigung teilzunehmen), und sagte laut: »Sieh mich an, Wilfred!« Sie schüttelte den Kopf, daß die Feder auf ihrem Turban wild zu hüpfen begann. »Kannst du mich *jetzt* sehen?« Dann nahm sie die Zigaretten heraus – es waren Players, wie sie bemerkte, nicht gerade eine ihrer Lieblingssorten –, warf sie auf den Sarg und marschierte davon.

Es war windig hier oben auf dem Hügel. In den Schutz des Friedhofstors gedrückt, sahen die anderen drei sie hinter der Kirche auftauchen, skurril, eigensinnig, exzentrisch mit ihren purpurroten Schuhen, dem violetten Turban mit der grotesken Straußenfeder und ihrem Cheongsam, der fast bis zum Knie geschlitzt war. Plötzlich packte der Wind ihren Umhang und plusterte ihn dramatisch auf, und als sie die Arme ausbreitete, um den Stoff festzuhalten, und den Hügel hinunter auf sie zuging, erinnerte sie Axel an einen großen, unbeholfenen Vogel, der zum ersten Flugversuch ansetzte. Er trat leise einen Schritt zurück, griff in seine Tasche und holte die Kamera heraus.

Als Michael ihr in Seddons aus dem Auto half, blieb sie kurz vor dem Brunnen mit der Bronzestatue stehen, dann machte sie kehrt und ging zum Wagen zurück. »Axel, mein Lieber«, sagte sie, »hast du einen Moment Zeit ...?«

Letzten Endes brauchten sie drei Paar Hände, eine Ölkanne und ein Stemmeisen, um den Absperrhahn zu öffnen. Während Michael sich mit einer Rohrzange am Wasserhahn zu schaffen machte, der ebenfalls völlig zugerostet war, lief Gertie nach draußen, um nachzusehen, was passierte.

»Und, kommt was?« rief Michael.

»Nein, nichts«, rief sie zurück. »Was für eine *Enttäuschung* ... Halt, Moment mal ... Ja! *Ja,* jetzt! Hope, Axel – Michael! Michael! – kommt her, schnell!«

Einer der springenden Fische hustete. Aus dem Krug tröpfelte ein dünner, silbriger Strahl über den bronzenen Rock und glitzerte im plötzlich durchbrechenden Sonnenlicht auf. Gertie streckte in einer auffordernden Geste die Hände zur Seite aus; Hope und Axel traten gehorsam zu ihr, einer rechts, einer links, und zu dritt gingen sie die Steinstufen zur Einfahrt hinunter.

Der Druck wurde stärker. Ein Wasserstrahl schoß drei Meter

in die Höhe. Er stieg und fiel; er plätscherte, sprudelte, gurgelte; er strömte über die Nymphen, wallte durch ihr Haar und ließ ihre Gesichtszüge verschwimmen; er rann an den Falten der Kleider hinunter, vergoldete die Schuppen der Fische und prasselte dann hinunter in das Becken, so daß die grüne Algendecke schäumte und blubberte wie eine stinkende Suppe.

Als Michael schließlich auch nach draußen kam, hatte Gertie Hope und Axel bis dicht an den Rand des Springbrunnens gezogen, und alle drei hielten das Gesicht gen Himmel, ohne sich um die Tropfen zu kümmern, die auf ihre Wangen spritzten und ihre feierliche Kleidung durchnäßten. Sie betrachteten die Regenbogen, die zwischen den Fontänen tanzten, und sie lachten …

Am nächsten Tag entbrannte der Streit zwischen Hope und Lila erneut, und im Lauf der Woche wurde er immer hitziger. Lila klagte: »Aber ich habe die Fahrkarten schon gekauft – wovon sollen wir leben, wenn wir hier bleiben?«, und Hope weigerte sich zu akzeptieren, daß die Rückkehr nach Italien die einzige Chance war, ihren finanziellen Schwierigkeiten zu entgehen – abgesehen davon, auf Knien zu Frank und Dorothy zurückzukriechen, was aber keine von beiden wollte.

Der Herbst war jetzt endgültig da; die Luft war kühl, die Nächte wurden länger, und der Wind brachte immer wieder dunkle, graue Wolken und kräftige Regenschauer.

»Euch ist offenbar gar nicht in den Sinn gekommen«, bemerkte Lila übellaunig, »daß ich Mr. Seddon auch gerne meinen Respekt erwiesen hätte.«

»Aber du kanntest ihn doch überhaupt nicht!« protestierte Hope.

»Du genausowenig«, gab Lila zurück. Sie merkte selbst, daß sie kleinlich und nörgelig klang, aber sie fühlte sich ausgeschlossen. »Michael hat erwähnt, du wärst dem Mann nie begegnet!«

Michael war sehr nett gewesen und hatte sich entschuldigt, daß er ihr Hope noch einmal einen ganzen Tag wegnahm, aber

Hopes hochmütige Bemerkung, Gertrude Seddon habe sie »ausdrücklich gebeten« mitzukommen, hatte Lilas Gefühl der Entfremdung nur noch verstärkt.

»Wie dem auch sei, die Sache ist entschieden, und damit basta. Wenn das Schiff am 30. Oktober ausläuft, werden wir an Bord sein!«

»Wenn du unbedingt zurück nach Italien willst«, entgegnete Hope pampig, »warum fährst du dann nicht allein?«

Lila war schockiert, daß ihre Tochter sich so weit von ihr entfernt hatte, und verletzt, daß sie es vorzog, in Suffolk bei einer Familie zu bleiben, die sie kaum kannte, als mit ihr nach Italien zurückzukehren.

»Weil du noch nicht mal sechzehn bist«, erwiderte sie, entschlossen, nicht wieder zu streiten, »und als deine Mutter ist es meine Aufgabe, vernünftige Entscheidungen für uns beide zu treffen.« Doch später, als sie wieder einmal allein zurückblieb, während Hope zu ihren neuen Freunden im Herrenhaus verschwand, mußte sie sich der unangenehmen Wahrheit stellen: Wenn Hope lieber bei diesen Leuten war als bei ihr, konnte es nur daran liegen, daß sie eine lausige Mutter war …

Gertrude kämpfte gegen ihre Selbstsucht. Sie genoß es so sehr, endlich so lange und so laut spielen zu können, wie sie wollte, daß sie immer weniger Bereitschaft verspürte, dieses gerade erst wiedergewonnene Vergnügen mit einer Fremden zu teilen. Andererseits war ihr bewußt, daß Hope nur dann eine Chance hatte, ihre Mutter zum Bleiben zu bewegen, wenn Lila Kennett sich willkommen fühlte. Außerdem war sie nervös, voller Unsicherheit, was ihre eingerosteten gesellschaftlichen Fähigkeiten betraf (selbst als junge Frau war Konversation nicht gerade ihre Stärke gewesen), und voller Angst, in jedes nur erdenkliche Fettnäpfchen zu treten.

Zwei Wochen nach der Beerdigung, als der September vorüber war und die Blätter sich zu färben begannen, holte Michael Lila zu ihrem ersten Besuch in Seddons ab. Als sie die Halle betraten und Gertie sah, wie unglaublich schön Hopes Mutter war, stammelte sie nur: »Wie nett, daß Sie gekommen sind, Mrs. Kennett« und verfiel in befangenes Schweigen.

»Du wirst begeistert von Gertie sein«, hatte Hope Lila vorgeschwärmt, doch von dem Moment an, als Gertrude mit ausgestreckter Hand auf sie zutrat, war klar, daß es nicht so einfach sein würde.

Lila war durchaus erpicht darauf, die berühmte Mrs. Seddon kennenzulernen. Während der letzten Wochen war sie sich ihrer selbst von Herzen überdrüssig geworden, und sie hatte sich so sehr auf Michaels Besuche gefreut, daß es ihr beinahe gelungen wäre, sich einzureden, sie sei verliebt in ihn. Sie hatte viel Zeit gehabt, zuviel Zeit, über das nachzudenken, was sie getan hatte, und ihr war klargeworden, wie gefühllos sie Hope gegenüber gewirkt haben mußte. Die Erleichterung darüber, sich von einer unerwünschten Bürde befreit zu haben, war längst von Reue überlagert worden – nicht nur über den bewußt herbeigeführten Tod ihres ungeborenen Kindes, sondern auch darüber, daß sie ihr anderes, lebendes Kind verletzt hatte –, und sie hatte eine Aversion gegen sich selbst entwickelt. Angesichts der Entscheidungen, die sie seit Archies Tod getroffen hatte, mußte sie sich eingestehen, daß sie kein besonders liebenswerter Mensch war, und es fiel ihr zunehmend schwerer, gegen die schwarzen Wolken der Depression anzukämpfen, die sie erneut zu überwältigen drohten.

Sie hatte sich für den Besuch sorgfältig zurechtgemacht und unter ihrem grauen Wintermantel das gelbe Kleid angezogen, das Mamma Conti vor dem Krieg für sie umgeändert hatte (und das ihr seit ihrer »Krankheit« wieder paßte), doch beim Anblick von Mrs. Seddons Aufmachung – eine scharlachrote, mit goldenen Tressen besetzte Jacke, ein flaschengrüner Reitrock und weiche, lederne Halbstiefel mit gelben Schlaufen – kam sie sich schäbig und spießig vor. Eingeschüchtert von der imposanten Größe und dem aristokratischen Auftreten der alten Dame und voller Angst, Gertrude Seddon und ihr eigenartiger Enkel könnten den Kampf um Hopes Zuneigung gewinnen, interpretierte sie die Schüchternheit ihrer Gastgeberin als Hochmut (was sie natürlich sofort an Virginia Kennett erinnerte) und sagte sich, falls diese verarmte *grande dame* erwartete, daß sie vor ihr in die Knie ging, hatte sie sich gründlich geschnitten. Trotzig schob sie das Kinn vor und beschloß, sich nicht die Butter vom Brot nehmen zu lassen.

Selbstverständlich war sie nicht unhöflich, im Gegenteil, als sie durch den Haupteingang geführt wurde (»Seit ich ein kleiner Bengel war, ist hier kein Besucher mehr durchgegangen«, flüsterte Michael zu ihrer Beunruhigung, als sie an ihm vorüberging), bemerkte sie: »Was für ein wundervoller Brunnen, Mrs. Seddon – herrlich beruhigend, dieses Plätschern, finden Sie nicht auch?«, lobte die prächtige Eichentreppe, die von der Halle nach oben führte, und nickte huldvoll, als sie eingeladen wurde, den Tee im Roten Zimmer »einzunehmen« (ein Ausdruck, der sie fatal an Medizin erinnerte).

Hope und Axel wurden in die Küche geschickt, um den Kuchen und die Sandwiches zu holen, und als Michael ihr erneut seinen Arm bot, hakte sie sich erleichtert bei ihm ein, doch sie merkte an seiner Miene, daß sie sich in ihrer Dankbarkeit allzu familiär gebärdete, und auf Gertrudes Gesicht meinte sie den gleichen Ausdruck zu erkennen, den sie bei Virginia Kennett gesehen hatte, als Edward sie am Tag nach der Hochzeit seinen Eltern vorstellte. *Ich weiß, was du vorhast,* besagte er, *du bist nur scharf auf das Geld.*

»Was ist denn mit deiner Mum los?« fragte Axel, als sie nach unten in die Küche gingen. »Wieso klammert sie sich so an Michael?«

»Sie ist nervös.« Hope kicherte. »Und Gertie? Wieso redet sie plötzlich so gestelzt?«

Axel grinste. »Gertie ist noch tausendmal nervöser als deine Mum. Sie hat für das Essen die Lebensmittelmarken einer ganzen Woche hingelegt, und obendrein wünscht sie sich, sie hätte nie von der Sache mit dem Flügel angefangen.«

»Ach, das klappt schon«, Hope gab sich optimistischer, als sie tatsächlich war. »Wenn sie sich erst mal aneinander gewöhnt haben, verstehen sie sich bestimmt, schließlich haben sie jede Menge Gemeinsamkeiten.«

Das Rote Zimmer brachte Lilas nervösen Wortschwall abrupt zum Versiegen. Sie war so überwältigt von der verfallenen Opulenz, der gewaltigen Größe und der unglaublichen Verwahrlosung, daß es ihr schlichtweg die Sprache verschlug. Als sie aufgefordert wurde, »Platz zu nehmen«, strich sie, ohne nachzudenken, zuerst die Katzenhaare vom Sofa, und spürte nur anhand der plötzlichen Kälte im Raum, daß sie noch weiter im Ansehen der alten Dame gesunken war.

Auf der verzweifelten Suche nach einem Gesprächsthema, um das quälende Schweigen zu brechen, entdeckte sie eine dicke, gescheckte Katze, die auf einem abgewetzten Puff lag und döste, und sagte betont munter: »Oh, was für eine niedliche Katze!«, woraufhin Gertrudes ohnehin kühles Verhalten noch eisiger wurde und Hope und dieser merkwürdig aussehende Junge, die gerade Unmengen von Essen und feinstes Geschirr auf dem Tisch verteilten – gesplissen und abgestoßen und einiges davon noch nicht einmal *sauber* –, einander ansahen und eine Grimasse zogen, als wollten sie sagen: Wie kann sie nur eine so unglaublich taktlose Bemerkung machen? Als Michael nach dem Genuß von drei Sandwiches, zwei gebutterten Scones und einem großen Stück Kuchen wohlig seufzte: »Ach, ist das nicht nett?«, verschluckte sie sich beinahe an ihrem Tee.

Schließlich führte Gertrude Seddon sie mit kaum verhohlenem Widerstreben zum Musikzimmer, und während sie im Flur durch die Pfützen stapften und den Regentropfen auswichen, die von den Dachfenstern heruntertropften, wünschte Lila von ganzem Herzen, sie wäre zu Hause geblieben.

Letztlich brachte der Flügel die Rettung. Seit ihrer kurzen Zeit an der Royal Academy hatte Lila kein so prachtvolles Instrument mehr gesehen, und die Art, wie Gertrude Seddon strahlte, als sie ihrer Bewunderung Ausdruck gab, zeigte ihr, daß sie es endlich geschafft hatte, das Richtige zu sagen. Obendrein war das Stück auf dem Notenständer von Strauß – ein Komponist, den sie gut kannte, und der hervorragend dazu geeignet war, die Atmosphäre aufzulockern –, und als ihre Finger über die Tasten glitten, spürte sie, wie die Trübsal der vergangenen Tage endlich nachließ.

Michael brachte das restliche Eis zwischen den beiden Frauen zum Schmelzen, indem er sich formvollendet vor Gertie verneigte und sie dann zu den Klängen der *Pizzicato Polka* durch den Raum wirbelte. Als Hope sich Axel schnappte und ihrem Beispiel folgte, verlor Lila beinahe den Faden, so sehr erinnerte sie der Anblick daran, wie ihre Tochter als kleines Mädchen in den Armen von Agostino Conti durch das Restaurant getanzt war.

Nach einigen Minuten schwungvollen Tanzens war Gertie so außer Atem, daß sie eine Pause brauchte.

»Jetzt sind Sie dran, meine Liebe«, sagte sie zu Lila, nahm ihren Platz am Flügel ein und spielte in halsbrecherischem Tempo die *Tritsch-Tratsch-Polka*, gefolgt von der *Champagner-Polka*, *Auf der Jagd* und *Unter Donner und Blitz*, bis Michael, knallrot im Gesicht von der ungewohnten Anstrengung, um Gnade flehte.

Für einen Mann mit seinem Gewicht war er erstaunlich leichtfüßig, dachte Lila, als er sich japsend den Schweiß von der Stirn tupfte. Und was für ein Luxus, von den Armen eines Mannes umfaßt zu werden und sich entspannt darin zu wiegen. Als er ihr für den Tanz dankte, knickste sie scherzhaft, und sie sah zu ihrer Freude, daß seine Wangen sich noch tiefer röteten.

Nach ein paar Runden brach Axel ab, um statt dessen nach seiner Kamera zu greifen, doch Gertie hätte den ganzen Nachmittag weitergespielt, wenn es nach ihr gegangen wäre, und als sie durch den nassen Flur zurückgingen, hörte Lila, wie die alte Dame Michael deutlich hörbar zuflüsterte: »Na, das hat doch recht gut geklappt, oder?«

Michael bot ihr an, sie bis zum Pförtnerhaus mitzunehmen, und da Hope ohnehin mit Axel verschwunden war, um das Geschirr abzuspülen, stimmte sie sofort zu. Sie hatte heute eine weitere Seite von ihm entdeckt, und es war eine, die ihr ausgesprochen gut gefiel.

»Möchten Sie nicht noch mit reinkommen?« sagte sie, als er den Lieferwagen vor dem Haus anhielt. »Ich habe noch eine Flasche Whisky von –«

»Edward?« beendete er den Satz für sie. »Ich weiß nicht ...«

»Was ist?« Schalk blitzte in ihren Augen. »Haben Sie Angst, Ihren Ruf zu ruinieren?«

Er lachte, ein tiefes, herzliches Lachen. »Nein – unter uns gesagt, gibt es da kaum noch etwas zu ruinieren.«

»Na, dann ...«

»Warum eigentlich nicht?«

Während sie vor ihm her zur Haustür ging, ertappte sie sich dabei, daß sie sich in den Hüften wiegte, und als sie einen Blick über die Schulter warf, sah sie, daß er auf ihren Hintern starrte. Flirtete sie etwa mit ihm? fragte sie sich, erstaunt über ihre eigene Kühnheit.

Der Whisky lockerte ihm die Zunge, und er erwies sich als überaus unterhaltsamer Gefährte, der sie mit Geschichten über die charmanten Verschrobenheiten der Seddons amüsierte, bis sie die heitere Stimmung zerstörte, indem sie auf Hope und ihre geplante Rückkehr nach Italien zu sprechen kam. »Vielleicht könnten Sie mal mit ihr reden?« sagte sie. »Ich komme bei ihr nicht weiter, aber auf Sie scheint sie zu hören.«

Nachdenklich schwenkte Michael seinen Whisky im Glas. »Meinen Sie nicht, daß Sie das Ganze ein wenig überstürzen?« gab er zu bedenken. »Warum wollen Sie so bald wieder zurück?«

»Bald?« Lila sah ihn überrascht an. »Wir sind schon sieben Jahre in England. Und bis ich Dummkopf Edward geheiratet habe, hatten wir immer vor, wieder zurückzugehen. Das war Hopes größter Wunsch.«

»Ich meine, so bald nach dem Krieg«, erklärte Michael. »Italien war auf der anderen Seite, vergessen Sie das nicht. Haben Sie denn schon Pläne, was Sie machen wollen, wenn Sie dort sind?«

»Natürlich«, erwiderte Lila indigniert. »So dumm bin ich nun auch wieder nicht. Wir haben Freunde dort. Ich habe ihnen bereits geschrieben.« Sie bemerkte, daß er sie musterte. »Sie halten mich für egoistisch, nicht wahr?«

»Egoistisch?« Er wirkte verwirrt. »Nein, absolut nicht – mir leuchtet durchaus ein, daß es ein naheliegender Entschluß ist. Aber vielleicht ein wenig übereilt. Warum wollen Sie unbedingt so schnell von hier weg?«

»Weil ich endlich einmal das Richtige für Hope tun wollte.« Zu ihrer unendlichen Scham stiegen ihr die Tränen in die Augen. »Und jetzt, wo ich fast jeden Penny, den ich besitze, für die Überfahrt ausgegeben habe, will sie nicht nach Italien. Dabei war ich so sicher, daß sie sich das wünschte ...«

»Und weiter?«

Er war so ruhig, so unerschütterlich. Oder lag es nur daran, daß er vollkommen anders war als Edward? Wie auch immer, als er sie sanft aufforderte: »Sagen Sie mir, was Sie bedrückt«, schüttete sie ihm ihr Herz aus. Sie erzählte ihm (fast) alles; wie nah sie und Hope einander in Italien gekommen waren, trotz ihrer Unzulänglichkeiten als Mutter; wie egoistisch sie gewesen war, als sie ihre Tochter wegen ihrer romantischen Verblendung nach England zurückgeschleift hatte, und wie sehr Hope darunter gelitten hatte. Sie erzählte ihm, was für ein schrecklicher Fehler es gewesen war, sich in diese vermeintliche Liebe zu Edward zu stürzen, »nur weil er mich ein wenig an Archie erinnerte«, und wie schnell sie ihre überstürzte Heirat bereut hatte. »Also habe ich mir gedacht«, schloß sie, »die beste Art, es wiedergutzumachen wäre, sie dorthin zurückzubringen, wo sie so glücklich gewesen ist. Aber offenbar habe ich damit nur erreicht, daß sie mich haßt.«

»Und was machen Sie, wenn Sie in Italien sind?« fragte er. »Ich meine, wenn Sie kein Geld mehr haben, wovon wollen Sie leben?«

Sie griff nach der Whiskyflasche und schenkte sich nach. »Ich werde natürlich arbeiten. Erst einmal für die Contis, aber später, wenn alles nach Plan läuft – Archie hatte nämlich ein Haus in London. Jetzt ist es nur noch eine Ruine, im Krieg ausgebombt, aber damals hätte es die Farm gerettet, wenn wir nur davon gewußt hätten. Aber so hat die Bank nach Archies Tod die Zwangsvollstreckung eingeleitet, und ich habe alles verloren, nicht nur meinen Mann, sondern auch alles, was er aufgebaut hatte.« Der Alkohol stieg ihr zu Kopf, und ihr wurde ein wenig schwindlig. »Also dachte ich mir, wenn ich genug dafür bekomme, um ein eigenes kleines Restaurant zu kaufen, könnte ich uns beiden eine Zukunft aufbauen und ihr endlich das geben, was ihr zusteht.«

Der Whisky brannte in ihrer Kehle, und sie mußte husten. »Aber gerade jetzt, wo ich endlich begriffen habe, wie sehr ich sie brauche, wie sehr ich sie liebe, rächen sich meine Sünden. Sie will nicht mit mir kommen, und ich kann es ihr nicht einmal verübeln.«

»Dann gehen Sie nicht.«

»Aber was soll ich denn tun?« Sie starrte auf ihre Hände. »Ich kann die Fahrkarten doch nicht einfach zerreißen!«

»Verzeihen Sie, aber wenn sie nicht nach Italien will, und Sie zwingen sie dazu, riskieren Sie dann nicht, daß sie Sie für den Rest ihres Lebens haßt?« Er schenkte sich noch einen Whisky nach. »Mein Vater –«

»Ja?«

»Ach, ich will Sie nicht mit meinen Problemen belasten.«

»Nur zu«, sagte Lila. »Erzählen Sie.«

»Mein Vater war sehr herrisch«, begann er. »Er war groß und kräftig, und ich kann mich nicht entsinnen, daß es je eine Zeit gegeben hat, in der ich keine Angst vor ihm hatte. Als ich achtzehn war, bot man mir einen Studienplatz an der Slade School an.«

»Die Kunsthochschule?«

»Ja. Mich hinter seinem Rücken zu bewerben war das Schwerste, was ich je getan habe, aber ich war so verrückt zu glauben, wenn ich erst einmal angenommen wäre, würde er sogar stolz auf mich sein. Gertie glaubt, er hätte mir verboten, das Studium anzufangen, aber er war viel cleverer – natürlich könnte ich hingehen, sagte er, ich sei schließlich alt genug, selbst zu entscheiden, was ich aus meinem Leben machen wollte.«

»Warum haben Sie es dann nicht getan?«

»Weil ich zu feige war.« Er zuckte die Achseln. »Natürlich könnte ich hingehen, meinte er, nur wäre ich von dem Moment an, wo ich den Fuß aus der Tür setzte, nicht länger sein Sohn.«

»Aber das ist Erpressung!« rief Lila empört aus.

Michael trank einen Schluck von seinem Drink. »Die Entscheidung läge bei mir, sagte er – ich könnte so weitermachen wie bisher, für ihn arbeiten, das Geschäft erlernen und eines Tages alles von ihm erben. Oder ich könnte weggehen und mein Studium an der Slade School aufnehmen, und dann würde er dafür sorgen, daß ich nie wieder hierher zurückkönnte – wobei mich außer Wilf und Gertie auch nichts gelockt hätte – und keinen Penny von seinem Geld bekäme. Ich war achtzehn Jahre alt und, wie ich zu meiner Schande gestehen muß, alles andere als mutig. Die Vorstellung, mein Zuhause für immer zu verlassen, meine Sachen zu packen und nach London zu gehen, ohne Geld und ohne Bleibe, hat mir eine Riesenangst gemacht. Also habe ich klein beigegeben. Ich habe mir eingeredet, Wilf und Gertie kämen ohne mich nicht zurecht – Sie können sich gar nicht vorstellen, wie gut die beiden zu mir waren, als ich das erste Mal nach Seddons kam –«

»Ich vermute, Sie waren auch gut zu ihnen«, warf Lila ein.

»– aber in Wirklichkeit war es nur ein Vorwand, um mich nicht ganz so mies zu fühlen. Und seitdem habe ich mich immer wieder gefragt: Was, wenn ich gegangen wäre? Wenn ich auf der Straße geschlafen und um Essen gebettelt hätte, wenn ich gespart und geknapst und gehungert hätte, um das zu tun, was ich wirklich wollte?« Unvermittelt beugte er sich vor und legte seine große Hand auf Lilas. Die unerwartete Berührung ließ sie zusammenzucken. »Hope hat sich bereits mit Haut und Haaren in Seddons verliebt, ganz zu schweigen von dem jungen Axel –«

»Was?«

Er lachte, amüsiert über ihre Überraschung. »Haben Sie das noch nicht bemerkt?«

»Aber sie ist doch noch nicht mal sechzehn!«

»Na und?« Die Hand wanderte wieder auf seinen kahlen Schädel, wo sie hin und her rieb. »In dem Alter ist es natürlich nur eine harmlose Schwärmerei, aber die beiden nehmen es sehr ernst.«

»Das habe ich damals auch getan«, seufzte Lila, in Erinnerungen versunken. »Ich war siebzehn, als ich mit Archie weggelaufen bin.«

»Na, da sehen Sie's. Wollen Sie wirklich die Verantwortung für den Tod einer jungen Liebe auf sich laden?«

Er stand auf; wie ein Riese in einem Puppenhaus, dachte Lila, die ihn gerne noch dabehalten hätte, sich aber nicht traute, es zu sagen.

»Ich mache mich wohl besser auf den Weg, solange ich noch stehen kann. Denken Sie einfach noch mal drüber nach, mehr wollte ich damit nicht sagen.«

Sie schüttelte den Kopf. »Würde ich ja, wenn ich es mir leisten könnte. Aber ich weiß einfach nicht, wie ich das anstellen soll, jetzt, wo ich all unser Geld ausgegeben habe. Es sei denn ...« Zu spät bemerkte sie, daß es klang, als ob sie bettelte.

Er sah sie fragend an; offenbar war ihm derselbe Gedanke gekommen.

»Ich werde gleich morgen bei Topper & Batt anrufen«, sagte sie hastig, »und nachfragen, ob sie schon einen Interessenten für das Haus am Harald Square gefunden haben.«

»Gute Idee«, erwiderte er. »Aber jetzt muß ich wirklich los – ich soll heute mein neues Auto abholen, obwohl ich keine Ahnung habe, wie ich ohne Benzin damit nach Hause kommen soll.«

Sie folgte ihm hinaus in den Flur.

»Michael?«

»Ja?«

Der Whisky machte sie mutig. »Danke, Doktor Allott«, dabei stellte sie sich auf die Zehenspitzen und gab ihm einen Kuß auf die Wange.

»War mir ein Vergnügen, Mrs. McAndrew«, er beugte sich zu ihr hinunter und küßte sie auf den Mund.

Nachdem er gegangen war, stand sie noch lange da, die Finger auf die Lippen gepreßt, und ließ den Augenblick Revue passieren. Wenn ihr noch vor einem Monat jemand prophezeit hätte, daß sie es tatsächlich genießen würde, sich von einem so häßlichen Mann wie Michael Allott küssen zu lassen, hätte sie schallend gelacht. Aber er war so zärtlich nach Edwards brutalen Attacken, so weich und kuschelig im Vergleich zu Edwards hagerem, muskulösem Körper. Er erinnerte sie an niemanden, und obwohl ihre Arme nicht mal halb um seine Mitte reichten und er so groß war, daß sie sich fast den Hals verrenkte, hätte sie sich durchaus daran gewöhnen können, dachte sie melancholisch – wenn sie nur nicht wieder alles falsch gemacht hätte …

Nach dem Kuß hatte er seine Lippen an ihr Ohr gelegt und ihr kitzelnd zugeflüstert: »Und falls du dich tatsächlich dazu entschließen solltest zu bleiben, wäre Hope nicht die einzige, die sich darüber freuen würde …«

Als Hope um kurz nach sieben im Wohnzimmer auftauchte, erwartete Lila sie bereits.

»Hallo, Liebes«, begrüßte sie sie. »Ich dachte, du hast sicher Hunger, deshalb habe ich mit dem Abendessen gewartet.«

»Das wäre nicht nötig gewesen«, erwiderte Hope mit einem mißtrauischen Blick. »Ich habe schon gegessen, vielen Dank.«

»Oh. Na ja, wenn das so ist –«

»Mamma, wenn du wieder wegen Italien anfangen willst, können wir das bitte auf morgen verschieben?«

»Nein.« Lila stand auf und sah ihr über das durchgesessene Sofa hinweg in die Augen. »Ich würde lieber jetzt darüber reden. Es wird Zeit, daß wir das klären, auf die eine oder andere Weise.«

Hopes Gesicht nahm den trotzigen Ausdruck an, den Lila in letzter Zeit so oft gesehen hatte. »Was meinst du damit: auf die eine oder andere Weise?«

Lila fühlte sich zum erstenmal seit langer Zeit besser, ja, sie genoß die Situation sogar. »Genau das, was ich sage. Du willst hier in Suffolk bleiben, nicht wahr?«

»Ja.«

»Dann laß uns eine Münze werfen. Kopf: wir gehen nach Italien, Zahl: wir bleiben hier. Einverstanden? Es hat doch damals in Casa Vedovi auch funktioniert.«

»Ja, aber beim letztenmal –«

»Lassen wir das letzte Mal beiseite. Das war ein Fehler, und es tut mir leid, daß ich dich da mit hineingezogen habe. Diesmal ist es anders.«

»Und wenn ich gewinne? Versprichst du mir, daß wir dann bleiben?«

»Ich verspreche es«, sagte Lila. »Na? Sollen wir es versuchen?« Sie nahm einen Penny aus ihrer Tasche und balancierte ihn auf ihrem Daumennagel.

Hope schwieg stur.

»Also gut, los geht's.« Sie schnippte den Penny in die Luft, fing ihn auf und bedeckte ihn mit der anderen Hand. »Kopf: wir gehen nach Italien, Zahl: wir bleiben hier.«

Sie hob die Hand, blickte hinunter, dann ging sie mit ausgestrecktem Arm um das Sofa herum.

»Zahl«, sagte sie. »Du hast gewonnen.«

»Was?« Hope sah sie ungläubig an.

Gemeinsam betrachteten sie die Münze. Sie war abgegriffen und die Schrift kaum noch zu lesen, aber das Bild darauf war klar zu erkennen: der alte König, Georg V., mit seinem spitzen Kinnbart.

»Siehst du?« sagte Lila. »Es ist Zahl.« Sie beobachtete ihre Tochter, sah, wie ihr allmählich die Erkenntnis dämmerte, und als sich ein Lächeln auf Hopes Gesicht ausbreitete, überströmte sie eine Welle warmer Mutterliebe.

»Oh, Mamma«, rief Hope aus, »*danke*!« Stürmisch fiel sie Lila um den Hals, dann rannte sie nach draußen, über den Orchideenpfad und Richtung Seddons.

Erst da kam Lila der Gedanke, sich zu fragen, wie lange sie wohl mit dem bißchen Geld auskommen würden, das sie noch besaß.

Michael hatte recht, was Mamma Cecilia betraf. Es seien harte Zeiten in Casa Vedovi, schrieb sie Ende Oktober zurück, die *turisti* kämen erst ganz allmählich zurück, und im Ort gebe es viele, die keine Arbeit hätten; Agostino habe in der Schlacht bei

Anzio einen Arm verloren, und sie hätten kaum genug Gäste im Caffè Conti, um über die Runden zu kommen. *Für la piccola bambina,* riet sie ihr, als wäre Hope noch immer ein kleines Mädchen, *ist es besser, wenn Du bleibst, wo Du bist, cara.*

Motiviert durch die Nachricht von Topper & Batt (die ausnahmsweise einmal schnell gehandelt und umgehend einen Käufer für das Haus am Harald Square gefunden hatten), ein Scheck über zweihundert Pfund sei unterwegs – mehr, als sie sich in ihren kühnsten Träumen ausgemalt hatte –, und fest entschlossen, Hopes Zukunft und ihre eigene diesmal ohne Borgen und Betteln zu sichern, hatte Lila zu dem Zeitpunkt bereits ihre Vorbereitungen getroffen. Nachdem sie zum erstenmal in ihrem Leben vollkommen selbstlos gehandelt und dabei nicht nur für ihre Tochter, sondern, ohne es zu ahnen, auch für sich selbst die richtige Entscheidung getroffen hatte, freute sie sich darauf, im Januar ihre neue Stelle an einer Privatschule anzutreten, wo sie dreimal in der Woche Klavierunterricht geben würde. Die Schuldgefühle wegen ihrer Tat waren immer noch da, ein leiser, aber hartnäckiger Schmerz unter ihren Rippen, und ihr war bewußt, daß es noch einiges bei ihrer Tochter wiedergutzumachen gab. Aber immerhin hatte sie einen Anfang darin gemacht, Hope ihre Zuneigung zu zeigen.

Geld, so entdeckte Michael, öffnete fast jede Tür. Es beschleunigte die Testamentseröffnung und erleichterte den Verkauf von Georges Imperium. Anfang November beschaffte es ihm sogar genügend Benzin vom Schwarzmarkt, um Gertie stilvoll nach Ipswich zu fahren, damit sie die Transaktion einleiten konnte, die sie kurz nach Wilfreds Tod mit Axels Zustimmung beschlossen hatten.

»Na bitte«, sagte er fröhlich, als Lila ihm Cecilias Brief zeigte, »damit bleibt also nur Suffolk. Ich kann dir gar nicht sagen, wie sehr mich das freut!«

Nachdem Axel sich zu dem Entschluß durchgerungen hatte, seine Schwester aufzugeben, ließ er seine Frustration an jedem aus, der ihm über den Weg lief, fauchte Hope, Michael und sogar Gertie an, während er sich bemühte, mit dem Verlust fertig zu werden.

Nur die Leica konnte seinen Schmerz lindern. Befreit von den Zwängen, die die Bettlägerigkeit seines Großvaters ihm auferlegt hatten, wagte er sich häufiger hinaus, fuhr mit dem Bus nach Market Needing, wo mittwochs ein Viehmarkt stattfand, um den Auktionsring, die Viehverschläge und die dichtgedrängte Menge der Bauern zu fotografieren; er erklomm den Beer Hill, um Michaels Lieblingsaussicht über den Fluß und zu dem dahinter liegenden Dorf Nettlebed festzuhalten. Doch als die Bäume ihr Laub verloren hatten und der Winter näher rückte, richtete er seine Linse zunehmend auf Seddons und die Menschen, die er am meisten liebte: Gertie, die auf der Terrasse innehielt, um einem Grünspecht nachzusehen, der sich in die Luft erhob; Hope oben auf dem Dach, mit dem Rücken an den Küchenschornstein gelehnt, das Gesicht in die fahle Nachmittagssonne gewandt; Michael im Roten Zimmer, tief ins Gespräch mit Gertie versunken.

In seinem Kopf setzte sich ein Gedanke fest.

»Ihr Geburtstag«, sagte er zu Hope, als sie oben im Turmzimmer seinen neuesten Stapel Fotos durchgingen. »Ich werde jedes Jahr zu Ellas Geburtstag rüberfahren. Ich sehe nach, ob es ihr gutgeht, ob die Diamonds anständig für sie sorgen, und ich fotografiere sie, damit ich nicht vergesse, wie sie aussieht.«

»Meinst du wirklich, das ist eine gute Idee?« Hope sah ihn zweifelnd an. »Was ist, wenn sie dich erwischen?«

»Keine Sorge, ich passe schon auf.« Je mehr er darüber nachdachte, desto überzeugter war er von seinem Projekt. »Und von jetzt an werde ich ein Tagebuch über Seddons führen – kein geschriebenes, sondern ein fotografisches. Damit ich ihr später, wenn sie alt genug ist, um es zu verstehen, und ich ihr gegenübertrete, zeigen kann, wie ihr Zuhause – ihr *richtiges* Zuhause – aussieht.« Dafür hatte er Ellas einundzwanzigsten Geburtstag auserkoren, den Tag, an dem seine Schwester volljährig wurde. »Ich habe nur getan, was du von mir verlangt hast«, sagte er störrisch, als Hope erneut Bedenken anmeldete. »Nimm mir nicht noch das einzige, worauf ich mich freue.« Darauf wußte Hope nichts zu erwidern, und so ließ sie es dabei bewenden.

Beim Lauschen an der Tür – eine Angewohnheit, die sie noch immer nicht ganz abgelegt hatte – hörte Hope, wie Gertie und Michael über Lilas Meinungswandel sprachen.

»Ich muß dir offen gestehen«, sagte Gertie, »es gab einen Moment, da habe ich gedacht – du meine Güte, eigentlich sollte ich dir das gar nicht sagen, es klingt so schrecklich *unfreundlich* –, also, da habe ich gedacht, Mrs. Kennett wäre nur hinter deinem Geld her –«

»Aber Gertie –«, begann Michael.

»– doch dann fiel mir ein, wenn sie wirklich nur hinter dem Geld her wäre, hätte sie ja nach London zurückgehen können, mit diesem – wie hieß er noch gleich?«

»Edward.« Hope konnte hören, daß Michael lächelte. »Edward Kennett.«

»Genau, und falls ich immer noch Zweifel hätte«, fuhr Gertie unbeirrbar fort, »was ich nicht habe, dann bräuchte ich mir nur die Bilder anzusehen, um zu wissen, daß sie bestimmt wunderbar zu uns paßt, wenn wir uns erst einmal besser kennengelernt haben.«

Damit hatte sie recht; Axels Schnappschüsse von Lila und Michael, wie sie zur *Pizzicato Polka* durch das Musikzimmer wirbelten, war Beweis genug, nicht nur für Michaels unübersehbare Verliebtheit in Lila, sondern auch für Lilas wachsende Zuneigung zu ihm. Was für eine Ironie, dachte Hope spöttisch, während sie sich leise davonschlich, daß Gertie ihre Mutter, die nun weiß Gott genügend Fehler hatte, ausgerechnet der Habgier verdächtigt hatte – der einzigen Sünde, die man Lila wirklich nicht anlasten konnte …

Obwohl seit Axels Fahrt nach Brakeford bereits Wochen vergangen waren, ließen das Bild, das er von Mrs. Diamond und ihrer jüngeren Tochter gemacht hatte, und die Geschichte dieser

Frau, sie nicht los. Sie stellte sich vor, wie Marigold mit ihrem toten Baby in den Armen dasaß und in ihre düstere Zukunft blickte; wie sie ihre Sachen packte, um nach Hause zu fahren, wie sie voller Liebe Lizzies Kleider zusammenlegte und verschnürte, als könne dieses Paket ihr etwas von ihrer verlorenen Tochter zurückgeben. Was mochte ihr durch den Kopf gegangen sein, als sie zufällig ein Baby sah, das fast auf den Tag genau so alt war wie ihr eigenes? In was für eine grausame Versuchung mußte Axel sie geführt haben, als er ihr Ella in die Arme legte. Und was für eine panische Angst mußte sie gepackt haben, als er sechs Jahre später in Brakeford auftauchte, um seine Schwester zurückzuholen.

Ohne Axel etwas davon zu sagen, beendete sie die Arbeit, mit der sie begonnen hatte, als sie nach der Fehlgeburt am Bett ihrer Mutter saß: Sie flickte das elfenbeinfarbene Taufkleid, legte es zu den wenigen anderen Sachen, die sie hatte retten können – ein Jäckchen, ein Paar Stiefel, einige Hemdchen und eine hübsche Häkelmütze –, schlug alles in einen frischen Bogen Packpapier ein und schickte es kommentarlos nach Market Needing. Sie wußte, Mrs. Diamond würde die Botschaft verstehen: Sie brauchen nicht länger auf der Hut zu sein. Ihr Geheimnis ist endlich sicher …

Am 4. November trafen sie sich in Seddons, um Hopes sechzehnten Geburtstag zu feiern.

Es gab Kuchen – einen Biskuitkuchen mit echter Buttercremefüllung, von Michael gebacken, und *ciambella*, einen traditionellen italienischen Früchtekranz von Lila – und Glückwunschkarten – eine vergleichsweise gewagte aus viktorianischen Zeiten von Gertie, auf der eine junge Dame in voluminösen Rüschenunterhosen und einem Bustier abgebildet war, eine handgemalte von Michael mit drei purpurroten Orchideen inmitten von saftigem Frühlingsgras, und eine gekaufte aus Dorset, unterzeichnet von Onkel Frank, mit Grüßen von Granny Watkins-Heaver und einem Einpfundschein, der größten Geldsumme, die Hope je auf einmal bekommen hatte.

Von Gertrude bekam sie, verpackt in einen blauen, mit fliegenden Kranichen bedruckten Baumwollstoff (so schön, daß er schon für sich allein ein Geschenk war), einen fuchsiaroten Seidensari, in dem Hope, da waren sich alle einig, sogar ihre bezaubernde Mutter in den Schatten stellte. Michael schenkte ihr noch ein Bild, wiederum vom Caffè Conti, mit den gußeisernen Stühlen, den karierten Tischdecken und dem von Geranien überwucherten Balkon, der über der gestreiften Markise gerade noch zu erkennen war. Als Axel ihr einen Strauß herrlich duftender Rosen überreichte, eine letzte prachtvolle Erinnerung an den Sommer, strahlte sie vor Freude, doch das wunderbarste Geschenk kam von ihrer Mutter: ein nagelneuer Nähkorb, ganz für sie allein, mit lauter verschiedenen Seidengarnen und einem Nadelkissen aus Satin. Ihr traten vor Rührung die Tränen in die Augen, nicht nur über das Geschenk, sondern vor allem über die liebevolle Sorgfalt, mit der Lila es ausgewählt hatte.

»Wäre jetzt nicht ein guter Moment, um Hope und Lila unsere Neuigkeiten zu erzählen?« sagte Gertie und berührte Michael am Arm. »Natürlich nur, wenn Axel einverstanden ist.«

»Nur zu«, erwiderte Axel grinsend.

»In Ordnung.« Michael räusperte sich. »Möchtest du die frohe Botschaft überbringen, Gertie, oder soll ich?«

»So eine *fantastische* Idee«, begann Gertie. »Ich wäre ja nie darauf gekommen, aber als Michael mir davon erzählte, wußte ich sofort, das ist die perfekte Lösung –«

»Was für eine Idee?« Hope war bereits verwirrt. »Und die perfekte Lösung wofür?«

»Nun ja ...« Michael hatte Mühe, seine Erheiterung zu verbergen. »Wie ihr beide ja sicher wißt –«

»– und so *großzügig* – ich kann euch ja gar nicht sagen, wie schrecklich es war, all die Jahre hilflos zuzusehen –«

»Wie ihr beide ja sicher wißt, ist Seddons in einem ziemlich schlechten Zustand, und ohne eine kräftige Geldspritze kann es nur noch schlimmer werden –«

»– und da ich es mir absolut nicht leisten konnte, etwas dagegen zu unternehmen, haben wir beschlossen – beziehungsweise hat *Michael* beschlossen – nur zu, mein Lieber, keine falsche Schüchternheit!«

»Tja, also, ich hatte seit Dads Tod eine Menge Zeit, darüber nachzudenken, was ich mit all dem wunderbaren Geld anstellen möchte, das er mir hinterlassen hat –«

»Und Axel war ganz *begeistert,* als wir ihm von unseren Plänen erzählt haben, nicht wahr, Axel?«

»Nun, um es kurz zu machen –«

»Ganz recht, mein Lieber«, unterbrach Gertie ihn, »sonst sitzen wir noch den ganzen Tag hier!«

»– habe ich mich entschlossen, anstatt es für schnelle Autos und weite Reisen aus dem Fenster zu werfen –«

»Was dein gutes Recht gewesen wäre –«

»Gertie«, sagte Michael sanft, »möchtest du die Geschichte erzählen?«

»Oh nein, absolut nicht«, erwiderte Gertie entschieden. »Es ist *viel* besser, wenn du sie erzählst ... Was ist? Was habe ich gesagt?«

»Bist du sicher, daß du das tun willst?« fragte Lila, als Michael ihr in sein neues Auto half, um sie zum Pförtnerhaus zurückzufahren. »Ein so vernachlässigtes Haus wie Seddons zu kaufen, ist eine enorme Verpflichtung – es könnte dein gesamtes Erbe verschlingen.«

»Schon möglich«, stimmte Michael ihr zu und stieg ebenfalls ein. »Vielleicht aber auch nicht, und ich würde es mir nie verzeihen, wenn ich es nicht wenigstens versuchte.«

»Selbst wenn es schiefgeht – ich finde es einfach wunderbar von dir.« Und du, dachte Lila, während sie sein strahlendes Koboldgesicht von der Seite betrachtete, bist ein wunderbarer Mann ...

Kapitel 12

Als der Winter im Januar 1947 richtig hart wurde, wohnte Michael seit fast zwei Monaten im Herrenhaus.

Gerties Einladung an Hope und Lila, Weihnachten mit ihnen zu feiern, war bereits bis ins neue Jahr ausgedehnt worden – »ich kann mich gar nicht erinnern, wann ich zuletzt so viel Spaß gehabt habe!« –, aber als der See so fest zufror, daß man darauf Schlittschuh laufen konnte, der Brunnen zu einer skurrilen Eisskulptur erstarrte und zwei Meter lange Eiszapfen vom Dach herabhingen, wurde aus den paar Feiertagen eine Woche und dann zwei.

Schneestürme wüteten, und eines der Kuppelfenster im Dach zerbrach unter dem Gewicht des Schnees; das Wasser gefror in den Rohren, und immer wieder fiel der Strom aus, was im Sommer nicht weiter dramatisch war, jetzt aber dazu führte, daß entweder Unmengen kostbaren Paraffinöls verbraucht wurden oder alle nach dem Abendessen zu Bett gehen mußten. Es war der schlimmste Winter seit Menschengedenken, und Michael bat Lila, ihre neue Stelle erst später anzutreten, damit sie und Hope noch ein wenig in Seddons bleiben konnten, denn er machte sich Sorgen um Gertie.

Die alte Dame wurde immer niedergeschlagener, und als die Temperatur schließlich so weit fiel, daß die Küche der einzige warme Raum im ganzen Haus war und sie sogar das Klavierspielen aufgeben mußte, schien sie aller Lebensmut zu verlassen.

Ihr Haar, das sie nicht mehr schnitt, wurde strähnig und ungepflegt, und an manchen Tagen brachte sie nicht einmal mehr die Energie auf, sich anzuziehen, und schlurfte in einem alten Flanellnachthemd, wollenen Bettsocken und einer mottenzerfressenen Stola herum. Ihr Dasein war so lange von den Bedürfnissen ihres Mannes bestimmt worden, daß sie sich ohne ihn regelrecht unsichtbar fühlte, als hätten die Jahre der Unterwürfigkeit alles Leben aus ihr herausgesogen und nur eine leere Hülle hinterlassen. Lucky, die kleine, silbergraue Katze, die Michael ihr zu Weihnachten geschenkt hatte, um sie über den Verlust ihrer geliebten Poppy hinwegzutrösten, half ein wenig, aber dennoch fragte sie sich, wozu sie weitermachen sollte, wenn sie nichts als Verfall und Tod erwarteten.

»Es ist Wilfred«, sagte Hope zu Axel, als sie zum drittenmal in der Woche die Kellertreppe freischaufelten. »Es war zwar eine große Erleichterung, als er starb, aber jetzt, wo er nicht mehr da ist, hat sie nichts mehr, was ihrem Tag einen festen Rahmen gibt. Sie braucht eine Aufgabe, irgend etwas, worauf sie sich freuen kann.«

Als es Mitte März endlich zu tauen begann, hatte sich etwas gefunden ...

Daß sie sich zunehmend voneinander angezogen fühlten, war offensichtlich gewesen, aber hinterher mochte keiner von beiden zugeben, daß er – oder sie – den ersten Schritt dazu getan hatte, ihre Beziehung auf so dramatische Weise zu besiegeln. Wer auch immer es nun gewesen war, als der eisige Wind durch die zerbrochenen Fenster hineinblies, durch die Flure fegte und unter den Türritzen hindurchpfiff, als die Luft im Haus vor Kälte zu knistern begann und Gertie sich mit Lucky und drei Wärmflaschen unter ihrer Decke verkroch, kamen Michael und Lila zu dem Schluß, daß das kunstvoll geschnitzte Himmelbett im Indischen Zimmer, das Michael für sich ausgewählt hatte, gemütlicher wäre, wenn zwei darin lägen ...

Der März war fast vorüber, zum erstenmal seit Tagen schien die Sonne, und Michael polterte mit Axel im Keller herum, um einen Wasserrohrbruch zu reparieren, als Lila vorsichtig das Thema anschnitt, das sie schon die ganze Woche beschäftigt hatte.

»Gertie«, begann sie, »ich muß dir etwas sagen ... Versprichst du mir, daß du nicht böse wirst?«

Gertrude saß mit Lucky auf dem Schoß am Herd, rieb die Füße aneinander, um die Frostbeulen zu lindern, und versuchte sich daran zu erinnern, wann ihr das letzte Mal warm gewesen war. »Nein, natürlich nicht, Liebes«, sagte sie. »Du weißt doch, daß ich dir niemals böse sein könnte.«

Seit ihrer ersten, etwas mißglückten Begegnung waren die beiden Frauen enge Freundinnen geworden (wenn auch ein höchst ungleiches Paar), verbunden sowohl durch ihre Zuneigung zu dem neuen Besitzer von Seddons als auch durch ihre Liebe zur Musik.

»Was würdest du sagen ...«

Gertrude blickte hinunter auf ihr schmuddeliges Nachthemd. Sie ließ sich gehen, dachte sie resigniert; sie mußte sich zusammenreißen, sich dazu *zwingen,* morgens etwas Richtiges anzuziehen.

»... wenn wieder ein Kind im Haus wäre?«

»Wie bitte?«

»Was würdest du sagen, wenn wieder ein Kind –«

Gertrude öffnete den Mund, klappte ihn wieder zu und bemühte sich, ihre Gedanken zu sortieren. »Ein Kind? Welches Kind?«

»Siehst du«, sagte Lila, »jetzt bist du doch böse, nicht wahr? Kein Wunder, wo ich deine Gastfreundschaft so schändlich mißbraucht habe.«

»Mißbraucht?« Gertie runzelte die Stirn. »Ich verstehe nicht ...«

»Meine Regel ist zwei Wochen überfällig.«

»Deine ...« Gertie starrte sie an. »Willst du damit behaupten, du bist ... *Nein*!«

»Doch.« Beschämt ließ Lila den Kopf hängen.

»Du meine Güte, wie ... *unkonventionell* von euch!« staunte

Gertie. »Entschuldige, meine Liebe – ich nehme doch an, es ist von Michael?«

»Natürlich!«

In Erinnerung an das, was Dr. Hills bei seinem letzten Besuch an ihrem Krankenbett gesagt hatte – »Ich nehme an, Ihnen ist klar, Mrs. Kennett, daß Sie sich mit ziemlicher Sicherheit jeder Möglichkeit beraubt haben, weitere Kinder zu bekommen?« –, hatte Lila sich zunächst keine Gedanken gemacht, als ihre Regel ausblieb. Schließlich gab es keinen Grund zur Sorge, hatte sie sich eingeredet, bestimmt würden jeden Moment die Krämpfe einsetzen, und dann war alles gut. Doch als ein Tag nach dem anderen verging und nichts geschah, hatten sich erste Zweifel eingeschlichen.

Was, wenn Dr. Hills sich geirrt hatte? Wenn sie tatsächlich schwanger war? Dieses Mal kam eine Abtreibung auf keinen Fall in Frage, jetzt, wo Michael, der liebenswürdige, sanfte, wunderbare Michael (wie hatte sie ihn nur langweilig finden können?) rund um die Uhr mit ihr zusammenlebte. Aber was, wenn die düstere Verzweiflung, die nach Hopes Geburt über sie hereingebrochen war, wieder zurückkehrte? Sie dachte an die Monate, nein, Jahre, die sie gebraucht hatte, um ihre Tochter so liebenzulernen, wie sie es verdiente, und ihr wurde klar, wenn sie es auch dieses Mal nicht schaffte, eine gute Mutter zu sein, würden weder Hope noch Michael ihr je verzeihen, und wer könnte es ihnen verübeln? Noch quälender jedoch war die nagende Angst gewesen, Michael könnte sich von ihr distanzieren (immerhin waren sie beide noch anderweitig verheiratet, und als Mann mit einem gewissen Ansehen in der hiesigen Gemeinde mußte er schließlich auf seinen Ruf achten) und sie würde ihn verlieren, gerade wo sie endlich die Liebe wiedergefunden hatte.

»Was sagt Michael denn dazu, daß er Vater wird?« fragte Gertie jetzt.

»In Anbetracht der Situation«, erwiderte Lila und rief sich seinen Gesichtsausdruck ins Gedächtnis, als sie endlich den Mut aufgebracht hatte, es ihm zu sagen, »scheint er sich erstaunlich zu freuen.«

»Schwanger?« hatte Michael ausgerufen, und sein Gesicht war vor Freude leuchtend rot angelaufen. »Wir bekommen ein Kind? Aber das ist ja wunderbar!« Ihr waren vor Erleichterung die Knie weich geworden, und sie hatte sich in die Geborgenheit seiner Umarmung sinken lassen.

»Was ist mit Hope?« wollte Gertie wissen. »Weiß sie es schon?«

»Wirklich?« hatte Hope mit großen Augen gesagt. »Bist du sicher?« Und dann (eine niederschmetternde Beurteilung von Lilas mütterlichen Fähigkeiten): »Oh Mamma, darf ich mich darum kümmern? Bitte, bitte, bitte! Du weißt doch, daß du mit Kindern nicht umgehen kannst.«

Im Lauf des vergangenen Jahres, während sie sich von ihren selbstbeigebrachten Verletzungen erholte, hatte Lila sich einigen unangenehmen Wahrheiten stellen müssen. In ihrem anfänglichen Delirium hatte sie wenig darüber nachgedacht, wie verletzend es für Hope gewesen sein mußte zu hören, daß sie von Herzen erleichtert war, das ungewollte Kind von Edward los zu sein. Doch mit der Genesung war auch die Reue gekommen, nicht nur wegen ihrer grausamen Tat, sondern auch wegen des Schmerzes, den sie ihrer Tochter so gedankenlos zugefügt hatte. Während der letzten Monate hatte sie sich mit aller Kraft bemüht, Hopes Zuneigung zurückzugewinnen, aber ihr war sehr wohl bewußt, daß noch einiges zu tun war, um ihre Tochter davon zu überzeugen, daß sie sich wirklich bemühte, sich zu bessern.

»Und du, meine Liebe«, hakte Gertie nach, »wie fühlst du dich denn bei dem Gedanken, noch ein Kind zu bekommen?«

»Willst du eine ehrliche Antwort?« Wieder senkte Lila den Kopf, niedergedrückt von dem Ausmaß der Aufgabe, die vor ihr lag. »Ich bin wie gelähmt. Unter uns gesagt, bin ich bisher keine besonders gute Mutter gewesen ...«

Sie hatte mit Mißbilligung gerechnet, sogar Empörung, doch statt dessen beugte Gertie sich vor, drückte ihr die Hand und murmelte: »Unter uns gesagt, meine Liebe, ich auch nicht.« Und als Lila aufblickte, sah sie, daß die Augen der alten Dame voller Tränen waren.

Irgendwie gab ihr dieser Anblick Kraft. Sie hatte eine zweite Chance bekommen, und sie mußte sie nutzen. »Aber diesmal«, versprach sie und erwiderte dankbar den Händedruck, »diesmal werde ich es besser machen.« Und als sie sah, wie Gertie ermutigend nickte, keimte in ihr der zaghafte Glaube, daß es ihr vielleicht gelingen könnte.

»Jetzt erzähl doch mal – wann kommt es? Meinst du, daß es diesmal ein Junge wird? Ich muß das alte Taufkleid heraussuchen, das hat Wilfred schon angehabt, bevor die Kinder kamen, und vor ihm sein Vater ...« Herrgott, schalt Gertie sich innerlich, jetzt hör mit dem Gefasel auf, du alberne alte Schachtel! »Du und Michael, ihr bekommt also ein Baby«, sagte sie, um ruhige Würde bemüht, klang jedoch völlig überdreht. »Oh Gott, und ich bin noch nicht mal *angezogen*!«

Sie scheuchte Lucky von ihrem Schoß, ohne die Krallen zu spüren, die sich protestierend in ihre Beine bohrten, stand auf und eilte an Lila, die sie verdutzt ansah, vorbei zur Tür. Doppelt so schnell wie sonst lief sie die Treppe hinunter, durchquerte die Halle, und erst kurz vor der Kostümkiste verlangsamte sie ihren Schritt – was um alles in der Welt trug man zu so einem bedeutungsvollen Anlaß?

Es dauerte fast eine halbe Stunde, bis sie sich entschieden hatte – elegant, aber nicht zu formell, das würde doch sicher passen –, und als sie endlich ihre geliebte Samtjacke gefunden und eine ziemlich schicke rosafarbene Wollhose übergestreift hatte, klapperte sie vor Kälte mit den Zähnen. Gerade als sie wieder nach unten gehen wollte, kam ihr ein Gedanke; sie machte kehrt und lief hinauf in den zweiten Stock, zum alten Kinderzimmer.

Sie war seit Ewigkeiten nicht hier oben gewesen, und die Tür klemmte, weil sie so lange nicht benutzt worden war. Sie stieß sie mit der Schulter auf, blieb dann auf der Schwelle stehen und blickte sich um.

Abgesehen von der dicken Staubschicht, die sich auf alles gelegt hatte, sah das Zimmer genauso aus wie immer. Während ihr Blick über das mit Leder eingefaßte Kamingitter, den mit verblichenem grünen Damast bezogenen Schaukelstuhl und den

Tisch am Fenster glitt, an dem wohl schon tausendmal Kinder beim Nachmittagstee gesessen hatten, traf sie unvermittelt eine Erkenntnis.

Seit Jahren hatte sie nach ihren toten Söhnen und ihrer hübschen Flora gesucht, aber *immer am falschen Ort*.

Mit vorsichtigen Schritten, um den morschen Dielen auszuweichen, ging sie durch den Raum. Sie strich mit den Fingern über das bemalte Schaukelpferd mit dem Ledersattel, dessen Mähne und Schweif aus echtem Roßhaar bestanden, und blätterte in dem bebilderten Kinderlexikon, das aufgeschlagen auf dem Tisch lag. Sie spähte in den Spielzeugschrank und musterte die Schautafel an der Wand, ein illustriertes Alphabet, das irgendeine längst verstorbene Gouvernante gestickt hatte. Sie blickte hinunter auf das Kinderbettchen, in dem Will und Alex fast zwei Jahre lang gemeinsam gelegen hatten, bis sie alt genug für ein richtiges Bett gewesen waren, und lächelte über den Hochstuhl, aus dem Flora so bald zu fliehen gelernt hatte. Dann setzte sie sich in den Schaukelstuhl und schloß die Augen. Ahh. *Jetzt* konnte sie sie hören …

Sie war auf dem Weg nach draußen, als ihr Blick auf den Kinderwagen fiel, der mitsamt seiner weichen Wolldecke, dem bestickten Kissen und dem von Feuchtigkeitsflecken gesprenkelten seidenen Baldachin in einer Ecke stand. »Wie konnte ich nur so dumm sein?« murmelte sie, legte beide Hände auf den Griff und schaukelte ihn leicht. »Ihr wart die ganze Zeit über *hier* …«

Michael und Axel hörten den Lärm – krach, schepper, bäng … krach, schepper, bäng … krach, schepper, bäng – und rannten alarmiert die Kellertreppe hinauf, weil es so klang, als sei irgendwo das Dach eingestürzt.

Auch Hope und Lila hörten es von der Küche aus, wo sie das Mittagessen vorbereiteten, und liefen, so schnell sie konnten, in die Halle.

Alle vier kamen gleichzeitig an, als Gertie den Treppenabsatz erreichte.

»Was hältst du davon, sie Flora zu nennen?« sagte sie zu Michael. »Es sei denn, *sie* wird ein *Er*, in dem Fall wäre es natürlich besser ... Ach, es gibt noch so viel zu tun, bis sie kommt, und das Kinderzimmer ist in einem so *fürchterlichen* Zustand, daß ich gar nicht weiß, wo ich anfangen soll.« Sie sah über das Geländer hinunter zu Lila. »Ich nehme an, Alexander wäre zu verwirrend, aber wie wäre es mit William? Das ist doch ein *sehr* schöner Name, findest du nicht? Es ist natürlich ganz und gar deine Entscheidung, aber als ich oben im Kinderzimmer war, dachte ich mir« – sie setzte sich wieder in Bewegung: krach, schepper, bäng –, »am besten fange ich hiermit an, denn wenn ein Baby kommt, dann ist das Allerwichtigste« – krach, schepper, bäng ... krach, schepper, bäng ... Stufe um Stufe kam sie hinunter, ihre Beute im Schlepptau – »der Kinderwagen. Babys müssen nämlich gut gelüftet werden. Genau wie Daunendekken ...«

Dank

Mein Dank geht an Maria Sarro für ihre Hilfe bei den italienischen Passagen, an Dominic Rochford von Dominic Rochford Pianos, Woolpit, Suffolk, für seine technische Beratung – eventuelle Fehler gehen voll und ganz auf mein Konto – und, wie immer, an meine Agenten, für ihre Unterstützung und Ermutigung. Außerdem möchte ich meiner Übersetzerin Claudia Feldmann für ihre ausgezeichnete Arbeit danken, sowie meiner Lektorin Monika Boese.